막내황녀님

막내 황녀님

2

사하 장편소설

해피북스 투유

아할든 기사단의 종자들에게 카힐 자드카르는 눈엣가시 같은 존재였다. 어느 날 갑자기 하늘에서 뚝 떨어지듯 종자가 된 것만으로도 짜증 나는데, 근래에는 헬라드 황자님에게 개인적으로 검술 지도까지 받고 있었다. 얼굴만 좀 반반할 뿐, 별 볼 일 없는 녀석이었다. 종자들끼리 대련할 때도 늘 꼴찌였고, 심심찮게 얻어맞아도 아프단 소리조차 제대로 못 하는 천치였다. 그런 주제에 성격도 싹싹하지 않고 괴팍하여 항상 혼자서 겉돌았다. 모국에서도 버려진, 갈 곳 없는 신세 주제에 말이다.

한창 혈기 넘치고 겁 없을 나이의 종자들이었다. 그런 종자들이 카힐 하나를 찍어다 집요하게 괴롭히는 것은, 어쩌면 자연스러운 일이었다.

“너 이 새끼, 어딜 그렇게 싸돌아다녀?”

만날 혼자 어디론가 쏘다니던 카힐이 유난히 늦게 숙소로 돌아왔다. 밖에서 뭘 하고 돌아왔는지 넋이 빠진 몰골이었다.

종자들은 카힐을 숙소 뒤편으로 끌고 갔다. 머리를 때리고 뺨을 치는, 모욕적이기까지 한 구타가 이어졌다. 하지만 카힐은 어째서인지 반응이 없었다. 평소에도 별 반응이 없는 편이지만, 오늘따라 유난히 끈 떨어진 인형처럼 조용히 맞기만 하였다. 그 꼴이 상대도 안 해주겠다는 뜻처럼 보여서 종자들은 더욱 열이 뻗쳤다.

"건방진 새끼가……!"

가장 나이가 많은 종자가 있는 힘껏 발로 배를 걷어찼다. 카힐의 몸이 크게 흔들렸다. 그때 무언가가 반짝거리며 바닥에 툭 떨어졌다.

옆에 있던 다른 종자 아이가 그것을 주워 들었다. 금으로 만든 머리핀이었다. 보석까지 박힌 것이 척 봐도 귀한 물건으로 보였다. 머리 장식을 본 종자들은 일제히 왁자지껄하게 웃고, 카힐의 머리를 툭툭 때리며 비아냥거렸다.

"어디서 계집질이라도 하냐? 어?"

그리고 카힐은 처음으로 입을 열었다.

"……돌려주십시오."

잔뜩 갈라진 목소리가 흘러나오자 와아 웃음이 터졌다. 드디어 반응을 이끌어냈다는 사실에 잔인한 눈빛들이 번뜩였다.

"싫은데?"

머리 장식이 진흙 바닥에 철퍽 떨어졌다. 지저분한 오물에 파묻힌 머리핀이 흙 묻은 발에 짓밟혔다. 여기저기서 낄낄거림이 터져 나왔다.

카힐은 그 광경을 처음부터 끝까지 조용히 지켜보았다. 아무 말도 하지 않고, 미동조차 없이.

"……."

저들끼리 신이 나서 들떠 있던 종자들은 어째서인지 등골이 서늘해졌고, 누가 먼저라고 할 것도 없이 슬그머니 입을 다물었다.

사방이 쥐죽은 듯 조용해지고 나자, 카힐이 천천히 숨을 내뱉었다. 그리고 머리핀을 진흙에 떨어트린 종자를 쳐다보며 말했다.

"가져와."

짤막한 명령조였다. 저도 모르게 머리핀을 주우려던 종자는 이내 퍼뜩 정신을 차리고 소리쳤다.

"저 자식이 미쳤나……!"

카힐이 무표정하게 질문했다.

"싫어?"

"……."

종자는 대답하지 못하였다. 두려움에 질린 그에게, 카힐은 여전히 표정 하나 없는 얼굴로 말했다.

"싫으면 어쩔 수 없지."

느릿하게 몸을 바로 세운 카힐은 눈빛부터가 달라져 있었다. 내려다보는 듯한 시선은 이제껏 조용히 당하기만 했던 사람이 맞는가 싶을 정도였다.

종자들은 서로를 돌아보며 마른침을 삼켰다. 여럿이서 고작 하나를 못 당해낼 리 없건만, 이상하게도 자꾸 도망치고 싶다는 생각이 들었다.

종자 하나가 두려움을 감추고서 소리쳤다.

"야, 저놈 잡아서 무릎 꿇려!"

머릿수를 믿은 모양인지, 다른 놈들이 주춤거리면서도 다가오기 시작했다. 그 모습을 가만히 지켜보던 카힐의 눈매가 가느스름히 좁아졌다. 그리고 겨울바람처럼 차가운 속삭임이 떨어졌다.

"이건…… 너희들이 잘못한 거야."

몹시 기분이 저조한 로시엘 옆에서, 헬라드는 웃고 난리가 났다.

"너 다른 사람이랑 착각한 것 아냐?"

"말도 안 되는 소리. 분명히 에니샤였어."

경매장에서 본 아이는 확실히 에니샤였다. 로시엘은 그날 경매장에 에니샤를 출품했던 이를 추적하는 중이었다. 그러나 땅으로 꺼졌는지, 하늘로 솟았는지 도무지 찾을 수가 없었다. 덕분에 헬라드만 로시엘을 놀리느라 신이 났고, 다른 사람도 아닌 헬라드에게 멍청이 취급을 당한 로시엘은 기분이 바닥을 기었다.

한참 낄낄거리던 헬라드는 로시엘이 저를 노려본 후에야 겨우 웃음을 잡아넣었다.

"내가 대신 재밌는 얘기 해줄게. 어제 무슨 일 있었는지 알아?"

로시엘은 하나도 궁금하지 않은 표정으로 물었다.

"뭔데."

"카힐 자드카르가 아할든 종자들을 전부 두들겨 패놨어."

그러자 약간 흥미가 생긴 듯, 로시엘이 눈썹을 치켜올렸다.

로시엘이 반응을 보이는 이유가 있었다. 카힐 자드카르와 가까이 부딪치면서, 헬라드는 잔뜩 투덜거렸다. 애새끼가 뭘 해도 무감해서 재미가 없다는 이유였다. 실력이야 괴물처럼 쑥쑥 늘고, 검술에 대한 욕심도 상당했다. 하지만 그것뿐이었다. 카힐은 생기가 없었다. 칭찬을 하든, 꾸지람을 하든, 인형처럼 무감정하게 받아들일 뿐이었다. 종자들이 집요하게 괴롭혀도 죽었나 싶을 정도로 반응이 없었다.

사람 같지가 않다.

헬라드는 카힐을 그렇게 평했고, 그 말을 들은 로시엘은 감정적이지 않고 이성적이니 왕이 되기 좋은 기질이라 고쳐 말해주었다. 어쨌든 그런 카힐이 처음으로 인간 같은 행동을 했다니 재밌을 수밖에 없었다.

“무슨 머리핀 하나 때문에 그랬다던데, 아무튼 재밌었지.”

“확실히 조금 흥미로운 일이네…….”

“나중에 제대로 알아볼게. 아, 이제 깨울까?”

뒤늦게 자신이 이곳에 온 목적을 상기해낸 헬라드가 바닥에 널브러진 남자를 발로 툭툭 차며 물었다.

로시엘이 고개를 까닥이자, 뒤편의 기사가 커다란 양동이를 들고 와 남자에게 찬물 벼락을 퍼부었다.

“흐억!!”

남자는 허덕거리면서 비명을 질렀다.

온몸이 밧줄로 꽁꽁 묶인 남자는 그간 불법 경매로 열심히 재미보았던 노예상이었다.

그는 정신을 차리자마자 묻기도 전에 소리쳤다.

"억울합니다! 저는 아무것도 모릅니다! 다른 노예상들이 가져다 준 노예를 경매장에 올리기만 했습니다!"

미리 외워둔 것처럼 줄줄 내뱉는 말이 막힘없었다.

헬라드는 피식 웃었다가, 짤막하게 말했다.

"야."

노예상은 헛숨을 들이켜며 입을 닫았다.

헬라드가 바닥에 쭈그려 앉아선 껄렁껄렁하게 물었다.

"장부 어디 있어?"

로시엘이 경매장을 쓸어준 덕분에, 불법 경매와 연관된 놈들은 죄다 잡아들였다. 하지만 결정적인 증거가 부족했다. 노예상놈이 머리 굴려서 장부를 꽁꽁 감춰놓은 탓이었다. 장부가 들키면 진짜 빼도 박도 못 하고 다 같이 죽는 것이기에, 노예상은 필사적으로 모른다는 말만 앵무새처럼 반복했다. 헬라드 앞에서도 다를 바가 없었다. 노예상은 헬라드가 무서워서 벌벌 떨면서도 죽어도 모른다고 잡아뗐다.

로시엘이 앉아 있던 의자에 느슨하게 기대며 말했다.

"어제부터 입 안 열고 있어. 손가락이라도 잘라야 할까 봐."

얼굴이 하얘졌다 파래졌다 하는 노예상에게 헬라드는 진지한 얼굴로 질문했다.

"히페리온 황족들이 광증에 시달리는 것은 알고 있지?"

미친놈이라는 말을 고상하게 표현한 소리였다. 오들오들 떨고 있는 가엾은 노예상 앞에서 헬라드가 친절한 설명을 이어갔다.

"근데 그 광증이 가끔씩 발작을 일으킬 때가 있거든. 조절이 안 돼."

헬라드는 고개를 치켜든 채, 눈만 내리깔고서 나른히 말했다.

"지금 약간…… 딱 발작할 거 같은 기분인데……."

그 말에는 비단 노예상뿐만 아니라, 주변에 대기하고 있던 기사들까지 움찔하였다.

기사들은 슬그머니 조심조심 몇 걸음 뒤로 물러났다. 로시엘만 여전히 심드렁한 얼굴로 의자에 기대앉아 있을 뿐이었다.

헬라드가 씩 웃으며 물었다.

"아직도 장부가 어디 있는지 모르겠어?"

노예상은 망설였다. 그러나 결국 퍼렇게 질린 채 마지막으로 '모릅니다'를 내뱉어버렸다.

거기까지 본 후에, 로시엘은 바깥으로 나왔다. 뒤에서 뭐가 터지고 깨지는 소리가 들려왔지만, 별로 신경 쓰고 싶지 않았다.

"하아……."

로시엘은 기다랗게 한숨 쉬며 손으로 눈 위를 덮었다. 이리도 열심히 캐고 있는데, 에니샤가 엮여 있다는 증거 한 조각조차 잡지를 못하다니.

정말이지 악령한테 홀린 기분이라고, 로시엘은 생각했다.

대모험이었던 첫 외출 이후, 에니샤는 조용히 지냈다. 로시엘이 금쪽같은 동생을 추궁할 수가 없어서 봐준 거라는 사실을 잘 알기 때문이었다.

불법 경매에 엮인 놈들이 유난히 모진 취조를 받았다는 소식이 날아왔지만, 그중에 레시나가 있다는 말은 없었다. 그녀는 도망치는 것 하나는 일가견이 있는 사람이었다. 본모습으로 되돌아가기까지 했으니, 아마 당분간은 절대 붙잡히지 않을 터였다. 그 대신 엉뚱한 소식이 하나 날아왔는데, 카힐이 아할든 기사단의 종자들을 전부 때려눕혔다는 것이었다. 하나도 빼놓지 않고 죄다 어디 한 군데씩 부러뜨려놓아서, 종자들이 모두 병상 신세를 졌다. 일전에 사람 팔다리 함부로 부러뜨리면 안 된다고 충고한 것이 무색할 지경이었다. 잡일을 할 종자가 사라진 탓에, 아할든은 다른 기사단에서 급하게 종자들을 지원받기까지 하였다. 카힐은 처벌을 피할 수 없었는데, 의외로 헬라드가 카힐의 편을 들어주었다.

— 그러게 적당히 했어야지.

헬라드는 한마디로 상황을 정리했고, 아할든 내부에서도 반발 없이 끝났다.

그 뒤로 에니샤는 카힐을 만나보려 금빛나무에도 가보고, 이리저리 애써보았다. 하지만 황녀님과 일개 기사단 종자 사이에 접점이 있을 리가 없었다.

에니샤는 한동안 카힐을 만나는 일에 골몰하며 얌전히 황녀궁에서 놀았다. 사건이 조금 진정되면, 레시나를 찾아 하크만이 어떤 인물인지 더 자세히 알아보고 겸사겸사 아바르티아에 대해서도 알아보리라 생각했는데…….

그럴 필요가 없어졌다. 하크만이 직접 에니샤를 찾아왔기 때문이었다.

"갑작스러운 방문에도 환대해주시니, 감사할 따름입니다."

겨울 초입에 제국을 찾은 하크만은 이국의 복식을 입고 있었다. 검은색 긴 머리카락을 하나로 단정히 묶고, 머리에는 하얀 터번을 쓴 그는 이질적이었다. 붉은 비단에 금사로 화려하게 무늬를 넣은 옷은 움직일 때마다 빛을 내는 듯하였다. 거친 서부의 유목민족을 이끄는 하크만이라고는 믿기지 않을 정도로, 하얀 피부에 곱고 단정한 이목구비였다. 그리고 남자의 외모에서 가장 빛을 발하는, 황금빛 눈동자. 길게 찢어진 눈매에 잘 어울리는 삼백안의 금색 눈동자는 다른 누구도 아닌 에니샤를 곧게 바라보고 있었다.

"히페리온의 세 번째 별을 뵙게 되어 영광입니다."

뻔뻔스레 인사하는 낯짝을 보며, 에니샤는 눈을 깜빡였다.

꿈이겠지?

하지만 아무리 기다려도 꿈에서 깨어날 생각을 하지 않았다. 아주 한참 후에야, 에니샤는 이것이 현실임을 받아들였고…… 잠시 혼자 있고 싶은 기분이 되었다.

아바르티아가 차지한 몸은, 바로 스칸샤의 하크만이었다.

하크만이 히페리온 제국을 방문한 것은 참으로 갑작스러운 일이었다. 본디 한 나라의 수장, 그것도 스칸샤의 하크만 정도 되는 위치면 미리 제국에 사신을 보내어 방문을 알리고, 제국 또한 융숭한 접대를 준비하는 것이 원칙이었다.

하크만은 그 모든 절차를 무시하고 제국을 찾았다.

은밀한 방문이었기에 하크만이라는 것이 믿기지 않을 만큼 수행원 숫자조차 단출하였다. 그리고 에니샤는 누군가 하크만이 방문했다고 알려주기 전에, 조금 어이없게 그의 등장을 알게 되었다.

에니샤가 한창 춤 연습에 열을 올리던 날이었다. 러츠펠트 백작부인은 에니샤에게 학문 이외에 사교예절이나 춤, 화법도 교육하였다. 지금이야 황녀궁에서 탱자탱자 놀고 있지만, 언제까지 이렇게 지낼 수는 없었다. 어느 정도 나이가 차면 사교계에서 활동을 시작해야 하니, 미리 그 준비를 해두는 것이었다.

불행하게도 에니샤는 춤에 그리 소질이 없었다. 동작의 모양이나 순서는 기가 막히게 잘 외워도, 실제로 추려고 하면 어딘가 뻣뻣해지면서 몸이 따라가지 못했다. 그래도 그림 그리기보다는 나아서, 열심히 연습하면 얼추 따라갈 정도는 되는지라 할 만했다.

에니샤의 연습 상대로는 쌍둥이 황자들이 번갈아 나서주었다. 그날도 에니샤는 헬라드와 함께 어제 배운 왈츠를 복습하고 있었다. 에니샤를 위해 직접 황녀궁까지 찾아온 헬라드는 성실하게 연습을 도와주었다.

"쭈글아, 오라버니 발은 언제까지 밟을 생각이야?"

"앗, 또 밟았어요?"

"이제 밟은 줄도 모르냐."

몸치라고 놀리던 헬라드는 에니샤의 신발을 벗겨냈다. 그리고 제 발 위에 에니샤의 발을 얹도록 하였다.

구두 위에 양말 신은 발을 얹어놓은 것이 어색해서 발가락을 꼬물거리자, 헬라드는 귀엽다는 듯 이마에 가볍게 키스해주곤 말했다.

"자아. 잘 봐."

발을 포갠 채로, 헬라드는 어찌 움직여야 하는지 한 동작씩 천천히 춤을 춰보였다.

"이렇게, 이런 식으로……. 그다음은 이렇게."

에니샤와 달리 부드럽고 능숙한 움직임이었다. 그가 움직이는 것을 따라, 에니샤의 드레스가 둥글게 부풀었다가 가라앉았다.

로시엘이 헬라드가 몸 쓰는 일은 전부 잘한다고 말해주었던 기억이 났다. 하지만 체술에 관한 이야기인 줄 알았지, 여자 춤까지 곧잘 춰낼 줄은 몰랐다.

동작과 박자를 알려주는 조곤조곤한 목소리가 나른한 오후의 공기 속을 맴돌았다. 균형 있게 발을 내딛고, 몸을 젖히며 회전하는 움직임이 절도 있으면서도 우아했다. 나무랄 곳 없이 완벽한 춤이었다. 그에게 가만히 몸을 맡겨놓으니 나풀나풀 날리는 드레스자락마저 고상하게 느껴질 정도였다.

한 곡이 끝나고 기품 있는 마무리 인사까지 마친 후, 헬라드가 에니샤를 내려주었다.

"……여기까지, 끝. 이제 좀 알겠어?"

씩 웃으며 묻는 얼굴은 평소처럼 장난기가 그득했다. 춤은 여전히 모르겠지만, 에니샤는 감탄하였다.

"나도 이렇게 추고 싶어요. 오라버니 정말 대단해……!"

아낌없는 칭찬 세례에 헬라드가 손으로 에니샤의 머리를 마구 헝클어뜨리며 말했다.

"너는 춤 못 춰도 돼. 누가 춤 신청하거든 그냥 대충 추고, 발로 다 밟아버려."

다만 잘 연습해뒀다가 오라버니랑 출 때만 실력 발휘를 하면 된다는 것이었다. 어째 말하는 투가 다른 사람의 발을 밟아버리길 기대하는 느낌이었다.

에니샤는 아까 헬라드가 했던 것처럼 따라서 몸을 움직여보며 종알종알 말했다.

"나두 기본은 하고 싶어요. 나중에 춤 못 춘다고 흉보면 어찌해요."

그러자 헬라드는 코웃음 치며 되물었다.

"하, 누가 감히?"

벗어놓은 신발을 다시 신겨주며, 그가 말했다.

"너에게 뭐라 하는 놈들은 밟힐 발이 없도록 만들어줄게."

문득 주먹 한 방에 곤죽이 되었던 사과가 떠올랐다. 에니샤는 애먼 사람 발이 잘리지 않게 하기 위해서라도 열심히 춤 연습을 해야겠다고 생각했다.

다시 헬라드와 둘이서 도란도란 연습을 하고 있는데, 시종 하나가 급하게 황녀궁을 찾았다.

"황자님. 폐하께서 급히 부르십니다."

지금 에니샤와 춤 연습 중이라는 사실을 뻔히 아는 로드고였다. 무엇보다 중요한 일이니, 웬만한 용무로는 부르지 않았을 터였다.

헬라드는 미간을 찌푸리면서도 군말 없이 시종을 따라나섰다.

그를 배웅하고 나서, 에니샤는 서재에서 읽던 책을 마저 읽었다. 정령에 관한 책이었다. 이제 이것만 읽고 나면 제국에서 구할 수 있는 정령에 관한 책은 다 읽은 것이었다. 그럼에도 수확이 별로 없어서, 어찌하면 더 자세히 알아볼 수 있을지 고민이었다.

……하여, 계약자는 심장 위에 정령의 상징을 새긴다.

악령과 대비되는 탓에, 정령은 은연 중 신성한 존재로 여겨지기 마련이다.

하지만 모든 일에는 대가가 필요하다.

정령의 계약자 또한 그것이 빌려 쓰는 힘이라는 사실을 잊어버려선 안 된다.

정령에게 선택받은 계약자는 언제나 제물이 되지 않도록 경계하며, 심신의 수련을…….

책장을 빠르게 넘기며 속독해나가던 에니샤는 잠시 한숨 쉬며 책을 내려놓았다.

요즘 머리가 복잡했다. 그 이유에는 아바르티아가 큰 부분을 차지하고 있었는데, 지금 상황에선 어떻게 해결할 수가 없는 문제였다.

아바르티아는 이미 봉인에서 풀려나 새로운 육신을 차지했고, 힘을 완전히 되찾았다. 에니샤조차 3일 밤낮 전투 끝에 겨우 물리친 상대이니, 현 대륙에서는 맞설 자가 없다고 봐야 했다. 아르커스에 연락해서 소식을 알리고 싶으나, 현재 아르커스는 모든 문을 닫은지라 연락할 방도가 없었다. 물론 딱 하나 남은 수단이 있긴 하지만…….

잠시 망설이던 에니샤는 주변에 기척이 없다는 것을 확인하곤, 가만히 손바닥을 펼쳤다. 빛무리가 어룽거리며 모여들더니, 손 위에서 금빛의 새가 피어났다. 대지를 굳건히 받치는 세 개의 다리는 삼두법사를, 화려하게 펼치는 날개는 천공섬을 상징하는 삼족오였다.

아르커스의 마법사들은 전서구를 대신해 마력으로 삼족오를 만들어 서로에게 연락하였다. 금빛 삼족오가 하늘을 가로지르면, 모두가 대법사의 연락임을 알곤 하였다.

기다란 꼬리를 아름답게 휘날리며 날갯짓하는 모양새를 멍하니 바라보던 에니샤는 이내 고개를 홱홱 내저었다.

이것은 아르커스의 대법사에게만 허락된 것이다.

아직 어떻게 행동할지 확실히 결정 내리지도 못한 상황에서 삼족오를 쓴다면, 그들에게 괜한 희망을 안겨줄 터였다. 지금 가진 마력으론 하늘을 떠다니는 아르커스의 천공섬까지 삼족오를 보내는 게 불가능하기도 했다.

에니샤는 삼족오를 흩어 보내며 생각에 잠겼다. 어차피 소식을 알려봤자 뾰족한 수가 나오는 것도 아니니, 일단 아바르티아는 가만히 내버려두는 게 좋을 것 같았다.

사실 에니샤를 가장 머리 아프게 하는 문제는 카힐이었다. 정령에 대해 명확히 파악하기 전까지, 웬만하면 그 힘을 쓰지 않았으면 했다. 하지만 카힐은 이미 상당 수준까지 힘을 다루고 있었다. 그가 만들어냈던 얼음송곳을 떠올린 에니샤는 입을 삐죽 내밀었다.

에니샤가 쉽사리 카힐을 만류하지 못하는 이유는 하나였다. 복수를 원하는 카힐에게 정령은 마지막 희망과 같을 터였고, 스스로를 제물로 바쳐서라도 힘을 얻으려 할 것이었다. 그러니 에니샤는 그에게 정령을 사용하지 말라고 말할 자격이 없었다. 그런 말을 하려면 적어도 다른 해결책을 내주거나, 인생을 책임져줄 정도는 되어야 했다. 만일 그렇다 하더라도, 카힐이 그것을 원할지는 알 수 없었다. 지금으로선 부디 카힐이 적정 수준으로 힘을 사용하여 먹히지 않기만 바랄 뿐이었다. 그래도 틈날 때마다 한마디씩 툭툭 던지는 정도는 해줄까 싶은데 도통 만날 길이 없었다.

차라리 악령이었으면 조언하기가 더 쉬웠을 것이라 생각하며, 다시 책을 집어 들던 때였다.

"……."

에니샤는 조용히 책을 덮어서 내려놓았다. 그리고 창문을 쳐다보았다. 활짝 열어놓은 창문 사이로 조금 쌀쌀한 초겨울 바람이 불어들고, 커튼이 부드럽게 펄럭였다. 커튼 아래의 그림자 또한 움직임을 따라 이지러지고 모양을 그리길 반복했다. 그러나 그림자 한 구석이 일그러져 있었다.

에니샤는 쯧 하고 혀를 찼다. 어찌어찌 교묘히 움직여 여기까지 들어왔지만, 황녀궁의 결계마법진은 에니샤가 대륙의 평화를 위해 심혈을 기울여 설계한 것이었다. 아르커스 좌우법사도 깨지 못할 수준이니, 결계에 막혀 넘어 들어오지 못하는 것이었다.

에니샤는 의자에서 폴짝 내려와서 창문을 향해 또박또박 걸어갔다. 그리고 손에 마력을 덧씌워 그림자 속에 집어넣었다. 곧 검은 무언가가 텃밭에서 당근 뽑듯이 쑥 뽑혀 나왔다. 자그마한 손에 단단히 붙들려 격렬하게 꿈틀거리는 그것은 사역마였다.

에니샤는 사역마를 들여다보며 눈썹을 모았다.

벨루안의 것은 아닌데…….

제국에는 사역마를 다루는 마법사가 없었다. 또 어느 자살 희망자가 이런 짓거리를 벌였는지 답답할 노릇이었다. 사역마는 주인과 연결되어 있으니, 쓸데없는 짓 하지 말라고 여기다가 적당히 타이를까 하며 입을 여는 순간이었다. 꿈틀대던 사역마가 갑자기 뻣뻣해지더니, 미리 기록해놓은 듯한 소리를 빽빽 내지르기 시작했다.

"황녀님, 사랑해요! 우유빛깔 황녀님! 대륙제일 황녀님!"

한참 동안 빽빽거리던 사역마는 제 소명을 다했는지, 이내 끈적한 액체가 되어 흘러내렸다. 바닥에 흘러내린 액체가 저절로 푸스스 연기를 내며 사라졌다.

에니샤는 그것이 완전히 사라질 때까지 멍하니 쳐다보다가, 매우 진심 어린 어조로 중얼거렸다.

"……뭐야, 이건?"

사역마를 쓰는 마법사는 대륙에서 천시받았다. 악령의 존재 자체를 불길하게 여기기도 하였고, 마법사들도 손쉽게 얻어낸 힘이라며 경멸했다.

아르커스야 온갖 진리를 탐구하는 곳이니 편견이 크지 않았다. 사도적인 술법을 다루는 벨루안과 녹시타가 좌우법사 자리까지 오른 것이 그 방증이었다. 그러나 대륙에서는 혐오에 가깝게 취급받았다. 하지만 유일하게 악령을 적극적으로 받아들이고 이용하는 자들이 있었으니, 서부의 주술사들이었다.

서부는 하루가 멀다 하고 부족 간 전쟁이 일어나는 곳이었다. 죽음을 머리맡에 두고 잠드는 자들에게, 생활을 이롭게 하는 것보다 상대를 빠르게 죽이고 제압하는 술법이 흥하는 것은 당연한 일이었다.

서부 주술사들은 오랜 연구와 검증을 거쳐 발전하는 마법보다, 피를 매개체로 한 저주와 악령, 사령술과 같은 사도에 집중하였다. 특히 단시간에 강한 힘을 얻어낼 수 있는 악령과의 계약은 주술사들에게 최고의 술법이었다. 그러니 황녀궁 코앞까지 사역마를 들이밀 실력이면, 서부 주술사의 짓일 확률이 높았다. 아까 헬라드가 급히 불려나간 것도 그렇고…… 무슨 일이 생길 것 같은 기분이었다.

"설마 하크만이라도 온 건가?"

에니샤는 혼잣말로 내뱉어놓고선 지레 놀랐다. 하크만이 왔다면 주술사가 근처에서 어슬렁대고 있어도 하등 이상할 것이 없었다. 하지만 서부 사막-초원지대의 패자인 스칸샤를 다스리는 하크만이 옆집 드나들 듯 제국에 올 리는 없었다. 적어도 몇 달 전부터 연락을 주고받으면서 온다는 티를 내고, 제국에 들어올 때 요란하게 행진도 펼칠 터였다. 하크만은 아닐 테고, 그냥 정신병자의 소행인 것 같기도 했다.

델 하르인을 불러다 얘기 좀 해봐야겠다고 결론 내리는데, 똑똑 문 두드리는 소리가 들려왔다.

"황녀님, 폐하께서 부르십니다."

헬라드에 이어서 나까지 소환이라니.

에니샤는 고개를 갸웃하면서 시녀장을 따라나섰다.

본궁은 황궁에서 가장 높은 건물이었다. 황궁 어디에서도 한눈에 들어오는 번쩍번쩍한 궁으로 들어선 에니샤는 곧장 로드고가 기다리는 곳으로 향했다.

회의실 앞에서 시녀장이 에니샤의 도착을 알리자, 문이 안에서 덜컥 열렸다.

로시엘이 인형처럼 고운 얼굴을 하고서 에니샤를 향해 미소 지었다. 하지만 웃는 모습과 달리, 긴 속눈썹 아래 투명한 연하늘빛 눈동자에는 숨길 수 없는 신경질이 묻어 있었다. 물론 에니샤를 보자 금방 눈 녹듯이 사라졌지만 말이다.

로시엘이 팔을 뻗어서 조심조심 안아 들었다.

"왔어? 오는 데 힘들진 않았고?"

"웅! 하나두 안 힘들었어요."

나긋나긋하게 묻는 말에 대강 답하며 안을 들여다보았다. 옅게 웅성웅성하는 소리가 들린다 했더니, 귀족들이 회의장에 모여 있었다. 로시엘의 기분이 좋지 않은 것은 저것 때문인 듯했다.

고위 귀족들이 모인 회의실에 온 것은 오랜만이었다. 정말 보통 일은 아닌 모양이었다.

로시엘이 에니샤를 안고 회의실 안에 들어서자, 시선들이 후두

둑 달라붙었다.

"히페리온의 세 번째 별을 뵙습니다."

귀족들은 일제히 자리에서 일어나 간단히 목례하며 예를 갖추었다. 그들과 눈이 마주친 에니샤는 속으로 웃었다. 시선들이 참으로 익숙했기 때문이었다.

황녀님! 제발 살려주세요!

그들의 마음속 외침이 귓가에 쨍하니 울려 퍼지는 듯했다.

회의실 가장 안쪽에는 로드고가 앉아 있었고, 그 옆에는 헬라드가 의자 위에 아무렇게나 널브러져 있었다. 헬라드는 로시엘 품에 안긴 에니샤를 빤히 쳐다보다 얼굴을 찌푸렸다. 그러더니 로드고를 홱 돌아보면서 소리쳤다.

"그냥 전쟁합시다! 저렇게 조그만 애를 그 새끼가……!"

"헬라드, 에니샤 앞이야."

험한 말 쓰지 말라는 로시엘의 경고에 헬라드는 으아아 하면서도 입을 닫았다.

로드고는 말없이 에니샤에게 팔을 벌렸다. 로시엘은 에니샤의 신발을 벗기고 로드고의 무릎 위에 앉혀주었다. 익숙하게 자리를 찾아 앉은 에니샤는 단단한 가슴팍에 등을 기댔다.

로드고는 에니샤를 품에 안고 몇 번 토닥인 후에야 말문을 열었다.

"말하였듯이, 황녀의 의사에 따라 결정할 것이다."

내 의사?

에니샤는 고개를 틀어 로드고를 올려다보았다. 그는 습관적으로 에니샤의 머리를 슥슥 쓰다듬으며 입을 열었다.

"너를 만나길 원하는 손님이 찾아왔는데…… 예고 없는 방문이니 무시하여도 좋다."

누가 봐도 무시하라는 소리였다.

로드고의 말에 두근두근하며 지켜보던 귀족들이 뒷목 잡고 쓰러졌다. 에니샤는 머리를 쓰다듬는 로드고의 손을 잡아 내리며 물었다.

"손님이 누구예요?"

"별 볼 일 없는 자다."

로드고는 딱 잘라 답하였으나, 그런 것치곤 회의실에 모인 귀족들 얼굴이 영 아니었다. 진실로 그의 말처럼 별 볼 일 없는 자라면 에니샤가 여기까지 올 일도 없었으리라.

옆에 앉아 있던 헬라드가 에니샤의 드레스 자락을 잡아당기며 말했다.

"거절해! 오라버니랑 놀기도 바쁜데, 손님 만날 시간이 어디 있냐."

로시엘도 은근히 옆에서 거절을 종용하였다.

"헬라드의 말이 옳단다, 에니샤. 아주 무례한 손님이잖니. 네가 신경 쓸 필요 없어."

달콤하게 살살 꼬여내는 세 남자를 내버려두고, 에니샤는 귀족들을 돌아보았다. 그나마 아는 얼굴인 일리오사 후작이 보였다.

에니샤의 시선이 그에게 머무르자, 귀족들이 일제히 눈치 주는 것이 보였다. 빨리 말 좀 해보라는 따가운 등쌀에 못 이겨, 일리오사 후작이 억지로 입을 열었다.

"스칸샤의 하크만이 황녀님을 뵙길 원합니다."

에니샤는 놀라지 않을 수가 없었다. 설마, 설마 했는데 정말 하크만이 온 것이다. 아까 괴상한 사역마도 그놈 밑의 주술사가 벌인 일이라면…….

하크만은 변태인가?

엄청난 결론에 온몸이 섬뜩할 지경이었다.

잠시 스쳐 지나가는 소름에 어깨를 잘게 떤 에니샤는 로시엘을 바라보았다. 이런 상황에서 그나마 제일 논리적으로 설명해줄 사람이었다.

로시엘은 내켜하지 않으면서도 진상을 요구하는 에니샤에게 자초지종을 말해주었다.

"하크만이 일전에 청혼을 한 이후, 제국에서 거절 답신을 보내고 나니 몸이 달아 직접 찾아온 모양이야. 법도에 맞는 절차를 기다리지 못할 정도로 열렬한 마음이라고 하는데……."

"얼굴만 보게 해달라는데, 말이 돼?"

헬라드가 불퉁한 얼굴로 뒷말을 이었다. 그러자 일리오사 후작이 무서워서 덜덜 떨면서도 끼어들어 말했다.

"허나 하크만은 본인의 무례를 충분히 사죄하였지 않습니까. 제국을 위한 선물도……."

물론 닥치라는 로드고의 시선에 말을 끝내지도 못하고 입을 다물었지만 말이다.

거기까지 들으니 사정이 대강 짐작되었다. 불쑥 제국을 찾아온 하크만이 황녀를 보고 싶다 청했고, 황족들은 당연히 반대하였다. 하지만 귀족들 의견은 여기까지 찾아온 정성을 봐서, 얼굴 정도는 보여줘도 상관없지 않느냐는 것이었다.

하크만과 굳이 대놓고 척을 질 필요는 없다. 서부를 군림하는 스칸샤와 이 기회에 친분을 쌓는 것은, 분명 나쁘지 않은 선택이었다. 특히 하크만이 스스로를 굽혀가면서까지 간절하게 부탁할 경우에는 더더욱 말이다.

부탁을 들어주는 대신 다른 것을 요구할 수도 있었다. 한번 물러나주는 대가로 이용할 수 있는 외교적인 패가 수십 가지이니, 귀족들로선 아쉬울 수밖에 없었다.

스칸샤는 제국이 이때껏 대적해보지 못한 상대였다. 귀족들이 두려워하며 최대한 피하고자 하는 마음을 이해하였다. 어차피 에니샤도 하크만이 궁금하던 차였고, 한번 만나보는 것 정도는 괜찮다는 생각이었다.

귀족들의 청을 들어줄 테지만, 다른 한편으론 조금 얄미웠다. 아무리 나이 스물인 젊은 하크만이라 하여도 에니샤와는 열다섯 차이였다. 그리고 그는 에니샤에게 청혼한 전적이 있었다. 이번에 만남을 청하는 목적도 거기서 크게 벗어나지 않을 터였다. 귀족들은 그것을 뻔히 알면서도 어린 황녀의 등을 떠밀고 있었다. 황실의 힘이 약했다면 매매혼이라도 시켰을 태세였다.

그들의 행태가 매우 마음에 들지 않는 고로, 에니샤는 약간 심술을 부리기로 결심하였다.

"……."

에니샤는 말없이 손으로 로드고의 옷깃을 꼭 부여잡고선, 시선을 아래로 떨어트렸다. 앙다문 작은 입술이 잘게 떨렸다. 항시 에니샤를 예의 주시하는 세 남자가 그런 변화를 모를 리 없었다.

로드고가 커다란 손으로 에니샤의 턱을 받쳐 올렸다. 에니샤와 꼭 같은 주홍색 눈이 지긋하게 시선을 보내왔다. 무슨 일인지 묻는 눈빛에, 에니샤는 사슴같이 촉촉한 눈망울을 하고서 조그맣게 물었다.

"나 결혼하는 거예요……?"

대번에 로드고의 눈썹이 꿈틀거렸다.

"에니샤, 그런 것이 아니라, 그냥 얼굴만 비추는……."

로드고가 조급히 진실을 말해주려 하였다. 하지만 그의 말을 잘라내고서, 에니샤는 슬픈 눈으로 더듬거리듯 속삭였다.

"아직, 아직으은…… 아버지랑 오라버니들 곁에 있고 싶은데……."

울음을 참듯이 연신 눈을 깜빡였다가, 로드고의 손을 끌어다 얼굴을 덮었다.

그의 손에 얼굴을 부비며 흐느끼듯 중얼거렸다.

"그래두…… 제국을 위해서라면……. 모두가 원한다면……."

흐흑!

이쯤에서 울음소리를 한 번 터뜨려준 다음, 에니샤는 마지막 쐐기를 박았다.

"하크만과 결혼할게요……."

어디서 뭔가 뚝 끊어지는 소리가 들려왔다. 로드고와 쌍둥이의 이성이 끊어지는 소리였다.

황족들은 매번 아무런 무기 없이, 비무장 상태로 회의에 참석하였다. 그럼에도 귀족들은 항상 목숨이 날아갈까 무서워 벌벌 떨었다. 굳이 날카롭거나 둔중한 무기가 없더라도, 황족들은 맨손으로 목뼈를 부러뜨리는 괴물들이기 때문이었다. 그런고로, 귀족들은 오늘 이곳이 공동묘지가 될 수도 있겠구나 하고 생각했다.

"……."

막내 황녀님의 충격 발언이 끝나기가 무섭게, 로드고와 쌍둥이는 일제히 일리오사 후작을 쳐다보았다. 표정 없는 그들의 눈에는 이미 살기가 가득했다.

일리오사 후작은 멍하니 입을 벌리고 있다가 다급하게 외쳤다.

"황녀님! 그, 아닙니다. 겨, 결혼 같은 것이 아니라, 그냥 서로 얼굴만! 얼굴만 아주 잠깐……!"

더듬더듬해가며 열심히 변명하였으나, 에니샤는 이미 연기에 심취한 뒤였다. 로드고를 붙잡고 흐끅흐끅 하느라 후작을 바라보지도 않았다.

번뜩거리는 세 남자의 눈빛에 일리오사 후작이 찍 소리도 못 하고 바로 빌기 시작했다.

"죽을죄를 지었습니다! 제가 생각이 짧아……."

"죽을죄?"

헬라드가 말끝을 낚아채 되물었다.

일리오사 후작은 불안히 눈치를 살피며 대답했다.

"예, 죽을죄……."

"그럼 죽어야지."

"예……. 예에?!"

반사적으로 대답하다 뒤늦게 이상함을 깨달은 후작이 기겁하였다.

느긋하게 자리에서 일어난 헬라드가 말했다.

"후작께서 이리 간절히 처벌을 원하시니, 내 어쩔 수 없이 청을 들어드려야 하지 않겠소?"

죽을죄니까 죽어야 한다는 지극히 직관적인 사고방식이었다.

감히 막내 황녀의 눈에서 눈물을 뽑은 죗값으로 목숨을 받으면 적당하겠다며, 헬라드가 뚜둑뚜둑 소리 나게 손을 풀었다. 물론 일리오사 후작 하나 죽는다고 끝나는 일은 아니었다. 그다음 차례로 쓸려나갈 귀족들은 질겁하면서 그나마 말이 통하는 로시엘에게 매달리려 하였다. 하지만 로시엘은 에니샤 옆에서 오구오구 하며 어르고 달래기 바빴다.

"우리 에니샤가 많이 놀랐구나."

로드고의 품에 폭 파묻혀서 흐엉엉 하고 있던 에니샤는 얼굴을 빼꼼 내밀었다. 그 모습에 로시엘은 살짝 미소 지으며 에니샤의 손을 붙잡았다. 작은 손을 양손으로 포개 잡고 조물조물하며 말하였다.

"네가 결혼이라니……. 그런 끔찍한 소리는 하지 말아."

화사하게 웃는 얼굴에 다정다감하기 짝이 없는 말투였다. 하지만 로시엘의 눈은 맛이 가 있었다.

"하크만 그놈을 어찌해줄까?"

그러더니 귓가에 속닥속닥하는 소리가, 아까 헬라드보고 동생 앞에서 입조심하라고 성질냈던 사람 같지 않은 말들이었다.

새어 나가는 말을 들은 귀족들은 이제 체념한 얼굴로 생의 마지막을 준비하기 시작했다.

에니샤는 발개진 코끝으로 끄흥 하고 울음을 삼켰다. 이쯤 해서 슬슬 수습하지 않으면 정말 귀족 합동 장례식이라도 치를 판이었다.

그러나 아직 끝이 아니었다.

"에니샤."

여태 관망하고 있던 로드고가 드디어 입을 열었다. 그의 목소리가 깔리자, 회의장 안의 모든 사람이 마법이라도 걸린 듯 일시에 몸을 멈추었다. 귀족들은 전부 로드고를 돌아보았다. 로드고는 제게 쏠리는 시선에는 전혀 신경 쓰지 않은 채, 부드러운 목소리로 물었다.

"하크만이 싫으냐?"

그는 에니샤에게 마치 과자 줄까, 하고 묻듯이 질문하였다.

"죽여줄까?"

회의장은 정적에 잠겨 들었다. 로드고는 한 입으로 두말하는 사람이 아니었다. 특히 에니샤와 관련된 문제에선 더더욱 그러했다. 여기서 에니샤가 네! 하고 대답한다면 아마 로드고는 바로 칼 뽑아서 달려갈 것이었다. 덤으로 헬라드와 로시엘도 함께 말이다.

귀족들은 숨죽인 채로 에니샤의 입만 쳐다보았다. 제국의 명운이 달린 도톰한 입술이 오물거리며 말을 뱉어냈다.

"괜찮아요. 결혼하는 게 아니라면 상관없는걸요."

그 한마디에 귀족들은 죽었다 살아난 것처럼 안도의 숨을 내뱉으며 탁자 위에 쓰러졌다. 에니샤는 그 광경을 쳐다보며 혼자 어깨를 으쓱하였다.

마음 같아선 에니샤도 건방진 하크만을 확 어찌어찌 해버리고 싶었다. 허나 이성적으로 보았을 때 그건 좋지 않은 생각이었다.

제국은 이미 연이은 정벌전쟁을 벌였다. 여기서 또 스칸샤와 전쟁을 벌인다면, 아무리 히페리온이라 하여도 무리다. 특히 서부의 사막-초원지대는 제국군에게 익숙하지 않은 장소였다. 그런 곳에서 기동성과 전투력이 뛰어난 유목민족을 상대해야 한다.

늘 그러하듯이, 히페리온은 승리할 것이다. 하지만 전쟁이 장기전으로 이어지며 국력을 낭비할 가능성이 높았고, 서부의 땅은 손실을 감안할 만큼 매력적인 곳도 아니었다. 승전하여도 이득보다 손해가 큰 전쟁이다.

에니샤는 의젓하게 등을 펴고서 말했다.

"헬라드 오라버니도 그만하세요. 후작께선 제국을 위해 발언하셨잖아요."

그 말 한마디에 방금까지 살인마 같던 헬라드는 금세 순한 양이 되었다.

헬라드가 온순한 얼굴을 하고서 에니샤에게 쪼르르 달려와 물었다.

"그럼 오라버니가 뭐 해줄까?"

조련술이 극에 달한 에니샤는 방긋 웃으며 말했다.

"안아주세요."

그러자 헬라드가 몽글몽글한 크림처럼 녹아내려 버렸다. 그는 화내던 것도 잊어버리곤 에니샤를 답삭 끌어안았다.

헬라드와 로시엘이 사랑하는 동생을 품에 안고 둥개둥개 하는 사이에, 로드고는 귀족들과 대화를 나누었다.

"하크만의 입궁을 허락하겠다."

로드고가 한쪽 손으로 턱을 괴며 느슨하게 말했다.

"그대들이 원하는 대로 되었으니, 참으로 만족스럽겠군."

기실 협박에 가깝긴 하였지만, 일단 표면상으로는 대화였다. 귀족들은 원하는 것을 얻었으나 불안한 낯을 감추지 못했다.

"일국의 왕을 맞이하는 일이니 응당 연회를 준비하여야 하나, 지난 정벌로 황실 국고가 비어 예산이 부족한 터……."

로드고가 입매를 비뚜름하게 비틀며 덧붙였다.

"황실을 위하는 만큼, 제국을 위한 충성을 보여주었으면 좋겠군."

한마디로 나는 하크만한테 돈 쓰기 싫으니 너희가 돈 내놓으라는 소리였다. 거기서 귀족들이 할 말이 있을 리가 없었다. 그들은 아무 말도 못 하고, 그 자리에서 로드고에게 꼼짝없이 한 밑천 뜯어 바쳤다.

아르커스의 모든 것은 마법으로 이루어져 있다. 말 그대로 머리부터 발끝까지, 아주 사소한 일상생활 하나하나에서도 마법을 써야 하기에 마법사가 아닌 사람은 살아갈 수 없는 나라였다.

하다못해 욕탕에 물을 받는 것도 그러했다. 아르커스에는 수도관이 존재하지 않았다. 관이 연결되지 않은 수도꼭지에 그려진 것은 마법진이었다.

벨루안은 수도꼭지의 마법진에 마력을 주입하였다. 뜨겁게 데운 물이 콸콸 쏟아져 나와 금세 커다란 대리석 욕탕을 가득 채웠다. 목욕물 채우는 일에 마법이라니, 대륙 사람들은 기겁하겠지만 아르커스에서는 당연한 일이었다.

물이 차는 것을 확인한 벨루안이 천천히 로브를 벗자, 흘러내린 옷자락 사이로 늘씬한 몸이 드러났다. 우툴두툴한 자상의 흉터로 가득한 몸이었다. 자잘한 흉터들 사이에 유독 도드라지는 커다란 흉터가 하나 있었다. 상반신 전체를 뒤덮은, 심장부터 골반까지 가로지르는 흉터였다.

"……."

벨루안은 잠시 제 흉터를 내려다보았다가, 탕에 몸을 담갔다. 약초와 허브를 넣은 물에서 더운 김과 함께 풀 냄새가 올라왔다.

물이 멈춘 수도꼭지에서 똑, 하고 물방울이 떨어졌다.

벨루안은 습기에 젖은 머리카락을 쓸어 넘기며 욕탕 가장자리에 몸을 기대었다.

아르커스로 귀환한 지도 어느새 제법 시간이 흘렀다. 그날 이후, 아르커스는 전쟁을 준비하기 시작했다. 히페리온 제국에게서 세 번째 별을 빼어 오려면 무력 충돌은 피할 수 없는 수순이었다.

당연히 절대적인 힘을 비교하였을 때, 아르커스는 제국을 이길 수 없었다. 그럼에도 아르커스가 전쟁을 불사하는 이유는 어느 정도 믿는 구석이 있기 때문이었다.

하늘을 떠다니는 천공섬은 하나의 요새와 같아서, 일정 수준의 마법사가 아닌 이상 공격이 불가했다. 대법사를 천공섬으로 데려오는 것까지만 성공한다면, 제 아무리 히페리온이라 하여도 손댈 수 없다.

문제는 그 과정이었다. 가장 상책은 대법사가 아르커스를 택하는 것이지만, 가장 가능성이 낮은 경우이기도 했다.

대법사는 정이 많은 성격이었다. 그녀는 이미 히페리온 황족들에게 마음을 주었다. 아르커스에 오려고 하지 않을 터이니, 강제로 끌고 와야 한다.

순순히 따라주면 참 좋을 텐데…….

아마 이번에도 마력제어구를 채워야 할 것 같았다.

대법사는 분명 자신을 원망할 것이다. 하지만 막상 아르커스에 돌아와서, 그녀를 그리던 수많은 이들을 보면 조금씩 누그러지리라. 약한 것을 지나치지 못하는 사람이니 가엾은 척을 하며 설득하면 언젠가는 용서해줄 것이었다.

그녀의 얼굴을 머릿속에 그리며, 벨루안은 나른한 숨을 뱉었다. 그때 짙은 녹색의 삼족오가 욕탕으로 길게 날아 들어왔다. 마력으로 만든 삼족오는 꼬리를 길게 휘날리며 욕탕 위를 선회하였다. 녹시타의 연락이었다.

벨루안은 쯧 하고 혀를 짧게 차고는 몸을 일으켰다. 천성이 게을러터진 녹시타는 방에서 나가기 귀찮다며 온갖 연락을 삼족오로

대체하곤 하였다. 열에 아홉은 쓸모없는 헛소리지만, 가끔 하나 정도는 중요한 말이 있어서 재깍재깍 연락을 받아주는 편이었다.

벨루안은 물기를 대충 훔쳐내곤, 가운을 느슨하게 걸친 후에 손을 내밀었다. 허공을 맴돌던 삼족오가 손등 위에 앉아서 녹시타의 목소리를 뱉어내었다.

— 벨루안…….

평소처럼 느릿느릿한 목소리인데, 어쩐지 느낌이 조금 이상했다.

"말해."

— 스칸샤의 하크만 말인데…….

하크만이라는 소리에 미간이 좁아졌다. 주제도 모르고 대법사에게 청혼한 놈이었다. 히페리온 황족들이 알아서 잘 막아냈지만, 그 놈 때문에 벨루안은 한동안 기분이 저조하였다. 하크만 이야기만 나와도 절로 이가 부득 갈릴 정도였다.

"하크만이 왜."

그리고 이어진 말에 벨루안은 욕탕을 박차고 뛰쳐나갔다.

— 그가 황녀를 만나려고 히페리온 제국을 방문하였다는데……?

하크만이 황궁을 찾는 날, 로드고는 황녀궁의 시녀들에게 에니샤를 최대한 못생기게 꾸미라는 특명을 내렸다.

난생처음 받아보는 명령에 시녀들은 적잖이 당황했으나, 우선은 최선을 다해보았다. 그러나 거적을 덮어놔도 타고난 미모를 가릴 수는 없는 법이었다.

로드고는 황녀궁에 죽치고 앉아서 이것도 빼고, 저것도 빼고, 하면서 몇 번이나 퇴짜를 놓았다. 장신구는 다 빼고 드레스도 밋밋한 것으로 입었으나, 에니샤는 여전히 뽀송뽀송 예쁘기만 하였다.

결국 먼저 포기한 것은 로드고였다.

"……뭘 해도 예쁜 건 어쩔 수가 없군."

로드고는 싫으면서도 좋은 표정으로 한숨 쉬더니, 에니샤를 안아 들었다. 커다란 로드고에 비해 에니샤는 한 줌인지라, 고목나무 위에 조그만 울새가 매달린 모양새였다. 로드고는 에니샤의 뺨에 쪽 소리 나게 뽀뽀한 후 본궁으로 향했다.

하크만을 맞이하기 위해 히페리온의 고위귀족들 또한 소집되었다. 양쪽으로 늘어선 그들의 표정에는 긴장감이 역력했다. 혹시나 하크만이 개수작을 부려서 로드고와 쌍둥이가 피를 보는 결과가 나오진 않을까 안절부절못하는 것이었다. 에니샤도 그게 조금 걱정이긴 하였다.

로드고는 제 무릎 위에 에니샤를 앉히고, 양옆에 쌍둥이 황자를 두었다. 그는 하크만을 들이기 전에 에니샤에게 단단히 교육시키는 것도 잊지 않았다.

"혹여나 그놈이 헛된 망상을 품을 수도 있으니, 절대 웃어주지 말거라. 아니, 눈도 마주치지 않는 것이 좋겠어."

눈 한 번 마주친 것 가지고도 온갖 망상을 다 할 수 있다며, 아예 그쪽은 쳐다보지도 말라고 당부하였다. 혹시 우연히라도 시선이 닿거든 이런 얼굴을 하라며, 헬라드는 굉장히 혐오하는 표정을 시범으로 보여주기도 했다.

이때까지만 해도 에니샤는 그냥 재밌었다. 하크만이 어째서 얼굴도 보지 못한 다섯 살짜리한테 이렇게 매달리는지 궁금했다. 제국이랑 혼인동맹을 맺고 싶어 그러는 것일까, 막내 황녀님을 좋아하는 것일까, 아니면 그냥 변태라서 그런 것일까. 막내 황녀님 자체가 대륙에서 가지는 의미가 크니, 장식해놓고 싶은 마음에 원하는 자일지도 몰랐다. 서부를 다 때려 부수고 있다는 놈의 얼굴이 궁금하기도 하였다. 하지만 매우 흥미롭고 두근두근하던 에니샤의 마음은 잠시 후 와장창 부서졌다.

"히페리온의 세 번째 별을 뵙게 되어 영광입니다."

한껏 달콤한 눈웃음을 지어 보이는 하크만의 인사에, 에니샤는 속으로 100가지 정도의 욕을 해주었다.

아바르티아가 하크만이라니…….

최악도 이런 최악이 없었다.

경매장에서 있었던 일들이 눈앞에 휙휙 스쳐지나갔다. 에니샤는 뭐 씹은 표정으로 시선을 돌렸다.

굉장히 무례한 행동이었으나 로드고와 쌍둥이는 흐뭇해했고, 심지어 하크만조차 좋다고 웃었다. 저놈은 아마 지금 에니샤가 달려들어서 뺨을 올려붙여도 좋아할 것이었다. 저가 원하는 대로 손바닥 위에서 굴려댔으니, 재밌지 않을 수가 없을 터였다.

에니샤가 속을 부글부글 끓이는 동안, 하크만은 제법 예의를 갖추고 로드고와 대화하였다. 악령 주제에 인간 흉내가 그럴듯했다.

로드고와 의례적인 이야기를 주고받던 하크만은 제 뒤에 늘어선

신하들에게 손짓하였다.

"약소하나마 황녀님을 위하여 준비하였습니다."

에니샤는 작은 나무 상자를 손에 쥐게 되었다. 짙은 붉은빛이 도는 상자에서는 장미 향이 배어 나왔다. 장미목으로 만든 상자였다.

뚜껑을 열어보니, 안에는 투명한 장미수정으로 만든 육각주가 들어 있었다. 표면에 빼곡하게 새겨진 마법문자를 해독해본 에니샤는 기분이 나빠졌다. 그의 선물은 지금 에니샤에게 가장 필요한 물건이었다.

하크만이 빙긋이 웃으며 말하였다.

"일시적으로 마력을 증폭시키는 마력증폭구입니다."

마력증폭구라는 말에 귀족들이 술렁였다. 로드고와 쌍둥이들도 조금 놀란 눈치였다. 마력제어구와 달리, 마력증폭구는 돈 주고도 살 수 없는 몹시 귀한 물건이었다. 있는 것을 없애는 게 아니라, 없는 것을 만들어내는 도구이기 때문이었다.

일단 만드는 공정부터가 까다로웠다. 고위 마법사 셋 이상이 100일 동안 달라붙어 마력을 주입하고 마법문자를 새겨야 했다. 하지만 그렇게 고생해서 만들어도, 쏟아붓는 마력에 비해 담아낼 수 있는 마력은 현저히 적었다.

결정적으로 마력증폭구는 일회용이었다. 들이는 공은 어마어마한데 사용은 단 한 번밖에 하질 못하니, 효율이 떨어지다 못해 아예 없는 수준이었다. 마력 낭비의 상징과도 같았기 때문에 아르커스에서도 찾아볼 수 없는 물건이었다. 대륙에도 몇 개 있을까 말까 한 것을 하크만이 선물로 바친 것이다. 마법사인 황녀를 위한 세심함이 돋보이는 선물이었다.

난생처음 마력증폭구를 본 귀족들은 아낌없이 감탄하였다. 정작 선물의 주인인 에니샤는 시큰둥했지만 말이다. 고맙다는 인사도 하지 않고 입을 꾹 다문 채, 가만히 앉아있기만 하였다.

로드고가 에니샤를 대신하여 감사의 말을 하고, 하크만과 대화를 나눠주었다.

"귀한 선물에 감사하오."

"황녀님을 위한 것이니 모자라게만 느껴질 뿐입니다."

하크만이 대화를 나누며 간간이 시선을 던져왔으나, 에니샤는 필사적으로 외면했다.

다행히 대면은 길지 않았다. 로드고는 하크만에게 황궁에서 가장 좋은 손님용 궁을 내어주고, 시종장에게 안내를 맡겼다.

하크만이 퇴장한 이후 에니샤는 곧장 황녀궁으로 돌아갔다.

저녁에 하크만을 환영하는 연회가 열리지만, 아직 어린 에니샤는 참석하지 않는다. 로드고와 쌍둥이 황자들만 하크만을 접대할 것이니, 에니샤의 오늘 일정은 끝이었다.

"하아……."

황녀궁에 돌아오자마자 에니샤는 침대에 풀썩 쓰러졌다. 다른 사람 눈에도 기분이 좋지 않아 보였는지, 시녀장이 걱정스레 물었다.

"황녀님, 따뜻한 차를 올릴까요?"

"아니……. 되었어."

경매장에서 곧 다시 만난다며 으스대던 것이 이런 뜻이었나.

에니샤는 화를 참지 못하고 베개를 퍽 내려쳤다.

청혼이라니, 뻔뻔스러운 정도가 아니라 미친놈이었다.

아니, 원래 미친놈이긴 했지만…….

애꿎은 베개만 죽어라 내려치던 에니샤는 문득 멈칫하였다. 창문가에서 일렁거리는 그림자가 보였다. 하크만은 둘째 치고, 일단 저것부터 해결 봐야 할 것 같았다.

에니샤는 자리에서 벌떡 일어났다.

"나 산책 다녀올게."

달라붙는 시녀들을 떼어놓고, 에니샤는 혼자 금빛숲으로 향하였다.

전부 하크만의 접대를 위해 본궁 쪽에 몰려있어서 금빛숲으로 가는 길은 한산했다. 초겨울 공기가 조금 서늘했다.

에니샤는 자박자박 걸음을 옮겼다. 상록수를 제외하곤 나뭇잎이 죄다 떨어져 숲의 가지들이 앙상하였다. 하지만 금빛나무는 언제나 그렇듯 아름다운 금색 잎사귀를 자랑하였다. 한겨울이 되어도 홀로 바짝 마른 숲에서 금빛을 일렁일 터였다.

잠시 금빛나무를 올려다보며 기다렸으나, 주변은 고요하기만 하였다. 에니샤는 결국 입을 열어 명령했다.

"나와."

바람이 숲을 쓸어내렸다. 나뭇잎 쓸리는 소리가 한 차례 사각사각 스치고 나자, 소년과 청년의 경계선에 선 남자가 스르륵 나타났다. 연한 분홍색 머리에 진달래 같은 눈동자, 가느다랗고 고운 선을 가진 귀여운 생김새의 남자는 스칸샤 복식을 입고 있었다.

그는 잔뜩 상기된 얼굴로 에니샤를 쳐다보았다. 그러다 에니샤가 인상을 찡그리자, 뒤늦게 바닥에 무릎을 꿇으며 인사 올렸다.

"히페리온의 세 번째 별을 뵙습니다. 스칸샤의 이르가입니다."

에니샤는 이르가를 위아래로 살펴보았다. 쌍둥이 황자들보다 나이가 조금 많은 듯한, 아직 어려 보이는 남자였다. 하지만 그의 허리춤에는 황금으로 만든 작은 낫이 매여 있었다. 황금낫은 서부 주술사들이 사용하는 주술 도구였다. 스칸샤의 뱀 문양이 새겨진 낫은 날을 세우지 않아 뭉툭했다.

에니샤를 올려다보는 이르가의 눈이 반짝거렸다.

"하크만께서 제게 황녀님을 모시라는 임무를 내리셨습니다."

관찰을 끝낸 에니샤는 팔짱을 끼고서 그에게 질문했다.

"네놈이 사역마를 보낸 것이냐."

일부러 기분 나쁘도록 거만하게 말했는데, 어째 이르가의 눈은 더욱 반짝반짝해졌다.

"예, 그렇습니다! 역시 황녀님이시라면 단박에 알아봐주실 줄 알았습니다."

그가 무릎걸음으로 종종 다가와 달라붙으며 말했다.

"꿈만 같습니다. 항상 이야기만 들었는데, 정말이지, 이렇게 눈앞에서 살아 숨 쉬는 황녀님을 보게 될 줄이야! 이제 저는 죽어도 여한이 없습니다."

열렬한 그의 태도에 에니샤는 잠시 고민에 빠졌다. 황녀궁에 사역마를 보낸 일을 추궁하고 싶은데, 어째서인지 혼내면 더 좋아할 것 같아서였다.

고민하는 사이, 어느새 이르가는 바짝 달라붙듯이 다가왔다. 조금 위험하다 싶을 정도로 가까운 거리였다.

에니샤를 올려다보던 이르가의 숨소리가 거칠어졌다. 그는 눈이 부시다는 듯 손을 치켜올렸다가, 이내 달뜬 목소리로 외쳤다.

"아아, 이리도 아름답고 강한 영혼이라니……!"

하크만의 수하답게, 아무래도 정상은 아닌 것 같았다. 눈썹을 치켜올리는 에니샤 앞에서, 이르가는 사랑고백이라도 하듯 열렬히 말을 이어갔다.

"황녀님이야말로 진정한 카딘이 되실 분입니다. 하크만의 곁에서 모든 스칸샤 위에 군림하실……!"

그러나 그의 말은 끝까지 이어지지 못했다. 퍽 하는 소리와 함께 이르가는 세 바퀴 정도 데굴데굴 굴러 나가떨어졌다.

이르가를 내려친 것은 거대한 얼음덩어리였다.

"황녀님께 손대지 마십시오."

서늘한 냉기와 함께 새하얀 카힐이 사뿐하게 내려앉았다.

"그 이상의 접근은……."

청회색 눈동자가 냉랭하게 이르가를 응시하였다.

"허용하지 않겠습니다."

눈 깜빡할 사이에 벌어진 일이었다.

뜻밖의 등장에 에니샤는 당황하였다. 근래 금빛숲을 부지런히 들락날락하여도 카힐을 만나지 못했던지라, 당연히 오늘도 그가 없으리라 생각했다. 조용하게 이야기 나눌 장소를 찾아 금빛숲으로 왔는데, 하필이면 이런 때 등장한 것이다. 반갑기는 하지만 조금 곤란했다. 당장 지금만 해도 이르가를 나무둥치에 처박아놓지 않았는가. 이러다가는 순식간에 유혈 사태가 벌어질지도 모른다.

"카힐……!"

그의 이름을 부르는데도, 카힐은 대답하지 않고 에니샤를 샅샅이 살폈다. 다친 곳이 없다는 것을 확인한 뒤에야, 카힐은 천천히 숨을 뱉었다.

주변에 어린 냉기 때문에 하얗게 입김이 서렸다. 카힐이 어금니를 빠득 소리 나게 깨물며 말했다.

"감히 황녀님께……."

그의 발치에는 이미 살얼음이 가득 얼어서 버석버석 소리가 났다. 에니샤는 머리카락에 달라붙은 눈송이를 털어내며 말했다.

"하크만의 주술사를 이리 대하면 어떡해."

그러자 카힐은 그게 무슨 상관이냐는 눈으로 쳐다보았다. 하긴, 하크만의 주술사가 아니라 하크만 본인이었어도 카힐은 똑같이 행동했을 것이다.

잔뜩 화가 난 카힐의 모습에 로드고와 쌍둥이가 떠올라서 웃음이 나왔다. 이런 상황이었다면 그들도 카힐보다 더하면 더했지, 덜하진 않았을 터였다.

"너는 조금 더 이성적일 필요가 있어."

히페리온 황족들한테 해야 할 말을 카힐에게 해주며, 에니샤는 바닥을 가리켰다.

금빛숲이 얼어붙어가는 모습을 본 카힐은 뒤늦게 힘을 조절하였다.

그때 구석에 처박혀 있던 이르가가 끙끙거리며 몸을 일으켰다.

품이 넉넉한 천으로 몸을 두른 스칸샤 의복이 온통 흐트러져 있었다. 이르가는 삐뚤어진 황금낫부터 허리춤에 바로 꽂고서 입을 열었다.

"하아……. 이렇게 얻어맞은 건 하크만께서 상대해주신 이후로 오랜만인지라, 조금 흥분되네요."

그가 잔뜩 붉어진 얼굴을 하고서 더운 숨을 내뱉으며 말했다.

"기왕이면 황녀님께서 직접 저를 벌해주셨다면 더 좋았겠지만……."

"……."

카힐과 에니샤는 잠시 얼음동상이 되어서 눈만 깜빡였다.

꼼짝없이 멈춰 있다가, 먼저 정신을 차린 것은 카힐이었다. 카힐은 에니샤를 번쩍 안아다 이르가와 멀찍이 떨어진 곳에 내려놓으며 말했다.

"최대한 떨어지는 것이 좋겠습니다."

"뭡니까! 사람을 역병 취급하고!"

이르가가 방방 뛰며 항의하였으나, 에니샤도 카힐도 단호하게 무시하였다.

과연 아바르티아의 수하다웠다. 아바르티아가 남을 괴롭히는 데서 즐거움을 얻는다면, 저쪽은 당하는 것이 기쁜 모양이었다. 완벽한 주종이라고 생각하는데, 에니샤와 눈이 마주친 이르가가 제 양손을 꼭 부여잡고서 말했다.

"정말이지 너무합니다. 제가 황녀님을 얼마나 뵙고 싶었는데, 이리 대하시다니……."

자신이 보낸 사랑의 사역마를 받지 않았느냐며, 이르가는 불쌍한 척 찡찡거렸다. 그러나 에니샤한테는 씨알도 먹히지 않는 수작이었다.

짱알거리던 이르가는 에니샤에게서 아무런 반응을 얻지 못하자 잔뜩 풀죽었다. 그러다 카힐을 발견하곤 다시 쌩쌩해졌다.

이르가는 비실비실 웃으며 카힐에게 말을 걸었다.

"그나저나, 당신이 그 '개'인가 봅니다?"

개?

이해할 수 없는 단어에 에니샤는 눈매를 찡그렸다.

"하크만께서 말씀하시길, 황녀님이 충성스러운 개를 한 마리 키우신다고 하던데……."

이르가는 해맑은 미소와 함께 말했다.

"멍청한 개라서 그런지, 사리 분별 없이 분수에 맞지 않는 것을 탐낸다고."

카힐은 아무 말도 하지 않았다. 감정을 읽을 수 없는 무표정한 얼굴을 하고 있을 뿐이었다. 에니샤 앞에서는 잘 내보이지 않는 표정이었다.

대꾸 없는 카힐 앞에서 이르가는 마력을 끌어올렸다. 그가 손가락 끝을 으득 깨물더니, 황금낫의 날을 쓸어내렸다. 금색 날 위에 피의 선이 그려지며 분홍색 마력이 일렁였다.

"주제 모르는 개에게 약간의 교육을 시켜주는 건……."

조금 전까지 손바닥만 하던 황금낫이 마력의 일렁임을 따라 길쭉하게 늘어났다. 이르가는 제 몸만큼 길고 커진 낫을 쥐고서 실쭉 웃었다.

"황녀님을 위해서도 좋지 않을까요?"

두 가지 힘이 부딪친 것은 순식간이었다. 쾅 하는 소리와 함께 이르가의 낫과 카힐의 얼음이 부딪쳤다.

"……!"

이르가는 코앞까지 다가와 있었다.

카힐이 빠르게 얼음방벽을 세워 방어하였으나, 이르가의 낫은 그것을 산산조각 내버린 뒤였다.

사방으로 얼음 파편이 튀었다. 카힐은 에니샤에게 파편이 튀지 않도록 제 몸을 던져 막았다. 그사이에 이르가의 낫이 다시금 허공을 갈랐다.

간발의 차로 아슬아슬하게 막아냈지만, 카힐은 아까 이르가가 그러했듯 바닥을 나뒹굴어야 했다.

이르가는 소리 내어 웃으며 외쳤다.

"정령의 계약자라더니, 힘도 제대로 쓸 줄 모르는 애송이였군요!"

카힐은 곧장 몸을 바로 세웠으나, 입가로 핏줄기가 흘러내렸다.

"……."

카힐이 천천히 손등으로 피를 닦아내었다. 옅은 청회색 눈동자가 깊숙하게 가라앉았다. 순간 살이 에일 듯한 추위가 느껴지더니, 허공에 얼음송곳이 생겨나기 시작했다. 여태 보았던 그 어떤 얼음송곳보다 훨씬 흉흉하고 사나운 기운이 느껴졌다.

"아아, 이제 좀 재밌어지네……."

이르가는 커다랗게 낫을 휘두르며 광기 어린 목소리로 말했다.

"하지만 부족합니다. 그 정도로는 아직 한참 부족하다구요……!"

그리고 구경하고 있던 에니샤는 저가 나서야 할 때임을 깨달았다. 웬만하면 좋게 해결하려 했더니, 아무래도 안 될 모양이었다.

에니샤는 자박자박 두 사람 사이로 걸어 나갔다.

"황녀님, 위험합니다."

카힐이 놀라서 붙잡았으나, 에니샤는 그를 찌릿 하고 째려보았다.

"늑대모피."

오랜만에 부르는 호칭에 카힐이 움찔하였다.

"너 일전에 아할든 종자들 팔다리 다 부러뜨려놨다며?"

"……그건."

"지금 사고 친 지 얼마나 됐다고 또 일을 벌일 생각이야?"

"……."

"내가 해결할 테니 얌전히 보고 있어."

카힐은 조용히 손을 놓았다.

에니샤는 그를 지나쳐, 이르가의 앞에 발을 멈추었다.

이르가가 눈을 동그랗게 뜨고서 에니샤를 내려다보았다.

에니샤는 가볍게 숨을 들이마시곤, 마력을 끌어올렸다. 마력의 움직임에 이르가의 눈이 가늘어졌다.

에니샤가 손을 내뻗자, 금빛 마력이 그물처럼 뻗어나가 이르가의 낫을 감쌌다. 조금 전까지 거대하던 낫이 한 차례 요동치더니, 거짓말처럼 다시 손바닥 크기로 줄어들었다.

"어……."

이르가는 조금 멍청한 얼굴을 하고 있다가, 뒤늦게 기겁하며 툭 떨어지는 낫을 받아 들었다. 바닥에 추락하기 직전 아슬아슬하게 받아낸 이르가가 원망스레 외쳤다.

"황녀님, 너무합니다! 그래도 이거 나름 국보인데……. 읏!"

그가 말을 하다 말고 눈을 부릅떴다. 에니샤의 마력이 몸을 짓누른 탓이었다. 마력의 그물은 이제 이르가의 몸을 옥죄었다. 그는 반항하려는 듯 잠시 제 마력을 일으켰으나, 에니샤가 더 큰 힘을 실어 내리누르자 이내 순종하였다.

이르가는 천천히 무릎을 꿇었다. 그가 에니샤를 올려다보며 떨리는 목소리로 말했다.

"화, 황녀님……."

에니샤는 이르가의 무릎 위에 발을 얹었다. 흙 묻은 발이 지그시 누르는 힘에 그는 적잖이 당황한 듯했다.

가만히 바라보자, 이르가는 작게 몸을 떨며 눈을 아래로 깔았다. 에니샤는 그에게 얼굴을 바짝 가까이 붙였다.

"고개 들어."

맞닿은 시선에 분홍색 눈동자가 파들파들 흔들렸다.

에니샤는 고개를 살짝 기울이며 물었다.

"하크만이 나를 이렇게 모시라 하였나?"

이르가의 동공이 바짝 줄어들었다. 그는 숨조차 제대로 못 쉬고 헐떡이다, 겨우 입을 열어 말했다.

"죄송합니다……."

거짓말처럼 고분고분해진 모습이었다.

에니샤는 그를 밀쳐내며 차갑게 말하였다.

“그만 날뛰고, 네 주인에게나 돌아가도록.”

이르가는 한참 무릎을 꿇은 채 있다가, 뒤늦게 비척비척 일어났다. 눈이 몽롱한 것이, 반쯤 정신 나간 얼굴이었다.

그가 황홀한 표정을 하고선 에니샤가 발자국을 찍어놓은 제 옷자락을 만지작거렸다. 그러다 발자국이 지워지지 않도록 마력을 덧씌우기까지 하였다. 이르가는 몹시 감격한 얼굴로 중얼거렸다.

“가보로 삼을 겁니다……. 대대손손 보존할 테야……”

에니샤는 그만 말문이 턱 막혀버렸다. 생각보다 더 심한 변태였다.

뒤에서 뭔가 쩌적 얼어붙는 소리가 들려왔다. 왠지 뒤돌아보면 카힐이 얼음송곳을 100개쯤 만들어놨을 것 같았다. 간신히 식혀놓은 싸움이 다시 불붙기 전에, 저놈을 빨리 치워버려야 할 것 같았다.

에니샤는 이르가에게 그만 꺼지라고 열심히 신호를 보냈다. 하지만 이르가는 아랑곳하지 않고 꿋꿋하게 할 말을 이어갔다.

그는 한쪽 손으로 제 가슴 위를 꾹 눌렀다.

“그……. 오늘 황도십이궁으로 점을 쳐봤는데 제가 운명의 상대를 만난다고 했거든요……”

사랑에 빠진 사춘기 소년처럼 양 뺨이 잔뜩 붉어진 모양새가 심상찮았다. 에니샤는 이르가의 입을 틀어막아야 할 것 같다는 강렬한 예감을 느꼈다. 그러나 미처 행동으로 옮기기도 전에, 이르가는 사고를 쳤다.

그가 몸을 비비적 꼬아대며 말했다.

"저 아무래도 황녀님께 반한 것 같습니다."

에니샤는 잠시 내가 전생에 대역죄인이었나 하고 생각했다. 하지만 금방 고쳐 생각했다.

아닌데……. 대법사였는데……. 나름 대륙을 위해 열심히 일한 대법사…….

대체 뭐가 문제일까. 진지하게 전생과 현생까지 탈탈 털어서 고민해보는 동안 이르가는 끝없이 달려 나가고 있었다.

"원래부터 황녀님을 오랫동안 동경했습니다. 아실지 모르겠지만, 저희 스칸샤에도 막내 황녀님을 사랑하는 모임이 있거든요. 제가 부족하나마 회장직을 맡고 있습니다."

하지만 동경과 사랑은 완전히 다른 감정이라며, 이르가는 아무도 궁금하지 않은 말들을 주절주절 늘어놓았다.

"하크만께서 황녀님을 마음에 두고 계시니, 감히 옆을 차지하고 싶다거나 그런 생각은 아니고, 그냥……."

이르가는 말하다 말고 손으로 얼굴을 감싸 쥐었다. 그리고 수줍다는 듯이 조그맣게 속삭였다.

"짝사랑만……."

미친다, 진짜.

가만히 내버려두면 혼자서 연애소설 한 편은 뚝딱 만들어낼 듯했다. 에니샤는 최대한 침착하게 입을 열었다.

"알겠으니까 좀……."

꺼지라고 하려던 뒷말을 겨우 꿀꺽 삼키고, 부드럽게 권유했다.

"이제 그만 돌아가는 것이 어떨까?"

이놈은 거칠게 나갈수록 더 좋아하는 것 같으니, 가능한 한 상냥하게 말하는 편이 좋을 것 같았다.

이르가는 아쉬운 눈을 하면서도 주섬주섬 다시 낫을 꺼냈다. 돌아가려면 낫을 써야 한다며, 에니샤의 눈치를 살피는 것도 잊지 않았다.

낫이고 나발이고 다 필요 없으니까 그냥 빨리 꺼져주기만 바랄 뿐이었다.

이르가가 다시 커다랗게 만든 낫을 꼭 움켜쥐고서 공손하게 머리를 조아리며 말했다.

"오늘 일은 뼛속 깊이 반성하겠습니다. 그럼 이만……."

슬슬 돌아가는 분위기를 잡는 듯하더니, 갑자기 눈을 동그랗게 떴다.

"아, 깜빡할 뻔했네요!"

손뼉까지 짝 하고 쳐가며, 아주아주 중요한 일을 잊어버릴 뻔했다고 호들갑을 떨었다.

드디어 가는가 싶었는데 아직도 뭐가 남은 모양이었다.

이르가는 아직 아물지 않은 손가락 끝을 잘근잘근 깨물었다. 붉은 핏방울이 몽글몽글 배어나오자, 낫의 날에 길게 핏물을 그렸다. 날에 새겨진 뱀 문양이 핏물을 머금자 느릿하게 몸을 꿈틀거렸다.

"하크만께서 전해달라 하신 말씀이 있습니다."

"나한테?"

에니샤가 손가락으로 저를 가리키자, 이르가는 네에, 하고 말끝을 늘이며 답했다.

"하크만께서 말씀하시길……."

이르가는 요사한 눈웃음과 함께 속닥였다

"기다리고 있을 테니, 언제든지 찾아오라고."

에니샤는 눈매를 찡그렸다. 이상한 말이었다. 당연히 에니샤가 그를 찾아갈 일은 없었다. 하지만 하크만의 말에는 반드시 저를 찾아오리라는 확신이 담겨 있었다.

뭘 믿고 저딴 소리를 하는지 의아했다. 그러나 에니샤는 곧 하크만의 말뜻을 이해할 수 있게 되었다.

"자아, 황녀님. 여기 좀 봐주십시오."

이르가가 무언가를 꺼내 손에서 흔들어 보였다. 가느다랗게 반짝이는 은회색 실 같은 그것은 아무리 봐도 카힐의 머리카락으로 보였다.

이르가는 머리카락을 팔랑팔랑 흔들어 보였다.

"아까 슬쩍했습니다."

그리고 에니샤가 뺏어 갈세라, 잽싸게 낫 위에 머리카락을 얹었다. 마력이 번쩍이고, 피 묻은 낫 위에서 카힐의 머리카락이 반으로 갈라졌다.

"……!!"

섬뜩한 감각이 몸을 쓸어내렸다. 에니샤는 반사적으로 뒤를 돌아보았다.

카힐이 소리조차 내지 못하고 가슴을 움켜쥐며 바닥에 쓰러졌다.

"카힐!!"

에니샤의 비명에도 아랑곳하지 않고, 이르가는 해맑게 웃으며 외쳤다.

"기다리겠습니다, 황녀님!"

마지막 외침과 함께, 이르가는 분홍빛 마력 속으로 사라져버렸다.

"원래 서부 주술사들이 음침하고 재수 없습니다. 그놈들은 악령에게 지나치게 의존하다 못해 숭배하질 않습니까!"

델 하르인이 펄펄 날뛰며 소리쳤다.

에니샤는 그에게 건성으로 고개를 끄덕이며 카힐의 상태를 살폈다.

"확실히 서부의 저주가 독하긴 하지……."

카힐이 쓰러진 뒤, 에니샤는 일단 델 하르인을 금빛숲으로 불렀다.

뜬금없이 금빛숲으로 불려 나온 그는 카힐을 보고 깜짝 놀랐다.

경매장에서 만난 이후, 델 하르인에게 카힐에 관한 이야기를 간략하게 해주었다. 카힐이 자드카르의 왕자이며, 정령의 계약자라는 사실을 알게 된 뒤로 델 하르인은 은근히 관심을 내보였지만, 가만히 내버려두라는 에니샤의 말에 조용히 지냈다. 그러다 이런 식으로 다시 만나게 되었다. 서부 주술사에게 저주가 걸린 상태로 말이다.

금빛나무 밑에 눕혀놓은 카힐은 눈을 뜨지 못했다. 그의 몸에 알 수 없는 문양이 문신처럼 떠올라 있었다. 목까지 올라온 문양은 누가 보기에도 위험해 보였다.

에니샤는 식은땀에 젖은 카힐의 머리카락을 쓸어 넘겨주었다. 이르가가 갑자기 카힐을 공격하기에 그냥 정신 나간 놈이라서 그런 줄 알았더니, 전부 계산된 행동이었다. 아마 저주의 준비를 모두 끝마치고, 카힐을 만나기만 기다렸을 확률이 높았다.

"사도적인 마법을 쓰는 놈들은 전부 변태 같고, 성격이 이상하고……."

온갖 욕설을 줄줄이 늘어놓던 델 하르인이 순간 멈칫하고는 에니샤의 눈치를 살폈다. 그러면서 우물쭈물 덧붙였다.

"아, 물론 좌법사님은 제외이지만……."

벨루안이 사역마를 쓴다는 사실을 뒤늦게 떠올린 모양이었다.

에니샤는 잠시 미소 지었다. 재밌게도 좌우법사 둘 다 사도적인 마법에 능하였다. 벨루안이 가문 대대로 악령을 다뤄왔고, 녹시타는 핏줄로 전승된 힘을 가지고 있었다. 다만 녹시타는 본인도 싫어하고, 거의 쓰지 않는 힘이지만…….

에니샤는 잠시 좌우법사들을 생각하다가, 살짝 눈매를 찡그리며 말했다.

"카힐 좀 부탁해. 아마 며칠간은 눈을 못 뜰 것 같은데, 아할든에도 말 좀 해주고."

"알겠습니다. 저주는……."

"내가 해결할게."

델 하르인의 눈이 커졌다.

그가 저리 반응하는 것도 당연했다. 서부의 주술, 특히 저주는 전투마법사인 에니샤와 한참 거리가 멀었다. 오직 사도적인 마법에 능한 주술사만이 저주를 풀어낼 수 있다.

"어찌하실 생각인지 여쭤보아도 되겠습니까."

델 하르인의 질문에 에니샤는 어깨를 으쓱하였다.

"뭐어……. 본인한테 풀어달라고 해야지."

아바르티아가 이르가를 통해 저주를 건 이유는 명확했다. 카힐을 미끼로 에니샤와 대화를 나누기 위해서였다. 하크만은 황녀를 찾아올 수 없는 위치이니, 에니샤가 찾아오도록 만든 것이었다.

그의 뜻대로 움직이는 것이 짜증 나지만, 일단 카힐을 살리고 봐야 했다. 저주가 어떤 종류인지는 알 수 없으나, 아바르티아가 직접 개입한 만큼 간단한 주술은 아닐 터였다.

에니샤가 하크만을 만날 방법을 고심하는 동안, 델 하르인이 카힐의 소식을 전했다.

며칠 내내 카힐은 계속 정신을 차리지 못했다. 중간중간 힘의 제어가 풀리는지, 몇 번이나 침상을 죄다 얼려놓았다고 하였다.

— 아무래도 힘의 폭주와 관련된 저주인 것 같습니다.

델 하르인의 의견에 에니샤는 더욱 심각해졌다. 정령의 힘이 폭주하면 제도 전체가 겨울왕국이 되어버릴 수도 있었다.

최대한 로드고와 쌍둥이들의 심기를 거스르지 않고 하크만을 만날 수단을 찾으려 했지만, 더 이상 시간이 없었다. 에니샤는 결국 정면 돌파를 선택했다.

"황녀님!"

혼자서 뽀작뽀작 본궁까지 찾아온 에니샤를 보고 시종들이 황급히 달려 나왔다.

"폐하께서는?"

"집무실에 계십니다. 모셔다드리겠습니다."

본궁 시종은 에니샤를 집무실로 데려다주는 동안, 혹시 드시고 싶으신 간식은 없는지 살살 물어보았다.

에니샤는 그에게 아마 먹을 시간이 없을 것 같으니 간식을 들이지 말라고 의젓하게 명령하였다. 물론 의젓한 명령치고는 시종이 뺨을 깨물어주고 싶은 표정을 짓고 있긴 했지만, 어쨌든 그러했다.

"폐하, 황녀님께서 오셨습니다."

시종의 말에 잠시 조용하더니, 집무실 문이 벌컥 열렸다. 로드고가 직접 나온 것이다.

"에니샤!"

그는 에니샤의 깜짝 방문에 좋아서 어쩔 줄을 몰랐다. 입이 귀에 걸린 로드고는 평소의 근엄한 모습과 천지 차이였으나, 집무실 안에서 업무를 보던 비서관들은 에니샤에게 인사만 하곤 익숙하게 제 할 일만 하였다.

에니샤는 로드고에게 안겨서 볼따구며 머리카락이며 한참 만지작거림을 당하다가, 집무실 책상 위에 앉게 되었다.

로드고는 에니샤를 책상에 앉혀놓고 남은 서류를 집어 들었다.

"이것만 금방 보고, 같이 산책을 나가자꾸나."

에니샤는 책상에 앉아서 눈을 깜빡였다. 목적을 달성하려면 일단 로드고를 무장해제 시켜놓을 필요가 있었다.

책상 위를 가로질러서 로드고의 팔뚝에 매달렸다.

"아빠아."

애교 부리는 말에 로드고가 들고 있던 서류를 바로 던져놓곤 다시 에니샤를 안았다. 에니샤는 커다란 눈망울로 그를 올려다보며 물었다.

"내가 세상에서 제일 좋아하는 빵이 뭔지 알아요?"

"……빵?"

온갖 빵 종류가 로드고의 입에서 흘러나왔으나, 에니샤는 그때마다 고개를 도리도리 내저었다.

정답을 맞히지 못한 로드고가 심각한 얼굴로 중얼거렸다.

"전혀 모르겠군……."

에니샤는 그의 뺨에 쪽 하고 뽀뽀하고선 활짝 웃으며 말했다.

"아빵!"

집무실에 정적이 내려앉았다. 로드고는 그대로 굳었다가, 에니샤의 어깨에 얼굴을 파묻었다. 그는 한참을 그러고 있다 부들부들 떨리는 목소리로 말했다.

"한 번만 더 해줘……."

그래놓곤 아니 두 번, 아니 세 번, 하면서 몇 번이나 고쳐 말했다. 에니샤는 방싯방싯 웃으며 아빵아빵 하고 원 없이 말해주었다.

로드고가 충분히 흐물흐물해진 것을 확인한 후, 에니샤는 드디어 본래 용건을 꺼냈다.

"저 부탁이 있어요."

부탁이라는 말에 로드고는 얼마든지 말하라 하였다. 대륙이라도 정벌해줄 것 같은 그에게, 에니샤는 작은 두 손을 꼭 모아 쥐고서 말했다.

"하크만을 만나보고 싶어요."

에니샤가 하크만을 만나길 원한다는 소리는 쌍둥이들 귀에도 날아 들어갔다. 정확히 말하자면 로드고가 쌍둥이에게 일러바쳤다. 저가 설득하기 힘드니, 쌍둥이에게 설득하는 일을 떠넘긴 것이다.

당연히 쌍둥이는 난리가 났다. 헬라드는 황녀궁에 드러누워서 그놈을 만나려면 저를 밟고 가라며 난동을 부렸고, 로시엘은 두툼한 보고서를 만들어 와 하크만이 얼마나 극악무도한 자인지 차근차근 설명해주었다.

하지만 에니샤는 뜻을 굽히지 않았다. 시간이 흐를수록 카힐에게 걸린 저주는 점점 더 깊어져만 갔다.

— 얼음의 규모가 점점 커져가고 있습니다. 여전히 의식을 차리지는 못하는 상태입니다.

델 하르인은 카힐이 잠들어 있는 방 바깥으로 얼음이 번져나가지 않도록 마법진을 그려놓았다. 그가 카힐을 숨겨주고 있지만, 만일 폭주가 진행된다면 델 하르인의 능력으로는 막을 수 없을 것이었다. 하루라도 빨리 하크만을 만나야 했다.

"……정말 꼭 만나야겠어?"

로시엘이 손으로 이마를 짚은 채 말했다.

"대화만 할 거예요. 하크만을 좋아하는 게 아니라니까요!"

에니샤의 대답에도 로시엘은 눈썹 사이를 잔뜩 좁히며 못마땅한 기색을 드러냈다.

헬라드가 로시엘이랑 똑같이 미간을 좁히며 말했다.

"그거야 당연하고, 우리가 하크만을 못 믿어서 그래."

결국 에니샤의 뜻대로 하크만을 만나게 된 오늘, 헬라드와 로시엘은 꼭두새벽부터 황녀궁을 찾아와 지금이라도 늦지 않았으니 다시 생각해보자고 노래를 불렀다. 그리고 하크만이 황녀궁을 방문하기 직전인 지금까지도 이러고 있는 것이다.

에니샤가 끝끝내 하크만을 만나겠다고 하자, 헬라드가 불퉁한 얼굴로 중얼거렸다.

"너 우리만 이러는 줄 알지? 이따 폐하께서도 오실걸."

"……."

하크만과 한번 만나려다 황족들이 총출동하게 생겼다. 잠시 어이가 없었지만, 에니샤는 긍정적으로 생각하기로 했다. 그래도 만나게 해준다는 것이 어딘가. 안 된다고 죽어라 매달리면서도 결국에는 원하는 대로 해주니, 역시 황족 서열 1위는 막내 황녀님이었다.

아무리 설득해도 소용이 없다는 것을 깨달은 로시엘은 다 포기하고 에니샤의 교육에 전념하기 시작했다.

"자, 에니샤. 하크만이 이상한 짓을 한다, 그러면 뭐라고 해야 한다고?"

에니샤는 귀가 닳도록 들은 세 마디를 대답했다.

"싫어요, 안 돼요, 하지 마세요."

"그렇지, 똑똑해."

로시엘의 입가에 만족스러운 미소가 떠올랐다. 에니샤를 한번 꽉 끌어안았다가, 로시엘은 다시 이어 질문했다.

"그러다 혹시 하크만이 손끝이라도 하나 닿았다? 그럼 어떻게 해야 하지?"

에니샤는 주먹을 발끈 움켜쥐며 위협적인 표정으로 소리쳤다.

"죽고 싶어?"

그러자 양옆에서 박수갈채가 쏟아졌다. 열렬한 박수를 보낸 헬라드와 로시엘은 개미 눈물만큼 안심한 표정을 지었다. 오라버니들이 항시 근처에 있을 터이니, 혹여나 무슨 일이 있으면 소리만 크게 지르라는 당부도 잊지 않았다. 아니, 소리 지를 필요도 없이 혐오스러워하는 표정만 지으면 바로 하크만의 목을 잘라주겠다는 소리도 하였다.

그 말을 들은 에니샤는 오늘 하크만이랑 대화하면서 표정 관리도 잘해야겠구나, 하고 생각하였다.

헬라드와 로시엘이 눈을 시퍼렇게 뜬 가운데, 드디어 하크만이 황녀궁을 찾았다.

응접실에 앉아 있던 에니샤는 예의상 그를 맞이하러 궁의 입구로 나섰다. 마차에서 내린 하크만은 황녀를 배려하기 위함인지 제국식 의복을 입고 있었다. 길쭉하게 찢어진 눈매가 에니샤를 발견하곤 둥글게 휘어졌다.

"히페리온의 세 번째 별을 뵙습니다."

가볍게 무릎을 굽히며 정중하게 인사 올린 그가 손에 든 것을 내밀었다.

주홍색 장미 꽃다발이었다.

에니샤는 썩은 표정을 감추기 위해 애썼다. 경매장에서 붉은 장미 꽃송이를 온통 흩뿌려놨던 기억이 떠오른 탓이었다.

장미송이가 커다란 꽃다발에서 올라오는 향기가 지독하게 달았다. 에니샤는 그것이 꽃향기가 아닌, 하크만에게서 흘러온 향기임을 깨달았다.

아바르티아는 간교하고 탐욕스러운 뱀이었다. 그는 제물을 유혹해내기 위해, 언제나 아름다운 껍질과 향긋한 냄새를 두르곤 하였다.

"황녀님의 눈동자를 닮아 가져온 것입니다."

하크만의 말에 대충 고개를 끄덕인 에니샤는 꽃다발을 건네받아 그대로 옆의 시녀장에게 건넸다.

뒤에서 지켜보던 쌍둥이들의 얼굴이 흐뭇해지는 모습이 왠지 눈앞에 보이는 듯하였다.

에니샤는 하크만을 올려다보며 물었다.

"황녀궁의 후원이 아름다운데, 함께 걸으시겠어요?"

그를 황녀궁으로 들이고 싶진 않았다. 괜히 안까지 들였다가 궁에다 무슨 짓을 할지 모르니, 산책을 핑계로 적당히 후원에서 빙글빙글 걷다가 돌려보낼 생각이었다. 하크만은 에니샤의 속내를 읽은 듯, 재미있다는 표정으로 눈웃음 지었다.

"물론이지요. 황녀님께서 이리 먼저 권해주시니 영광입니다."

하크만이 자연스럽게 손을 내밀었지만, 에니샤는 마찬가지로 자연스럽게 무시했다.

하크만과 에니샤는 기묘한 거리를 유지해가며 정원을 걸었다. 본디 황후궁이었던 만큼, 황녀궁은 정원이 크고 넓었다. 에니샤가 금빛숲을 즐겨 찾는다는 사실을 아는 로드고는 정원에 특히 심혈을 기울이도록 하였다. 아마 황궁의 모든 궁을 통틀어도, 황녀궁의 후원보다는 못할 것이었다.

"아름다운 후원입니다. 스칸샤는 사막지대에 위치한 탓에, 이런 정원을 만들기가 쉽지 않습니다."

"아, 예에……."

하크만이 뭐라 떠드는 소리에 건성으로 답한 에니샤는 흘긋 뒤를 돌아보았다. 그리고 잠시 멈칫했다가, 최대한 아무것도 보지 못한 척 고개를 앞으로 돌렸다.

로드고와 쌍둥이가 멀찍이서 졸졸 따라오고 있었다……. 그들뿐만 아니라 황녀궁의 시녀와 기사들까지, 아주 사람이 한 무더기였다. 넓은 후원이 비좁아 보일 정도였다.

문득 옛날에 읽었던 동화가 떠올랐다. 러츠펠트 백작부인이 읽으라고 숙제를 내줬던 동화였다. 자세한 내용은 기억이 안 나지만, 어떤 사람이 피리를 불면 온 동네 아이들이 뒤를 졸졸 따라가는 장면이 있었다.

지금이 딱 그랬다. 피리 부는 에니샤 뒤로 온 황궁 사람들이 졸졸 따라오는 느낌이었다. 에니샤는 떨떠름한 얼굴로 하크만을 올려다보았다.

그가 참을 수 없다는 듯 비죽 웃었다가, 손가락을 까닥였다. 한낮의 햇빛 속에서 이질적인 어둠이 생겨났다가, 순식간에 흩어졌다. 하크만이 씩 웃으며 말했다.

"이제부터 하고 싶은 말 해도 괜찮아."

대화가 들리지 않도록 만든 모양이었다.

에니샤는 그에게 삐죽하게 경고했다.

"내 결계마법진 건드리지 않도록 조심해."

"물론이지."

그가 빙글빙글 웃으며 말했다.

"네 침실로 몰래 찾아가려 했더니, 결계가 상당하던데."

"당연하지. 누가 손본 것인데."

물론 아바르티아가 본격적으로 힘을 쓴다면 황녀궁의 결계마법진 정도야 얼마든지 부술 수 있었다. 하지만 얌전히는 못 부술 것이다. 지금 그는 스칸샤의 하크만이고, 히페리온에서 소란을 일으킬 수 없는 처지다. 결계마법진에 손을 댔다가 황궁을 뒤집어놓으면, 그 길로 스칸샤와 히페리온의 관계는 끝이다. 아바르티아는 자신의 새로운 육체를 무척 마음에 들어 하니, 아마 웬만해서는 자제할 터였다.

……카힐에게 저주를 건 것은 빼고 말이다.

"아바르티아."

에니샤는 그와 가만히 시선을 맞추고서 말했다.

"원하는 대로 널 찾았으니, 저주는 풀어줘."

"대법사……."

아바르티아가 탄식하듯 소리 내었다. 때맞춰 불어온 바람에 그의 머리카락이 흐트러졌다. 아바르티아는 눈매를 가늘게 좁히며 입을 열었다.

"나는 오랜 세월을 살아왔지만, 너만큼 강하고 아름다운 영혼은 본 적이 없어. 대법사 시절의 네가 얼마나 눈부셨던지!"

그의 손가락이 허공을 더듬었다. 에니샤 위를 덧그리는 손끝은 닿지 않았으나, 어쩐지 피부 위를 쓸어내리는 기분이었다.

"그런데 이제 히페리온의 세 번째 별까지 되었잖아? 굳이 탐욕의 군주가 아니어도 너를 욕심낼 사람은 많아."

그가 황홀한 눈으로 에니샤를 바라보았다.

"너는 탐욕을 만들어내는 존재야. 그 자체가 역사의 커다란 조각이자, 다시없을 대륙의 보물이니…… 누구든 소유하고 싶어 안달을 내겠지."

그의 말에 에니샤는 한쪽 입꼬리를 비틀며 받아쳤다.

"죄의 창시자라 불리는 악령의 군주께서 그리 말씀해주니, 몸 둘 바를 모르겠네."

과거에도 아바르티아가 하는 헛소리에 시달렸던 에니샤였다. 이 정도쯤이야 전혀 타격 없이 넘기는 모습에 아바르티아는 더욱 마음에 든다는 듯 웃었다.

에니샤는 그에게 침착히 말했다.

"너와 나의 일이잖아. 상관없는 사람 끌어들이지 마."

"알아, 대법사. 그런데 나 조금 억울하다?"

전혀 억울할 일 없어 보이는 사람이 저런 말을 하였다.

에니샤가 그를 흘겨보자, 아바르티아가 그렇게 보니까 귀엽다, 하면서 또 헛소리를 해댄 후에야 답을 내놓았다.

"너도 알잖아. 아무리 뛰어난 주술사라 하여도, 강한 저주를 걸기 위해선 그만큼 오랜 준비가 필요하지."

에니샤는 눈을 깜빡였다.

막연히 아바르티아의 힘이 개입했으리라고 생각했다. 그래서 폭주를 끌어낼 만큼 강한 저주가 걸린 것이라 여겼건만…….

머릿속이 복잡해지는 가운데, 아바르티아가 검지로 선을 죽 그으며 말했다.

"저주는 이미 끝났어."

"저주가 풀렸다는 소리야? 그럼 어째서……?"

어째서 카힐은 깨어나질 못하는 것일까.

당황한 에니샤의 눈동자가 커다랗게 흔들렸다.

"나는 약간의 계기를 만들어주었을 뿐이라고."

빙글빙글 웃는 그의 앞에서 에니샤는 결국 한숨을 터뜨렸다.

"애초에 왜 이런 짓을 하는 건데."

"네가 우는 모습이 보고 싶어서."

"……."

변태라는 것은 알고 있었지만, 이 정도일 줄은 몰랐다.

에니샤는 말문이 막힌 채 아바르티아를 바라보았다. 자신을 뚫어져라 응시하는 샛노란 금안 위로 붉은 기운이 감돌았다.

그가 입술을 핥으며 속삭였다.

"절망에 물든 영혼은 얼마나 맛있을까. 괴로워하고 눈물 흘리는 너의 모습은 또 얼마나 사랑스러울까…….”

탐욕이 고스란히 드러나는 속삭임이 뜨거웠다. 열기에 머리가 익어버릴 것 같은 느낌이었다.

에니샤는 고개를 절레절레 흔들었다. 이놈은 수천 년 묵은 악령이니, 평범한 인간의 사고로 이해하려고 해선 안 됐다.

에니샤는 그를 빤히 올려다보며 물었다.

“그래서…… 결국 저주는 풀어졌다는 거지? 너는 나한테 해결책을 알려줄 생각도 없을 테고?”

“그렇습니다, 황녀님.”

“좋아. 그럼…….”

에니샤는 능구렁이처럼 웃는 그에게, 후원의 입구를 손가락으로 가리키며 딱 잘라 말했다.

“꺼져.”

깔끔한 정리에 아바르티아가 미친 듯이 웃음을 터뜨렸다. 다행히 그는 더 이상 달라붙지 않고 미련 없이 물러났다.

그리고 그날 저녁. 히페리온 제국에 눈이 내리기 시작했다. 시기상 아직 눈이 내리기엔 이른 초겨울인 데다, 본디 제도에선 한겨울에도 눈을 보기가 힘들었다. 하지만 추위와 함께 밀어닥친 갑작스러운 눈바람은 순식간에 황궁을 하얗게 뒤덮었다. 제국 역사상 단 한 번도 관측된 바 없는, 엄청난 폭설이었다.

“꼭 북부에 와 있는 것 같습니다.”

“그러게…….”

델 하르인의 말에 에니샤는 조금 기운 없이 답했다.

손으로 턱 밑을 받친 채 창밖을 내다보았다. 말간 유리창 너머로 보이는 황궁은 온통 하얗기만 했다. 곳곳에 쌓인 눈이 이질적이었다. 히페리온에 태어난 이후 처음 보는 눈이었다.

제국, 특히 제도는 사계절이 온난하여서 큰 더위나 추위가 없었다. 이만큼 눈이 쏟아지는 것은 델 하르인도 난생처음이라 하였다.

유례없는 폭설에 황궁도 비상이었다. 방한 준비가 제대로 되지 않은 탓에, 궁의 일꾼들은 눈을 치우느라 난리였다. 마법사들은 앞장서서 제설 작업을 도왔다.

폭설의 원인은, 생각할 것도 없이 카힐이었다.

델 하르인은 카힐이 잠들어 있는 방에 마법진을 그려 정령의 힘이 뻗어나가지 못하도록 막아놓았다. 하지만 그가 잠시 자리를 비운 사이, 카힐은 사라졌다. 날카로운 얼음으로 파훼한 마법진만 남겨놓고 말이다.

급하게 수식을 짜넣어 만들었으나, 제국 수석마법사의 마법진이었다. 그런 마법진을 부수고 탈출한 것이다.

카힐은 행방이 묘연해졌고, 눈과 얼음의 정령은 제 힘을 끝없이 과시해나가고 있었다.

델 하르인이 신중하게 의견을 제시했다.

"지금이라도 폐하께 사실을 알려야 하지 않겠습니까."

그의 말은 이성적이고 타당했다. 그렇게 해야 한다는 것을 알면서도, 에니샤는 쉽게 그러자고 답하질 못했다.

자꾸 망설이는 이유는 분명했다. 카힐은 자신의 힘을 제어하지 못하는 상태였다. 발각되는 순간, 곧장 죽임을 당할 가능성이 높았다. 어떻게든 정신을 차려서 제어에 성공하기를 바랐지만, 시간이 지날수록 상황은 요원해졌다.

"……."

에니샤는 눈매를 가늘게 좁혔다.

잠깐 그치는가 싶던 눈이 다시 또 내리기 시작했다. 흐린 잿빛 하늘에서 쏟아지는 하얀 눈송이에 델 하르인이 질색하였다.

"도통 그칠 줄을 모르는군요."

에니샤는 입술을 잘근잘근 깨물었다.

황녀궁 정원에서 함께 산책하며 대화를 나눈 뒤, 하크만은 조용했다. 황녀를 보러 직접 히페리온 제국까지 찾아온 것치고는 얌전한 행보였다.

행여나 그가 쓸데없이 껄떡거릴까 봐 잔뜩 긴장하고 있던 로드고와 황자들은 아주 조금 마음을 놓았다. 하지만 그건 이미 하크만이 사고 쳤다는 사실을 몰라서였다.

아바르티아…….

그를 찾아가 도와달라고 말하면, 분명히 순식간에 에니샤가 원하는 대로 만들어줄 터였다. 하지만 그 대가로 무엇을 지불해야 할지 알 수 없었다. 그뿐이 아니라, 제 입맛대로 비뚤어진 결과를 만들어버릴 수도 있었다. 이미 저주로 한 번 휘둘린 것만 해도 충분했다. 에니샤는 되도록 그쪽과는 엮이지 않고 싶었다.

사실 아바르티아의 도움 없이도 사태를 해결할 수 있는, 최후의 수단이 남아 있기는 하였다. 하지만 그건…….

"황녀님."

델 하르인의 조심스러운 부름에 에니샤는 생각을 끊어내었다.

잠시 침묵하던 에니샤는 자리에서 일어나 창가로 다가갔다. 창문을 열자 차가운 바람이 쏟아졌다. 바람에 섞여 내리는 눈송이가 뺨을 스쳤다.

"우선 내일 아침까지는 기다려보자."

점점 굵어지는 눈송이를 바라보며, 에니샤는 나직이 말했다.

"그래도 안 된다면…… 결정을 내릴 테니."

"눈이 그치질 않습니다."

이르가는 창문에 딱 달라붙어서 신기하단 듯 바깥을 내다보았다.

금빛으로 빛나던 히페리온 황궁은 깨끗한 흰 눈으로 뒤덮여 있었다. 화려하고 위압적이던 황궁은 소담한 눈에 한 꺼풀 가리어 고요했다.

눈 쌓인 정경을 한참 바라보던 이르가는 하크만을 돌아보았다.

침상에 느슨하게 늘어진 그는 굉장히 기분이 좋아 보였다. 며칠 전 황녀님과 대화를 나누고 온 뒤로 계속 저런 상태였다. 하크만의 잔혹한 성정을 아는 사람들에겐 놀라운 일이었다. 함께 황궁을 찾았던 다른 수하들이 이르가에게 혹 무슨 일이 있었는지 조심스레 물어볼 정도였다.

하크만이 너그러워진 덕에, 이르가도 요즘 덩달아 기분이 좋았다. 모든 것은 황녀님 덕분이었다. 조그마한 육체 속에서 반짝이던 강하고 아름다운 영혼. 그 눈부신 황금빛을 떠올린 이르가는 저도 모르게 행복한 미소를 지었다. 사랑하지 않을 수 없는 분이었다. 떠올리기만 해도 가슴이 마구 두근거렸다.

얼마 전 황녀님에게 밟혔던 옷을 소중하게 보관해둔 기억을 떠올리며, 이르가는 중얼거렸다.

"황녀님께서 찾아와주시면 좋을 텐데……."

아쉬움이 뚝뚝 묻어나는 말에 하크만은 낮은 웃음을 흘렸다.

"그러려면 그녀를 좀 더 궁지에 몰아넣었어야 했지."

"역시 그렇죠? 시간이 있었다면 제대로 된 저주를 걸었을 겁니다."

발까지 동동 굴러가며 아쉬워하는 이르가에게 하크만은 나른한 미소를 지으며 말했다.

"하지만 너무 심하게 대하고 싶지 않아. 아직은 어리잖아?"

겉모습이 말이야, 하고 하크만은 덧붙여 말했다.

이르가는 밝게 웃으며 답했다.

"네, 모쪼록 황녀님께서 소중한 것들을 잔뜩 만드셨으면 좋겠습니다."

진분홍색 눈동자에 잔인한 빛이 감돌았다.

"그래야 후에 무너뜨리는 기쁨을 얻으실 터이니."

나의 주인, 아바르티아께서.

뒷말은 입 밖으로 꺼내지 않았으나, 하크만도 모르지 않았다.

이르가의 말이 마음에 들었던 듯, 하크만은 길쭉한 눈매를 휘며 웃었다.

"어찌 되었건…… 기대 중이야."

가느다란 눈웃음과 함께, 그는 선물을 기다리는 어린아이처럼 말하였다.

"그녀가 이번 생에도 나를 즐겁게 해줄 것인지."

뜻밖의 폭설에 황궁은 여러모로 피해가 막심했다.

눈이 며칠 내내 그치질 않아서, 자주 다니는 길을 제외하고는 거의 제설을 하지 못했다. 그 탓에 최소한의 업무를 제하고는 모두 중단했고, 평소 인적이 끊이질 않던 황궁은 거짓말처럼 조용해졌다.

황녀궁을 마르고 닳도록 들락날락하던 쌍둥이들도 겨우 찾아오는 정도였다. 러츠펠트 백작부인도 황궁에 입궁하지 못한 탓에, 에니샤의 하루는 델 하르인과 잠시 담소를 나눈 것을 제외하곤 한가했다.

혹시라도 황녀님이 감기에 걸릴까, 침실은 조그만 틈새 하나 없이 전부 꽁꽁 틀어막았다. 이불도 거위털을 잔뜩 넣은 두툼한 것으로 갈고, 두꺼운 침의도 준비했다. 시녀들은 어느 때보다 편히 잠자리에 들 수 있도록 세심하게 에니샤를 돌보았다.

하지만 에니샤는 쉽게 잠들지 못했다. 뜬눈으로 천장만 올려다 보다가, 창문을 요란하게 흔드는 바람소리에 결국 이불을 박차고 일어났다.

"하아……."

커다랗게 한숨 쉰 후, 겉옷을 찾아 입었다. 정령의 힘이 폭주하였으니, 카힐은 헤아릴 수 없을 만큼 거대한 고통에 괴로워하고 있을 터였다. 지금 하려는 일이 옳은지는 알 수 없었다. 하지만 카힐에게 선택할 기회는 주고 싶었다.

"정말 나쁜 늑대모피야……."

혼잣말을 끝으로, 에니샤는 천천히 마력을 끌어올렸다. 금빛 마력이 가느다랗게 몸에서 흘러나와 에니샤 주변을 맴돌다가, 어딘가를 향해 곧게 뻗어나가기 시작했다.

사용할 마력을 머릿속으로 계산하며 창문을 열었다. 쏟아지는 바람에 머리카락이 거세게 휘날렸다. 에니샤는 곧장 아래로 뛰어내렸고, 이내 마력을 이용하여 사뿐하게 착지하였다. 아무도 인지하지 못하도록 하는 마법을 걸었으니 경비들에게 들킬 걱정은 없었다.

한밤중인데도 밖은 환하였다. 새하얀 눈이 달빛을 고스란히 비춰낸 탓이었다. 에니샤는 마력의 방향을 따라 눈 위를 달렸다. 깨끗한 눈을 밟는 뽀득뽀득 소리가 귓가를 간질였다.

얼마간 정신없이 달리던 발걸음이 서서히 느려졌다. 검은 하늘 아래, 하얗게 펼쳐진 설원 위에 들쭉날쭉한 얼음기둥들이 솟아 있었다. 파동이 퍼져나가듯 둥글게 뻗어나간 얼음기둥의 가장 중심에는 한 소년이 서 있었다.

역광에 어둑한 뒷모습이었지만, 달빛이 감도는 은회색 머리카락은 몰라볼 수가 없었다.

"카힐."

그리 크지 않은 목소리였다. 하지만 카힐은 천천히 뒤돌아보았다.

"……!"

에니샤는 작게 숨을 들이마셨다.

카힐의 온몸에 문양이 가득했다. 마지막으로 보았을 때보다 더 심해졌다. 구불구불한 나무줄기처럼 얼굴까지 뒤덮은 문양은 마치 살아 있는 것처럼 느릿하게 움직였다.

문양이 꿈틀거리며 틀어질 때마다 카힐의 몸이 미미하게 경련하였다. 고통에 희게 질린 얼굴은 금방이라도 눈 속으로 사라질 것만 같았다.

카힐이 느리게 눈을 감았다 떴다. 금세 흩어질 꿈속의 신기루를 바라보듯, 그렇게 에니샤를 바라보았다. 그러나 아무리 기다려도 에니샤가 사라지지 않자, 초점 없던 눈에 이채가 감돌았다.

"!!"

카힐은 비척거리며 에니샤 앞으로 다가왔다. 하지만 몇 걸음 내딛지 못하고 눈밭에 나뒹굴었다. 울컥 토해낸 피가 흰 눈 위에 뿌려졌다. 몇 번이나 숨을 헐떡이면서도, 카힐은 결국 에니샤에게 다다랐다.

에니샤는 제 앞에 무릎 꿇은 카힐의 얼굴을 양손으로 감싸 쥐었다.

"잘 들어."

빰이 얼음장처럼 차가워서 손이 시려왔다. 맞닿은 곳에 냉기가 오르며 피부가 금방 발갛게 변하였다.

"이대로라면 힘을 감당하지 못하고 잡아먹힐 거야."

너 죽을 거라는 소리를 하는데도, 카힐은 얌전히 에니샤를 바라보기만 하였다. 가늘게 떨리는 젖은 속눈썹 아래, 물기 어린 청회색 눈동자가 에니샤를 담았다. 그의 눈빛에는 아무런 기대가 없었다. 이미 모든 것을 체념한 눈이었다.

"내가 도와줄 수 있는 방법이 딱 하나 있는데……."

에니샤는 잠시 망설였다. 지금 이 순간까지도, 이것이 옳은 방법인지 자신할 수 없었다. 하지만 최소한 그는 선택할 수 있다.

그늘진 얼음 같은 눈동자와 시선을 맞추었다. 느릿하게 벌린 입에서 하얀 입김이 번졌다. 에니샤는 천천히, 그러나 선명하게 속삭였다.

"나를 네 주인으로 만들어, 카힐."

자드카르에서, 카힐은 종종 아주 좁은 골방에 갇혔다. 빛 한 줄기 들지 않는 그곳은 춥고 어두웠다. 어린아이가 있을 곳은 아니었지만, 카르티나 부인은 체벌을 명목으로 몰아넣었다.

깊은 어둠 속에서 카힐은 혼자였다. 그곳에선 비명을 질러서는 안 됐다. 살이 짓무르고, 곯은 뱃가죽이 납작하게 달라붙다 못해 움

푹 꺼져도 참아야 했다.

처음에는 아무것도 몰랐기에, 닫힌 문을 두드리며 꺼내달라 애원했다. 하지만 아무리 애타게 울고 빌어도 변하는 것은 없었다.

얼마 지나지 않아 카힐은 체념을 배웠다. 모든 것을 포기하고 그저 죽은 듯이 얌전히 기다렸다. 아주 긴 기다림 끝에 문이 열리면, 카르티나 부인이 저를 바라보고 있었다. 그녀는 아름답게 웃으며 자애로이 질문했다.

— 카힐, 반성하였니?

그러면 카힐은 대답했다.

— 네, 부인.

사실 무엇을 반성해야 하는지 알지 못했다. 그러나 그것이 중요하지 않다는 것 정도는, 어린 카힐도 알고 있었다.

카르티나 부인이 원하는 것은 복종의 증거였다. 그녀는 자신이 카힐을 제 마음대로 다룰 수 있다는 사실을 확인하길 원했다. 카힐은 그녀가 원하는 대로 수많은 감정들을 억눌렀다.

이제 카힐은 자드카르의 골방에서 벗어났다. 히페리온에서는 누구도 카힐을 가두지 않았고, 아무것도 욕심내지 말라고 세뇌하지도 않았다.

그러나 카힐은 알고 있었다. 몸은 자유를 얻었어도, 제 영혼은 여전히 골방의 어둠 속에 갇혀 있다는 사실을. 한평생 신물이 나도록 반복된 억압은 겨우 몇 년의 해방으로 벗어날 수 있는 것이 아니었다.

수많은 사람을 만나면 만날수록, 카힐은 자신이 다른 사람과는 다르다는 것을 느꼈다. 누군가 웃을 때 함께 웃을 수 없었고, 슬픔에 젖어 괴로워할 때 어깨를 도닥여줄 수 없었다. 무엇을 보고 겪든 그저 무감하였다. 건조하기 짝이 없는 감정은 모래와 같아서, 버석하게 흩어지기만 하였다.

하지만 유일하게 예외인 사람이 있었다. 그 사람 앞에만 서면 카힐은 평범해졌다. 처음 본 순간부터 세상의 모든 빛을 모아놓은 것처럼 반짝이던 황녀님이었다.

자신과 반대되는 이에게 끌리는 법이라고 하였던가.

카힐은 그 말을 아주 깊이 이해할 수 있었다. 그녀야말로 모든 부분에서 카힐의 반대편에 서 있었다. 감히 마음에 담는 것조차 불경스레 느껴지는 존재였다.

하지만 카힐은 황녀님 곁에 다가가고 싶었다. 끝없는 추위 속에서 온기를 찾듯, 마치 본능과도 같은 행동이었다. 그녀의 옆이라면, 제 모든 얼음도 녹아내릴 것만 같아서.

"……."

카힐은 서서히 눈을 떴다. 가장 먼저 보인 것은 하얗게 성에가 피어난 천장이었다. 낯선 방 안은 얼음성과 같이 온통 희게 얼어붙어 있었다. 구석에 걸린 거울을 쳐다본 카힐은 제 몸에 그려진 문양을 발견했다. 처음 목소리가 들린 순간, 심장 위에 그려졌던 문양이었다. 이제는 얼굴까지 뒤덮은 채 제멋대로 꿈틀거리고 있었다.

문득 답답함이 느껴졌다. 카힐은 자신이 누운 침대가 방의 중앙에 놓여 있으며, 침대를 중심으로 커다란 마법진이 그려져 있다는 것을 깨달았다.

저것 때문에 답답하구나.

생각을 하였을 땐, 이미 날카로운 얼음들이 마법진을 찢어발겨 놓은 뒤였다. 정교하게 그린 마법진은 온통 난도질되어서 원형을 알아볼 수 없었다.

비틀거리며 몸을 일으켰다. 깨질 듯한 머릿속으로 기억이 밀려 들어 왔다. 선명하지 않고 단편적인 조각들이었다.

커다란 황금낫이 머리카락을 자르는 순간, 몸속에서 아슬아슬하게 버티던 무언가가 툭 터졌다. 둑이 무너지듯 쏟아진 뒤로는 온통 암흑이었다. 검푸른 바닷물 속에 가라앉는 것처럼 서서히 모든 감각이 사라져갔다. 그곳은 목소리와 어둠을 제외하곤 아무것도 없었다. 모든 것이 둔중해지는 가운데, 목소리는 끈질기게 카힐을 유혹했다.

— 이곳에서 나가고 싶지?

— 내 손을 잡아.

— 너를 구원할 수 있는 건 나밖에 없어, 카힐.

검은 세상 속에서 자신이 유일한 구원자라 말하며 속삭이는 목소리는 무척 매혹적이었다. 그러나 카힐은 온몸이 새까맣게 잠겨 들어도, 끝끝내 입을 열지 않았다.

결국 목소리는 다른 방법을 선택하기로 하였다. 직접 보여주기로 한 것이다. 카힐이 잠들어 있는 사이, 무슨 일이 일어났는지.

"……."

마법진을 부수고 방을 나온 카힐은 하얗게 반사되는 빛에 눈을 찡그렸다. 온 사방이 눈이었다. 몰아치는 바람이 옷 틈새로 서늘하게 파고들었다.

처음엔 북부로 돌아온 줄 알았다. 그러나 얼마 지나지 않아 북부가 아니라, 제도가 전부 눈에 뒤덮인 것임을 알았다. 히페리온의 제도에는 폭염도, 폭설도 존재하지 않는다. 이상기후가 일어난 이유는 생각할 것도 없이 저 때문이었다.

카힐은 발밑을 내려다보았다. 질척하게 녹아 있던 땅이 빠르게 얼어붙었다. 짙은 먹구름에서 다시금 눈송이가 떨어지기 시작했다. 피부에 차가운 눈의 감촉이 느껴졌다. 축축한 느낌에 카힐은 불에 덴 것처럼 흠칫 놀랐다가, 저도 모르게 달리기 시작했다. 점점 굵게 엉기는 눈발이 거세었다. 내딛는 발걸음마다 모든 것이 얼음으로 변했다. 그때부터 기억이 드문드문해졌다. 어느 순간에는 온몸이 얼어붙는 고통에 괴로워했고, 어느 순간에는 눈밭을 기며 피를 토했다. 더운 피마저 붉게 얼어버리는 모습에 참을 수 없는 웃음을 터뜨리기도 하였다. 목소리는 잘게 부서지는 영혼에게 달라붙어 속살거렸다.

— 편해지고 싶지 않아?

— 더 이상 괴로워할 필요 없어.

— 카힐……. 네가 갈 곳은 그 어디에도 존재하지 않아.

목소리의 말은 옳았다. 자신은 오로지 혼자였고, 점차 무너져가고 있었다. 모른 척 놓고 싶어지는 순간이 수도 없이 찾아왔다.

제어하지 못한 힘이 줄기줄기 뻗어나가는 감각에 뒤늦게 번뜩 정신을 차리고 눈밭에 고꾸라지는 일도 몇 번이었다. 그러나 악착같이 버텨냈다. 무엇 때문에 놓지 않고 이리 버티는지, 스스로도 알 수 없었다.

어느 순간, 카힐은 정신을 차렸다. 달빛이 깊은 밤이었다. 카힐은 하얀 설원 위에 홀로 서 있었다. 머릿속은 고요한 호수처럼 정명하였으나, 온몸을 엄습하는 한기와 통증은 그대로였다. 카힐은 이 순간이 단 한 번 주어진 기회임을 직감했다.

"읏……."

지끈거리는 고통에 가슴을 움켜쥐면서도 비틀거리며 걸음을 옮겼다. 더 이상 버텨낼 자신이 없었다. 목소리에게 완전히 넘어가기 전에 스스로 목숨을 끊을 생각이었다. 하지만 마지막으로…… 황녀님이 보고 싶었다. 어차피 죽어 사라질 몸, 마지막 추억이나마 원하는 것으로 남기고 싶었다.

발밑이 푹푹 꺼져드는 눈밭을 걸으며 생각했다. 황녀님을 처음 만났을 때. 여름날의 화창한 햇볕을 사람으로 만들면 저런 모습이지 않을까 하고 생각했다. 환하게 짓던 미소가 오래도록 뇌리에 남아서, 종종 기억 속에서 꺼내 반추하곤 하였다.

금빛나무 밑에서 나란히 앉아 있던 때. 그날의 바람은 또 얼마나 부드럽고 따뜻하였던지……. 황녀님이 건네준 머리핀을 한참 만지작거리다, 닳아 없어질까 겁나서 얼른 다시 품속에 집어넣었던 기억들. 용병 일을 하러 가다 납치되는 황녀님을 우연히 목격하였던 순간은, 떠올릴 때마다 가슴이 내려앉았다. 저가 부족하단 사실이 그만큼 끔찍하던 때도 없었다.

그날 이후로 카힐은 더욱 절박해졌고, 필사적으로 노력하였다. 황녀님을 지켜줄 수 있는 사람이 되고 싶었다. 그리고 몇 번의 우연한 만남들. 뜻하지 않은 곳에서 황녀님을 볼 때마다, 평범하던 하루가 더없이 특별해졌다. 다른 모든 것이 무채색이더라도, 황녀님과 연관된 것들은 언제나 형형색색이었다.

— 그래봤자 너는 아무것도 아냐.

— 아무런 의미 없는 존재인걸.

— 하지만 내가 도와준다면 원하는 건 뭐든 가질 수 있어.

— 그녀를 데리고 북부 설산의 대협곡에 숨어들면, 제아무리 히페리온이라 하여도 찾지 못 할걸?

속삭이는 목소리에 카힐은 웃었다. 그의 말처럼, 황녀님에게 자신은 금세 녹아 없어질 눈이었다. 자신의 죽음을 잠깐은 슬퍼할지 몰라도, 얼마 지나지 않아 까맣게 잊어버릴 터였다. 하지만 그래도 좋았다. 아무 의미가 없어도 괜찮았다. 황녀님은 잊어도, 카힐은 잊지 않을 것이었다. 밝은 웃음소리, 반짝이는 금빛, 따뜻한 눈동자와 상냥한 손짓.

어쩌면 당연한 일이었다. 외롭고 추운 제게 먼저 온기를 나눠주고, 손을 내밀어준 사람은 황녀님뿐이었으니까. 경애의 마음을 품는 것은 지극히 자연스러운 순리일 수밖에 없었다. 그녀의 말 한마디, 손짓 하나에 카힐은 고통과 죄악에서 구원받았다.

— 카힐, 너는 정말이지…….

자신의 생각을 읽어낸 목소리가 차갑게 비웃었다.

— 어리석구나.

비명조차 지를 수 없는 아픔이 찾아왔다.

"……!!"

뾰족한 얼음기둥이 엉망으로 솟아났다. 순식간에 사방을 둘러싼 들쭉날쭉한 얼음에 옷자락이 찢겨나갔다.

카힐은 얼음 조각으로 허벅지를 내리찍었다. 등골이 쭈뼛한 통증과 함께 겨우 정신이 들면서, 끝없이 뻗어나가던 얼음기둥이 멈추었다. 눈을 질끈 감았다. 여기서 더 이상 움직일 수 없었다. 발을 떼는 순간, 그대로 잠식될 것만 같았다.

투명하게 치솟은 얼음기둥이 달빛에 요요하게 빛났다. 카힐은 하얀 숨을 뱉어냈다.

"……."

결국 욕심이었다. 보고 싶다는 과욕은 소중한 사람마저 다치게 할 것이었다. 이제 그만 놓아야 할 때였다. 목소리가 미친 듯이 제 이름을 불렀다.

— 카힐!!!!!

발악하는 짓거리에 이명이 울리면서, 눈앞이 흐려졌다. 모든 것을 끝내기 위해 마지막 숨을 가다듬었을 때였다. 믿을 수 없는 부름이 들려왔다.

"카힐."

처음에는 목소리의 농간이라고, 달밤의 환청이라 여겼다. 하지만 현실임을 깨닫는 순간, 카힐은 필사적으로 그녀를 향해 다가갔다.

황녀님이 가만히 손을 뻗어왔다. 양 뺨에 닿은 온기가 비현실적일 만큼 따스했다.

황녀님…….

목이 메어 부르지 못하는 말을 속으로 몇 번이나 되풀이하였다.

이제는 정말로 여한이 없었다. 지금 당장 이 자리에서 죽더라도 웃을 수 있었다. 그러나 모든 것을 체념한 저와 달리, 황녀님은 카힐을 다시 한 번 어둠 속에서 끌어냈다.

언제나 그러하였듯, 그녀는 모든 것을 알고 있었다. 잡아먹히고 있다는 사실도, 그리고 저를 구원해줄 방법도.

"나를 네 주인으로 만들어, 카힐."

그녀의 말에 머리부터 발끝까지 벼락같은 전율이 일었다. 내리치는 감각이 선뜩하여 몸이 절로 떨려왔다.

"나에게 첫 번째 맹세를 하여서, 네 힘의 주도권을 넘겨준다면……."

내가 너를 도와줄 수 있어.

황녀님은 거기까지 말하고선 입을 닫았다. 그리고 카힐의 대답을 기다렸다.

카힐은 한참 동안 아무 말도 하지 못하였다. 하지만 황녀님은 재촉하지 않았다. 그저 가만히 시선을 맞추고 기다릴 뿐이었다. 그녀의 눈을 들여다보던 카힐은 홀리듯 입을 열었다.

"……카힐 자드카르가 첫 번째 맹세를 바치니."

심장이 세차게 두근거렸다. 목소리가 발작하듯 내지르는 비명이 머릿속을 쪼갤 듯이 울렸다. 그러나 그 어느 때보다 평화로운 순간이었다.

"맹세의 주인은 에니샤 로드그 히페리온."

넘실거리는 주홍색 눈동자는 불꽃과 비슷하였다. 그것은 얼어붙은 몸을 녹이고, 또 녹여서 잿더미로 만들어버릴 불이었다. 허나 온

몸이 타들어 가고 재가 된다 하여도 좋았다.

"육신이 죽음을 맞이하는 순간까지……."

카힐은 눈을 감았다. 그리고 타오르는 주홍빛 불 속으로 망설임 없이 뛰어들었다.

"나의 힘을 오롯이 그대에게."

처음부터 그녀는 자신의 주인이었으니.

눈이 그쳤다.

때 아닌 폭설에 시달리던 제국은 점차 원래 모습을 되찾아갔다. 몰아치는 눈바람이 거짓말이었던 양 다시 부드러워진 날씨는 제국민들이 익히 알던 히페리온의 겨울이었다.

혹독했던 며칠간의 추위는 한동안 사람들의 입에 오르내렸다. 제국의 역사에 기록될 만큼, 전대미문의 폭설이었다.

하크만은 눈이 그치자 조용히 수하들을 이끌고 제국을 떠났다. 다만 다음에는 이번과 달리, 정식으로 절차를 밟아 입국하겠다는 말을 남겼나.

하크만이 떠나기 전날 밤, 에니샤는 황녀궁의 창문을 두드리는 소리에 잠에서 깨어났다.

"열어줘, 대법사."

창문 밖에 선 아바르티아가 능글맞게 웃어 보였다. 에니샤는 창문을 열지 않은 채, 맞은편에 서서 대꾸했다.

"거기서 말해. 잘 들리니까."

"너무하잖아."

말은 그리 하면서도, 아바르티아는 웃고 있었다. 처음부터 에니샤가 창문을 열어주지 않을 줄 알았던 것이다.

"이번 일은 잘 해결한 모양이네. 아쉽게도……."

그가 창턱에 느슨하게 기대앉으며 물었다.

"내가 준 마력증폭구는?"

"버리진 않았어."

장미수정으로 만든 육각주는 방 한구석에 던져놓았다. 아바르티아가 줬다는 사실은 싫지만, 마력증폭구는 유용하게 써먹어줄 생각이었다.

그는 손가락 끝으로 유리를 톡톡 두드렸다.

"그거 내가 직접 만든 거야. 감동적이지? 잘 가지고 있도록 해. 네 좌우법사들이 지금 바짝 독이 올랐으니까."

"쓸데없는 관심 가지지 마."

"쓸데없다니, 대법사랑 관련된 일인데."

그가 창문에 이마를 가벼이 기댔다. 어둠 속에서 삼백안의 금안이 샛노랗게 박혀들었다.

"이런 것까지 친절히 말해주고……. 내가 널 얼마나 좋아하는지 알겠어?"

에니샤는 얼굴을 살풋 찡그렸다. 썩기 직전의 과일에서 나는 듯한 달콤한 냄새가 올라왔다. 그와 에니샤의 사이는 유리창으로 단단히 막혀 있는데도 말이다.

아바르티아가 에니샤에게 그윽한 시선을 던지며 낮게 말하였다.
"급히 돌아가야 해서 아쉬워……."
에니샤는 드물게 먼저 질문하였다.
"무슨 일이라도 있어?"
지나가는 말인 듯하지만, 스칸샤의 내부 정보를 캐내려는 의도가 다분한 물음이었다. 하지만 아바르티아는 만만찮은 능구렁이였다. 에니샤가 물어봐주길 기다렸다는 듯, 그가 재깍 답했다.
"아르커스에서 스칸샤를 들쑤셨거든."
깜짝 놀란 에니샤의 얼굴을 빤히 들여다보며, 아바르티아가 싱긋 웃었다.
"아무래도 고매하신 좌우법사들께서 하크만과 황녀님의 만남을 알게 된 모양이지?"
"……."
표정 관리에 실패한 에니샤는 유리창에 머리를 콩 하고 박았다. 낄낄거리는 아바르티아의 모습이 안 봐도 눈에 훤했다. 마력을 되찾으면 열 일 제쳐놓고 저놈부터 제일 먼저 봉인할 것이었다. 안 그러면 제 명에 못 살 것 같았다.
청혼을 넣은 하크만이 제국을 찾았으니, 좌우법사들이 얼마나 길길이 날뛰었을지……. 미처 생각 못 한 부분인지라, 에니샤는 암담하기만 하였다.
좌절하는 에니샤를 보며 빙글빙글 웃던 아바르티아가 물었다.
"궁금해서 그러는데, 대법사는 결혼을 못 하는 거야?"
"당연하지. 아르커스에 모든 것을 바쳐야하니까."

그에게 대충 대답해주면서, 에니샤는 좌우법사가 황궁으로 쳐들어올 확률을 계산하기 시작했다. 그러나 얼마 계산하지도 못하고 멈춰야 했다. 아바르티아가 헛소리를 한 덕분이었다.

"이런……. 그렇다면 대법사로 돌아갈 일은 없겠네. 너는 나와 결혼하게 될 테니."

에니샤는 그를 노려보았다. 미쳤냐는 표정을 보면서도, 아바르티아는 은근하게 미소 지으며 물었다.

"농담 같아?"

"당연히 진심이겠지……."

거기까지 말하고 나니 기운이 쭉 빠졌다. 정말 아바르티아는 말을 섞으면 섞을수록 피곤한 놈이었다.

더 상대하기도 귀찮아서, 에니샤는 대답 대신 손을 휘휘 내저었다. 그만 꺼지라는 박한 손짓에 아바르티아가 작은 웃음을 터뜨렸다. 그는 에니샤와 눈을 맞춘 채, 유리창 위에 입술을 살짝 눌렀다 떼어냈다. 한껏 휘어진 눈 아래, 시원스러운 입매가 다정한 말을 속삭였다.

"다음에 만날 땐 조금 더 자라 있어 줘, 에니샤."

대법사가 아닌, 에니샤라는 이름을 부른 건 처음이었다.

당황함에 잠깐 눈을 깜빡이는 사이, 아바르티아는 홀쩍 사라져 버렸다.

에니샤는 그가 떠난 창틀에 남겨진 꽃을 발견하였다. 꽃송이가 커다랗고 탐스러운 붉은 장미 한 송이였다.

"어휴……. 미친놈……."

에니샤는 질린 얼굴로 창문을 열어선, 창틀에 놓인 꽃을 땅바닥에 던져버렸다.

하크만이 귀국한 이후, 황궁은 조금 조용해졌다. 그러나 바람 잘 날 없는 히페리온 제국답게, 어김없이 새로운 폭풍이 찾아왔다. 이번 폭풍의 눈을 만들어낸 사람은 막내 황녀님이었다.

에니샤는 중요한 이야기가 있다며 로드고와 쌍둥이 두 황자를 회의실로 소집하였다. 에니샤가 직접 부른 일은 최초인지라, 황족들은 열 일 제쳐놓고 달려왔다.

"와주셔서 감사해요."

의젓하게 인사한 에니샤는 평소처럼 로드고의 무릎이나 탁자 위에 앉는 대신, 따로 의자를 빼어 앉았다.

탁자가 높아서 머리만 간신히 삐죽 나왔다. 양손을 짚으니 얼굴 양옆에 나란히 놓이는 높이였다. 그래도 눈을 마주보고 대화하기에는 무리가 없었다.

헬라드와 로시엘이 귀엽다고 키득거리는 앞에서, 에니샤는 엄숙한 표정으로 요구사항을 밝혔다.

"제 휘하의 기사단을 만들고 싶어요."

"기사단?"

의외의 이야기에 다들 놀라긴 했지만, 이내 흔쾌히 찬성하였다. 찬성뿐만이 아니었다. 한술 더 떠서 제국의 인재들을 죄다 탈탈 털어다가 히페리온 최강의 기사단을 만들어줄 청사진을 그리기 시작했다. 가만히 내버려두면 제국을 넘어 대륙 최강의 기사단을 만들어낼 기세였다. 하지만 에니샤가 원하는 것은 그게 아니었다.

"수석마법사 델 하르인과 아할든의 카힐 자드카르를 주축으로 하여, 마법기사단을 만들 생각이에요."

낭랑한 목소리가 뱉어놓은 말은 뜻밖이다 못해 날벼락이었다. 로드고와 쌍둥이들은 재빨리 서로 시선을 교환했다. 혹시 뭐 아는 거 있냐는 눈짓이 바쁘게 오갔으나 있을 턱이 없었다.

헬라드가 얼빠진 목소리로 물었다.

"아니……. 카힐 자드카르는 왜?"

그리고 에니샤는 황족들을 더욱 놀라게 만들 말을 꺼내놓았다.

"그는 정령의 계약자예요."

정적이 한참 동안 사방을 뒤덮었다.

"……하."

로드고가 짤막한 헛웃음을 뱉어냈다. 헬라드와 로시엘도 별반 다를 게 없는 표정이었다. 에니샤만 혼자 침착하게 또박또박 말을 이어갔다.

"자드카르 건국왕은 눈과 얼음의 정령과 계약하여 나라를 건국했어요. 자드카르 왕실이 지니고 있던 정령의 재능이 격세유전을 통해 카힐 자드카르에게서 발현한 거예요."

에니샤는 이번 폭설의 원인이 카힐이라는 것, 그리고 그가 자신에게 첫 번째 맹세를 하여 힘을 다스렸다는 것까지 이야기하였다. 물론 힘을 다스렸다는 부분에는 델 하르인의 도움을 받았다는 식으로 거짓말을 약간 덧붙였다.

이야기를 들은 헬라드가 혀를 내두르며 중얼거렸다.

"무슨 맹세 수집가도 아니고……."

세 가지 맹세는 명목만 이어질 뿐, 현 대륙에서 거의 사장되다시피 한 것이었다. 그런데 에니샤는 힘의 통제권을 넘기는 첫 번째 맹세를 벌써 두 명에게나 받아냈다.

맹세를 받아낸 이상, 카힐 자드카르는 에니샤에게 절대적인 충성을 바칠 수밖에 없었다. 여러 정치적인 이해타산이 얽히긴 하겠지만, 그가 기사단이 될 자격은 충분하다.

에니샤는 황족들이 상황을 파악하느라 머리 굴리는 사이 재빠르게 밀어붙였다.

"그를 제게 주세요. 저의 기사로 삼겠어요."

"에니샤……."

로드고가 크게 한숨을 쉬며 머리를 쓸어 넘겼다. 잠시 지긋하게 눈을 감고 있던 그는 매우 복잡한 표정으로 에니샤를 바라보았다.

카힐 자드카르가 진실로 정령의 계약자라면 호재 중의 호재였다. 그를 자드카르 공왕으로 만들려 생각했으니 더욱 그러했다. 건국설화에 등상하는 정령과 계약했다는 것만큼 정통성을 확실히 입증할 수단은 없었다. 왕실에서 카힐을 거부하더라도, 왕국민들이 그를 왕으로 원할 터였다.

제국에서는 수단과 방법을 가리지 않고 카힐을 친 히페리온으로 포섭해야 할 상황이었다. 그러나 이 모든 것을 압도하는 엄청난 문제가 있었으니. 카힐 자드카르의 주인이 에니샤라는 것이었다.

가뜩이나 자꾸 에니샤랑 알짱알짱 엮여서 신경 거슬리던 차였다. 그런데 기사단으로 받아들이면, 이제 대놓고 옆에 붙는 것이었다. 에니샤의 남편감으로는 대륙의 창조신을 데려다놔도 모자라다 말할 황족들이었다. 혹시나 저놈이 불순한 의도를 가지고 우리 에니샤한테 접근해서 이렇게 저렇게 된 것은 아닌지, 머릿속에선 이미 피바다가 펼쳐지고 있었다. 하지만 언제나 그러하듯, 황족들은 절대 에니샤 앞에선 험한 소리를 하지 못했다.

로시엘이 생긋 웃으며 뒤늦은 말문을 열었다.

"……그랬구나."

그가 에니샤를 부드럽게 달랬다.

"확실히 정령의 계약자라면, 우리 에니샤 말대로 기사단을 만들면 좋을 것 같네. 하지만 귀족들과도 이야기를 해봐야 하니까, 일단은 조금 기다려주겠어?"

"어……. 어어, 맞아, 에니샤! 오라버니들이 최대한 너 원하는 대로 해줄 거니까!"

헬라드까지 되지도 않게 어색한 웃음을 지어가며 회유에 나섰다.

에니샤도 당장 받아들일 것이라곤 생각지 않았다. 황녀직속기사단이 하루아침에 만들어질 리도 없고, 여러 절차를 거쳐야 하는 법이었다. 다만 그 과정에서 로드고와 쌍둥이가 아무런 사심 없이, 제국을 위한 선택을 할지 걱정이었다. 그들은 카힐이 에니샤 곁에 붙어 있는 걸 결코 좋아하지 않을 터이니 말이다.

에니샤는 커다란 눈망울로 로드고와 헬라드, 로시엘을 한 번씩 바라보았다. 그리고 두 손을 꼭 맞잡아 쥐고서 말했다.

"아빠랑 오라버니들만 믿어요!"

신뢰 넘치는 말 한마디에 세 남자는 곧장 파사삭 무너졌다.

억지로 웃어가며 대화를 끝낸 뒤, 일단 에니샤를 황녀궁으로 돌려보냈다. 에니샤가 퇴장한 후, 회의장에는 아주 깊은 침묵이 내려앉았다.

"……."

헬라드와 로시엘이 머리를 부여잡고 탁자에 고개를 박았다. 회의장 구석에 서 있던 시종이 어쩔 줄을 모르고 눈치를 살폈다. 로드고가 어이없는 웃음을 흘렸다.

얼마간 큭큭거리던 그가 느릿하게 입을 열어서, 짤막한 명령을 내뱉었다.

"끌고 와."

아무런 주어도 없으나, 시종은 꽁지에 불붙은 것처럼 쏜살같이 튀어나갔다. 카힐 자드카르를 잡으러.

다행히 가힐은 살아남았다.

본궁으로 끌려갔다는 소식을 들었을 때는 꼼짝없이 애 하나 잡겠다 싶었더니, 기적처럼 잘 해결된 모양이었다. 이후, 황실에서는 본격적으로 세 번째 별을 위한 기사단을 논의하기 시작했다.

막내 황녀님의 직속기사단, '이브로테'의 창설은 제국에서 큰 화제가 되었다. 특히 황실 마법사들 사이에선 이브로테가 아주 뜨거운 화두였다. 일전 아할든 기사단의 훈련에서 보였던 에니샤의 마법 실력 때문이었다.

서로 막내 황녀님의 기사단에 들고 싶다고 난리가 나서 주먹다짐까지 벌어졌다. 이브로테 기사단장으로 임명된 델 하르인은 그 사이에 찡겨서 아주 호되게 고생하였다. 볼 때마다 얼굴이 홀쭉해지더니, 나중에는 반쪽이 되었다.

"늘그막에 주인 잘못 만나 이렇게 고생합니다, 제가……."

델 하르인은 종종 투덜거렸으나, 말만 그러하고 실제론 에니샤를 도와 즐겁게 기사단을 준비하였다.

서른셋의 기사를 거느린 쿠테른, 각각 열셋의 기사를 거느린 아할든, 이엘타와 달리 이브로테 기사단은 단 세 명의 기사로 꾸려졌다. 에니샤가 그리 원하였기 때문이었다. 귀한 인재인 마법사들이 주축이 되기 때문에 많은 인원을 차출할 수 없기도 했다.

어차피 카힐 때문에 만든 기사단이었다. 괜히 인원을 많이 배치하면 데리고 다니기 귀찮고, 자유롭게 마법을 펑펑 쓸 수도 없었다. 에니샤는 자신이 솔직해질 수 있는 사람들로만 기사단을 꾸려서 알차게 써먹을 생각이었다.

기사단원 숫자가 셋이라는 이야기를 들은 헬라드는 그게 무슨 기사단이냐며 한참 구시렁거렸다.

"너무 적어! 폐하의 쿠테른보다 더 많게 하자. 한 300명 어때?"

물론 헬라드의 의견은 곧장 기각되었다.

이브로테는 기사단이라 불리기엔 조금 민망한 규모지만, 그래도 단원의 구성은 소수정예라는 말이 아깝지 않았다. 황실의 수석마법사 델 하르인이 기사단장을, 정령의 계약자 카힐 자드카르가 부단장을 맡았으니 그것만으로도 이미 엄청난 전력이었다.

종자에서 황녀님 직속기사단의 부단장으로, 하루아침에 벼락출세를 한 카힐에게는 온갖 시기와 질투가 쏟아졌다. 그러나 정령의 계약자라는 사실이 알려지면서 불만은 쏙 들어갔다.

황실은 의도적으로 카힐 자드카르가 계약자라는 사실을 대륙 곳곳에 퍼뜨렸다. 북부 설산을 다스린다는 눈과 얼음의 정령과 계약하였지만, 조국으로부터 버려진 비극의 왕자. 그런 왕자를 일찍이 거두어 보살피고, 재능이 개화하도록 성심성의껏 도와서 기사로 삼은 히페리온 황실.

잘 짜인 한 편의 연극 같은 이야기는 살을 덧붙여가며 급속도로 퍼져나갔다. 자드카르 공국에도 소문이 퍼진 모양인지, 여태껏 관심도 없던 카힐에게 안부를 묻는 서신이 날아오기까지 하였다. 당연히 카힐이 서신에 답하는 일은 없었다.

그리하여 이브로테 기사단의 기획은 전부 윤곽이 잡혔다. 하지만 여러 제도적인 문제 때문에, 실제로 이브로테 기사단을 창설하기까지는 꼬박 2년이라는 시간이 걸렸다. 그 기간 동안 카힐은 헬라드 밑에서 미친 듯이 굴러가며 집중적인 수련을 받았다. 검술 외에도 기본적인 교양 수업을 받고 사교 예절도 배웠다. 살인적인 일정이었으나, 카힐은 단 한 번도 못 하겠다거나 힘들다는 말을 하지 않았다. 묵묵하게 주어진 모든 것을 소화해냈고, 그 이상으로 노력하였다. 그리고 카힐이 구르는 모습을 보며 에니샤는 깨달았다. 제도적인 문제는 명목일 뿐이고, 2년이란 시간은 황족들이 카힐을 이브로테 기사단에 걸맞도록 만들기 위한 것임을 말이다.

카힐은 단 두 해만에 비약적인 성장을 거두었다. 종자들 사이에선 맞설 사람이 없었고, 기사들과도 대등하게 검을 나누는 실력이 되었다. 그리고 에니샤의 나이 일곱 살, 드디어 카힐은 이브로테 기사단의 부단장으로 정식 임명을 받았다.

에니샤의 부름을 받은 카힐은 빳빳하게 풀 먹인 기사단복을 입고 황녀궁을 찾아왔다.

"히페리온의 세 번째 별을 뵙습니다."

예를 갖춰 인사하는 모습이 아주 그럴듯했다. 카힐은 이어서 에니샤 옆의 델 하르인에게도 간단히 목례를 올렸다.

에니샤는 카힐을 가만히 바라보았다. 성장기라 그런지 몰라보게 달라졌다. 적당히 근육 붙은 몸의 비율이 좋아서, 단정한 기사단복이 그렇게 잘 어울릴 수가 없었다.

외모도 꽃과 같이 날이 갈수록 피어나고 있었다. 이목구비의 선 하나하나가 깔끔하게 떨어지는, 서늘하면서도 날카로운 느낌의 미소년이었다. 아마 좀 더 시간이 지나면 얼굴 윤곽이 뚜렷해지면서 대단한 미남이 될 것 같았다.

카힐은 곧게 한쪽 무릎을 꿇으며 에니샤를 올려다보았다. 남청색 눈동자가 올곧았다. 그가 이 자리에 오기까지 얼마나 많이 고생했는지 떠올려보던 에니샤는 잠시 감회에 젖었다. 다른 사람이었다면 중간에 도망가도 100번은 도망갔겠다 싶을 만큼 개고생이었다. 특히 헬라드가 교육을 핑계로 카힐을 많이 괴롭힌 탓에 더 그랬다.

에니샤는 그에게 진심을 담아 말했다.

"고생했어, 카힐."

그리고 에니샤의 말에 카힐은 옅게 미소 지었다.

어째서인지 델 하르인은 카힐의 미소를 보곤 흠칫 놀랐다. 에니샤는 잠시 그를 의아히 바라보았다가, 카힐에게 미리 챙겨놨던 작은 가방을 건넸다.

"자, 일단 이거 받구."

주니까 받기는 하는데, 카힐의 얼굴에는 의아함이 가득했다.

"안에 옷 들어 있으니까 그걸로 갈아입고 와."

더더욱 물음표 가득해진 그의 표정에, 에니샤는 씩 웃으며 말했다.

"마지막 기사를 데리러 갈 거야."

이브로테 기사단의 창단식은 아직 치르지 않았다. 그리고 기사단원 또한 델 하르인과 카힐 둘뿐이었다. 남은 한 자리는 에니샤가 따로 내정한 사람이 있다고 여태껏 공석으로 비워두었다. 에니샤가 생각해둔 마지막 기사는 바로 레시나였다.

델 하르인이 방어와 보조 계통에 능하다면, 레시나는 공격과 보조에 능한 마법사였다. 특히 보조계 마법 중에서 환상마법은 대륙에서 그녀를 따라잡을 이가 없을 정도로 대단했다. 레시나가 있다면 매번 수고스럽게 몸에 마법진을 그릴 필요 없이, 반영구적인 외모 변경도 가능할 것이었다. 그리고 혹시나, 정말 혹시나 아르커스의 마법사들이 황궁에 쳐들어오면……. 레시나의 환상마법이 여러모로 필요할 터였다.

그녀의 영입은 이런저런 고려를 전부 끝낸 인사 배치인 것이다. 그런고로, 에니샤는 레시나를 데려오기 위해 황궁 바깥으로 외출했다.

"에니샤 니이이임……."

항상 시키는 대로 하긴 하지만, 간이 작은 델 하르인은 사색이 된 얼굴이었다. 단출한 평복을 입고, 검은 머리에 푸른 눈동자로 모습을 바꾼 에니샤는 아까 노점에서 산 과일즙 넣은 빙과를 와작 베어 먹으며 말했다.

"앞으로 종종 황궁 바깥으로 암행 나올 거니까, 미리 익숙해지도록 해!"

"그러면 빨리 목적지만 들렀다 가면 안 됩니까? 왜 자꾸……."

엉뚱한 곳을 가고 그러시냐며 물으려다가 겨우 참은 델 하르인이 다시 에니샤 님, 하고 우는 소리를 해댔다.

궁 바깥에서는 황녀님이란 호칭 대신에 이름을 부르라 했을 때 어찌 그럴 수 있냐고 펄쩍 뛰더니, 우는 소리를 하느라 그런지 이제는 닳아 없어질 지경으로 불러대고 있었다.

"기왕 나온 김에 바깥 구경도 좀 하고 그러는 거지."

황궁 안에만 있으면 세상 물정을 모르게 된다며, 점잖게 훈수 두는 것도 잊지 않았다.

로드고나 쌍둥이에게 걸릴까 봐 걱정이 산더미인 델 하르인과 달리, 카힐은 얌전히 에니샤만 졸졸 따라왔다. 바깥에서 항상 그러했듯, 카힐은 은회색 머리카락과 청회색 눈동자를 하고 있었다.

색소 옅은 생김새가 아름다워서 지나가는 사람들이 자꾸만 시선을 던져왔다. 하지만 카힐은 누가 저를 보든 말든, 에니샤에게 길 안내를 하는 데만 열중하였다. 덕분에 입안이 달달해지도록 간식거리를 잔뜩 사 먹은 에니샤는 매우 만족스럽게 시내를 걸었다.

장난감이 가득 전시된 가게를 지나던 에니샤는 잠시 걸음을 멈추었다. 가게 진열장에 앙증맞은 토끼인형이 보였다. 하얗고 몰랑몰랑하게 생긴 토끼인형은 목에 풍성한 프릴과 리본을 매고, 머리에는 작은 왕관을 쓰고 있었다.

함께 진열장을 들여다보던 카힐이 처음으로 먼저 말을 붙였다.

"인형이 마음에 드십니까?"

"……아니, 그냥 봤어."

에니샤는 새침하게 고개를 돌리곤 다시 걸음을 옮겼다. 히페리온의 막내 황녀가 되고 나서 새롭게 깨달은 취향이 있었는데, 비로 자신이 귀여운 인형들을 좋아한다는 것이었다. 그간 온갖 인형들을 넘치도록 선물 받았지만, 새로운 토끼인형에도 관심이 갔다. 하지만 황녀궁에는 이런 인형들이 산더미처럼 쌓여 있고, 이제 나이도 일곱 살이나 되었으니 인형은 졸업할 때였다. 어른스럽고 의젓한 황녀님의 면모를 보이기 위해서, 에니샤는 토끼인형을 무시하고 지나갔다.

"……."

카힐은 토끼인형을 유심히 봐두었다가, 다시 에니샤를 뒤따랐다.

그다음 목적지는 서점이었다. 커다란 대형 서점에 들어서자마자 에니샤는 양껏 책 냄새를 들이마셨다. 새로 나온 마법서를 둘러보고, 정령에 관한 책도 있는지 찾아보았다.

서점 구석에 앉아서 이것저것 읽어보던 에니샤는 통속소설이 진열된 곳에도 가보았다. 그중에서 재밌어 보이는 것을 하나 골라선 후루룩 훑어보았다.《결혼과 검》이라는 제목을 가진 소설이었는데, 엄청난 검술로 대륙을 뒤흔드는 잘난 여주인공이 결혼으로 묶여 산다는 말도 안 되는 내용이었다. 팔랑팔랑 책장을 넘기던 에니샤는 남주인공이 그려진 삽화를 보고선 고개를 끄덕였다.

"남자가 잘생겼네……."

그럼 조금 개연성이 있는 것 같기도 했다.

얼마간 더 읽어보다가 책을 내려놓은 에니샤는 골라놓은 마법서를 들고 카힐을 찾아 나섰다. 카힐은 몹시 진지하고 심각한 표정으로 어떤 책을 읽고 있었다. 에니샤는 그의 옷자락을 잡아당기며 말했다.

"그만 가자! 델 하르인에게 이것 좀 계산해달라고 해줘."

카힐은 나쁜 짓이라도 하던 것처럼 흠칫 놀라더니, 얼른 책을 제자리에 놔두곤 에니샤의 심부름을 하러 갔다. 에니샤는 그가 읽던 책이 뭔지 궁금하여서 슬쩍 보았다. 카힐이 읽던 책에는 대문짝만한 홍보 문구가 적힌 띠지가 둘러 있었다.

귀족가의 영애를 사랑하게 된 기사! 신분 차를 극복한 세기의 사랑! 고귀한 그녀를 사로잡은 그 남자의 일대기, 지금 시작합니다!!

에니샤는 눈을 깜빡였다.

귀천상혼 소재의 연애소설을 그렇게 열심히 읽고 있었다니…….

냉하게 생겨선, 카힐도 보기보다 낭만적인 구석이 있구나 싶었다.

서점을 끝으로 시내 구경을 마친 에니샤는 본격적으로 레시나를 찾아 나섰다. 경매장 사건 이후 2년 만에 그녀를 만나는 것이었다. 제국을 떠났을 수도 있지만, 일단은 정석대로 찾아볼 생각이었다.

에니샤는 일전에 방문했던 도끼 그림이 그려진 간판의 여관을 찾아갔다. 그리고 카힐에게 레시나의 행방을 물어보도록 했다. 아무래도 카힐이 레시나와 오래 일했으니 정보를 캐기도 쉬울 것 같아서였다.

카힐을 여관으로 들여보내고, 에니샤와 델 하르인은 근처에서 잠시 기다리기로 하였다. 햇빛이 들지 않는 그늘에 서서 카힐을 기다리는 동안, 델 하르인은 연신 헛기침을 하더니 입을 열었다.

"그……. 카힐 말입니다."

"마음에 안 들어?"

델 하르인이 놀라서 바라보았다. 어떻게 알았냐는 눈으로 쳐다보는 그의 모습에 에니샤는 작게 웃었다. 얼굴에 대문짝만 하게 써 붙여놨는데, 모르는 게 더 이상한 일이었다.

델 하르인은 기사단 문제 때문에 카힐과 몇 번 따로 만난 적이 있었다. 아무래도 그때 카힐이 뭔가 밉보인 모양이었다. 에니샤는 델 하르인을 도닥이며 말했다.

"너무 미워하지 마. 사교성이 좀 없어서 그렇지, 착하고 순한 애야."

"착하고 순하다뇨……!"

에니샤의 말에 델 하르인은 기가 막혀서 얼굴까지 하얘졌다. 그는 뒷목을 잡아가며 그 어린놈이 얼마나 시건방지고 음흉한지 열변을 토했다.

"제가 봤을 때 그놈은! 인간이 아닙니다!"

들어보니 카힐 자드카르는 감정 표현이 없다 못해 돌덩이 같고, 매사에 무심해서 살아 있는 느낌이 없고, 눈빛도 건방지다 못해 반항적이고, 그래서 아까 황녀님 앞에서 미소 지었을 때 깜짝 놀랐고……. 뭐, 대충 이런 이야기였다.

에니샤는 작게 하품하며 대답했다.

"아직 어리잖아."

"어려서 그렇다뇨! 차라리 철이 없는 거면 저도 좋겠습니다."

"그래, 그래. 싫어도 어쩌겠어. 앞으로는 잘 지내보자."

에니샤가 건성건성 들어 넘기자, 델 하르인은 끙끙대며 중얼거렸다.

"그래도 황녀님께는 고분고분해서 다행이긴 하나……."

그러는 사이에 카힐이 정보 수집을 끝내고 돌아왔다. 델 하르인은 저보다 한참 어린 카힐이 뭐가 그리 무서운지, 파드득 놀라며 입을 닫았다.

"왔어?"

에니샤가 생긋 웃어주자, 카힐의 얼굴에 붉은빛이 스쳤다. 수줍어하는 그의 모습을 보며 에니샤는 속으로 생각했다.

저렇게 애가 순진한데…….

델 하르인도 오래 같이 지내다 보면 오해가 풀릴 터였다.

"레시나는 사설 검투장에 붙잡혀 있다고 합니다."

"검투장?"

에니샤는 놀라서 되물었다.

들어보니 상황이 복잡했다. 그간 레시나는 황실의 수사망을 피해 요리조리 잘 도망 다녔고, 수배가 종료되어 자유의 몸이 되었다. 그래서 잠시 마음을 놓은 결과, 그리시앙의 형 그리올에게 붙잡힌 것이다.

노예 경매장을 운영하던 그리시앙은 막내 황녀님과 엮이며 인생을 말아먹었다. 하지만 그리올이 그런 사실을 알 턱이 없었고, 그는 자신의 동생이 붙잡혀간 원인이 레시나라 생각했다. 그리하여 어찌어찌 함정을 파가지고, 레시나를 저가 운영하는 사설 검투장에 붙잡아놨다는 것이다. 자세한 사정은 직접 만나면 알 수 있을 테고, 일단 그녀가 검투장에 있는 건 확실한 듯했다.

에니샤는 열심히 알아온 카힐에게 잘했다고 칭찬하며 말했다.

"의외로 순순히 가르쳐줬네."

여관 주인이 알려주지 않으면 강압적인 수단을 약간 동원하려 생각하던 차였다. 그런데 생각보다 카힐이 너무 잘 알아 와서, 그럴 필요가 없어졌다.

"……네, 제가……."

카힐은 대답하다 말고 머뭇거리다 뒷말을 이었다.

"잘…… 부탁드렸습니다. 가르쳐달라고……."

시선을 살짝 피하며 말하는 투가 조금 석연찮았지만, 좋은 게 좋은 거였다. 사소한 부분은 그냥 넘어가기로 하고, 에니샤는 곧장 사설 검투장으로 향했다.

검투장 위치까지 알아온 카힐이 앞장서서 안내하였다.

수도 외곽의 검투장으로 가는 내내 델 하르인은 불안에 떨었다. 그에게는 2년 전 노예 경매장의 악몽이 아직 고스란히 남아 있었다. 어떡하느냐며 달달 떠는 델 하르인에게 에니샤는 역할을 배분해주었다.

"나는 철없고 돈 많은 귀족 아가씨고, 카힐과 델 하르인은 호위야."

말재간 좋은 사람이 없어서 이번에는 직접 나설 생각이었다. 여기서 또 레시나가 아쉬웠다. 레시나를 데려오면 앞으로 이렇게 나서서 말하는 건 다 그녀에게 맡겨야겠다고 생각하며, 에니샤는 당당히 검투장으로 들어섰다. 물론 안으로 들어가기 전, 입구에서 가로막혔지만 말이다.

저를 가로막는 험상궂은 덩치의 경비들에게 에니샤는 도도하게 말했다.

"왜 이래? 나 손님이야."

그들이 뭐라 입을 열기 전에, 델 하르인에게 손을 까닥였다.

뒤편에 서 있던 델 하르인이 묵직한 주머니를 품에서 꺼냈다. 그리고 덜덜 떨리는 손으로 금화를 한 주먹 쥐어선, 있는 힘껏 경비들에게 뿌렸다.

짤그랑 짤그랑.

허공을 날아간 금화는 요란한 소리와 함께 길바닥에 떨어졌다.

난데없는 금화 벼락을 맞은 경비들이 입을 떡 벌렸다. 금화로 번쩍이는 길 위에서, 에니샤는 턱 끝을 치켜올리며 말했다.

"안내해."

돈 앞에서는 장사 없는 법이었다. 경비들은 결국 내부에 연락을 넣어 직원을 불러냈다.

검투장은 지하에 위치했다. 사설 검투장이라는 이름을 달고 있지만, 검투노예를 부리며 내기도박을 하는 것 자체가 불법이기 때문에 이런 식으로 운영하는 것이었다.

낡고 다 쓰러져가는 허름한 창고 같은 건물이 세워진 지상과 달리, 지하는 제법 번듯한 편이었다. 검투장인 만큼 화려하진 않았지만, 시설이 그럴듯했다.

원형 관중석 가운데 네모반듯한 우리가 보였다. 짐승을 가둘 법한 커다란 쇠창살 우리는 검투가 벌어지는 곳일 터였다. 에니샤는 검투장의 배치, 입구와 출구 등을 잘 눈여겨봐 두었다.

검투장을 빙 둘러서 반대편 복도로 들어갔다. 복도 끝에서 한 층을 더 내려가고, 거기서 가장 안쪽 방이 그리올의 방이었다. 미리 소식을 들었는지, 안내하던 직원이 노크만 하자 바로 들어오라는 말이 들려왔다.

방 안으로 들어서자 두툼한 체구의 남자가 자리에서 일어났다.

"어서 오십쇼."

검은 안대를 한 애꾸눈의 남자는 검투장의 주인, 그리올이었다.

그리올이 노인, 소년, 아이로 구성된 괴상한 조합을 관찰하는 동안, 에니샤도 그를 관찰했다. 그리시앙이 물렁한 돼지였다면, 그의 형인 그리올은 근육형 돼지였다. 우락부락한 생김새가 험악한 게 검투장 사장 노릇을 하기에는 딱 맞았다.

그리올은 입맛을 쩝쩝 다시며 낡은 의자를 가리켰다.

"거…… 어떻게 알고 왔는지는 모르것는데…… 일단 앉으소. 애기씨한테는 좀 부족허겠지만."

천이 터져서 안에 들어 있는 솜이 다 삐져나온 의자였다. 벼룩이라도 나올 것 같은 생김새라 절대 앉고 싶지 않았다. 에니샤는 의자에 앉는 대신 본론부터 꺼냈다.

"레시나를 찾으러 왔어."

"뭐요?"

그리올의 인상이 대번에 사나워졌다.

에니샤는 태연하게 답했다.

"의뢰 선수금을 받아놓고 잠적해서. 여기 있다던데?"

그리올이 눈에 잔뜩 힘을 주고서 에니샤를 노려보았다. 웬 쪼깐한 아이가 와서는 반말 찍찍 날려가며 되바라지게 행동하니 뭔가 심을 터였다. 하지만 멋모르는 사람이 보기에도 에니샤는 귀한 집 딸이었다. 평복을 입는다고 귀티가 감춰지는 것은 아니었다. 인형처럼 고운 외모와 굳은살 없는 분홍빛 손끝, 몸에 밴 우아한 행동거지, 명령과 하대가 자연스러운 모습, 금화를 길바닥에 뿌려대는 낭비벽까지. 어딜 어떻게 봐도 나 귀한 신분이요, 하는 존재이니 그리올로서는 함부로 대할 수 없었다.

그가 부글부글 끓는 속이 고스란히 드러나는 얼굴로 말했다.

"미안허지만, 빚 다 갚기 전엔 못 내보내니 그리 아소."

그리올은 레시나가 자신에게 빚을 졌으며, 한두 푼이 아니고 어마어마하니 아무리 부잣집 아가씨라도 감당 못 할 돈이라며 으름장을 놓았다.

에니샤는 입매를 비틀며 질문했다.

"얼마?"

멍청히 눈을 끔뻑이는 그리올에게, 에니샤는 거만히 말하였다.

"원하는 만큼 말해. 얼마든지 내줄 터이니."

"허, 참나……!"

그리올이 헛웃음을 뱉으며 기가 막힌다는 표정을 지었다. 그가 적잖이 열 받았는지 벌겋게 달아오른 얼굴로 버럭 소리쳤다.

"돈이 중요한 게 아니오!"

잠자코 지켜보던 카힐이 한 발짝 걸어 나왔다. 카힐은 에니샤를 뒤로 보내며 그리올 앞을 막아섰다. 에니샤가 괜찮다고 만류하는데, 그리올의 시선이 카힐을 훑어 내렸다. 순간적으로 무엇을 떠올렸는지, 하나 남은 눈동자가 욕심에 번뜩였다.

그리올이 툭 내뱉듯이 말했다.

"……아니면 뭐, 검투장에서 우승이라도 해보시든지."

"우승?"

되묻는 에니샤에게 그리올이 턱짓으로 카힐을 가리키며 말했다.

"저 하인놈 내보내서 오늘 경기 죄다 이기고 우승자가 되면, 빚 탕감하고 놔주것소."

그가 끌끌 웃으며 말했다.

"비리비리한 것이 얻어맞으면 인기 좀 끌 법하니……."

예쁜 미소년인 카힐을 검투장에 올려서, 일회성 행사로 써먹을 생각인 모양이었다. 확실히 이 정도로 뛰어난 외모의 노예가 경기에 나오면 크게 인기몰이를 할 터였다.

"좋아! 내 하인을 경기에 출전시키도록 하지."

흔쾌히 받아들이자 그리올이 굵은 눈썹을 치켜올렸다.

에니샤는 화사하게 웃으며 말했다.

"약속 안 지키면 재미없을 줄 알아."

천사 같은 얼굴에서 나온 협박에 그리올이 헛웃음을 지었다.

"허, 애기씨나 없던 일로 무르지 마쇼."

그리올은 철없는 아가씨가 호승심에 멋모르고 응하였다고 생각하는 모양이었다. 하지만 그는 몰랐다. 카힐이 뛰어난 것은, 외모뿐만이 아니란 사실을.

검투장 출전이 결정된 후, 카힐은 대기실을 배정받았다.

에니샤를 고려했는지 대기실은 꽤 넓고 깔끔했다. 간단한 의자와 탁자, 검투사들에게 일괄적으로 지급되는 기본 무기가 놓인 공간이었다. 카힐이 무기 종류를 훑어보고 저에게 맞는 검을 고르는 동안, 델 하르인은 펄쩍펄쩍 뛰었다.

"말도 안 됩니다! 이러다가 지기라도 하면 어떡합니까!"

델 하르인의 반대는 당연했다. 검투장에서 우승하기란 절대 쉬운 일이 아니기 때문이었다. 사설 검투장에는 검투노예 말고도 돈을 벌기 위해 뛰어든 용병들이 섞여 있었다. 검투사들의 승리를 놓고 내기도박이 벌어지기 때문에, 일확천금을 노리는 도박사들의 작전이 경기에 개입하는 경우도 빈번했다. 검투장은 여러 목적들이 뒤엉킨 공간이었고, 그만큼 출전하는 검투사들도 실력이 상당했다. 승리를 위해 수단과 방법을 가리지 않는 경기이니 목숨을 잃는 일도 종종 있었다.

그리올의 조건은 '오늘 안에 검투장에서 우승자가 될 것'이었다. 검투장의 우승자가 되려면 모든 경기에서 승리하고, 마지막으로 현 우승자와 싸워서 이겨야 했다. 그걸 오늘 안에 해내야 하는 것이다.

몇 번이나 경기를 치르고 쉴 틈도 없이 몰아넣어지는 카힐과 달리, 현 우승자는 충분히 휴식을 취하며 카힐의 경기를 분석한 후 검투장에 오를 터였다. 여러모로 카힐에게 불리할 수밖에 없는 조건이었다.

델 하르인은 조목조목 논리적으로 설득하며 에니샤에게 매달렸다.

"게다가 이 정도 검투장의 우승자라면 실력이 상당할 겁니다. 정령의 힘이라도 쓰지 않는 한 카힐이 우승자가 되기는 힘들 겁니다."

그러나 에니샤는 내연하기만 하였다.

"굳이 그것까지 쓸 필요도 없을걸."

"황녀님……!"

"델 하르인."

에니샤는 카힐이 손수건을 깔아놓은 안락의자에 앉아서 고개를 살짝 옆으로 기울였다.

"헬라드 오라버니는 꼬박 2년 동안 손수 카힐을 가르쳐서 나의 기사로 보냈어. 그게 무슨 뜻이라고 생각해?"

다른 누구도 아닌 에니샤의 곁에 설 기사였다. 헬라드가 절대 허투루 가르쳤을 리가 없었다.

에니샤는 씩 웃으며 그에게 말했다.

"카힐을 못 믿겠거든, 헬라드 오라버니를 믿도록 해."

"……."

델 하르인은 불만으로 잔뜩 벌어졌던 입을 얌전히 다물었다.

에니샤와 델 하르인이 자신의 처분을 놓고 아옹다옹하는 동안, 카힐은 묵묵하게 무기를 골라놓았다. 그때 똑똑, 문 두드리는 소리가 들려왔다.

허락을 얻은 직원이 정중하게 문을 열었다.

"따라오십시오."

에니샤는 자리에서 일어나 그를 따라갔고, 델 하르인과 카힐이 뒤따랐다.

점원은 레시나가 갇혀 있는 곳으로 안내해주었다. 에니샤는 검투경기 전에 레시나가 정말로 갇혀 있는지 확인하고, 대화를 나누겠다는 조건을 걸었다. 그리올은 얼마든지 그러라며 조건을 받아들였다. 대신 허튼짓을 하면 아무리 귀한 집 딸내미라도 무사히 못 나갈 거라면서 으르렁거렸다.

레시나가 있는 방은 가는 길부터가 허름했다. 곰팡이가 핀 나무문을 열자, 쇠창살 안에 눈 감고 드러누워 있는 레시나가 보였다. 그녀는 양쪽 손목에 마력제어구를 하나씩 차고 있었다. 확실히 레시나 정도의 마법사라면 두 개는 채워야 했다. 아르커스에서 만든 것이었다면 효과가 좋아서 한 개로 충분했겠지만……. 효과가 좋다 못해 살인적이었던 벨루안의 마력제어구를 떠올리며, 에니샤는 쇠창살을 톡톡 두드렸다.

"레시나."

사람이 들어오든 말든, 눈을 감은 채 꼼짝도 안 하던 레시나가 벌떡 몸을 일으켰다. 그녀는 에니샤를 보고는 눈을 부릅떴다.

"헉……!"

뒤에 서 있는 델 하르인과 카힐까지 확인한 그녀는 잠시 넋을 빼고 있다가 후다닥 쇠창살에 달라붙었다.

"화, 화, 화, 황녀님?!"

"데리러 왔어."

"맙소사……!"

레시나는 정말로 감동받았는지 눈물까지 글썽거렸다. 꼬질꼬질한 그녀에게 에니샤는 손수건을 건네며 물었다.

"어쩌다 이렇게 된 거야?"

"아니이이이, 들어보십시오, 진짜! 내가 너무 억울해서!"

레시나는 알아주는 주당이었다. 의뢰비가 들어오면 궐련값과 술값으로 대부분 탕진하곤 했다. 납치된 그날은 이상하게 술집 주인이 비싼 술도 막 공짜로 한 잔씩 내주고, 100년 묵은 술도 꺼내주었다.

"100년 묵은 과실주였는데 맛이 기가 막혀서, 한 잔 딱 마시는 순간 입안에 향이 확 퍼지고……."

내버려두면 술 평론으로 시간 다 보낼 것 같아서, 에니샤는 한마디 하였다.

"본론만 얘기해."

"아, 죄송합니다. 하여튼 말입니다."

주점에서 부어라 마셔라 하다가 정신을 잃었고, 깨어나 보니 양 손목에 마력제어구를 차고 여기 갇혀 있었다는 것이다.

그리올은 레시나에게 그리시앙이 입은 손해만큼 돈을 내놓으라고 요구했다. 당연히 그만한 돈이 있을 리가 없었다. 레시나가 돈 없다고 배 째라며 버티자, 그리올은 노예계약을 맺고 검투장에서 마법으로 잔재주나 부리라고 말했다. 그것도 싫다고 거부하자, 그러면 갚을 때까지 갇혀 있으라며 비웃었다. 도망가면 바로 황실에 고발하겠다고 협박하는 것도 잊지 않았다. 수배가 끝나긴 했지만, 황실에서 제 발로 걸어 들어온 과거의 수배자를 외면할 리 없었다.

"……그래서 하는 수 없이 지금 이렇게! 얌전히! 갇혀 있게 된 겁니다!!"

레시나가 으아아아 하면서 쇠창살을 손으로 잡고 흔들었다. 아주 망나니 원숭이가 따로 없었다.

옛날에도 그렇게 술 좋아해서 사고 치더니…….

에니샤는 한심한 눈으로 그녀를 바라봐주었다.

"근데, 구하러 와주셨다니 감사하긴 한데……."

레시나가 흘긋흘긋 눈치를 살피며 조심스레 입을 뗐다.

"왜…… 저를……?"

에니샤는 한쪽 입매를 스윽 치켜올리며 말했다.

"세상에 공짜는 없는 법. 여기서 꺼내주면 내 기사가 되어줘야겠어."

"기사아?"

마법기사단 이브로테에 관한 설명을 간략히 해주자, 얌전히 듣고 있던 레시나가 불만스레 물었다.

"어째서 내가 제일 쫄다구인 겁니까?"

내심 카힐보다는 저가 더 높을 줄 알았던 모양이었다.

에니샤는 레시나에게 친절하게 설명해주었다.

"여기는 히페리온 제국의 수석마법사."

"예에? 할배가 수석마법사였습니까?"

하긴 황녀 옆에 있는 마법사라면 그 정도는 되어야겠지.

레시나는 혼자 질문하고 혼자 답을 내렸다. 그러나 뒤이은 말은 순조롭게 받아들이지 못했다.

"여기는 자드카르 공왕의 적자이자, 격세유전을 통해 탄생한 정령의 계약자."

"……미친, 진짜였어요? 그거?"

자드카르의 버려진 왕자가 계약자라는 소문이 파다하게 퍼졌으니, 레시나도 못 들었을 리가 없었다. 하지만 저랑 같이 일하던 카힐이 그 왕자라는 사실을 쉬이 믿지 못한 모양이었다.

확인 사살당한 레시나가 비틀거리는 동안, 에니샤는 마지막으로 저를 손가락으로 콕 찍으며 말했다.

"그리고 히페리온의 세 번째 별."

네가 서열 꼴찌인 것에 아직도 불만 있어?

에니샤가 그렇게 쳐다보자, 레시나는 쇠창살에 머리를 박으며 욕설을 내뱉었다.

"……젠장."

무례한 언사에 델 하르인이 커다랗게 헛기침하였다. 그가 레시나를 뾰족한 눈으로 노려보았다. 하지만 그러거나 말거나, 레시나는 할 말을 다 쏟아냈다.

"전부터 생각했는데, 뭐 하는 황녀님입니까? 어린애가 영악해도 정도가 있지. 진짜 히페리온 황족들은 괴물인가……."

"글쎄."

에니샤는 그녀를 황궁으로 데려오면 예법 교육부터 시켜야겠다고 생각하며, 대답 대신 질문을 던져주었다.

"내가 진짜 어떤 사람인지 알면, 기절할걸?"

"……."

어이없다는 표정으로 저를 보는 레시나 앞에서, 에니샤는 작게 웃음을 터뜨렸다.

선택권이 없는 레시나는 결국 기사가 되겠다고 약속했다. 그녀는 억울해하다 못해, 혹시 황녀님이 그리올을 고용해서 큰 그림을 그린 게 아니냐는 의심까지 하였다. 하지만 탈출 조건이 카힐의 우승이라는 사실을 알고 그건 아닌가 보네요, 하고 궁얼거렸다. 그리고 지금, 에니샤와 델 하르인은 관중석에서 경기를 기다리고 있었다.

검투장은 사람으로 들끓었다. 괄괄하게 웃고 떠드는 사람들의 열기가 후끈했다.

관중석 곳곳에는 오늘의 출전 선수와 배당률이 적힌 종이가 뿌려져 있었고, 도박꾼들은 욕설을 섞어가며 돈을 걸기에 여념 없었다. 순수하게 검투경기를 구경하러 온 이들도 있긴 했으나, 극히 소수에 불과했다.

카힐의 출전을 그새 홍보한 모양인지, 여기저기서 미소년 검사가 나온다는 이야기가 들려왔다. 델 하르인은 사람들로 북적북적한 곳에서 에니샤를 챙기느라 정신이 없었다.

"구운 소시지 끼운 빵이랑, 얼음 넣은 시원한 걸로 과일음료수 아무거나."

에니샤의 주문에 델 하르인은 돌아다니면서 먹을거리를 파는 소년을 불렀다. 동전으로 값을 치르고 음식을 받아 든 그는 에니샤가 먹기 좋도록 포장지를 벗겨냈다. 에니샤는 그가 준 소시지 빵을 함냐함냐 베어 먹었다. 역시 이런 데서는 불량식품을 사먹는 맛이 있었다.

얼마간 먹는 데 열중하고 있을 때, 사방이 어두워졌다. 하늘에서 빛이 뚝 떨어져 중앙의 우리를 비추었다. 마법사를 고용해 이런 효과까지 넣어가며 경기를 진행하다니, 검투장의 벌이가 상당한 모양이었다.

우리 안에는 정장을 빼입은 사회자가 서 있었다.

"신사 숙녀 여러분!"

마법으로 증폭된 목소리가 우렁우렁하게 검투장 안을 꽉 메웠다.

관중들의 우레 같은 함성과 함께, 공중에서 색색의 종잇조각이 팔락팔락 떨어졌다.

"오늘의 첫 경기는 특별한 선수로 시작해보겠습니다! 얼굴 하나는 우승감인 미소년 검사!!"

사회자의 말에 왁자한 웃음소리와 박수가 동시에 터졌다.

우리에 달린 양쪽 문 중에서 하나가 열리고, 카힐이 무덤덤한 표정으로 경기장에 들어섰다. 허공에서 떨어지는 빛이 카힐의 얼굴을 집중적으로 비추었다. 조명 아래에서 빛나는 카힐은 눈으로 빚어낸 것처럼 희고 아름다웠다.

관중들이 술렁이는 사이, 상대 선수가 입장했다. 카힐보다 덩치가 최소 두 배는 큰, 짐승같이 생긴 남자였다. 난폭한 근육을 자랑하는 남자는 카힐 앞에서 위협적으로 대검을 휘둘러 보였다. 평범한 검 한 자루만을 손에 든 카힐은 남자의 대검에 금방이라도 나가떨어질 것 같았다.

관중들이 환호하는 속에서, 에니샤는 발치에 떨어져 있던 배당률표를 주워 들었다. 카힐의 배당률을 확인한 에니샤는 델 하르인의 옆구리를 콕 찔렀다.

"미소년 검사가 우승하는 데 갖고 있는 돈 전부 걸어."

"……에니샤 님?"

그는 잘못 들었다는 표정으로 에니샤를 돌아보았다. 그러나 똑바로 들은 것이 맞았고, 에니샤는 재차 그를 재촉했다.

"경기 시작하기 전에 빨리."

델 하르인이 믿을 수 없다는 듯이 바라보다가, 울분에 찬 목소리로 외쳤다.

"아니, 이제 하다하다 못해 도박이라니! 돈도 많으시면서……!"

"왜 이래, 초보마법사처럼. 오늘 쓴 만큼은 벌어가야지."

에니샤는 배당률표를 손에 쥐고서 사악하게 웃으며 말했다.

"돈은 많을수록 좋은 법이야."

그리올은 관중석과 우리가 한눈에 내려다보이는 곳에 앉아 있었다. 관중석과는 조금 떨어진 이곳은 온전히 그리올만을 위한 자리였다.

그는 우리 안에 들어선 하얀 소년을 보며 끌끌 웃었다. 빛 아래 선 소년의 외모는 확실히 눈요깃거리가 되었다. 요새 있는 집 아가씨들 사이에서 예쁜 소년을 데리고 다니는 게 유행이라더니, 저만하면 어디가도 귀한 대접을 받겠다 싶었다. 마음 같아서는 검투장에 잡아놓고 구경거리로 쓰고 싶지만, 그리올은 오늘 하루 공짜로 굴리는 데 만족하기로 하였다. 물론 딱 하루인 만큼 확실하게 뽑아 먹어야 하니, 조금 험하게 다룰 생각이었다. 상대 선수로 검투장에서 난폭하고 손속 더럽기로 유명한 놈을 붙인 것이다. 맞붙는 선수들을 죽이는 일이 잦기로 악명 높은 자였는데, 잔인한 장면을 잘 뽑아내서 손님들한테는 인기가 좋았다.

"오늘 매상이 쏠쏠하것어."

느긋하게 포도주를 마시며 경기 시작을 기다렸다.

얼마 지나지 않아 사회자가 우리 밖으로 빠지고, 신호를 보냈다.

"준비하시고……."

짐승 우리 안에서 소년과 남자가 서로를 마주 보았다. 남자가 모욕적인 말을 지껄이며 도발하였지만, 소년은 차가운 무표정으로 자세를 잡을 뿐이었다. 겁먹은 기색도 없는 것이 제법이다 싶었다.

"시작!!!"

요란한 종소리가 울리며 경기가 시작되었다.

돈을 건 도박꾼들이 목에 핏대를 세워가며 선수를 응원하기 시작했다. 말이 응원이고, 협박과 욕설들이었다.

그리올은 관중석을 찬찬히 훑었다. 수많은 사람으로 빼곡한 관중석이지만, 그는 얼마 지나지 않아 원하는 사람을 찾아냈다. 워낙 눈에 띄는 생김새를 하고 있어서 모를 수가 없었다. 늙은 하인 옆에서 음료수를 손에 들고 경기를 지켜보는 아이.

처음 봤을 때, 내색은 않았지만 사실 깜짝 놀랐다. 아이의 미모에 정신을 빼놓느라 예쁘장한 하인놈은 있는 줄도 몰랐다.

아랫놈들이 넋 빠진 얼굴을 하고 와서 웬 인형 같은 여자아이가 왔다는 소리를 했을 땐 코웃음을 쳤다. 하지만 직접 보고 나니 이해되었다. 물감으로 그린 듯, 어그러짐 하나 없이 완벽한 조화를 이루는 얼굴. 복숭아 같은 뺨을 타고 흘러내리는 결 좋은 머리카락은 비단 같았다. 살짝 치켜올라간 눈매 안에 담긴 유리구슬 같은 눈동자가 저를 응시하였을 때, 그리올은 잠시 말문이 막혔을 정도였다.

동생 그리시앙의 노예사업을 도우며 외모가 뛰어난 사람은 많이 봤다. 하지만 전 재산을 걸고 맹세하건대, 살면서 저런 외모를 가진 사람은 본 적이 없었다. 그저 예쁘다, 아름답다는 말로는 표현할 수 없었다. 특유의 오만하면서 당당한 분위기가 완벽한 미모와 함께 매력적으로 어우러지고, 사람을 무서우리만큼 잡아끌었다. 제게서 눈 돌리지 못하게 만드는 흡인력은 단순히 외형의 아름다움만으론 설명할 수 없는 것이었다.

아직 어린 데도 그 정도라니.

몇 해만 더 지나면 외모로는 제국, 아니 대륙에서 따라잡을 사람이 없을 것이라 해도 과언이 아니었다.

대체 어느 집 아가씨인지 궁금하여서, 수하들에게 당장 알아보라 시켜놓았다. 저런 미모라면 어려도 암암리에 소문이 났을 텐데, 들어본 적이 없는 것을 보면 그리 엄청난 집안은 아닐 듯했다.

자각하지 못한 채 한참 아이를 바라보던 그리올은 불쑥 엉뚱한 생각이 들었다. 지금도 아름답긴 하지만, 머리카락과 눈동자 색이 조금 어울리지 않는 것 같다는 생각이었다. 조금 더 밝고 환한 색깔이었다면, 훨씬 외모를 빛내주었을 터인데…….

그리올은 저도 모르게 어울릴 만한 색을 상상해보았다. 그러다 갑자기 지하가 떠나갈 듯 울려 퍼지는 함성에 퍼뜩 정신을 차렸다. 경기장을 바라본 그는 제 눈을 의심하였다.

"……!!"

경기장 바닥에 팔다리를 다 뻗고 드러누운 남자, 그리고 그 위에 올라서서 곧게 검을 겨누는 소년. 저보다 몇 배는 차이 나는 덩치를 깔아뭉개고도, 소년은 호흡 하나 흐트러진 구석이 없었다. 그리고 소년 밑에 깔린 남자는 눈을 까뒤집고 기절해 있었다.

그리올은 뭐가 어떻게 된 상황인지 파악해보려 애썼으나, 아무리 봐도 이해할 수가 없었다. 당황한 사회자의 외침이 울려 퍼졌다.

"……미, 미소년 검사의 승리입니다!!"

카힐의 경기는 예상대로 흘러갔다.

선수들은 경기에 나오는 족족 카힐에게 깨져나갔다. 카힐은 낡은 검과 간단한 가죽방어구를 찬 것이 전부고, 전문 검투사들은 월등히 좋은 장비를 갖추고 나오는데도 그러했다. 덩치가 얼마나 차이 나든, 장비가 얼마나 고급이든, 카힐 앞에서는 전부 평등해졌다.

카힐은 서너 번 검을 부딪치기도 전에 승부를 매듭지었다. 날씬한 체구에서 나오는 것이라곤 믿기지 않는 힘으로 상대를 밀어붙이며 날렵하게 공격하였다. 경기가 반복될수록 상대 선수도 방심하지 않고 잔뜩 긴장해서 올라오는데도, 카힐의 검 앞에서는 무력하기 짝이 없었다.

하지만 카힐의 눈부신 활약에 관중들은 환호보다 욕설을 보냈다. 미소년 검사의 우승에 돈을 걸지 못한 사람들이 대다수였기 때문이다. 그들은 쓰레기가 된 전표를 쥐고 뒤늦게 땅을 치며 후회하였다.

혼돈과 통곡의 늪에 빠진 도박꾼들 사이에서 에니샤는 홀로 미소 지었다. 그리고 그런 에니샤의 미소를 본 델 하르인은 고개를 설레설레 내저었다.

소시지 빵과 음료수를 다 먹어치운 에니샤는 짭짤하게 소금 간을 한 옥수수 과자를 먹고 있었다. 와삭바삭 볼까지 빵빵하게 부풀려가며 열심히 과자를 먹는 동안, 어느새 경기장에서는 마지막 경기를 치르고 있었다. 카힐과 현 검투장 우승자의 경기였다.

"현 우승자! 검왕 메시우스!!"

검왕이라는 유치한 소개와 함께 싸구려 광택 천으로 붉은 망토를 두른 남자가 등장했다. 지저분하게 기른 수염과 울룩불룩한 근육을 가진 남자는 힘차게 고함을 내질렀다. 그에게 돈을 건 도박꾼들이 못 이기면 죽여버린다고 환호와 협박을 섞어서 소리쳤다.

검투장의 우승자답게, 확실히 여태 경기장에 올라왔던 어떤 선수보다 기세가 월등하게 뛰어났다. 어디서 제대로 배운 모양인지, 검을 잡는 자세도 꽤나 봐줄 만했다.

에니샤가 다 먹은 과자 봉투를 접어서 내려놓자, 델 하르인이 옆에서 손과 입을 닦아주었다.

"그리고 그에 맞서는 새로운 돌풍, 외모만큼이나 놀라운 실력의 소유자! 미소년 검사!"

카힐의 등장에 야유가 쏟아졌다. 전부 메시우스의 우승에 돈을 걸었으니 당연한 일이었다. 야유와 비난 속에서 에니샤는 홀로 열렬하게 박수를 보냈다.

가만히 자세를 다잡던 카힐이 이쪽을 쳐다보았다. 눈이 마주쳐서, 에니샤는 방싯 웃으며 손을 흔들어주었다. 살짝 피로해 보이던 그의 눈빛이 금세 다시 맑아졌다. 일자로 굳어있던 입가에 작은 미소가 번졌다.

인사를 나누는 것을 보았는지, 메시우스가 에니샤를 빤히 쳐다보았다. 기분 나쁘게 히죽 웃은 그는 건들거리며 카힐에게 바짝 다가갔다. 메시우스가 이죽거리며 무어라 말했다.

"……."

카힐은 싸늘한 얼굴로 짧게 맞받아쳤다. 무슨 대화를 나누었는지 모르겠지만, 좋지 않은 소리임은 확실했다.

카힐의 기운이 달라졌다. 저러다가 무슨 일이 생기는 건 아닐지 걱정되었다. 그리고 역시나, 사고를 쳤다. 경기 시작을 알리기도 전에 상대에게 달려든 것이다.

"와아아아아!!"

요란한 응원과 함께 두 자루의 검이 날쌔게 허공을 갈랐다. 시작 전에 맞붙는 경우가 종종 있는 듯, 사회자도 그리 당황하지 않는 눈치였다. 검과 검이 맞부딪치는 쇳소리가 관중들의 소음을 뚫을 정도로 커다랗게 울렸다.

에니샤는 눈을 동글동글하게 떴다. 이때껏 깔끔하게 처리했던 것과 달리, 카힐의 검세가 흉포했다. 잔인하게 밀어붙이는 모습에 관중들도 조금 술렁이는 듯했다. 검왕이라는 거창한 칭호가 무색하게도, 메시우스는 카힐에게 맥없이 밀렸다.

"컥!!"

카힐의 검을 간신히 피해낸 그가 쇠창살에 거칠게 부딪혔다. 그러나 곧 다시 날렵하게 달려드는 카힐을 피해 추하게 바닥을 기어야 했다. 여태까지 카힐은 이 정도 선에서 경기를 마무리했다. 하지만 이번엔 달랐다. 메시우스의 멱살을 붙잡아 바닥에 내리꽂았다.

눈이 돌아간 메시우스는 가벼운 뇌진탕에 잠시 정신을 잃었고……. 카힐은 그의 혓바닥을 잘라버렸다. 그리고 곧장 뒤이어 팔다리의 힘줄을 끊어내었다.

치솟는 선혈에 관중들은 환호했고, 델 하르인은 탄식했다. 경기

전에 카힐에게 황녀님께서 보실 터이니 최대한 잔인한 장면이 없도록 하라고 당부해두었기 때문이다.

"역시 제 말은 귓등으로도 안 듣는군요……."

에니샤는 델 하르인에게 카힐 대신 변명을 해주려다가 멈칫했다.

"멈춰! 시팔, 멈추라고!!"

그리올이 잔뜩 화난 표정으로 관중들 사이를 헤치고 나타났기 때문이다. 그는 씩씩 숨을 몰아쉬며 에니샤를 위협적으로 내려다보았다. 그리올의 수하로 보이는 자들이 몰려나오더니, 우리가 열리지 못하도록 쇠사슬을 둘렀다.

우리 안에 갇힌 카힐이 쇠창살에 달라붙었다. 혹여나 에니샤에게 무슨 일이 생길까 안절부절못하는 눈이었다. 에니샤는 카힐을 쳐다보았다가, 다시 그리올을 올려다보았다.

난데없는 상황에 다들 어수선해지는 가운데, 그리올이 버럭 소리쳤다.

"뭣 허는 짓거리요!! 남의 노예를 이딴 식으로……!"

에니샤는 고개를 갸웃하며 답했다.

"경기장 안에서 벌어진 일이잖아?"

에니샤의 말처럼, 검투경기에서는 무슨 일이 벌어지든 상관없었다. 목숨을 잃어도 아무 말 않는데, 혀 잘리고 힘줄 끊긴 정도야 그냥저냥 넘길 만한 일이었다. 하지만 그리올은 뻔뻔스럽게 윽박질러왔다.

"지금 날아간 돈이 얼만 줄 알고 있소? 내 저놈이라도 받아가야 것소."

카힐만 주면 없던 일로 하고 무사히 바깥으로 내보내주겠다 말하는 그리올의 눈이 욕심으로 번들거렸다. 처음부터 그리올은 조금도 손해 볼 생각이 없었던 것이다. 아무리 봐도 말로 해결될 것 같지는 않은 상황이었다.

"하아……. 당신 정말……."

한숨을 폭 내쉰 에니샤는 싸늘히 말했다.

"나를 화나게 하는구나?"

별로 무서운 기색도 없는 되물음에 당황한 것은 그리올이었다. 주춤하는 그의 앞에서, 에니샤는 우아하게 호명하였다.

"델 하르인."

오늘 하루 옆에서 열심히 에니샤 수발만 들었던 델 하르인이 스윽 일어났다.

에니샤는 손을 까닥이며 말했다.

"처리해."

말이 떨어지는 순간, 연하늘색 마력이 섬광처럼 터져 나갔다.

델 하르인이 가장 능숙한 분야는 방어와 보조로, 주로 결계마법을 비롯한 방어마법 위주였다. 하지만 황궁 수석마법사가 포커 쳐서 따는 자리는 아니었고, 그 정도 되면 자신이 가진 마법으로 어느 정도 재량을 발휘할 줄 알았다.

강하게 터져나간 연하늘색 빛에 일시적으로 시야가 보이지 않았다. 찰나였지만 모두를 당황하게 만들기엔 충분한 마법이었다.

관중들이 비명을 지르며 썰물처럼 빠져나갔다. 그리올의 수하들은 그런 관중들을 거칠게 헤집으며 다가왔다. 마법사가 등장했는데도 꽤나 침착한 대응이었다.

마력제어구를 들고 포위해오는 한편, 저들이 부리는 마법사를 재빠르게 불러냈다.

"늙은 놈은 죽이고 애는 산 채로 붙잡아! 상처 내지 말고!!"

나름 훌륭한 대처였다. 다만 그들이 간과한 것은 상대의 실력이었다.

그리올이 고용한 마법사가 공격마법을 펼쳐왔다. 어린아이 머리통만큼 커다란 마력 덩어리가 생겨나며 검투장 안을 훤하게 비추었다. 타오르듯 이글거리는 마력은 곧장 델 하르인을 향해 쏘아졌다. 동시에 길게 늘어진 마력이 날아와 밧줄처럼 에니샤를 휘감으려 들었다.

델 하르인은 별다른 동요 없이 한쪽 손을 앞으로 내뻗었다. 허공에 생겨난 반원형의 막이 에니샤와 델 하르인을 감쌌다. 막 위에 마력이 부딪혔다. 그러나 어떠한 파열음도 들리지 않았다. 마력은 처음부터 존재하지 않았다는 듯, 막 안으로 부드럽게 흡수되었다. 방어마법 중에서도 가장 극악한 난도를 자랑하는 마법 무력화였다.

아무런 소음도 없이 깔끔하게 마력을 흡수하는 모습에 마법사가 뒷걸음쳤다. 그의 눈은 두려움에 커진 동공으로 까맣게 그을려 있었다. 마법사의 실력은 같은 마법사가 제일 잘 아는 법이었다. 단 한 번 부딪치고도 수준 차이를 절감한 것이다.

마법사는 돌이 되어버린 듯 꼼짝도 하질 못했다. 그리올의 수하들이 뭐 하고 있냐며 윽박질렀으나, 그는 하얗게 질린 얼굴을 하고 있다가 되레 소리를 질렀다.

"미쳤소? 저런 마법사를 상대하라니……! 살고 싶으면 당장 도망가시오!!"

하지만 마법사의 경고는 너무 늦었다. 델 하르인은 이미 다음 마법을 완성한 뒤였다.

그가 발을 구르자, 연하늘색 마력이 묵직하게 경기장을 울리며 파동처럼 퍼져나갔다. 마력은 삽시간에 검투장을 뒤덮었다가, 다시 빠르게 델 하르인에게로 모여들었다. 그리고 마력이 지나가는 곳에 서 있던 이들은 죄다 누가 잡아채기라도 한 것처럼 허공으로 떠올랐다가 바닥으로 내팽개쳐졌다.

난데없는 상황에 맥을 못 추고 저들끼리 뒤엉켜서 구르다가 간신히 다시 달려들지만, 아무리 칼을 휘두르고 찔러봐도 소용이 없었다. 델 하르인의 몸에 칼이 부딪힐 때마다 연하늘빛이 번쩍이며, 칼을 내려친 자는 그 힘만큼 고스란히 제 몸을 찍었다.

스스로를 난도질하게 된 자들의 비명과 펑펑 터지는 마력, 여기저기서 공중에 떠올랐다 바닥으로 추락하는 사람으로 검투장은 난리가 났다.

델 하르인이 열심히 재주 부리는 동안, 에니샤도 놀고 있지만은 않았다. 조그만 에니샤를 잡으려 장정들이 몇 명이나 달려든 탓이었다.

"애부터 잡아!!"

"에니샤 님!!!"

우리에 갇힌 카힐이 절박하게 소리쳤다. 당장이라도 쇠창살을 부수고 나올 듯한 태세였다. 델 하르인이야 에니샤가 이 정도는 무리 없이 처리할 수 있다는 사실을 알지만, 카힐은 잘 모르니 저러는 것이었다.

"카힐, 기다려!"

에니샤의 외침에 카힐은 손등에 핏줄이 돋도록 쇠창살을 꽉 움켜쥐었다. 그러나 용케 흥분하지 않고 간신히 참아내었다. 그가 정령의 힘을 사용하기 전에 빨리 꺼내줘야 할 것 같았다.

단숨에 마력을 끌어올렸다. 심장을 중심으로 감돌던 마력이 화끈한 감각과 함께 손으로 모였다. 어차피 화려하게 날뛸 수도 없는 처지고, 조무래기한테는 이만하면 충분할 터. 손바닥을 쭉 펼치자, 조그만 금빛 구체 수십 개가 떠올랐다.

에니샤는 가볍게 입김을 불었다. 손바닥 위의 구체들이 살랑거리며 퍼져나가 주변을 가득 채웠다. 반짝이는 빛 속에서 느릿하게 눈을 깜빡이는 에니샤의 모습은 요정처럼 신비로웠다. 여름밤의 반딧불처럼 아름다운 광경이었다. 허나 그것을 본 자들은 감탄하기는커녕, 일제히 헛숨을 들이켜며 기겁하였다.

"마법사……!"

하지만 깨달음이 면죄부가 되는 것은 아니었다.

에니샤의 손가락이 춤추듯 부드러이 움직이는 순간, 구체들은 기다란 빛의 궤적을 그리며 쏜살같이 날아갔다. 구체들은 정확히 급소를 타격하곤 눈부신 반짝임과 함께 사라졌다. 그리고 맞은 놈들은 백이면 백, 눈을 까뒤집으며 기절하였다. 비명도 못 지르고 기절한 사내들이 양옆으로 쓰러졌다.

훤하게 트인 앞을 확인한 에니샤는 쑥대밭이 된 사이를 여유롭게 걸어갔다. 우리 앞에 다다르자 입술을 물어뜯고 있는 카힐이 보였다. 가뜩이나 하얀 얼굴이 창백하게 질려 있었다.

"에니샤 님……."

"아, 이거 잘 안 열리네. 티 안 나게 살짝만 부숴봐."

쇠사슬을 낑낑 잡아당기던 에니샤의 허락이 떨어지자, 카힐이 낮게 속삭였다.

"위험하니 잠시 떨어져주십시오."

카힐이 쇠창살과 쇠사슬을 함께 그러쥐었다. 쇠 위에 하얗게 성에가 끼더니, 얼마 지나지 않아 파삭 소리를 내며 부서졌다. 맥없이 부서지는 것이, 쇳덩이가 아니라 과자라도 되는 듯했다.

여태 갇혀 있던 것이 무색하게 금방 우리를 벗어난 카힐은 무릎을 꿇었다.

"죄송합니다. 제가 미흡하여 일을 그르쳤습니다."

젖은 머리카락에서 덜 마른 핏물이 뚝뚝 떨어졌다. 온통 피범벅인 꼴을 하고서 순한 눈망울로 올려다보았다. 그의 뒤편에는 혓바닥과 힘줄이 잘려 반 시체가 된 메시우스가 기절해 있었다.

에니샤는 상심한 카힐을 위로해주었다.

"괜찮아. 델 하르인이 잘하고 있으니까."

델 하르인을 돌아보니, 마침 장정 열댓 명을 공중에서 동글한 공 모양으로 뭉치고 있었다. 사람으로 만든 공은 바닥을 굴러다니며 델 하르인에게 달려드는 수하들을 깔아뭉갰다.

저것 보라며, 마음 놓아도 된다고 카힐을 다독이자 그는 작게 고개를 끄덕였다.

에니샤는 한껏 발돋움을 하여서 카힐의 머리를 쓰다듬어준 후 궁금했던 것을 물었다.

“그런데 저자가 무슨 말을 한 거야?”

경기를 치르며 상대 선수들은 카힐에게 수많은 도발을 해댔다. 온갖 모멸적인 말에도 꼼짝 않고 무표정을 유지하던 카힐이었다. 그러나 메시우스의 말에는 경기가 시작되기도 전에 달려들 정도로 분노하였다.

카힐은 주저하다가 답하였다.

“황녀님을 모욕하였습니다.”

“그래서 무슨 말을 했냐구.”

“……말씀드릴 수 없습니다.”

옅은 눈동자가 순간 어두워졌다. 회색빛이 진하게 감도는 눈을 하고서 카힐이 낮게 말했다.

“차마 입에 담을 수 없는 말입니다.”

아무리 꾀어도 절대 말하지 않을 것 같았다. 물론 억지로 다그치면 알려주기야 하겠지만, 그렇게까지 궁금하진 않았다.

“그래도 너무 심하게 하지는 마.”

그의 기준에는 전혀 심하지 않았기 때문일까. 카힐은 조금 의아한 듯이 에니샤를 바라보다가 알겠습니다, 하고 짧게 답했다.

에니샤는 다시금 발끝을 세워 카힐의 머리를 슥슥 쓰다듬어주었다.

갇혀 있을 레시나도 찾아야 하기에, 슬슬 움직이려던 때였다. 살금살금 기어나가는 사람이 눈에 들어왔다. 에니샤의 시선을 따라 카힐도 그쪽을 쳐다보았다. 굳이 말할 필요도 없이, 척 하면 척이었다. 카힐이 사냥매처럼 재빠르게 날아가 목표물을 포획하였다.

"으억!!"

소란을 틈타 혼자 도망가려던 그리올이 개구리처럼 납작 엎어졌다. 카힐은 그의 뒷덜미를 잡아 바닥에 내리눌렀다. 그리올은 카힐을 떨쳐내려 용을 썼으나, 짓눌린 채로 꼼짝하질 못했다.

에니샤는 사뿐사뿐 걸어가서 그리올을 내려다보았다.

"어딜 그리 급히 가시나."

그리올이 분노로 부들거리면서 소리쳤다.

"마녀 같은 년……. 억!!"

카힐이 곧장 그의 머리를 바닥에 찍었다가 뒤로 젖혔다. 그리올은 코피를 줄줄 흘리면서도 끝까지 입을 나불거렸다.

"……내가, 내가 누구 사람인 줄 알고!"

카힐이 다시 얼굴을 찍으려 했으나, 에니샤는 손을 내저어 만류했다. 에니샤는 쪼그리고 앉아선 무릎 위에 팔꿈치를 얹었다. 그리고 한쪽 손으로 턱을 받치고서 물었다.

"누구 사람인데?"

그리올이 기다렸다는 듯 주절주절 늘어놓았다.

"레스테인 백작이 내 후원자고, 황실 기사들도 여럿 친하고……!"

"와아, 대단해! 그리고 또?"

"검투장 단골 귀족들이……!"

"그래그래, 더 말해봐."

열심히 맞장구치며 고개를 끄덕이는 에니샤 앞에서 그리올은 자신의 화려한 뒷배를 자랑하였다.

불 속에 뛰어드는 짓인 줄도 모르고 열심히 떠들어대던 그리올이 헉헉 벅찬 숨을 몰아쉬었다. 그와 달리 에니샤는 여전히 생긋생긋 웃고 있었다. 그제야 이상함을 깨달은 그리올의 얼굴이 일그러졌다. 본능적으로 뭔가 단단히 잘못되었음을 느낀 것이다.

에니샤가 귀엽게 웃으며 질문했다.

"끝이야?"

"뭐……. 뭐요, 이거……. 시펄……."

그가 정신 나간 사람처럼 조각난 말을 주워 삼켰다.

에니샤의 눈매가 살풋 휘어지며, 주홍빛이 어른거렸다. 짧은 순간 스쳐지나간 빛에 그리올은 눈을 크게 치떴다.

"……!!"

오한이라도 든 것처럼 온몸을 바들바들 떨기 시작한 그에게, 에니샤는 비밀 이야기를 하듯 속닥거렸다.

"혹시 막내 황녀님이라고 들어봤어?"

단 세 사람에 의해, 사설 검투장은 깨끗하게 정복되었다.

완전히 전의를 상실한 그리올은 에니샤가 이렇게 굴리든, 저렇게 굴리든 데굴데굴 구르기만 하였다.

에니샤는 그리올을 탈탈 털어서 우승 상금과 배당금까지 알차게 챙긴 후, 레시나를 데리러 갔다. 하지만 레시나가 갇혀 있던 감옥은

텅 비어 있었다. 그녀를 감시하던 사람들이 죄다 에니샤를 막느라고 뛰쳐나간 탓이었다.

레시나는 기회를 놓치는 사람이 아니었고, 잽싸게 도망갔다. 마력제어구야 다른 마법사에게 부탁해서 풀어달라고 해도 되니 거리낄 것도 없었을 터였다. 하지만 다 예상했던 것들이고, 레시나는 에니샤의 손바닥 위에서 놀아나고 있었다.

에니샤는 이미 진즉부터 델 하르인에게 추적마법을 걸어놓으라고 지시했다. 덕분에 차 한 잔 마실 시간이 지나기도 전에 레시나는 다시 고스란히 잡혀 왔다.

"안녕, 레시나."

"하하……. 오랜만에 뵙습니다, 황녀님……."

잔뜩 어색한 미소를 지으며 인사하는 레시나에게, 에니샤는 진심 어린 조언을 해주었다.

"도망치려면 제국 밖으로 날아갔어야지. 황녀를 기만한 죄가 얼마나 무거운데."

"그……. 제가 어쩌다 보니……."

"너 사형이야."

진지하게 말하자, 레시나가 울며불며 매달렸다.

"잘못했습니다! 앞으로 말 잘 들을게요!!"

그리고 레시나는 미리 챙겨 온 입단서에 지장을 찍었다. 기사단 입단서라고 쓰고 황녀님 직속 노예계약서라고 읽는 종이에 꾸욱 지장을 찍은 레시나는 망연자실한 표정으로 바닥에 주저앉았다.

에니샤는 뒤늦게 한 가지 더 알려주었다.

"아참, 그리고 황녀궁에서는 금연이야."

레시나가 양손으로 머리를 움켜잡고 소리 없이 절규하였다. 하지만 이미 입단서는 곱게 접혀 델 하르인의 품속에 들어간 후였다.

세상이 끝난 듯 절망한 레시나를 내버려두고, 황궁에 돌아갈 준비를 하였다. 델 하르인이 이동마법진을 그리는 동안, 에니샤는 두둑한 금화 주머니를 들고 행복하게 미소 지었다. 카힐의 우승으로 받은 배당금이 상당했다. 전부 이브로테 기사단의 비자금으로 쓸 생각이었다. 물론 고생한 카힐의 우승 상금은 따로 챙겨주었다.

"자아. 이건 네 거."

카힐은 에니샤가 내민 금화 주머니에 잠시 눈을 깜빡였다. 에니샤는 주머니를 짤랑짤랑 흔들며 재차 말했다.

"검투장 우승 상금이니까 받아둬."

우승 상금이라는 말에 카힐은 그제야 공손히 주머니를 받아 들었다.

그 외에 자잘하게 정리할 것들을 마무리하고 나니, 때맞춰 델 하르인이 마법진을 완성하였다.

"황녀님, 준비가 완료되었습니다."

"좋아, 돌아가자."

에니샤는 고개를 끄덕이며 델 하르인의 품에 안겼다.

에니샤와 델 하르인이 먼저 귀환하고, 카힐과 레시나는 황녀궁 한쪽에 새로이 마련된 이브로테 기사단 숙소로 귀환할 예정이었다.

이제 레시나까지 합류했으니, 창단식을 치르는 일만 남았다. 간소하게 약식으로 치러야겠다고 생각하며, 에니샤는 델 하르인에게 안긴 채 하품을 하였다.

델 하르인이 마법진에 마력을 주입하며 물었다.

"그런데 괜찮겠습니까?"

검투장을 내버려둬도 괜찮겠냐는 질문이었다.

"걱정하지 마. 다 잡아넣을 거니까."

사설 검투장은 불법이 아니었다. 하지만 검투노예를 부리는 것은 불법이었다. 그리올의 행태로 봤을 때, 검투노예 말고도 여러 가지 불법적인 짓거리를 많이 했을 터였다. 에니샤는 그가 찍 소리도 못 하게, 뒷배를 봐주던 귀족들까지 싹 털어버릴 생각이었다.

생각보다 긴 외출이었다. 금화 주머니는 델 하르인에게 건네주고, 에니샤는 눈누난나 콧노래를 부르며 황녀궁에 돌아왔다. 그런데 황녀궁 분위기가 이상했다. 묘하게 착 가라앉은 것이 꼭…… 로드고나 쌍둥이가 있는 것처럼…….

"황녀님!!"

시녀장이 헐레벌떡 뛰어왔다. 그녀가 창백한 얼굴로 에니샤에게 말했다.

"황자님들께서 기다리고 계십니다……!"

"뭐엇?"

에니샤는 깜짝 놀라서 눈을 크게 떴다. 분명히 다들 정신없이 바빠서, 황녀궁을 기웃거릴 시간이 없음을 확인하고 외출한 것이었다.

황족들은 에니샤가 이따금씩 모습을 바꾸고, 황궁 바깥으로 외출한다는 사실을 알고 있었다. 하지만 어디까지나 델 하르인과 함께 짤막히 놀러 다녀오는 걸 눈감아주는 것이었다. 오늘처럼 하루 온종일 나돌다가 오는 것은 예외였다. 일곱 살이나 되어가지고 황자놈들 눈치나 봐야 한다니 서럽기 짝이 없다만, 일단은 미성년인 만큼 어쩔 수 없었다.

에니샤는 시녀장과 함께 열심히 뛰기 시작했다. 그리고 응접실 문을 열어젖힌 순간, 한가로이 차를 마시던 쌍둥이와 눈이 마주쳤다. 저를 쳐다보는 두 쌍의 눈동자에 에니샤는 일단 살포시 미소부터 지었다.

"왔어?"

"왔냐?"

로시엘이 제 옆에 앉으라며 손짓하였다. 헬라드가 입을 삐죽 내밀면서도 아무 말 않는 것으로 보아, 에니샤가 오기 전에 미리 자리 배치를 정해둔 모양이었다.

에니샤는 로시엘의 옆에 앉고선 불쌍한 척 눈썹을 축 늘어뜨리며 물었다.

"오라버니들…… 많이 기다렸어요?"

헬라드가 홍차에 각설탕을 쏟아부으며 말했다.

"뭐, 조금?"

시녀가 에니샤 앞에도 잔을 가져다 놓았다.

로시엘이 에니샤의 잔에 손수 연하게 우린 찻물을 부어주었다. 식기 전까지 기다렸다 마시라는 말을 덧붙인 후에, 그가 지나가듯

물었다.

"어디 다녀왔어? 늦어서 걱정했단다, 에니샤."

둘 다 전혀 화났다거나 흥분한 기색이 없었다. 하지만 푸딩처럼 보들보들한 태도에도 에니샤는 속으로 '망했구나'를 연발했다.

원래 아무리 열 받는 일이 있어도, 쌍둥이들은 에니샤한텐 절대로 화내지 않았다. 에니샤는 언제나 둥개둥개 하는 대신, 주변을 쑥대밭 내놓는 것이다. 여기서 말을 잘하지 않으면 황녀궁에 줄초상 나는 건 일도 아니었다. 하지만 에니샤는 이미 다년간의 경험으로 노련한 전문가가 되어 있었다.

"제 마지막 기사를 데리러 다녀왔어요. 일찍 오고 싶었는데……."

에니샤는 말하다 말고 한숨을 폭 내쉬었다. 그리고 우수에 찬 눈빛으로 먼 곳을 응시하며 속삭였다.

"조금 방해하는 사람이 있어서……."

"……방해?"

역시나, 쌍둥이들의 관심은 곧장 '늦은 에니샤'에서 '에니샤를 방해한 놈'으로 옮겨갔다.

에니샤는 쉽게 털어놓는 대신 쓸쓸히 눈을 내리깔았다.

"아니에요. 괜히 말 꺼냈어요. 오라버니들 걱정시키고 싶지 않아요……."

홍차인지 설탕차인지 모를 것을 한입에 털어 넣은 헬라드가 빈 잔을 탁 내려놓으며 말했다.

"어느 정신 나간 놈이 쭈글이 괴롭혔어?"

쭈글이라는 말에 로시엘이 흘겨보았으나, 헬라드는 모른 척 딴

청을 부렸다.

로시엘은 그를 제쳐두고 에니샤에게 완전히 돌아앉아선 조곤조곤 이야기했다.

"바깥에서 무슨 일 있었어? 얘기해주지 않으면 오라버니가 더 속상할 것 같은데."

손을 조물조물하며 묻는 말에 에니샤는 못 이긴 척 입을 열었다.

오늘 데려온 기사는 과거 황성 밖에서 도움을 받아 인연이 생겼다는 말로 이야기를 시작했다. 서두부터 거짓말이지만, 그건 별로 중요하지 않았다. 쌍둥이가 믿느냐, 믿지 않느냐가 중요할 뿐이었다. 에니샤는 열심히 약을 팔기 시작했다.

자신을 도와준 그녀가 실력이 뛰어난 마법사인지라 기사로 영입하려고 찾아갔는데, 검투장에 검투노예로 부당하게 붙잡혀 있었다. 그런데 델 하르인과 카힐의 도움을 받아 그녀를 구출하는 과정에서, 검투장 주인과 분쟁을 겪은 것이다.

"불법으로 노예를 부리는 자가 당당히 제 뒤를 봐주는 사람들이 있다고, 백작이랑 여러 귀족들 이름 대가며 위협하는데……."

울음을 참는 것처럼 잠시 입술을 꼬옥 다물었다가, 다시 눈을 아래로 내리깔며 말했다.

"하지만 내가 황녀라고 밝힐 수도 없으니깐…… 그 상황에 아무 말도 못 하구……!"

에니샤는 우앙, 하며 로시엘의 팔뚝에 얼굴을 묻고서 소리쳤다.

"너무너무 서러웠어요!"

서럽게 끅끅거리자 헬라드가 크게 당황하여서 일어났다.

"어, 야, 울어?"

허둥지둥 에니샤가 있는 쪽으로 건너와선 옆에 앉아 부산히 달래기 시작했다.

어설프기 짝이 없는 헬라드와 달리, 로시엘은 능숙하게 에니샤를 어르며 손수건으로 눈물을 닦아주었다.

"우리 에니샤가 서러웠구나. 정말 나쁜 사람들이네."

적당히 울어주고 눈물을 그치자, 로시엘은 에니샤가 진정한 것을 확인하곤 달달한 쿠키를 손에 쥐여 주었다. 그가 준 쿠키를 오독오독 씹어 먹고 있자니 헬라드가 으이구 하면서 볼을 쿡 찔렀다.

"앞으론 그런 일로 울지 마! 눈물이 아깝다!"

에니샤는 고개를 끄덕이며 얌전히 쿠키를 먹었다. 검투장에서 잔뜩 먹었는데 그새 소화가 다 되었는지 배가 고파왔다. 쿠키가 담긴 접시에 손을 뻗자, 헬라드가 접시째로 무릎에 놓아주었다.

로시엘이 다른 간식들이 담긴 접시도 앞으로 끌어다주며 입을 열었다.

"그런데 에니샤……."

한없이 부드럽게 부르는 소리에 그를 돌아본 에니샤는 흠칫했다. 로시엘은 입만 웃고 있었다. 그가 번뜩거리는 눈을 하고서 질문하였다.

"그 귀족들, 이름이 뭐라고?"

레스테인 백작가가 망했다.

황실로부터 대대적인 세무조사와 함께 어마어마한 벌금을 두들겨 맞으며, 제도의 호화로운 저택과 지방 영지들, 그 밖에 수많은 은닉 재산까지 전부 빼앗긴 것이다.

하루아침에 껍데기만 남은 것은 백작가뿐만이 아니었다. 다른 자잘한 귀족 가문도 백작가와 함께 비 오는 날 먼지 나도록 탈탈 털렸다.

히페리온의 두 번째 별, 로시엘 황자가 직접 나선 이번 세무조사는 악독하기 짝이 없어서, 본인도 모르고 있던 죄까지 친절하게 찾아다 알려주었다.

난데없는 세무조사를 당한 귀족들은 한 가지 공통점이 있었는데, 전부 불법으로 검투노예를 부린 사설 검투장의 뒷배를 봐주던 자들이라는 것이었다. 그러나 귀족가를 멸문 위기로 몰아넣을 만큼 털어대기엔 너무 빈약한 이유였다.

제도의 귀족들은 여태 조용하던 황자놈들이 드디어 발작을 일으켰다고 수군거리며 몸을 사리기 바빴다.

이 모든 사태의 기폭제인 에니샤는 아무것도 모르는 척 얌전히 구경만 하였다.

열 받은 로시엘이 초토화해준 덕분에, 사설 검투장은 깨끗하게 정리되었다. 그리고 에니샤는 이브로테 기사단의 창단식을 열었다.

조촐하게 치른 창단식에는 한 가지 비화가 있었다.

로드고와 쌍둥이들은 창단식을 무슨 생일연회마냥 호사스럽게 만들어버리려고 했다. 가뜩이나 인원도 적은데 무시당하면 안 된다는 논리 아래, 역대 어느 기사단도 치른 적 없었던 규모의 호화 창단식을 준비했던 것이다. 그것도 깜짝 놀라게 해준답시고, 에니샤 몰래 말이다.

하지만 원대한 계획은 황녀궁에 놀러온 헬라드의 말실수로 우연찮게 발각되었다.

에니샤는 그들에게 허튼짓하지 말라고 엄포를 놓았다. 결국 호화 창단식은 물 건너갔고, 헬라드는 한동안 로드고와 로시엘에게 역적 취급을 받았다.

이브로테의 창단식은 황녀궁 정원에서 간략히 치렀다.

이후 에니샤는 자신의 기사들을 데리고 곧장 훈련에 착수하였다.

답지 않게 이리 서두르는 이유가 있었다. 내년 여름, 헬라드와 로시엘은 열여덟 살이 된다. 그리고 성년이 되는 날, 헬라드는 황태자 책봉식을 치른다. 제국의 황태자가 탄생하는 순간을 축하하기 위해, 대륙 곳곳에서 사절단이 몰려들 터였다. 에니샤는 9할 이상의 확률로 아르커스가 황태자 책봉식에 참석할 것이라 예상했다.

— 아르커스는 당신을 돌려받을 준비를 하겠어요.

다시 만났던 그날, 녹시타는 에니샤에게 경고하였다. 그간 조용했으니 분명 이번 책봉식에서 일을 저지를 것이었다. 아르커스는 대법사를 되찾기 위한 여러 준비를 해두었을 터였고, 대형 사고를 벌일 가능성이 높았다.

그런 가운데, 에니샤가 신경 써야 할 것은 아르커스뿐만이 아니었다. 아바르티아가 이 재밌는 구경을 놓칠 리 없었다. 그는 무조건 책봉식에 찾아올 것이고, 상황이 더욱 복잡해지도록 만드는 데에 일조할 터였다.

자신을 놓고 벌어질 히페리온-아르커스-스칸샤의 삼파전이 벌써부터 눈에 훤했다. 살아남기 위해서, 에니샤는 이브로테 기사단을 훈련시킬 생각이었다.

황녀궁 한쪽에 마련된 연무장에 세 기사를 모아두고, 에니샤는 작은 단상 위에 올라갔다. 키가 작아서 단상 위에 올라가도 다른 사람들 눈 아래였지만, 에니샤는 위엄 있게 뒷짐을 지고서 말했다.

"오늘부터 집중 훈련을 시작할 거야. 각자에게 수행할 과제를 줄 터이니, 열심히 훈련하여 성과를 보이도록."

레시나가 무슨 훈련이요? 하고 되물으려다 델 하르인의 눈초리에 겨우 입을 다물었다. 그래도 예절 교육을 받은 성과가 있는 모양이었다. 최근 그녀는 러츠펠트 백작부인에게 1대1로 집중 예절 교육을 받고 있었다.

레시나는 질문하고 싶어서 안달 난 눈으로 에니샤를 바라보았다. 궁금해서 기절할 것 같은 그녀를 위해, 에니샤는 레시나를 제일 먼저 호명하였다.

"레시나. 나와 똑같은 모습으로 변해봐."

"그 정도쯤이야 간단하죠!"

레시나는 자신 있게 소리쳤다.

붉은 머리카락에 길쭉한 몸매인 그녀는 에니샤와 하늘과 땅 차이였다. 하지만 외모를 바꾸는 환상마법은 레시나의 주특기였다.

레시나가 손가락을 딱딱 소리 나게 튕겼다. 중지와 엄지가 맞부딪힐 때마다 붉은 빛이 짧게 번뜩였다. 그리고 다섯 번째로 빛이 반짝였을 때, 불길과도 같은 마력이 솟구쳤다. 레시나의 머리부터 발끝까지 뒤덮은 마력에서 치이익 소리와 함께 연기가 일어났다. 뿌옇게 일어났던 연기가 사라졌을 때, 그곳엔 조그만 여자아이가 남아 있었다.

에니샤와 똑같은 모습을 한 레시나가 허리에 양손을 착 올리며 물었다.

"하하, 어떻습니까?"

겉가죽만 에니샤고, 하는 짓은 저잣거리 건달 같은 모습에 델 하르인이 깊은 한숨을 내쉬었다.

에니샤는 팔짱을 낀 채로 레시나를 위아래로 훑어본 다음, 딱 잘라서 말했다.

"어설퍼."

"……예엣?!"

레시나가 도대체 어디가요! 하고 비명을 질렀다.

델 하르인이 옆에서 또 한숨을 쉬었다.

에니샤는 눈매를 찌푸리며 말했다.

"이 정도로는 속일 수 없어. 바로 알아챌 거라고."

레시나가 아니아니아니, 하고 세 번이나 말한 다음 가슴을 콩콩 두드렸다.

"누구를 속이려고 이런 완벽한 마법을 보시고도 어설프다고……!"

"아르커스의 좌우법사."

말허리를 자르고 들어온 대답에 레시나는 그대로 굳어버렸다. 그녀의 입술이 살짝 벌어졌다. 긴장으로 줄어든 동공을 바라보며, 에니샤는 지긋하게 누르듯 말하였다.

"너도 잘 알겠지만, 완벽을 넘어서지 않는 이상 그들을 속일 수 없어."

"……."

레시나의 눈빛이 복잡해졌다.

어째서 아르커스의 좌우법사를 속여야 하는지, 겨우 일곱 살에 불과한 제국의 막내 황녀님이 그들과 엮일 일이 무어가 있는지……. 묻고 싶은 말들이 산더미일 터였다. 하지만 레시나는 입술만 달싹일 뿐, 끝끝내 질문하지 못했다. 에니샤가 답해주지 않으리란 사실을 알고 있기 때문이었다. 이런 쪽에는 눈치 빠른 여자였다.

생각에 잠긴 듯 조용해진 그녀를 델 하르인에게 함께 훈련하라 넘겨놓고, 에니샤는 카힐을 불렀다.

"카힐."

"예, 황녀님."

그가 에니샤 앞에 반듯하게 자리하였다.

에니샤는 카힐을 올려다보며 눈을 깜빡였다. 헬라드에게 미리 물어본 바에 따르면, 카힐의 검술은 더 배울 것이 없다 하였다.

― 이제는 기사들이랑 대련하는 정도로 충분할걸? 아니면 실전을 치르거나. 가끔 아할든으로 보내! 대련 정도는 시켜줄게.

에니샤를 제외하곤 남한테 평가가 박한 헬라드가 그렇게 말했을 정도이니, 확실히 카힐의 검술은 어느 정도 궤도에 올랐다고 보면 될 듯했다.

문제는 정령의 힘이었다. 금빛숲에서 이르가와 부딪쳤을 때, 그는 카힐이 힘을 제대로 다루지 못한다고 평가했다. 에니샤도 이르가의 말에 일정 부분 동의하는 바였다. 현재 카힐은 맹세를 통해 에니샤에게 힘을 구속받고 있었다. 하지만 그 이전엔 스스로를 통제하지 못하는 일이 잦았다.

정령의 힘을 사사할 수 있는 스승은 대륙에 존재하지 않는다. 카힐은 스스로 깨우쳐 문제를 해결하고, 다음 단계로 나아가야 했다. 에니샤는 카힐에게 방향을 제시해줄 생각이었다.

그간 열심히 조사해본 바, 정령의 힘은 마법과 운용 방식이 비슷한 듯했다. 마법은 수식이 정교해질수록 위력이 강해진다. 가설이 옳다면, 얼음송곳 같은 단순한 형태보다 힘을 응축시켜 구체적으로 형상화한다면 더 강한 위력을 발휘할 수 있을 것이었다.

"……그래서 내가 생각해봤는데, 검이 괜찮을 것 같아. 카힐은 검술에 능하니까."

어때?

에니샤가 고개를 갸웃하며 묻자, 진지하게 경청하던 카힐이 답했다.

"해보겠습니다."

그는 조심스럽게 힘을 끌어올렸다. 주변에 한기가 감돌며, 카힐의 머리카락과 눈이 옅은 색으로 변하였다.

허공에 얼음이 생겨나기 시작했다. 그러나 검이라기보단, 이전의 얼음송곳에서 좀 더 날렵하고 길쭉해진 모양새였다. 카힐이 미간을 슬쩍 찌푸렸다.

"……."

그가 짧게 숨을 들이마시는 순간, 하늘이 부서지는 듯한 소리가 들려왔다. 수십, 수백 개의 얼음이 쩌적거리며 생겨나는 소리였다. 빽빽하게 사방을 메우는 얼음들에 주변이 어둑해질 정도였다.

"와악, 뭐 하는 짓이야!!"

델 하르인과 환상마법을 어떻게 구현할지 토론하던 레시나가 깜짝 놀라서 소리 질렀다.

에니샤는 얼른 카힐의 소매를 잡아끌었다.

"너무 무리하진 말고! 한 번에 성공할 수 있는 건 아니니까……!"

카힐이 아랫입술을 깨물었다가 힘을 거둬들였다.

에니샤는 앞으로 연습하면 될 것이라고 어깨를 도닥여주었다. 그러자 카힐은 언제 얼굴을 딱딱하게 굳혔냐는 듯 수줍게 웃으며 열심히 하겠습니다, 하고 답했다.

"……재 왜 저래?"

그 모습을 지켜보던 레시나가 얼떨떨한 목소리로 중얼거렸다. 레시나의 혼잣말에 옆에 서 있던 델 하르인이 슬쩍 끼어들었다.

"원래는 어떠하기에 그러는가?"

"아니, 뭐……. 웃는 얼굴을 본 게 처음이거든요."

레시나는 자신이 카힐과 제법 오래 일했지만, 단 한 번도 사적인 부분을 드러내거나 감정적으로 행동하는 모습을 본 적이 없다고 말해주었다. 델 하르인은 쯧쯧 혀를 차며 레시나와 함께 카힐의 흉을 보았다.

"저놈이 원래부터 싹수가 노랗구먼. 황녀님 앞에서만 어찌나 순진한 척을 해대는지……!"

"그래요? 어르신한테도 싸가지가 없어요?"

"싸가지가 없는 정도가 아니라, 아주 협박을 하였지."

"와, 옛날에 나한테도 수틀리면 얼음 가지고 막 협박했는데!"

레시나의 적극적인 호응에 힘입어, 델 하르인은 쑥덕쑥덕 협박당한 이야기를 해주었다.

이브로테 기사단의 창단이 결정된 이후, 델 하르인은 카힐과 단둘이서 만난 적이 있었다. 간단하게 일에 관한 이야기를 나눈 다음, 슬쩍 정령의 힘을 보여줄 수 있냐고 물어보았다. 본디 마법사는 호기심이 아주아주 많은 자들이고, 수백 년 만에 태어난 정령의 계약자는 어느 마법사 앞에 놔둬도 군침 흘리며 달려들 존재였다. 다소 무례한 줄은 알지만, 호기심을 이기지 못하고 물어본 것이었다.

카힐은 냉랭히 거절하였다. 거절까지는 그러려니 했는데, 그때 카힐이 보인 모습이 문제였다. 짙게 가라앉은 눈이 델 하르인을 응시하였다. 일순 온몸의 털이 쭈뼛할 만큼 날카로운 눈이었다. 시선이 배 속으로 서늘하게 파고들었다. 등 뒤에 벽이 닿고 나서야, 델 하르인은 자신이 서너 걸음이나 뒤로 물러섰다는 사실을 깨달았다.

카힐은 그에게서 눈을 떼지 않은 채, 고요히 말하였다.

— 제 주인은 황녀님입니다.

당신이 아니라.

그리 말을 끝맺고선, 카힐은 훌쩍 방을 빠져나가 버렸다.

그때의 눈빛을 떠올리면 아직도 가슴이 철렁했다. 황녀님에게는 순한 양인 척 보송보송하게 굴고 있지만, 저놈의 본성은 흉악한 늑대였다.

"저런 놈을 황녀님 곁에 두어도 될는지……."

델 하르인이 걱정 어린 목소리로 말끝을 흐리자, 레시나가 어깨를 으쓱하며 말했다.

"황녀님께서 목줄만 잘 잡고 계시면 괜찮지 않을까요?"

그녀의 말에 델 하르인은 지끈거리는 관자놀이를 누르며 중얼거렸다.

"이미 목줄을 잡고 계신 짐승들이 한둘이 아니어서 걱정하는 것일세……."

"예?"

짐승들이 어디 있냐며 두리번거리는 레시나 앞에서, 델 하르인은 말없이 아련한 눈으로 어딘가를 응시하였다. 그의 시선 끝에는 로드고와 쌍둥이들이 열심히 일하고 있을 본궁이 자리하고 있었다.

기사단 훈련을 마치고 돌아온 에니샤는 바로 침실로 향했다.

많이 피곤했던 탓인지, 씻고 침대에 머리를 대자마자 기절하듯 푹 잠들었다. 꿈도 꾸지 않고 곤하게 잠들었던 에니샤는 어느 순간 부스스 눈을 떴다. 창밖을 내다보니 아직 하늘이 파르스름한 것이 새벽인 듯했다. 고요한 침실에서 반쯤 감긴 눈으로 몽롱하게 주변을 둘러보았다.

"……?"

머리맡에서 무언가를 발견한 에니샤는 손으로 눈을 비비적하였다. 어둠 속에서도 하얗고 몰랑한 그것은 토끼인형이었다. 답삭 집어다가 눈앞에서 들여다보니, 일전에 장난감가게에서 보았던 그 인형이었다.

결계마법진이 황녀궁을 감싸고 있지만, 허락받은 사람은 마음대로 들어올 수 있었다. 황족들이나 황녀궁의 시녀들, 그리고 이브로테 기사단도 말이다. 토끼인형의 콧잔등에 올라앉은 하얀 눈송이는 아직 녹지 않은 채였다.

에니샤는 눈송이를 털어내며 중얼거렸다.

"황녀의 침실에 함부로 드나들다니, 아주 불경한 놈이야."

하지만 말은 그렇게 하면서도, 토끼인형을 품에 끌어안고 귀를 마구 잡아당겼다. 썩 나쁘지 않은 기분이었다.

에니샤는 토끼인형을 침대 머리맡에 예쁘게 장식해두고, 종종 만지작거리며 아껴주었다. 다만 토끼인형 때문에 생각지도 못한 대형 사태가 벌어졌으니…….

"못 보던 인형이네, 에니샤."

황녀궁을 방문한 로시엘이 토끼인형에 관심을 가졌다.

그간 에니샤는 수많은 인형을 선물 받았지만, 침대 머리맡에 놓아둔 건 처음이었다. 누가 준 것이냐며 은근슬쩍 캐묻기에, 에니샤는 카힐을 살리기 위해 거짓말하였다.

"전에 바깥에 나갔을 때, 가게에서 보고 귀여워서 직접 사온 거예요."

"그으래……?"

로시엘이 눈매를 가늘게 좁히며 말꼬리를 늘일 때부터 알아봤어야 했다. 하지만 에니샤는 미래를 보는 능력까진 없었고, 그냥 그렇게 끝난 줄 알았다.

그리고 다음 날 아침.

로시엘이 닥치는 대로 사들인 토끼인형이 꼭두새벽부터 짐마차 가득 실려 왔다.

토끼인형이 수북하게 실린 짐마차가 황녀궁으로 향했다는 소식은 당연히 로드고와 헬라드의 귀에도 들어갔다. 에니샤와 관련된 일이라면 절대 빠지는 법이 없는 놈들이었다.

그들 또한 당연히 토끼인형을 사 나르기 시작했다.

세 남자가 동시에 토끼인형을 사들이니, 온 제국에서 온갖 종류의 토끼인형들이 황녀궁으로 쏟아졌다.

"제발 그만해요! 황녀궁을 토끼 농장으로 만들 셈이에요?"

토끼인형 대란은 에니샤가 로드고와 쌍둥이들을 모아놓고 한바탕하고 나서야 끝이 났다. 그 뒤로 에니샤는 카힐이 준 토끼인형을 침대 베개 뒤에 숨겨놓았다.

겨울이 지나고 봄이 찾아왔다.

에니샤는 여덟 번째 생일을 맞이하였고, 매년 그러했듯이 수북한 선물 벼락을 맞았다.

헬라드가 이번에 준 생일선물은 하얀 조랑말이었다. 에니샤의 조그마한 체구에 딱 어울리는 작은 조랑말은 순하고 얌전한 아이였다. 황녀님에게 바치기 전에 철저히 훈련해서 그런지 말도 잘 들었다.

에니샤는 조랑말에게 직접 당근도 주고, 갈기도 땋아주었다.

헬라드와 로시엘이 번갈아 승마 연습을 도왔는데, 에니샤는 이미 말을 탈 줄 알기 때문에 그다지 배울 것이 없었다.

쌍둥이들은 에니샤가 곧잘 말을 타는 걸 보고도 별로 놀라지 않았다. 이 정도쯤이야 당연히 해낼 줄 알았다는 듯한 태도였다. 히페리온 황족들이 인간의 범주를 벗어난 탓에, 여러모로 편한 에니샤였다.

"에니샤, 준비 다 했어?"

헬라드의 목소리가 온 황녀궁을 쩌렁쩌렁 울렸다.

"다 했어요! 지금 나갈게요!"

거울을 보고 있던 에니샤는 마지막으로 모자를 눌러쓰고서 도도도 뛰어나갔다.

응접실에 있던 쌍둥이들이 승마복을 입은 에니샤를 보고서 함박 웃었다. 딱 붙는 바지에 장화를 신은 에니샤는 그들을 위해 한 바퀴 빙그르르 돌아 보였다.

막둥이의 애교에 헬라드와 로시엘은 좋아서 어쩔 줄을 몰랐다. 만날 보는 얼굴인데도 볼 때마다 새롭게 좋아하는 그들이 신기할 따름이었다.

한참 동안 칭찬을 퍼붓는 시간을 가진 다음에야 황녀궁을 나설 수 있었다.

오늘은 셋이서 함께 승마와 사냥을 연습하기로 하였다. 히페리온의 별들은 오순도순 이야기를 나누며 사이좋게 금빛숲으로 향하였다.

"오늘 날씨가 좋지?"

"네! 오라버니들이랑 있어서 더 좋아요."

"어휴, 우리 쭈우……글하지 않은 에니샤는 말도 예쁘게 잘한다니까."

"……헬라드."

"아, 나도 노력하고 있다고. 잔소리쟁이야."

가는 길에 헬라드와 로시엘이 투덕거리긴 했지만, 늘 있는 일인지라 에니샤는 그러려니 넘겼다.

금빛숲에 도착하니, 이미 시종들이 마구간에서 에니샤의 조랑말을 데려와 승마 준비를 마쳐두었다. 에니샤는 조랑말의 갈기를 쓰다듬어주곤, 로시엘의 도움을 받아 안장에 앉았다.

조랑말을 타고서 험한 숲길도 곧잘 돌아다니자, 쌍둥이들은 아낌없는 찬사를 보냈다. 사실 에니샤가 조랑말에서 거꾸로 떨어졌어도 훌륭한 승마 실력이라고 할 놈들이기에, 딱히 객관성 있는 칭찬은 아니었다.

말을 탄 후에는 금빛나무 아래서 함께 점심을 챙겨 먹고, 사냥 연습에 나섰다.

"자아, 이렇게 당기는 거야."

헬라드는 에니샤에게 장난감 활을 쥐여주고 당겨보라며 가르쳤다.

있는 힘껏 잡아당겼다가 놓자 활시위가 요동쳤다.

가만히 지켜보던 헬라드가 에니샤의 자세부터 꼼꼼히 다시금 잡아준 후, 직접 장난감 활을 가지고 시범까지 보여주었다.

헬라드는 끝이 뭉뚝한 화살을 활시위에 걸었다. 에니샤에게 맞춰 콩만 하게 만든 장난감 활과 화살은 누가 보더라도 어린이용이었다. 무해하기 짝이 없는 생김새이건만, 어찌된 것인지 헬라드의 손에 들어간 순간부터 화살촉이 예리하게 빛나는 듯했다.

시원한 소리와 함께 화살이 날아갔다. 한참 동안 쏘아져나간 화살은 저만치 멀리 떨어진 나무에 퍽 박혀 들었다.

시종들이 놀라서 나무로 달려갔다. 황녀님이 다룰 연습용 화살촉에 날이 서 있어선 안 되기 때문이었다. 하지만 화살을 뽑아 확인한 결과, 화살촉은 여전히 뭉뚝했다.

그늘 밑에 앉아 있던 로시엘은 별스럽지도 않다는 듯 심드렁하니 보고 있다가 헬라드를 타박했다.

"수준에 맞게 가르쳐줘야지, 자랑을 할 것이 아니라."

"하지만 에니샤 앞에서 멋지게 보이고 싶었는걸."

헬라드가 씩 웃으며 에니샤를 돌아보았다.

칭찬해주는 것 정도야 어렵지 않은 일이었다. 에니샤는 양손을 꽉 맞잡고서 외쳐주었다.

"진짜 멋있었어요!"

"그렇지? 오라버니가 세상에서 제일이지?"

연신 확인해대는 헬라드에게 대륙 제일 명사수라고 말해준 후에야, 에니샤는 다시 활을 잡을 수 있었다. 하지만 팔에 힘이 없어서 그런지 화살은 얼마 날아가질 못했다. 작은 포물선을 그렸다가 땅에 톡톡 떨어지기를 반복하고 있자니, 로시엘이 조언을 해주었다.

"에니샤는 마법을 쓸 수 있으니까, 화살에 마력을 담으면 괜찮을 듯한데."

에니샤가 가진 마력에 비해 마법을 운용하는 실력이 뛰어난 것은 황자들도 알고 있었다.

에니샤는 로시엘의 말대로 화살에 마력을 담아보았다. 장난감 화살 위에 금빛 마력이 휘돌듯이 감겨들었다. 활시위를 바짝 당기자 활대가 탄력 있게 휘었다. 손을 놓는 순간, 픽픽 떨어지던 화살이 언제 그랬냐는 듯 힘 있게 쭉 뻗어나갔다.

화살은 정확히 에니샤가 원하는 곳을 맞고 떨어졌다. 지금 가진 마력으론 장거리까진 쏘아 보내지 못하겠지만, 에니샤의 나이를 고려하면 이것만도 놀라운 일이었다.

에니샤가 의기양양하게 뒤를 돌아보자, 헬라드와 로시엘이 열심히 박수를 쳤다. 열렬하게 환호하다 말고 갑자기 옆의 시종들을 노려보았다. 다년간 황자들에게 시달리며 눈치가 빨라진 시종들은 후다닥 박수를 치기 시작했다. 때 아닌 우렁찬 박수 세례가 금빛숲을 가득 메웠다.

에니샤는 시종들의 손바닥이 터지기 전에 활을 내려놓았다.

"이만하면 더 연습할 것도 없겠어."

로시엘이 흡족히 웃으며 말했다.

갑자기 이렇게 활쏘기 연습을 하는 이유는, 올 여름에 있을 황태자 책봉식 때문이었다. 그날은 헬라드와 로시엘이 나란히 성인이 되는 날이기도 했다.

새로운 황태자의 탄생과 황족의 성년을 기념하여, 금빛숲에서 사냥대회가 열릴 예정이었다. 제국의 고위 귀족들과 외국 사신들까지 전부 참석할 대규모 사냥대회에서, 황족들은 가장 먼저 첫 사냥감을 잡아 사냥의 시작을 알려야 했다.

쌍둥이들이야 눈 감고도 너끈히 활을 쏠 테지만, 에니샤는 아니었다. 태생부터가 마법사였던 에니샤는 마력을 수백 발의 화살 모양으로 만들어 날려 보낸 적은 있어도, 활을 직접 쏘아본 것은 오늘이 처음이었다. 그래서 쌍둥이들이 직접 에니샤의 사냥 연습을 도와주러 나선 것이었다.

연습을 적당히 끝마치고, 세 사람은 다시 금빛나무 밑에 앉아 간식을 나눠 먹었다. 헬라드가 닭고기를 두툼하게 끼워 넣은 샌드위치를 베어 물며 말했다.

"귀족들이 에니샤의 실력을 보고 전부 까무러치겠군."

스푼으로 앵두 콩포트를 덜어내던 로시엘이 당연하단 듯 받아쳤다.

"응당 그래야지. 외국의 사신들도 에니샤가 얼마나 대단한지 알게 될 거야."

두 황자는 막내 황녀를 자랑할 건수가 하나 더 생겼다며 벌써부터 즐거워했다. 이미 황태자 책봉식 따위는 안중에도 없는 눈치였다. 그리고 그걸 지켜보는 에니샤는 벌써부터 걱정이 산처럼 쌓여

갔다.

제발 남들 다 보는 앞에서 팔불출처럼 굴지 말아야 할 텐데…….

로드고와 쌍둥이들이 이번에는 무슨 짓을 저지를까 두려울 지경이었다.

에니샤는 근심 가득한 얼굴로 손에 든 하얀 밀빵을 조물거렸다. 갑자기 입맛이 뚝 떨어져서 빵 귀퉁이만 야금야금 뜯어먹고 있는데, 헬라드가 먹고 있던 샌드위치를 꿀꺽 삼키고서 에니샤를 불렀다.

"아참, 에니샤……."

그리고 헬라드는 오늘 같이 저녁이나 먹자는 어조로, 툭 물어보았다.

"너 황제 할래?"

뭐지. 내가 방금 뭘 들은 거지.

에니샤는 한참 눈을 깜빡이다가, 겨우 목소리를 짜내어 물었다.

"황제요……?"

그리고 헬라드는 천연덕스레 답했다.

"응, 황제."

잘못 들었다고 의심할 여지조차 없는 말이었다. 기가 막힌 나머지 손에 힘까지 풀려서, 들고 있던 빵을 툭 떨어트렸다.

옆에 앉아 있던 로시엘이 태연하게 옷에 묻은 빵 부스러기를 털어주더니, 한술 더 떠서 못을 땅땅 박아버렸다.

"저 들짐승보다야 에니샤가 훨씬 낫지. 에니샤는 제국 역사에 길이 남을 훌륭한 성황이 될 거야. 오라버니들이 열심히 도와줄게. 폐하께서도 좋아하실걸."

헬라드가 옆에서 맞장구를 쳤다.

"맞아. 로시엘은 행정 담당 시키고, 나한테는 군사 담당 시키면 딱이네."

딱이긴 뭐가 딱이야…….

화기애애하게 황제 에니샤를 말하는 쌍둥이 앞에서, 에니샤는 손으로 이마를 짚었다.

저를 향한 사랑이 과도하단 것은 익히 알고 있었다. 하지만 이렇게 상상을 초월하는 일이 벌어질 때마다, 그들의 팔불출 짓에 머리가 띵할 지경이었다.

사실 에니샤는 히페리온의 황제가 될 자격이 충분했다. 황제가 요구받는 조건은 딱 하나, '태양의 성질을 이어받았을 것'이었다. 에니샤의 타오르는 주홍빛 눈동자는 누가 봐도 분명한 태양이었다. 드물긴 했지만 여자 황제의 선례가 없는 것도 아니었다.

히페리온 황실은 손이 귀했다. 많아봐야 둘째까지밖에 태어나지 않았으니, 성별까지 따져가며 황위에 올리는 것은 불가능한 일이었다. 다만 태양의 성질을 타고나는 것이 대부분 남아인지라, 역대 황제의 성비는 남자 쪽이 압도적으로 높기는 하였다. 그런고로, 에니샤는 확신할 수 있었다. 나 황제 할래요! 하고 한마디만 하면 자신은 순식간에 차기 황제로 낙점될 것을. 일단 쌍둥이들이 전폭적으로 지원해줄 것이고, 로드고도 반겼으면 반겼지 절대 반대할 리가 없었다.

귀족들도 쌍수 들고 환영할 것이다. 에니샤는 어릴 때부터 영특하기로 소문이 자자했고, 귀하다는 마법사이니 능력도 빠지질 않았다. 히페리온의 세 번째 별이라는 대단한 상징성도 있으며, 제국민들 사이에서도 인기가 하늘을 찌르다 못해 뻥 뚫어버릴 수준이었다. 그리고 다른 무엇보다 귀족들이 에니샤를 미친 듯이 반길 이유가 있었으니.

개차반 같은 다른 히페리온들과 달리, 에니샤가 지극히 상식적이고 온화한 성정의 소유자라는 점이었다. 황궁에서 무슨 일만 터지면 집에서 유언장 작성해놓고 입궁하는 귀족들이었다. 그들은 유서 쓸 걱정 없이 마음 편히 입궁할 수 있다는 것 하나만으로도 에니샤를 열렬히 지지할 터였다. 황제 에니샤는 모두가 원하고 찬성하는 일이었다.

하지만 참으로 불행하게도, 정작 당사자는 황제가 되길 원하지 않았다.

"저는 황제 싫어요! 절대 싫어요!!"

바닥에 떨어진 빵까지 주먹으로 콩콩 내려치며 외치는 에니샤의 모습에 헬라드와 로시엘은 일제히 웃음을 터뜨리며 뒤집어졌다. 그러나 에니샤는 진지했다. 이미 유경험자이기 때문이었다.

아르커스의 대법사 시절, 에니샤는 하루 종일 격무에 시달렸다. 대법사를 찾는 사람들이 어찌나 많은지, 서류에 파묻혀서 헤엄칠 수 있을 정도였다. 거기다 틈틈이 좌우법사와 놀아줘야 했고, 다른 원로마법사나 왕국민들도 대법사의 애정을 갖고 싶어 아우성이었다. 괜히 대법사한테 관심 받고 싶어서 사고 치는 놈들도 많았다.

작은 천공섬 하나 다스리는 대법사도 그렇게 힘들었는데, 하물며 넓디넓은 제국은 어떠하랴. 황제가 되는 순간, 아니 차기 황제로 낙점 받는 순간부터, '천국 잘 가고 지옥 어서 오세요'인 것이다. 상상해보니 더욱 끔찍했다.

"제발, 황제는 안 돼요……."

얼굴까지 파래져서 중얼거리는 말에 헬라드가 킥킥 웃으며 에니샤를 끌어안았다.

"알았어, 알았어. 오라버니가 황제 할게."

기운이 빠져서 축 늘어진 에니샤의 볼을 만지작거리며 로시엘이 말했다.

"혹시나 네가 욕심이 있을까 봐 물어본 거야. 책봉식을 치르고 나면 일이 어려워지니까."

하지만 만약 나중에라도 마음이 바뀐다면, 그땐 헬라드를 죽이면 된다고 친절하게 알려주기까지 하였다.

"야, 너무하네. 죽이지는 마라. 에니샤 황제 되는 거 봐야 하니깐."

헬라드는 대신 죽은 척하고 얌전히 살 수는 있다고 덧붙여 말했다. 쌍둥이들끼리 키득거리는 앞에서 에니샤는 입을 삐죽이며 답했다.

"농담으로라두 그런 말 마세요."

나중에 아르커스와도 어떻게 될지 모르는 상황이었다. 거취가 확실히 정해지지 않은 만큼, 덜컥 황위를 맡을 수 없었다. 여러모로 헬라드가 황위에 올라야 하는 것이다. 황제 하라고 하면 바로 가출해버릴 거라며, 에니샤는 단단히 협박까지 해두었다.

헬라드가 에니샤의 머리카락을 이리저리 흩뜨리며 말했다.

"너는 하고 싶은 대로 해. 뭘 하든지 오라버니들이 든든히 뒷받

침해줄 테니까."

에니샤와 똑같은 주홍색 눈동자가 햇빛 아래 선명히 빛났다. 헬라드의 모습이 오랜만에 참 믿음직해 보였다.

겨우 한시름 던 에니샤는 활짝 웃으며 고개를 끄덕였다.

북부 설산의 만년설은 사계절 내내 녹는 일이 없었다.

눈과 얼음이 만물을 덮은 동토의 땅에선 모든 것이 생명을 잃고 움츠러들었고, 자드카르 왕국민들은 움트는 새싹과 꽃봉오리를 보는 일이 드물었다. 하지만 카르티나 부인의 유리온실은 예외였다. 사방이 얼어붙은 겨울의 나라에서, 그녀의 온실만큼은 언제나 봄이고 여름이었다. 온갖 진귀한 화초와 소동물들을 기르는 온실은 항상 따뜻하고 포근하였다. 바깥의 눈바람이 아무리 매서워도 온실 안에는 발끝 하나 들이질 못했다.

자연의 섭리를 거스르는 일이 쉬울 리가 없었다. 유리온실을 유지하고 관리하기 위해 동원하는 마법사와 정원사가 수십이었다. 오로지 카르티나 부인의 고상한 취미를 위해 엄청난 세금을 물처럼 낭비했지만, 감히 그녀에게 무어라 할 자는 아무도 없었다. 그녀는 자드카르의 여왕이나 다름없기 때문이었다.

"전하, 오래 기다리셨는지요."

온실에 들어선 카르티나는 꽃이 피어나듯 화사하게 미소 지으며 인사를 건넸다.

그녀가 걸치고 있던 두터운 겉옷을 벗자, 옆에 선 시녀가 공손히 받아 물러났다.

온실 공기가 따뜻해 이마에서 금세 땀이 배어나왔다. 고운 손이 이마를 살짝 훔쳐내었다. 그녀의 손등과 이마는 세월을 빗겨난 듯 주름 하나 없이 탱탱하였다. 화초가 싱그러운 온실을 가로질러, 카르티나는 안쪽의 작은 탁자에 자리하였다.

먼저 앉아 있던 늙은 남자는 그녀가 자리에 앉고 나서야 뒤늦은 반응을 보였다. 주름진 눈꺼풀에 덮인 남청색 눈동자에는 총기가 없었다. 메마른 땅처럼 버석한 목소리가 들려왔다.

"카르티나……."

"네, 전하. 저예요. 당신의 카르티나."

"카르티나, 카르티나……."

남자는 고장 난 인형처럼 카르티나라는 말만 반복하였다. 깊고 넓은 온실 안에 단 둘뿐이란 사실을 확인한 그녀는 손으로 그의 얼굴을 감싸며 속삭였다.

"가엾은 나의 피앙세."

그러나 애석한 목소리와 달리, 그녀는 기쁘게 미소 짓고 있었다.

한때 북부를 호령하던 공왕은 이빨 빠진 늑대가 되었다. 늙고 병들어 죽음에 다다랐던 자를 되살려놓은 것이 그녀였다. 공왕을 주인공으로 삼아 자드카르 왕궁에서 벌이는 꼭두각시놀이는 즐거웠고, 언제나 카르티나를 기쁘게 하였다. 다만 손바닥에서 굴리던 인형 하나가 제멋대로 비뚤어져버리면서, 근래 그녀의 신경을 거스르고 있었다.

카르티나는 탁자 위에 놓인 서신을 가벼이 문질렀다. 빳빳한 미색 종이가 손끝에 쓸렸다. 히페리온 제국에서 날아온 그것은 황태자 책봉식을 알리는 서신이었다.

자드카르도 응당 사절단을 꾸려 제국의 황태자가 탄생하는 순간을 축하해야 했다. 본디 왕실 사람이 사절단 대표가 되어 가야 하지만, 공국에 남은 자드카르의 핏줄은 늙은 공왕뿐이었다.

"그러니 당신과 나의 아들을 보낼까 해요. 우리 악시온을 말이에요."

공왕은 저항 없이 고개를 끄덕였다. 그녀의 말에 동의한다기보다는, 무조건 복종하는 모습이었다.

순종적인 그에게 카르티나는 웃으며 상으로 가벼운 키스를 내려주었다.

"고마워요. 이제 돌아가도 좋아요."

손가락으로 뺨을 톡톡 두드리며 속삭이자, 공왕은 천천히 자리에서 일어났다. 그는 끈 떨어진 인형과 같이 비척거리며 온실을 나섰다.

카르티나는 사랑스럽다는 듯 공왕의 뒷모습을 바라보았다. 그리고 그가 완전히 사라진 후엔, 시녀를 불러다 악시온을 데려오라 명하였다.

"어머니!"

"악시온, 사랑스러운 나의 아들."

작고 아름다운 아이를 포옹해준 후에, 카르티나는 함께 온실 안을 거닐며 산책했다.

“너의 사절단행이 결정되었단다.”

“정말요? 오랜만에 형을 보겠네요.”

뛸 듯이 기뻐하는 악시온의 눈에 잔인한 빛이 스치었다. 자신과 꼭 닮은 그 눈빛에, 카르티나는 소리 내어 웃으며 악시온의 머리를 쓰다듬어주었다.

이번 사절단에 악시온을 대표로 보낸다는 것은 커다란 의미였다. 그간 카르티나는 악시온을 정식으로 왕실에 입적시켜 왕자로 만들려 하였다. 허나 귀족들의 반대로 번번이 무산되었다. 하지만 사절단으로 보내 히페리온 황제에게 직접 인정받는다면, 귀족들도 반대할 명분이 한풀 꺾일 터였다. 왕실에 입적되기만 한다면 그다음부터는 순조롭다.

다만 한 가지 거슬리는 것이 남아 있기는 하였다. 공왕의 적자, 카힐 자드카르였다. 제국에서 조용히 잊히길 바랐으나, 북부놈답게 끈질긴 명줄을 이어가더니 결국 정령까지 불러내고야 말았다. 그뿐만이 아니라, 히페리온의 세 번째 별에게 어찌 잘 보였는지 직속 기사 자리까지 올랐다. 벌써부터 귀족들 사이에서 카힐의 이름이 거론되는 중이었다. 더 커지기 전에 지금 뿌리를 뽑아놓아야 했다.

“카힐이 히페리온의 태양에 취해, 북부의 아름다운 설경을 잊었을까 걱정되는구나. 그러니…….”

악시온의 손에 작은 유리병을 쥐여주며, 카르티나는 다정하게 말했다.

“네가 형에게 안부를 전하고 오렴.”

오늘 에니샤는 유일한 친구, 바넷 일리오사를 만나러 왔다.

정신연령은 여덟 살을 아득하게 벗어난 에니샤지만, 바넷과 어울리는 일은 제법 즐거웠다. 어른스러운 척하려는 모습이 귀엽기도 하고, 그럼에도 애답게 순진한 구석이 있어서 좋았다. 특히 바넷과 계속 어울리게 된 것은, 그녀가 에니샤를 지극정성으로 대하기 때문인 탓이 컸다.

바넷은 에니샤에게 언제 놀러 오냐고, 아니면 놀러 가도 되냐고 열심히 서신을 보내왔다. 에니샤야 초대를 거절할 이유가 없었다. 일리오사 영애를 만나러 간다는 것만큼 좋은 바깥나들이 핑계도 없기 때문이었다.

그렇게 황녀궁과 후작가를 번갈아가며 몇 번씩 만나다 보니, 실제로 친해지기도 하였다. 에니샤는 그녀에게 이름을 부르는 것을 허락해주었고, 귀여운 동생을 보는 기분으로 종종 찾아갔다.

"에니샤 님, 케이크가 너무 맛있습니다……!"

바넷이 포크를 손에 꼭 쥐고서 눈을 빛냈다.

황궁주방장에게 부탁하여 맛있는 레몬케이크를 가져온 에니샤였다. 버터크림으로 모양을 내고, 말린 레몬 조각을 장식한 레몬케이크는 상큼했다.

마실 것으로는 장미 코디얼을 희석한 주스를 곁들였다. 한 모금 삼킬 때마다 입안이 향긋해지는 느낌이 좋았다. 작은 꽃송이를 넣고 얼린 꽃얼음이 예쁜 유리잔 안에서 보기 좋게 잘그락거렸다.

맛있는 음식에 행복해하며 바넷과 함께 잡다한 수다를 나누던 때였다. 자연스럽게 흘러가던 이야기가 상상도 해본 적 없던 주제에 다다랐다.

"올 여름에 황자님들께서 성년이 되시지 않습니까? 머지않아 황자비를 맞아들이시겠네요."

에니샤는 눈을 동그랗게 떴다가 고개를 갸웃하며 답했다.

"아, 딱히…… 지금 만나는 분은 없는 듯한데. 황실에서도 이야기 나온 바가 없고."

로드고와 함께 정무를 보고, 에니샤한테 놀러오는 것만으로도 하루가 바쁜 쌍둥이들이었다.

쌍둥이들이 결혼이라…….

에니샤는 주스를 꼴깍 마시며 생각해보았다. 어떤 사람이 미래의 황자비가 될지는 모르겠다만, 누가 되더라도 불쌍한 것은 확정이었다.

에니샤만큼은 둥기둥기 하며 물고 빨지 못해서 안달인 황족들이었다. 하지만 어디까지나 에니샤에게 한정된 것일 뿐, 태생적으로 히페리온은 타인에게 관심이 없었다. 가족에게도 정을 느끼지 못하는 자들인데 당연했다.

제국의 황자비는 눈부신 영예이지만, 그만큼 한없이 차갑고 고독한 자리가 될 것이었다. 남편의 사랑 따위 필요 없이 재물과 권력을 노리고 달려든다고 해도 쉽지 않을 터였다. 황자들은 평범한 사람의 관점으로 생각해선 안 되는 놈들이었다. 잔인하고 야만적이며, 이기적이면서도 냉정했다. 아무 생각이 없는 것 같지만 모든 것이 철저한 계산속이었다. 거기에 헬라드는 충동적이고 제멋대로인 날것 같은 성정이고, 로시엘은 매사 깍듯하지만 속을 알 수 없고 무척 예민한 성정이었다.

에니샤야 그간 수많은 사건과 함께 이리저리 시달리면서 많이 익숙해졌지만, 다른 사람이 덜컥 황자들을 만났을 때는 무척 당혹스러울 터였다. 어느 쪽과 결혼하든 상대는 엄청난 피로감을, 아니 그전에 공포를 느낄 가능성이 높았다. 그래도 오라버니들이라고 어찌 좋게 포장해보려던 에니샤는 속으로 고개를 내저었다.

그나마 봐줄 만한 건 외모 정도인가?

얼굴은 괜찮으니까, 황자들의 소문이 덜한 아주 머나먼 외국에서 신붓감을 데려오면 결혼을 할 수도 있을 것 같았다. 하지만 그러다 사기결혼으로 이혼당할 수도 있겠다는 생각이 곧장 꼬리를 물고 이어졌다.

한참 진지하게 황실의 미래를 고심하던 에니샤는 그냥 포기했다.

알아서 하겠지, 뭐.

에니샤는 본인 앞길 걱정하는 것만으로도 벅찬 사람이기에, 황자들의 화제는 대충 얼버무려 넘겨버렸다. 그러고 나니 바넷은 더 엉뚱한 질문을 던져왔다.

"에니샤 님께선 관심 있는 영식이 없으십니까?"

분홍빛 사랑 이야기를 화제로 올린 바넷의 눈이 기대감으로 반짝였다. 바넷은 요즘 무슨 백작가의 둘째 영식이 참 인기가 있다며, 본인 이야기를 먼저 털어놓았다. 하지만 그녀의 이야기를 다 듣고 나서도, 에니샤는 입을 열지 않았다. 다만 주스가 담긴 유리잔을 기울이며 쓰게 웃었다.

"아……."

바넷이 나직이 탄식을 터뜨렸다. 로드고와 쌍둥이가 두 눈 시퍼렇게 뜨고 있는데, 감히 막내 황녀에게 추파를 던질 사람이 제국에 있을 리 없었다. 바넷은 조용히 입을 다물었고, 그녀의 개인 응접실에는 한동안 달그락달그락 포크 소리만이 이어졌다.

바넷과 헤어진 에니샤는 황녀궁으로 돌아가지 않고, 미리 준비된 마차에 올라탔다. 마차 안에는 이브로테 기사단이 대기하고 있었다.

"황녀님, 오셨습니까?"

"후아아암, 황녀니이임……."

하품하다 말고 황녀님을 부르던 레시나는 델 하르인의 강렬한 눈총에 얼른 입을 다물었다. 아무래도 러츠펠트 백작부인에게 부탁하여 레시나의 예절 교육 시간을 곱절로 늘려야 할 것 같았다.

레시나가 알면 기절할 생각을 하며, 에니샤는 델 하르인에게 물었다.

"카힐은?"

"주변을 둘러보러 갔습니다. 먼저 출발하면 뒤쫓아올 것입니다."

"좋아, 출발하자."

델 하르인이 마부석과 연결된 작은 창문을 열어, 출발하라고 명령했다. 말 울음소리와 함께 마차가 움직이기 시작했다.

"황녀님, 손을 내어주세요."

레시나에게서 은은한 박하 냄새가 올라왔다. 어쩐지 기분이 좋아 보인다 했더니, 그새 궐련을 피운 모양이었다. 황궁 바깥이니 딱히 무어라 할 생각은 없어서, 에니샤는 말없이 손을 내밀었다.

가볍게 손을 맞잡은 레시나가 붉은빛의 마력을 불어넣었다. 물감을 탄 것처럼, 에니샤의 주홍색 눈동자가 천천히 갈색으로 변해갔다. 하지만 금빛 파도처럼 탐스러운 머리카락은 그대로였다. 검은 머리에 푸른 눈으로 사고를 너무 많이 치기도 했고, 안정적인 외모 변화를 위해 눈동자 색만 바꾸기로 하였다. 히페리온의 상징인 강렬한 주홍색 눈동자를 바꾼 것만으로도 인상이 많이 달라져서, 이만하면 충분했다.

거울을 보여주던 델 하르인이 말했다.

"폐하께서 조금 늦으실 것 같다고 전언을 보내오셨습니다."

"그래? 근처 구경이나 하고 있어야겠다."

일리오사 영애와 만난 후, 저녁에는 간만에 로드고와 함께 시간을 보내기로 약속했다. 함께 저녁을 먹고 번화가를 돌아다니며 이것저것 구경할 것인지라, 드레스도 너무 튀지 않고 간소한 것으로 골라 입었다.

그간 로드고는 황태자 책봉식 준비 때문에 정신없이 바빴다. 그는 대충 해치우고픈 눈치였지만, 귀족들이 제국의 위엄 어쩌구 하면서 난리를 치는 바람에 적당히 장단 맞춰주는 모양이었다. 그런데 그것만으로도 엄청난 격무에 시달렸다. 때문에 근래 얼굴 보기 힘들었다가, 오랜만에 보는 것이었다. 에니샤는 기대감에 발을 짤랑짤랑 흔들었다.

황궁 밖에서 로드고와 편하게 돌아다니는 일은 처음이었다. 로드고도 에니샤와 똑같이 갈색으로 눈동자 색을 바꿔 오겠다 하였는데, 그것도 궁금했다.

마차는 여덟 갈래 광장에 도착했다. 여기서부터는 도보로만 이동할 수 있는지라, 에니샤는 마차에서 내렸다. 간만에 외출도 나왔겠다, 로드고가 올 때까지 근처 상점을 구경하고 있으면 될 것 같았다. 주변을 두리번거리고 있자니 낮은 목소리가 들려왔다.

"황녀님."

"카힐!"

청회색 눈동자에 부드러운 온기가 번졌다.

카힐은 에니샤에게 손에 들고 있던 로브를 걸쳐주었다. 넉넉한 모자를 얼굴 깊이 폭 덮도록 씌워주곤, 옷매무새까지 꼼꼼히 살폈다.

"제가 안내하겠습니다."

카힐이 앞장서 안내하고, 델 하르인과 레시나는 조금 떨어져서 뒤를 따라왔다.

광장은 사람들로 북적북적했다. 몇 번이나 다른 사람과 부딪힐 뻔하여서, 그때마다 카힐이 짤막히 실례하겠습니다, 하고 말하며 에니샤의 몸을 감싸주었다.

에니샤는 사람이 많은 중앙을 벗어나 상점가가 있는 골목으로 빠졌다. 재밌는 물건들이 가게의 진열장마다 가득했다.

즐겁게 구경하던 도중 우연히 무기점이 눈에 들어왔다. 단검 세 개가 나란히 진열되어 있었는데, 검집이 주홍색이고 금장이 되어 있었다. 실용성은 모르겠지만 보기에 예뻐서 마음에 들었다.

"저기 가자."

에니샤는 카힐과 함께 무기점에 들어갔다. 그리고 다분히 충동적으로 진열장에 놓인 단검 세 개를 주문하였다. 로드고와 황자들한테 하나씩 주면 좋을 것 같았다. 실제로 사용하기보단 예쁜 쓰레기가 되겠지만, 어차피 선물의 종류는 의미가 없었다. 그들은 에니샤가 진짜로 쓰레기를 주워서 갖다 줘도 좋다고 할 사람들이기 때문이었다. 선물 받고 기뻐할 모습들을 상상하니 벌써부터 기분이 좋았다.

주인이 진열장에서 단검을 꺼내려 하는데, 갑자기 가게 문이 퍽 소리 나며 열렸다. 그리고 하인을 줄줄이 거느린 도련님이 등장했다. 에니샤보다 대여섯 살 정도 많아 보이는 도련님은 척 보기에도 어디 돈 많은 귀족집 아들 같았다.

그는 거만하게 고개를 치켜들며 가게를 훑어보더니 명령했다.

"여기 진열장의 단검 하나 줘."

허리가 구부정한 늙은 주인은 어쩔 줄을 몰라 하며 에니샤의 눈치를 살폈다. 누가 봐도 귀족으로 보이는 도련님의 심기를 거스르고 싶지 않을 터였다.

오늘내일하는 할아버지를 보고 있자니 델 하르인 생각도 나고 그래서, 에니샤는 직접 나서주기로 하였다. 주인 대신 야무지게 한 걸음 앞으로 나선 에니샤는 도련님을 쳐다보며 말했다.

"내가 먼저 주문했어요. 다른 걸 사도록 해요."

도련님은 인상을 확 찌푸리더니 에니샤에게 다가와선, 위협적으로 위아래를 훑었다.

"뭐야, 이 계집애는?"

등 뒤에 조용히 서 있던 카힐에게서 한기가 느껴졌다. 여기서 조금만 더 하면 도련님의 몸에 얼음송곳이 박힐 분위기였다. 초면에 반말이라니 무례하기 짝이 없지만, 그렇다고 얼음 꼬치로 만들 정도는 아니었다.

에니샤는 모자를 살짝 젖혀 시선을 마주하였다. 말갛게 드러난 얼굴에 방금까지 껄렁하던 도련님이 움찔 몸을 떨었다. 에니샤는 그에게 손을 까닥였다.

"일단 나와."

똑같이 반말로 받아쳐줬는데, 도련님은 그걸 인지하지도 못한 듯했다. 그는 멍한 표정으로 에니샤를 따라 나왔다.

무기점 밖에는 도련님이 데려온 듯한 호위기사와 하인들이 한가득 있었다. 그 사이에 뚝 떨어진 섬처럼 서 있던 델 하르인과 레시나가 황급히 다가왔다.

"괜찮으십니까?"

델 하르인이 에니샤를 살피며, 바로 처리할지 여부를 눈짓으로 물어왔다. 막내 황녀가 사교계에 모습을 비추는 일이 전무하여서, 귀족 사회에도 에니샤의 얼굴은 잘 알려져 있지 않았다. 그런 탓에 밖에 나오면 가끔 이런 일이 생기곤 했다. 그때마다 항상 팔다리 부러뜨려놓을 수도 없는 노릇이니, 에니샤는 고개를 내저었다.

"아냐, 대화로 잘 해결해볼게."

하지만 상대는 그럴 생각이 전혀 없는 모양이었다.

"어느 집에 이런 애가……."

홀린 듯이 중얼거리며 손을 뻗어오기에, 에니샤는 뒤로 물러나며 경고했다.

"너 그러다 손 잘린다."

"하!"

도련님은 어이없다는 듯 코웃음 치더니, 눈매를 매섭게 뜨며 말했다.

"아직 어리고 뭘 몰라서 이리 건방지게 구는 모양인데, 내가 어느 가문 사람인지 알게 된다면……."

"알게 된다면?"

묵직한 저음이 뒷말을 낚아챘다. 에니샤는 깜짝 놀라서 목소리가 들려온 곳을 쳐다보았다. 건장한 장정들 사이에서도 머리 하나는 더 큰 장신의 사내가 팔짱을 끼고 있었다. 그을린 갈색 피부에 우묵하니 깊은 눈매를 가진 남자가 천천히 이쪽으로 걸어왔다.

도련님이 끌고 온 기사들은 저도 모르게 양옆으로 물러서며 길을 터주었다. 어슬렁어슬렁 걸어온 그는 도련님 앞에 멈춰 섰다.

"너."

그리고 하찮은 버러지를 대하듯 내려다보며 물었다.

"내 딸한테 무슨 볼일이지?"

디히트리 백작은 제국에서 유명한 부호였다. 대상단을 이끌며 어마어마한 재물을 축적한 그는 여덟 갈래 광장의 길 하나를 전부 소유할 정도로 부유했다. 백작의 부가 어찌나 대단한지, 그보다 작위 높고 명예로운 귀족들도 백작을 함부로 대하지 못할 정도였다.

디히트리 백작은 자신의 외동아들을 끔찍이 아끼는 것으로도 유명하였다. 외동아들 올렌은 아버지의 비호 아래 방종하게 자라났다. 망나니 같은 올렌이 어찌나 제멋대로 굴어대었는지, 사람들은 그를 소백작이라 불렀다. 아버지만 믿고 저가 백작인 것처럼 군다는 비아냥거림이었다.

하지만 올렌은 소백작 소리를 썩 마음에 들어 했다. 하루빨리 작위를 물려받아 거들먹거리고픈 생각이 머릿속에 꽉 차 있으니, 멸칭조차도 기꺼운 것이었다. 윗사람이 그러하니 아랫사람은 죽어날 수밖에 없었다.

데인은 디히트리 백작이 거금을 주고 고용한 올렌의 호위기사로, 황제 로드고가 이끄는 정복전쟁에 참전한 적도 있는 대단한 경력의 소유자였다.

디히트리 백작만큼 봉급 많이 주고 복지 확실한 곳도 없건만, 데인은 근래 진지하게 때려치울까 고민하고 있었다. 옛날에는 돈이 최고라고 생각했는데, 요즘 들어 꼭 그런 것만도 아니란 생각이 자꾸 들었다. 그 정도로 올렌이 저지르는 사건사고는 감당하기가 힘들었다. 철없는 도련님의 뒷수습에 골치를 앓느라 머리카락까지 희끗해지는 기분이었다. 오늘도 올렌은 길을 가다 뜬금없이 단검을 사야겠다고 억지를 부렸다.

"무기점에 들렀다 가자. 내 저기 보이는 단검을 사야겠다."

검이라곤 스테이크 나이프밖에 잡아본 적 없는 애새끼가 무슨 단검이냐고, 목구멍까지 욕이 차올랐다.

데인은 얼마 남지 않은 계약 기간을 떠올리며 그때까지만 참자고 스스로를 다독였다. 그런데 이 철부지가 기어코 사고를 쳤다. 무기점의 다른 손님과 시비가 붙은 것이다. 적당한 선에서 중재를 해보려 했지만, 문제는 다른 데서 불거졌다.

"어느 집에 이런 애가……."

올렌 도련님의 귓불이 벌게져 있었다. 설마 첫눈에 반했다거나, 그런 것만은 아니길 바랐지만…… 이미 눈에 초점이 풀린 것이, 아무래도 맞는 듯했다. 아직 어려서 그런지 그나마 여자 문제는 안 일으켰는데, 오늘부터는 아니게 될 모양이었다.

데인은 반쯤 포기한 심정으로 올렌 도련님이 패악 부리는 모습을 지켜보았다. 그래도 돈은 많으니까 어찌 잘 무마할 수 있을 터였다.

도련님에게 시달리는 자그마한 아이를 바라보던 데인은 문득 생각했다.

그나저나 애가 참 예쁘네.

작은 얼굴에 오목조목하게 담긴 눈코입이 화려해서 절로 시선을 끌었다. 화사한 금발이 구름처럼 부드럽고, 도톰한 입술도 귀여워서 콕 눌러보고 싶은 충동이 절로 들었다.

넋을 빼고 아이를 바라보던 데인은 갑자기 온몸이 서늘해지는 감각을 느꼈다. 반사적으로 검을 움켜잡으며 사방을 살폈다. 살기를 느끼는 저와 달리, 올렌 도련님은 아무것도 모르고 주절댔다.

"아직 어리고 뭘 몰라서 이리 건방지게 구는 모양인데, 내가 어느 가문 사람인지 알게 된다면……."

"알게 된다면?"

그리고 들려온 목소리에, 뒤를 돌아본 데인은 그대로 석상이 되었다.

뚜렷한 존재감을 가진 사내였다. 수백, 수천 명의 군중 속에 섞여 있어도 도드라질 사내의 위압감에 숨이 막혔다.

데인은 다리에 힘이 풀리려는 것을 억지로 버텼다. 그나마 기사들은 간신히 비틀거리면서도 자세를 잡았지만, 하인들은 이미 죄다 바닥에 주저앉았다.

"내 딸한테 무슨 볼일이지?"

사내가 질문을 던졌으나, 올렌 도련님은 답하지 못했다. 두려움에 꼼짝없이 굳어버린 것이다. 아마 속에선 눈물콧물 다 터뜨리고 난리가 났을 터였다. 하지만 데인도 별반 다를 바 없는 상황이었다.

"……."

데인은 있는 힘껏 어금니를 사리물며 가까스로 호흡을 골랐다. 그런데 유일하게 아무렇지 않은 사람이 있었다. 작은 아이는 눈을 커다랗게 뜨고선 외쳤다.

"아빠!"

종달새가 지저귀는 듯한 외침과 함께, 아이는 사내에게 쪼르륵 뛰어가 안겼다. 사내는 아이를 가뿐하게 안아 들었고, 까르륵 웃음 소리가 들려왔다.

그 광경에 데인은 기함하였다. 어린아이일수록 기감에 예민한 법이었다. 방금 사내가 내보였던 살기는 아이가 감당할 수 있는 수준이 아니었다. 아무리 친부라 하여도, 훈련받은 기사들도 버티지 못하는 것을 어찌…….

데인의 머릿속이 팽팽 뒤꼬이는 동안, 아이는 아기고양이처럼 사내의 어깨에 매달려선 재잘재잘 말했다.

"늦으신다더니 일찍 오셨네요."

"네가 보고 싶어서."

데인은 눈을 끔뻑였다. 조금 전까지 흉흉하던 사내의 눈동자가 순식간에 누그러들었다. 비틀려있던 입술도 믿을 수 없을 만큼 순한 호선을 그렸다. 아까 그 사람과 동일인물이 맞는가 싶을 만큼 놀라운 변화였다. 하지만 아이는 익숙한 듯 방실 마주 웃었다.

사내가 부드러운 얼굴을 하고서 살벌하게 속삭였다.

"이놈들을 어찌할까……. 네가 말해봐."

아이가 고개를 내젓고선 사내의 귓가에 대고 무어라 속삭였다. 사내는 짙은 눈썹을 찌푸리며 입을 열었다.

"……허나."

무슨 말을 들었는지 불만스러운 기색이 여실한 얼굴이었다. 그러나 그가 말을 잇기 전에, 아이는 입술을 삐죽 내밀며 귀엽게 투정을 부렸다.

"그냥 소란스러운 거 싫어서 그래요. 오늘 아빠랑 놀아야 하는데에……. 시간만 뺏기구……."

칭얼칭얼하면서 어깨에 턱을 얹자, 사내는 사랑스러워 죽겠다는 눈으로 아이를 바라보며 말했다.

"그래. 원한다면 그리하마."

"정말요?"

"어찌 네게 거짓말을 하겠어."

그 모습을 지켜보던 데인은 번뜩 뒤통수를 후려갈기듯 강렬한 생각을 떠올렸다.

설마…….

데인은 재빠르게 사내의 눈동자를 살폈다. 평범한 갈색이었다. 하지만 눈부신 금발과 모래색 피부, 단단한 장신의 체구, 사납지만 조각처럼 아름다운 외모에 사람을 짓누르다 못해 쑤셔 박아버리는 기세까지.

먼발치에서 보았던 그분을 사내와 겹쳐 보던 데인의 등줄기에서 식은땀이 줄줄 흘러내렸다. 저런 사람이 세상에 둘이나 존재할 리 없었다. 그랬다면 대륙은 진즉 멸망했을 터였다.

바짝 타들어가는 목구멍이 버석했다. 마른침을 삼키던 데인은 오전에 만났던 점술사의 말이 생각났다.

— 오늘 대재앙을 만나겠어. 죽을 수도 있겠는데?

노망났냐며 비웃고 동전 한 닢 주고선 쫓아냈는데, 아주 용한 점술사였던 모양이다. 여기서 살아 돌아간다면 다시 찾아가봐야 할 것 같았다.

이 사태를 어찌 수습해야 할지, 데인이 벌벌 떨고 있을 때였다.

미친 도련님이 정신 못 차리고 꽥 소리쳤다.

"네, 네놈들, 건방진 것들!!"

벌벌 떨면서도 삿대질해대는 도련님의 손가락을 자르고 싶었다.

"……."

사내는 말없이 눈매를 가느스름히 좁혔다. 깊게 음영이 드리운 눈빛에 오금이 저려왔다. 바로 엄마 찾으면서 뛰쳐나가고픈 마음을 간신히 억누르곤, 조심스레 도련님을 불렀다.

"저……. 도련님?"

허나 도둑질도 쿵짝이 맞아야 하는 법이었다. 올렌 도련님은 심하게 눈치가 없었다.

"데인 경! 당장 내 앞에 저놈들을 무릎 꿇리도록 하여라!!"

올렌은 저가 잠시나마 공포를 느꼈다는 사실에 자존심이 많이 상한 모양이었다. 그는 억지로 목소리를 돋워가며 고래고래 소리 질렀다.

"어디서 힘 좀 쓴다고 방자하게 구는 모양인데, 데인 경은 무려 황제 폐하께서 친히 이끄셨던 정복전쟁에 참전한 기사다!"

무식하면 용감하다더니, 딱 그 짝이었다. 방방 뛰면서 나불대는 주둥이가 지옥문을 열고 있었다. 아득해지는 시야에 눈을 연신 깜빡이며, 데인은 재차 올렌을 불렀다.

"도련님, 잠시만……."

애처로이 불러보았으나, 올렌은 아무것도 들리지 않는 듯 날뛰기만 하였다. 원하는 것을 가지지 못한 적 없는 도련님이었다. 당장 제 손에 아이를 쥐고 싶다는 욕심이 사내를 향한 두려움까지 이겨냈으니, 대단하다면 대단했다. 그러나 상대가 한참 잘못되었다.

점점 짙어지는 사내의 눈동자를 확인한 데인은 필사적으로 애원했다.

"도련님, 제발 제 말을 좀 들어……."

"데인 경, 뭣 하고 있나! 빨리 저놈을 무릎 꿇리라니까?"

하지만 올렌은 데인의 말을 들을 생각이 없었다.

데인이 안절부절 어떻게든 말리려고만 하자, 소매를 걷어붙이며 앞으로 발을 내딛었다.

"자네가 못 하겠다면 내가 직접……!"

더 이상 참을 수가 없었다. 데인은 올렌의 팔을 낚아채며 버럭 소리 질렀다.

"야, 이 미친 새끼야!!"

미친 새끼야……! 미친…… 새끼야……!

우렁찬 외침은 메아리가 되어 거리를 울렸다. 올렌은 어안이 벙벙하여서 데인을 돌아보았다.

"아니, 지금, 그거 나한테 말한……."

정신 못 차리는 올렌을 내버려두고, 데인은 당장 사내 앞에 무릎부터 꿇었다. 그리고 땅에 머리를 박으며 싹싹 빌기 시작했다.

"죽을죄를 지었습니다! 목숨만 살려주십시오!"

사내가 짧게 웃는 소리가 들려왔다. 아직도 상황 파악 못 하는 올렌에게, 사내는 한쪽 입꼬리를 비틀어 올리며 말했다.

"현명한 기사를 두었군."

올렌이 또 뭐라고 나불대려 하기에, 데인은 잽싸게 일어나 그의 주둥이를 틀어막았다.

사내는 느슨한 웃음을 머금은 채 입을 열었다.

“딸과의 시간을 더 이상 방해받고 싶지 않으니, 이쯤 하지. 오늘 내가 기분이 좋기도 하고…….”

그가 커다란 손으로 아이의 머리를 쓰다듬었다. 아이는 자그마한 손으로 사내의 손을 잡아당기며 종알거렸다.

“아빠, 그만 가요. 네에?”

사내는 흐뭇하게 웃으며 고개를 끄덕이더니, 아이를 안고서 천천히 사라졌다.

뒷모습이 완전히 사라진 것까지 확인한 후, 데인은 맥이 탁 풀려서 길바닥에 드러누웠다.

“사, 살았다…….”

혼이 빠진 데인의 옆에서 올렌이 제멋대로 떠들어댔다.

“대체 이게 무슨……. 왜 뜬금없이 무릎을 꿇고……! 기사가 그리 함부로 무릎을 꿇다니!”

데인은 그저 웃었다. 솔직히 이쯤 되면, 자신이 올렌의 뒤통수를 한 대 후려갈겨도 디히트리 백작은 눈물 흘리며 고맙다 할 것이었다.

“제가 도련님 살려드린 겁니다.”

너무 힘들어서 설명할 힘도 없는지라, 대충 그렇게만 말하고 치우려던 때였다. 어디선가 한기가 느껴졌다. 데인은 삐걱거리며 고개를 들어올렸다.

새하얀 소년이었다. 언제부터 있었는지도 모를 만큼 고요히 나타난 소년은, 얼음처럼 냉랭한 표정으로 입을 열었다.

"목숨은 살려주겠으나……."

청회색 눈동자가 말갛게 빛났다.

"무례를 저지른 죗값은 치르셔야겠습니다."

……빌어먹을.

데인은 눈을 질끈 감았다. 차가운 설풍이 거리를 스치고, 이내 비명 소리가 울려 퍼졌다.

일이 밀려서 늦게 온다더니, 에니샤가 보고 싶어 후다닥 끝내버린 모양이었다.

로드고가 제시간에 맞춰서 찾아온 탓에 무척 곤란했다. 도련님을 사지 멀쩡하게 돌려보내기 힘들 뻔했기 때문이었다. 재수 없는 도련님이긴 했지만, 이런 것까지 하나하나 처단하다간 귀족들 씨가 마를 판이었다. 에니샤는 이 정도 무례는 융통성 있게 눈감아줄 생각이었다.

다행히 로드고의 기분이 좋은 덕분에, 적당한 선에서 마무리할 수 있었다. 간만에 에니샤와 시간을 보내게 된 로드고는 얼굴이 화창했다. 그가 에니샤를 고쳐 안으며 물었다.

"어디를 가볼까."

"으음, 글쎄요……. 사실 아빠랑 같이 가면 아무 데나 다 좋아요."

로드고의 팔뚝에 앉은 에니샤는 그를 올려다보았다. 갈색 눈의 로드고가 조금 낯설었다. 시선을 느낀 모양인지, 서로 눈이 마주쳤다. 로드고는 가볍게 웃으며 에니샤의 뺨을 어루만졌다. 잘 그을린 피부가 새하얀 에니샤와 극명한 대조를 이루었다. 자꾸 볼을 꼬집는 탓에, 에니샤는 그의 머리카락을 마구 흩뜨리는 것으로 보복했다. 그러다 둘 다 웃음이 터져서 키득키득 웃었다.

날카로운 콧대가 에니샤의 얼굴 위를 스쳤다. 이곳저곳에 솜털 같은 키스를 얹은 로드고가 광장 중앙으로 걸음을 옮기며 말했다.

"아까는 무얼 사려 했지? 말해주면 사오라고 일러놓으마."

"아니에요. 선물 사려고 했는데, 그냥 다른 것 사려구요."

"선물?"

"아빠랑 오라버니들이요."

별생각 없이 쫑알거리는데, 로드고가 우뚝 발을 멈췄다. 그러더니 땅이 꺼질 듯이 크게 한숨을 내쉬었다.

"……아까 그놈을 죽였어야 했는데."

미련이 뚝뚝 묻어나는 말에 에니샤는 화들짝 놀라서 로드고를 끌어안았다.

"괜찮아요! 그거 생각해보니까 별로였어요. 생김새도 조잡하고, 도색도 형편없고, 또……."

떠오르는 대로 마구 던져대며 정말 별로였고 새로운 것을 살 생각이었다고 설득하고 나서야, 로드고는 겨우 진정하였다.

에니샤는 속으로 안도의 숨을 내쉬며 흘긋 뒤를 돌아보았다. 아까부터 이브로테 기사단을 제하고도 여러 명의 기척이 느껴졌다. 로드고의 친위대 쿠테른이 평복을 입고 사람들 속에 조용히 섞여서 뒤따르고 있었다. 서른세 명의 기사들은 로드고가 아까 그놈, 하고 입을 떼는 순간 뚝딱 잡아와서 대령할 것이었다. 그렇게 되면 정말 도련님의 생사는 장담할 수 없었다. 에니샤는 로드고의 정신을 다른 쪽으로 돌리기 위해, 일부러 아무 것이나 가리키며 소리쳤다.

"우리 저거 구경해요!"

가리키고 나서야 손끝을 확인하니, 나무로 만든 커다란 알림판이었다. 각종 전단지와 벽보, 공고문이 덕지덕지 붙은 알림판은 광장 한쪽을 커다랗게 차지하고 있었다.

사람들은 오며가며 알림판을 확인하였다. 아예 멈춰 서서 읽는 이들도 많았다.

로드고와 에니샤가 알림판으로 다가가자, 어째서인지 바글바글 몰려 있던 사람들이 슬그머니 양옆으로 비켜났다. 역시 로드고의 험악한 인상은 남녀노소를 가리지 않고 두려움을 불러일으키는 모양이었다. 어쨌든 그 덕분에 에니샤는 편하게 알림판을 구경할 수 있었다.

서커스단의 방문을 알리는 광고, 황실에서 붙인 공고, 식당의 신장개업을 홍보하는 전단지 등등. 그중에서 가장 눈에 띄는 것은 가출한 아들을 찾는 전단지였다.

아들아, 아빠가 잘못했다. 이제 그만 집으로 돌아와다오. 네가 원하는 대로 해줄 테니…….

전단지를 읽던 에니샤는 속으로 혀를 찼다. 대체 애를 얼마나 심하게 괴롭혔기에 집까지 나가는지 모를 일이었다. 그런데 옆에 있던 로드고가 갑자기 불쑥 말하였다.

"에니샤, 너는 불만이 있거든 꼭 말을 하거라. 집 나가진 말고……."

제 발 저린 것처럼 하는 말에 웃지 않을 수가 없었다. 에니샤는 웃음을 꾹 참고서 로드고의 목덜미를 끌어안으며 그럴게요, 하고 답했다.

그 뒤로 로드고와 함께 번화가를 돌아다니며 가게를 구경했다. 로드고는 꽃 파는 가게에서 작은 화관을 사서 에니샤의 머리에 얹어놓았다. 화관을 머리에 쓴 에니샤의 모습은 작은 요정과도 같아서, 지나가던 사람들이 다시금 뒤돌아보게 하였다. 물론 흉흉한 로드고와 눈이 마주치자마자 얼른 고개를 돌렸지만 말이다.

두 사람은 이곳저곳 실컷 구경하곤, 좋은 식당에서 저녁 식사도 함께하였다.

로드고는 뼈까지 붙어 있는 거대한 스테이크를 다섯 접시나 먹었고, 에니샤는 다진 고기를 뭉쳐서 만든 고기완자를 열 개나 먹었다. 둘이서 어마어마하게 먹어치우는 모습을 보며, 종업원은 접시를 나르면서도 믿기지 않는다는 얼굴을 하였다.

배가 빵빵해져서 식당을 나오니, 어느덧 해가 져 있었다. 짙푸르게 물든 하늘 아래, 가게들이 색색의 조명을 밝혔다. 아까는 보지 못했던 노점들이 길 위로 줄줄이 나타났다.

"야시장이 열리는 모양이로군. 구경할까?"

로드고의 물음에 에니샤는 힘차게 고개를 끄덕였다.

야시장의 노점들을 구경하던 에니샤에게 점점 뭔가 늘어났다. 머리에 쓴 화관에는 커다란 리본이 새로 매달렸고, 목에는 색색의 유리구슬로 만든 목걸이가 걸렸다. 손에는 매콤한 향신료를 뿌려서 구운 닭꼬치와 누르면 삑삑 소리가 나는 노란 오리인형이 들렸다.

함께 닭꼬치를 우물거리며 거리를 누비는데, 저만치 사람들이 모여 있는 게 보였다. 아이들이 뛰어가면서 하는 소리를 들어보니 연극을 하는 모양이었다. 로드고와 에니샤도 몰려가는 사람들을 따라 설렁설렁 가보았다.

연극은 아까부터 시작되었던 듯, 한창 절정을 향해 달려가고 있었다. 싸구려 금색 가발을 쓴 남배우가 열연을 펼쳤다.

"오, 에니샤, 아버지는 너를 위해서라면 하늘의 별도 따다 줄 수 있단다!"

그러자 맞은편에서 마찬가지로 금색 가발을 쓴 여배우가 소리쳤다.

"아버지! 저는 대륙의 평화를 원할 뿐이에요!"

……에니샤를 주제로 한 연극이었다.

대충 들어보니, 성년이 된 막내 황녀가 사악한 스칸샤의 침입을 막는 내용이었다. 온 대륙의 용사들이 황녀와 함께 힘을 모아 결국 스칸샤를 물리쳤다.

전형적인 영웅 서사로 흘러가는 연극은 개연성이라곤 하나도 없었다. 그저 우리 막내 황녀님이 이렇게 대단하다는 걸 보여주는 것이 연극의 유일한 목적인 듯했다.

막내 황녀가 어찌나 대단한지, 아르커스의 마법사들조차 알아서 무릎 꿇고 경외를 표한다는 부분에 이르자 사람들은 박수를 보냈다.

참을 수 없는 민망함에 손을 움켜쥐니, 오리인형에서 삑 하고 소리가 났다. 에니샤는 오리인형을 든 손에서 다시 힘을 풀었다. 대신 차마 더 보질 못하고 눈을 감고야 말았다. 로드고는 이 말도 안 되는 연극이 뭐가 재밌는지, 집중하여 열심히 보고 있었다.

연극은 전쟁에서 승리한 막내 황녀님이 마법을 쓰는 것으로 막을 내렸다. 막내 황녀님의 손짓에 맞춰서 하얀 종이로 만든 꽃잎이 사방으로 펑펑 터져나갔다.

그 광경에 연극을 구경하던 사람들 모두가 탄성을 터뜨렸고, 에니샤는 탄식을 터뜨렸다.

옆에서 사람들이 수군수군하는 소리가 들려왔다.

"마법에 재능을 가진 히페리온이잖아……. 역시 세 번째 별은 광영의 상징이었어."

"막내 황녀님께선 분명 아르커스의 대법사마저도 경외할 대단한 마법사가 되실 거야!"

대법사가 막내 황녀인데요…….

에니샤는 차마 진실을 밝히지 못하고 로드고의 품에 얼굴을 묻었다.

로드고는 연극에 대단히 만족하였는지, 돈을 걷으러 다니는 아이에게 금화를 한 닢 주었다. 샛노란 금화에 놀란 아이가 감사하다고 연거푸 고개를 숙였다.

연극의 뒤를 이어서 새로운 행사가 시작될 모양인지, 사람들이 부산하게 무대를 정리했다. 기다리는 관객들이 지루하지 않게 간단한 묘기도 선보였다. 사회자의 농담에 와르륵 웃음이 터졌다.

주변의 모두가 시끌벅적했지만, 에니샤는 입을 꾹 다문 채였다. 아까부터 대법사라는 말이 자꾸 머릿속을 떠나질 않았다. 언젠가는 로드고와 쌍둥이에게 모든 진실을 말해야 하는 순간이 찾아올 것이다. 그들이 과연 어찌 받아들일지, 상상조차 할 수 없었다.

묘하게 우울한 기색을 로드고가 모를 리 없었다. 그가 에니샤의 귓가에 속삭였다.

"지루한가? 이제 그만 다른 곳으로 갈까?"

"아빠……."

에니샤는 대답 대신 로드고를 올려다보며 물었다.

"아빠는 왜 나를 좋아해요?"

로드고는 비뚤어진 화관을 바로 씌워주며 선선히 답했다.

"딱히 이유는 없는 듯한데……."

그가 눈썹을 치켜올렸다. 무엇 때문에 갑자기 이런 질문을 하는지 묻는 눈이었다.

에니샤는 곧게 박히는 시선을 살짝 피하며 중얼거렸다.

"그냥…… 궁금해서요."

로드고의 눈매가 살짝 좁아졌다.

무대에서 불꽃을 가지고 묘기를 부리는지, 환한 빛이 크게 비치다 사그라지길 반복했다. 불빛이 얼굴을 스치며 음영을 만들어냈다. 깊은 그림자에 잠긴 그의 눈을 바라보며, 에니샤는 천천히 주먹을 쥐었다. 오리인형에서 삐이이 하고 조금 기운 없는 소리가 들려왔다.

에니샤는 한참 입술을 달싹이다 조그맣게 덧붙였다.

"내가 히페리온의 세 번째 별이 아닌, 다른 무엇이어도 날 좋아했을지……."

"에니샤."

로드고의 목소리가 살짝 잠겨 있었다. 그가 미간을 지긋하게 찌푸렸다가, 느리게 입을 열었다.

"여태 그런 이유로 너를 아끼는 것이라, 그리 생각했었나……."

로드고의 손가락이 이마 위를 톡톡 두드렸다. 선이 뚜렷한 입매가 짓궂게 비틀렸다. 장난기 그득한 눈웃음과 함께 그가 말했다.

"앞으로 더 노력하마. 네가 제대로 알 수 있도록."

에니샤는 헉 하고 숨을 들이켜며 황급히 손을 내저었다.

"아니, 아니에요! 알고 있어요!"

여기서 더 노력하면 진짜로 대륙이 부서질지도 몰랐다. 다급하게 대답하는 에니샤를 보며 로드고가 낮은 웃음을 흘렸다. 에니샤도 결국 로드고를 따라 웃었다.

둘이서 마주 보며 키득거리고 있자니 기분이 이상해졌다. 과거에는 벨루안과 녹시타를, 그리고 아르커스 왕국민들을 가족이라 여기고 살았다. 그러나 그때는 에니샤가 가장이었다. 모두를 책임지고 보살펴야 했고, 또 그렇게 살았다. 하지만 지금은 달랐다. 혈연으로 이어진 새로운 관계……. 아르커스와는 다른 의미로, 로드고와 쌍둥이들은 에니샤에게 가족이 되었다. 에니샤는 이제 히페리온이었다.

연극이 끝난 무대에 새롭게 이어지는 행사는 팔씨름대회였다.

로드고와 에니샤는 딱히 끼어들 생각은 없었지만, 조금 구경이나 할 요량으로 지켜보았다. 꽤 규모 있는 대회인 듯, 참가자들에게 주는 상품도 괜찮았다.

1등 상품은 장난감 배였다. 빨간색으로 줄무늬가 그려진 돛을 단 배는 장난감치고 만듦새가 정교했다. 배 겉면을 금으로 도금까지 한 걸 보니 제법 값이 나가는 물건인 듯했다.

사회자가 보란 듯이 무대 위에 전시해놓은 장난감 배를 구경하던 에니샤는 눈을 크게 떴다.

옆 사람의 대화소리가 들려왔다.

"어휴……. 이런 대회에 용병들이 참가하면 반칙 아냐?"

"자식이라도 있나 보지, 뭐."

"그런 것치곤 너무 본격적이잖아. 저기 봐, 몇 명이나 참가하는지."

한 무리의 용병이 참가 신청하는 곳에 우르르 몰려가고 있었다. 동그래졌던 에니샤의 눈매가 가늘어졌다. 겉면에 금을 입혔다지만, 용병들이 떼거지로 참가할 만큼 값어치가 있는 것은 아니었다. 아무래도 그들은 장난감 배의 진짜 가치를 알아본 듯했다.

장난감 배는 아르커스에서 만든 것이었다. 보통 사탕을 가득 담아서 아이들에게 선물하는데, 배 내부에 마법진이 그려져 있어서 마력을 주입하면 하늘에 둥둥 떠다녔다. 에니샤가 장난감 배를 알아본 이유는, 예전에 녹시타가 저 배를 수북이 사온 적이 있기 때문이었다.

녹시타는 사탕 대신 편지를 담아서 대법사의 집무실로 하나씩 날려 보냈다. 함께 일을 보던 벨루안은 허공을 날아다니는 배를 보고 무척 신경질을 냈고, 녹시타가 배를 열 척쯤 보냈을 때 그를 잡으러 갔다. 결국 녹시타는 벨루안에게 질질 끌려와 얌전히 옆에서 서류 작업을 도왔다.

과거의 기억을 되짚고 있자니 웃음이 절로 나왔다. 어쨌든 별로 쓸모는 없으나 놔두면 멋있는 장난감 배였다. 하지만 아르커스에서 만든 마법 물품이라면, 아무리 쓸모없는 것이라 하여도 대륙에서는 사치품으로 인기였다. 대회 주최자가 멋모르고 상품으로 내건 모양인데, 셈 빠른 용병들이 이런 기회를 놓칠 리 없었다. 상품을 타서 비싼 값에 팔아치우려는 속내들이 훤히 보였다.

에니샤는 용병들이 대회에 참가하는 모습과 장난감 배를 번갈아 바라보았다. 두어 번 고갯짓했을 뿐인데도, 눈치 빠른 로드고는 냉큼 물어왔다.

“갖고 싶어?”

솔직히 갖고 싶었다. 아르커스의 향수가 묻어나는 물건이니 탐났다. 하지만 갖고 싶다고 말했다간 무슨 일이 벌어질지 몰랐다.

설마 덜컥 뺏어오는 건 아니겠지?

대회를 망쳐놓고 싶지 않은 천사와 장난감 배를 가지고 싶은 악마가 마음속에서 치열한 전투를 벌였다. 하지만 세상은 언제나 나쁜 놈이 승리하는 법이었다. 망설이던 에니샤는 결국 장난감 배를 부르짖는 악마의 손을 들어주었다.

"……갖고 싶어요."

로드고는 일말의 망설임도 없이 답했다.

"그럼 가져야지."

정말 의외롭게도, 로드고는 평범한 방법을 선택했다. 바로 팔씨름대회에 참가하는 것이었다. 사실 이것도 로드고의 괴물 같은 신체 조건을 생각하면 치사한 방법이긴 하지만, 그나마 정상적인 축이니 에니샤는 대만족하였다.

에니샤는 관중석 제일 앞줄로 내려가 구경하였다.

우락부락한 참가자들 사이에서 로드고는 단연 눈에 띄었다. 다들 로드고를 강력한 우승후보로 여기며 경계하는 것이 느껴졌다.

사회자는 로드고의 참전에 기분이 좋다 못해 입이 귀에 걸릴 듯 웃고 있었다. 로드고만큼 흥행몰이에 좋은 얼굴도 없는 탓이었다. 실제로 로드고가 나선 이후, 구경꾼들이 몇 배로 불어났다. 심지어 노점 주인들마저 가게를 팽개치고 흔치 않은 미남을 구경하러 바글바글 모여들 정도였다.

"대회를 시작하겠습니다!"

신이 난 사회자의 외침과 함께, 대회가 시작되었다.

귀한 참가자인 로드고는 최대한 마지막 순서로 배치했다.

앞사람들이 탁자 위에서 엎치락뒤치락하며 팔씨름을 하는 동안,

로드고는 천천히 소매를 걷어 올렸다. 탄탄하게 달라붙은 구릿빛 팔 근육이 드러났다. 푸른 힘줄이 선명하게 그려진 팔뚝에 시선이 우수수 몰려들었다가 흩어졌다.

경기는 3판 2승제에 승자승 대진으로 치렀다.

팔씨름 자체가 오래 시간을 잡아먹는 경기가 아니었기에, 얼마 기다리지 않아 금방 로드고의 차례가 되었다.

로드고가 무대 중심으로 나오자 갑자기 관중석에서 환호와 박수가 곱절로 불어났다. 무표정하게 탁자 앞으로 자리한 로드고는 상대와 손을 맞잡기 전에 먼저 에니샤를 스윽 쳐다보았다. 에니샤는 손에 쥔 오리인형을 삑삑삑 요란하게 흔들며 소리쳤다.

"우리 아빠 이겨라!"

열렬한 외침에 로드고가 슬쩍 웃었다. 만족스러움이 역력한 미소로 보아, 이 상황을 즐기는 것이 분명했다.

"……허, 참나."

로드고의 맞은편에 앉은 용병이 짧게 헛웃음 소리를 내었다. 사회자고 관중이고 저를 없는 사람 취급해서 가뜩이나 성질 뻗쳐 있는데, 로드고마저 저를 투명인간으로 대하니 그런 것이었다.

야시장의 선술집에서 한잔 걸치고 온 듯, 용병에게선 술 냄새가 진하게 났다. 앞자리에 앉은 에니샤한테까지 냄새가 날아올 정도였다.

"거, 빨리빨리 합시다!"

버럭 소리친 용병이 제 팔뚝 위로 불룩하게 근육을 올려 보였다. 어린아이 허리둘레만큼 우람한 팔 근육에 관중석에서 뒤늦게 오오

하는 감탄사가 터졌다. 용병은 팔꿈치로 탁자 위를 쾅 소리 나게 찍더니, 비죽 웃으며 로드고를 향해 손가락을 까닥였다.

“딸 앞에서 망신살 좀 뻗치시겠소. 내 최대한 깔끔하게 끝내주리다.”

……하긴, 술을 마시지 않고서야 로드고에게 저리 까불 수 있는 사람은 없었다.

용병의 도발에 로드고는 대꾸조차 않고 그저 같잖다는 듯 픽 웃었다. 무시당한 용병은 씩씩거리며 콧김을 뿜어냈고, 에니샤는 로드고가 그의 손이나 팔을 부러뜨리지 않길 기도했다.

용병과 로드고는 서로 손을 맞잡았다.

용병은 다른 손으로 탁자를 붙잡고 다리를 옮겨서 땅을 받치는 등, 단단히 준비 자세를 갖추었다. 그러나 로드고는 탁자가 움직이지 않도록 가볍게 붙든 것 외에는 별다르게 하는 것이 없었다.

“준비…….”

사회자가 양쪽 손 모두 힘이 빠져 있는 것을 확인한 후, 입을 열었다.

“시……!”

첫 음절을 떼자마자, 쾅 하는 소리가 터졌다. 그리고 뒤이어 뭔가 와르륵 떨어지는 소리가 들려왔다. 부서진 탁자 조각이 쏟아지는 소리였다. 사회자는 멍청한 얼굴로 뒷말을 주워 담았다.

“……작.”

용병은 바닥에 엎어져 있었다. 맞잡았던 손이 바들바들 경련하는 것으로 보아, 로드고가 인정사정 봐주지 않고 메다꽂은 모양이었다. 로드고는 용병을 내려다보며 악당처럼 말했다.

"깔끔하게 끝내주어서 고맙군."

그리고 거만하게 턱을 치켜올리며 말했다.

"탁자값은 물어주도록 하지."

로드고가 비틀린 웃음을 지어 보이자, 잠깐 고요했던 사람들이 뒤늦게 소리를 질렀다. 휘파람과 박수를 보내며 난리가 난 가운데, 로드고는 의기양양하게 에니샤를 돌아보았다.

그 모습을 보는 순간, 에니샤는 로드고가 왜 답지 않게 대회에 참가하였는지 깨달았다.

나한테 자랑하고 싶어서 그랬구나…….

어쨌든 에니샤는 장난감 배만 가지면 뭐든 상관없기에, 오리인형을 흔들며 다른 사람들과 함께 열심히 환호해주었다.

아주 당연하게도, 팔씨름 대회의 승자는 로드고가 되었다. 그는 만나는 상대마다 칼같이 승리를 거뒀고, 결승전까지 허망할 만큼 손쉽게 이겨버렸다.

생각보다 대회가 일찍 끝났지만, 사회자는 싱글벙글 웃는 얼굴로 흔쾌히 상품을 내어주었다. 아르커스의 장난감 배는 무사히 에니샤의 품에 안겼다.

"고마워요. 역시 아빠가 최고야."

에니샤는 헤실헤실 웃으며 장난감 배 위에 오리인형을 얹어서 끌어안았다.

로드고는 저가 준 것들을 한 아름 안고 있는 에니샤를 다시 품에 안았다. 팔뚝에 엉덩이를 받치게 하여 끌어안고는 은근히 칭찬을 종용하였다.

에니샤는 호쾌하게 승리를 거두는 로드고가 얼마나 멋있었는지, 그리고 그런 아빠가 얼마만큼 자랑스러웠는지 열심히 조잘조잘 말해주었다.

이제 돌아갈 시간도 되었고 해서, 마지막으로 야시장만 한 바퀴 둘러보고 가자고 하던 때였다. 로드고가 쯧, 하고 짧게 혀를 차더니 인적이 드문 골목길로 들어섰다. 그러자 기다렸다는 듯 남자들 여럿이 밀려 들어와, 로드고와 에니샤를 포위하듯 반원으로 둥글게 섰다.

인상이 험악한 그들은 팔씨름 대회에 단체로 참가했던 용병들이었다. 아마도 대장인 듯한, 머리를 빡빡 깎은 용병이 앞으로 나서서 말했다.

"오늘 타간 그 상품을 우리에게 팔아주었으면 좋겠소."

아마 로드고가 아니었다면 진즉 두들겨 패고 뺏어갔을 기세였다. 그나마 팔씨름 대회를 하면서 로드고의 인간 같지 않은 힘을 확인하였으니, 돈을 주고 사겠다는 식으로 최대한 좋게 해결 보려는 듯했다. 그러다 정 안 되면 쪽수로 밀어붙이려는 속셈일 테고 말이다.

로드고는 귀찮은 기색이 역력한 표정을 지었다.

"오늘따라 멍청한 놈들이 많군."

그러다 에니샤 앞에서 비속어를 사용했단 사실을 알고선, 얼른 입을 다물었다. 에니샤는 로드고의 가슴팍에 얼굴을 기대며 하품했다.

"피곤해서 빨리 가고 싶어요……."

끙얼거리며 눈썹을 모아 보이자, 로드고는 부드럽게 풀린 눈빛을 하고서 속삭였다.

"그래, 집으로 돌아가자."

로드고가 골목길 안쪽, 어둠이 깊은 곳을 바라보았다. 인적 없는 곳에 시선을 던지니, 용병들이 의아한 표정을 지었다. 묵직한 저음으로 한 단어를 내뱉었다.

"쿠테른."

그러자 조금 전까지 아무도 없던 어둠 속에서 서른셋의 기사가 모습을 드러내었다. 흙바닥에 일제히 한쪽 무릎을 꿇어앉은 그들은 명령을 기다렸다.

로드고가 고개를 까닥이며 말했다.

"적당히 처리하도록. 죽이진 말고."

주군의 명령이 떨어지자, 일제히 검을 뽑았다. 발도된 수십 자루의 검들이 달빛을 받아 서늘한 예기를 내보였다.

상황 파악을 끝낸 용병들이 도망가기 시작했으나, 쿠테른은 추적에도 능하였다. 분명 로드고가 원하는 만큼 충분한 결과물을 가져오리라.

에니샤와 로드고는 미리 준비된 마차를 타고, 사이좋게 황궁으로 귀가하였다.

황녀궁에서 기다리던 쌍둥이들이 득달같이 달려 나왔다. 두 황자는 에니샤의 손에 들린 짐들을 대신 받아주며 물었다.

"에니샤, 외출은 어땠어?"

"맛있는 거 많이 먹었지? 재밌었냐?"

에니샤는 방싯 웃으며 답했다.

"재밌었어요!"

여러 사람의 목숨이 간당간당한 외출이었으나, 아무도 죽지 않았으니 이 정도면 선방이었다. 다음에는 쌍둥이들과도 외출을 해봐야겠다고 생각하며, 에니샤는 즐거운 하루를 마무리했다.

과거의 영광스러운 순간이었다.

아르커스 왕국민들은 천공섬 중심으로 모여들었다. 거대한 세 금빛 기둥 아래 돋아난 오십 개의 계단. 폭이 넓은 계단 양옆에는 가장 아래에서부터 높은 곳까지, 원로마법사들이 하나씩 자리하였다.

에니샤는 자신을 향하는 시선들을 느꼈다. 시선 속에 담긴 수많은 기대와 염원 앞에서 등줄기를 폈다. 그리고 짧게 숨을 들이마셨다가, 천천히 첫발을 내딛었다.

하얀 대리석 계단 위로 기다란 망토가 펼쳐졌다. 아르커스의 금빛 삼족오가 커다랗게 수놓인 녹색 우단이 부드럽게 계단을 쓸었다. 곧은 자세로 서 있던 100명의 원로마법사는 에니샤가 계단을 하나씩 오를 때마다 한쪽 무릎을 꿇어앉으며 경의를 표하였다. 50개의 계단을 모두 올랐을 땐, 모든 원로마법사가 무릎을 꿇었다.

에니샤는 자신의 앞에 놓인 거대한 제단을 바라보았다. 흠 없는 대리석으로 만든 제단 중앙에는 황금으로 만든 성화대가 놓여 있었다. 그리고 제단 왼쪽과 오른쪽에는 좌우법사가 서 있었다. 벨루안과 녹시타가 조금 초조한 시선을 보내왔다. 자신만 긴장한 것이 아닌 듯해서, 설핏 웃음이 배어나왔다.

에니샤는 바짝 굳은 좌우법사들에게 활짝 웃어 보였다. 그러자 두 사람도 조금이나마 얼굴이 풀렸다.

벨루안이 천천히 심호흡한 후, 가장 먼저 마력을 일으켰다.

— 좌법사, 벨루안 리고스가 아르커스를 위한 변화를.

그가 내뻗은 손에서 마력이 흘러나와 성화대로 향했다. 황금 성화대에 보랏빛 마력이 고여 들었다.

— 우법사, 녹시타가 아르커스를 위한 질서를.

녹시타의 손에서 뻗어나간 진녹색 마력이 성화대를 휘저었다. 고요하던 성화대에서 보라색과 녹색이 뒤섞인 불꽃이 피어올랐다.

에니샤는 아름답게 일렁이는 성화 속으로 손을 집어넣었다. 마력으로 이뤄진 성화가 손 위에 옮겨 붙었다. 한없이 부드러운 감각이 손바닥과 손등, 그리고 팔뚝까지 온통 간질였다.

양손을 오목하게 모아 불꽃을 작게 떠내었다. 그리고 가지런히 모은 두 손을 입술에 가져다대었다. 살짝 벌어진 입술 사이로 마력의 불꽃이 빨려 들어갔다.

— …….

에니샤는 질끈 눈을 감았다. 화끈한 감각이 입속을 가득 채우고, 목구멍을 스쳐 깊숙한 곳을 향하였다. 이마 위에 맺힌 땀이 관자놀이를 타고 흘러내려선 뚝뚝 떨어졌다. 심장을 감싸는 마력의 감각이 뜨거워서, 온몸이 홧홧하게 익어버릴 것만 같았다.

그러나 고통은 짧았다. 뜨거움이 가라앉은 것을 확인한 에니샤는 더운 숨을 뱉어내었다. 목소리가 떨리지 않도록 충분히 호흡을 고른 후, 입을 열었다.

— 아르커스의 새로운 중심이 되기 위해, 이름을. 바치니.

마지막 말을 내뱉기 전에, 조심스럽게 숨을 골랐다. 성화의 불꽃에 이름을 바치는 순간, 아르커스의 새로운 대법사가 된다. 그리고 번제의 제물로서 타오른 이름은 깨끗이 사라지리라. 사람들의 기억, 역사의 기록, 사소한 편지와 휘갈기듯 낙서한 글자들, 심지어 자신의 기억 속에서도. 전부 처음부터 존재하지 않았던 것처럼 성화와 함께 불타 없어지고, 대법사라는 호칭이 대신할 것이다. 이는 아르커스에 모든 것을 바친다는 상징이었고, 의식의 가장 중요한 절차였다. 두렵다면 지금이 마지막 기회였다. 깊숙이 삼킨 마력을 뱉어내고 멀리멀리 도망치면 되었다. 하지만 조금도 무섭지 않았다. 성화의 제단 앞에 서기까지 수많은 일을 겪어왔고, 오래전에 마음을 굳혔다. 이제 더 이상 두려워할 것도, 망설일 것도 없었다.

에니샤는 이름을 말했다.

— ……!

음절을 끝맺는 순간, 입술에서 금빛의 마법문자가 흘러나왔다.

마법문자로 화한 이름은 금빛 궤적을 그리며 날아갔다. 이름이 가냘픈 꽃잎처럼 하늘거리며 흩날리다가, 성화 위에 내려앉았다. 그리고 보라색과 녹색이 뒤섞여 일렁이는 불꽃 속에서 한 줌의 잿더미로 사라졌다.

이름을 집어삼킨 성화에서 빛이 터져 나왔다. 강한 빛이 시야를 하얗게 물들였다. 눈부신 빛이 한 꺼풀 사그라졌을 때, 그곳에는 금빛 불꽃이 있었다. 타오르는 황금 불꽃은 세 개의 기둥을 집어삼킬 듯이 커다랗고 아름답게 반짝였다.

금빛 성화를 확인한 에니샤는 가장 먼저 벨루안과 녹시타와 눈을 맞추었다. 그들은 아랫입술을 힘주어 깨물고 있었다. 벅찬 눈물을 흘리지 않으려 버티는 것이지만, 이미 눈시울이 붉었다. 좌우법사에게 작게 웃어 보인 후, 에니샤는 뒤돌아섰다.

50개의 계단에 무릎 꿇고 있던 원로마법사들이 일제히 자리에서 일어났다. 자신을 향한 경외의 눈빛 속에서, 에니샤는 활짝 웃으며 말하였다.

— 대법사가 아르커스를 위한 충심을.

우레 같은 함성이 천지를 뒤흔들었다. 왕국민들이 쏘아 보내는 색색의 마력이 폭죽처럼 하늘을 수놓았다. 천공의 마도왕국, 아르커스를 다스리는 새로운 대법사의 탄생이었다.

"……."

부스스 잠에서 깨어난 에니샤는 한참 멍하니 침대에 앉아 있었다.

이렇게 생생한 꿈이라니.

아르커스의 제단에서 이름을 바치고, 새로운 대법사가 되었던 그날을 꿈으로 되새기게 될 줄은 몰랐다. 그날부터 과거의 이름은 완전히 사라졌고, 오랜 세월 동안 대법사라는 칭호로만 불려왔다. 이제는 에니샤라는 이름이 생겼지만…….

아직도 뇌리에 선명한 옛 기억을 오랜만에 반추하며, 에니샤는 푹신한 베개를 끌어안았다. 그리고 부은 얼굴을 하고서 한참 동안 침대에서 뒹굴었다.

충분히 미적거린 후에야, 침대 옆의 줄을 잡아당겨 종을 울렸다.

종소리를 들은 시녀가 곧장 달려왔다. 에니샤는 시녀들의 시중을 받으며 하루를 시작했다.

깔끔하게 단장을 마치고 러츠펠트 백작부인을 맞이하여 오전 수업을 받았다.

그녀와는 근래 토론 위주로 수업을 진행하고 있었다. 주제를 정하고 그에 맞는 서적을 골라주면, 에니샤가 읽어보고 함께 이야기를 나누는 식이었다.

에니샤는 항상 너무 똑똑해 보이지 않기 위해 적당히 뭉뚱그려서 말하곤 했다. 그러나 러츠펠트 백작부인도 똑똑한 사람이었다. 막내 황녀가 뭔갈 숨기고 있다는 것을 느꼈는지, 그녀는 항상 에니샤에게서 의견을 끌어내려고 애썼다. 덕분에 러츠펠트 백작부인과의 수업 시간은 항상 창과 방패처럼 치열했다.

오늘도 멍청한 척에 힘쓴 에니샤는 수업을 마치자마자 서재에 틀어박혔다.

"흐앙……."

쭈욱 기지개하자, 옆에 서 있던 시녀가 얼른 에니샤의 얼굴을 살폈다.

에니샤는 그녀에게 손을 휘적휘적하여서 괜찮다는 표시를 낸 후, 다시 깃펜으로 끄적끄적 마법 수식을 적어 내렸다. 델 하르인에게 연습하라고 시킬 방어마법들이었다.

펜대에 깃펜을 꽂아놓고서, 에니샤는 적어놓은 수식들을 암산하며 다시금 확인해보았다. 그러다 잠시 종이를 내려놓고, 창밖을 내다보았다. 여름 햇살이 환하다 못해 쨍하게 사방을 비추었다.

"……."

이제 얼마 뒤면 헬라드와 로시엘의 성인식, 그리고 황태자 책봉식이 있을 예정이었다. 책봉식 준비가 막바지에 이르러 황궁 분위기는 조금 어수선했다.

황태자의 탄생을 축하하기 위하여 대륙 각국에서 빠짐없이 사절단을 보내왔다. 역시나, 에니샤가 예상한 대로 아르커스에서도 사절단을 보내겠단 의사를 밝혔다.

그간 쥐죽은 듯 조용하던 아르커스가 5년 만에 보인 움직임에 대륙에서도 크게 관심을 보이고 있었다. 그리고 에니샤는 불안에 떨며 이브로테 기사단을 맹훈련시키는 중이었다.

레시나의 환상마법은 에니샤와 델 하르인이 양쪽에서 열심히 도운 결과, 거의 완성에 이르렀다. 다만 카힐이 문제였는데, 아직 얼음으로 검의 형태를 만들어내질 못하고 있었다. 정령의 힘을 다루는 것 자체가 쉬운 일이 아닌지라, 에니샤는 여유롭게 생각했다. 하지만 카힐 스스로 조바심을 내는 듯했다. 에니샤의 호위를 서는 틈틈이 아할든 기사단과 함께 검술 대련을 하고, 정령의 힘을 다루는 훈련에 이따금 황궁 바깥으로 정탐까지 나서는 등, 하루가 모자라도록 자신을 몰아붙여댔다. 저러다 쓰러지진 않을까 걱정될 정도였다.

상념에 빠져 있던 에니샤를 일깨운 것은 시녀의 목소리였다.

"황녀님, 황자님들께서 오셨습니다."

에니샤는 종이를 덮어놓고 자리에서 일어났다. 오늘 쌍둥이들과 저녁 식사를 하기로 약속하였다.

식당으로 내려가니, 헬라드와 로시엘은 이미 자리에 착석해 있었다. 황녀궁에는 길쭉한 직사각형 식탁 대신 둥근 원 모양 탁자를 놓았는데, 에니샤와 얼굴을 가까이 맞대고 밥을 먹고 싶은 황족들이 놓아둔 것이었다.

헬라드와 로시엘은 에니샤와 가볍게 포옹하고 쪽쪽 소리 나게 뽀뽀해준 후, 함께 저녁 식사를 시작했다. 식사의 화제는 아무래도 황태자 책봉식 이야기가 대부분이었다.

고기 요리를 먹던 에니샤는 아르커스에 관한 이야기가 나오자 귀를 쫑긋 세웠다.

"아르커스 사절단이 굉장하다며?"

헬라드가 묻는 소리에 로시엘이 우아하게 나이프로 고기를 썰며 답했다.

"맞아. 그렇게 규모가 큰 사절단을 보내올 줄은 몰라서 조금 놀랐지. 그간 얌전하였으니까."

"에니샤 때문에 그러는 건가……. 저번에도 관심이 많았잖아."

열심히 먹고 있던 에니샤는 어깨를 움찔하였다.

아무래도 좌우법사가 제대로 사고 치려는 모양인데…….

걱정하면서도 열심히 고기를 우물우물하고 있는데, 다음 요리가 식탁 위에 올랐다. 그런데 새롭게 나온 요리를 본 로시엘이 눈매를 와락 찌푸렸다. 꼭 혐오스러운 것을 보기라도 한 것 같은 표정이었다.

로시엘을 따라 새 요리를 쳐다본 에니샤는 의아해졌다.

"……?"

돼지고기를 바삭하게 튀겨서 뜨거운 소스를 끼얹은 요리였다. 맛있는 냄새가 솔솔 올라오는 게 전혀 이상한 구석이 없었다.

로시엘이 포크를 탁 내려놓으며 불쾌함 가득한 목소리로 말했다.

"소스를 부어서 가져오다니……."

왜 그러나 했더니, 소스 때문이었다.

깔끔하게 떨어지는 맛을 좋아하는 로시엘은 따로 찍어서 먹는 것을 좋아했고, 항상 그렇게 요리를 준비시켰다. 그런데 오늘은 주방장이 깜빡한 모양이었다.

헬라드가 낄낄거리며 기분 나빠하는 로시엘을 놀렸다.

"야, 너는 아직도 먹는 걸로 투정이야? 나잇값 좀 해라. 그리고 부어서 먹는 게 더 맛있다고."

걸쭉한 소스를 듬뿍 묻혀서 튀김을 먹는 모습에 로시엘이 한쪽 입꼬리를 삐뚤게 올렸다.

"말도 안 되는 궤변 늘어놓지 말아줄래? 소스를 부으면 튀김이 눅눅해지잖아."

"소스가 튀김에 스며들면 더 맛있다니까?"

"하아……. 제발 무식한 소리 좀 하지 마. 같이 식사하기 싫어지네, 정말."

"뭐? 무식?"

헬라드와 로시엘이 서로를 맹렬하게 노려보았다. 그리고 소스를 찍어 먹느냐, 부어 먹느냐를 가지고 투덕거리기 시작했다. 쌍둥이가 별것도 아닌 일로 싸우는 게 하루 이틀 일은 아니지만, 나이가 몇인데 저런 걸로 싸우는지 모를 일이었다.

에니샤는 쌍둥이를 한심한 눈으로 바라보며 고기튀김을 포크로 콱 찍은 다음, 한입에 와앙 털어 넣었다. 찍어 먹든 부어 먹든, 싸울 시간에 하나라도 더 먹는 사람이 최고였다.

황태자 책봉식이 가까워지면서 외국의 사절단들이 속속들이 제국으로 입국하였다. 사절단들은 각양각색이어서, 제도 사람들은 그 행렬을 구경하는 것만으로도 크게 즐거워하였다.

드넓은 황궁에는 사절단들을 위한 공간이 마련되었다.

사람으로 북적북적해지니 자연스럽게 황녀궁까지 소란이 밀려들었다. 황궁 내에 외부인이 많아진 만큼, 미연의 사고를 방지하기 위해 로드고는 황녀궁의 경비를 두 배로 늘렸다.

에니샤도 혼자서 황궁 안을 돌아다니는 일을 자제하였다. 조금 심심하긴 했지만 어쩔 수 없었다.

책봉식 직전이라 정신없이 바쁜 탓에 로드고와 쌍둥이도 황녀궁을 자주 찾지 못했다. 저들이 신경 쓰지 못한 사이에 무슨 일이라도 벌어진다면, 난리가 나는 것은 물론이요 크게 속상해할 터였다. 가뜩이나 책봉식에 죽어나가는 황궁 사람들을 더 힘들게 하고 싶지 않았다. 대신 이브로테 기사단 훈련에 매진하고, 쌍둥이들의 성년을 축하하기 위해 어떤 선물을 줄지 고민하는 데 시간을 보냈다.

"생각해봤는데, 반지 어때? 아니다. 검 쓸 때 불편하려나……."

에니샤는 카힐에게 의견을 구하였다. 하지만 카힐은 별로 쓸모가 없었다. 무슨 선물을 이야기해도 대답이 똑같았기 때문이었다.

"무엇을 주셔도 진심으로 기뻐하실 겁니다."

"아니이이……. 그러니까 현실적으로 생각해서……."

손짓, 발짓 하던 에니샤는 결국 한숨을 폭 내쉬었다. 100번 말하는 것보다 한 번 보는 것이 나을 것 같았다. 직접 가게에 가서 선물 후보를 보여주고, 의견을 들은 후에 고르는 것이 제일 좋으리라. 그런고로, 에니샤는 이브로테 기사단을 소집하였다.

"같이 선물 좀 보러 가자."

아르커스나 스칸샤가 입국하면 황녀궁 안에서 한 발짝도 꼼짝하지 못할 터이니, 그전에 빨리 사놓아야 할 것 같았다.

황자들의 선물을 사러 간다는 말에 레시나는 뭘 그런 걸 고민하느냐며 말했다.

"황녀님께서 주시는 것이면 쓰레기도 좋아하실 텐데요."

그 말을 들은 델 하르인은 어디서 불경한 소리냐며 레시나를 혼쭐내었고, 에니샤는 양심의 가책을 느꼈다. 일전에 로드고와 외출하였던 날, 충동적으로 선물을 살까 했을 때 레시나와 똑같은 생각을 했기 때문이었다. 하지만 에니샤는 시침 뚝 떼고서 점잖게 델 하르인을 만류했다.

델 하르인이 수염을 푸들푸들 떨면서 소리쳤다.

“예절 교육을 처음부터 다시 받아야 합니다!”

그러자 레시나가 기겁하며 외쳤다.

“이게 다 궐련을 못 피워서 그런 겁니다! 하루에 궐련 딱 한 갑씩만 피울 수 있게 해주시면, 저는 황녀님 앞에서 배 뒤집고 재롱도 부릴 수 있습니다!”

“그렇게 말하는 것 자체가 불경이네!”

델 하르인과 레시나가 으르렁대는 옆에서, 에니샤는 심드렁하게 말했다.

“굳이 허락해주지 않아도 알아서 바깥에서 몰래 피우고 들어오잖아.”

“그, 그건…… 진짜 죽을 것 같을 때 딱 한 개비씩만…….”

주섬주섬 변명하던 레시나가 당황한 표정을 지었다.

어떻게 알았냐며, 황녀님께서는 눈이 세 개냐며 묻는 소리에 델 하르인은 또 한 번 불경하다고 거품을 물었다.

에니샤는 눈알을 데굴데굴 굴리는 레시나를 바라보며 픽 웃었다.

“설마 황녀궁 안에서 당당하게 피우고 싶다는 건 아니지? 아버지와 오라버니들께서 혹시나 그 모습을 보면 어찌되겠어?”

“사형당하겠죠…….”

“그래, 그래.”

에니샤는 내가 다 널 생각해서 금연령을 내린 거라며, 오늘 외출해서 또 피우자며 레시나를 토닥여주었다.

잔뜩 풀죽은 그녀를 잘 어르고 달래어, 이브로테 기사단을 끌고 외출하였다.

레시나의 도움을 받아 눈동자 색을 바꾸고, 직접 번화가를 돌아다녔다. 여덟 갈래 광장은 여느 때보다 북적거렸다. 이국적인 외모와 차림새의 사람들이 다양한 외국어를 하며 지나갔다. 그들이 하는 말을 얼추 들어보니, 황태자 책봉식 얘기는 안 하고 죄다 막내 황녀님에 대해 이야기하느라 바빴다. 그도 그럴 것이, 황태자 책봉식에서 에니샤가 얼굴을 내비치기로 하였기 때문이었다.

황궁에 입궁하는 귀족들도 아주 가끔 운이 좋아야 보는 귀한 막내 황녀님이었다. 그런 황녀님께서 책봉식에 등장한다니, 다들 술렁일 수밖에 없었다.

공식석상에 몇 년 만에 모습을 드러내는지라, 에니샤도 많이 신경 쓰고 있었다. 특히 딸 자랑, 동생 자랑할 기회를 놓치지 않는 로드고와 쌍둥이들은 황태자 책봉식에서 가장 중요한 식순이 막내 황녀님 등장이라며 공공연히 말하기도 했다. 에니샤는 그들이 저가 등장할 때에 맞춰서 무슨 짓을 저지를까 벌써부터 걱정이었다.

어쨌든 오늘도 광장에서는 막내 황녀님 기념상품들이 절찬리에 판매되었다. 온갖 희한한 상품을 만들어내어 외국인들을 상대로 팔고 있었는데, 더 없어서 못 파는 지경이었다. 막내 황녀님 상품을 더 보고 있다간 기분이 이상해질 것 같아서, 에니샤는 곧장 발걸음을 돌렸다.

쌍둥이의 선물을 사기 위해 여덟 갈래 길에 있는 가게들을 뱅글뱅글 돌아다녔다. 하지만 이거다 싶은 것이 없었다.

뭔가 의미가 있으면서도, 딱 봤을 때 멋지면서도, 가지고 다니기도 편하고…….

에니샤는 결국 으앙 울상을 지으며 외쳤다.

"어려워!"

끙끙거리는 에니샤의 모습에, 보다 못한 델 하르인이 말했다.

"그냥 무난하게 손수건은 어떠합니까?"

"그럴까……."

하지만 손수건은 금방 닳아 없어질 것 같아서 싫었다. 오래갈 만한 것을 주고 싶다고 하자, 레시나가 불쑥 의견을 내었다.

"그럼 보석 같은 건요? 팔찌나 브로치도 괜찮을 듯한데."

"팔찌?"

나쁘지 않은 것 같았다. 에니샤는 레시나의 의견을 전격 채택하기로 했다.

사치품을 파는 가게가 모여 있는 길로 향해서, 제일 비싸고 번쩍번쩍해 보이는 곳에 들어갔다.

레시나와 델 하르인은 가게 근처에서 기다리라 하고, 카힐만 안으로 데리고 들어갔다. 물건을 골라서 카힐한테 한번 대어보고 구입하기 위해서였다.

후드를 뒤집어쓴 꼬마 아가씨와 훤칠한 소년의 등장에 점원들은 눈이 둥그레졌으나, 이내 온몸에서 느껴지는 귀티에 생글생글 웃으며 물었다.

"어서 오십시오. 따로 찾으시는 것이 있으실까요?"

에니샤를 대신해 카힐이 후드를 젖히며 말했다.

“혹 성년식을 치르는 남자에게 어울릴 만한 것이 있습니까? 장신구로 생각 중입니다. 가격대는 상관없이 보여주십시오.”

미성의 목소리로 차분하게 요구 사항을 늘어놓았다. 점원은 카힐의 외모에 놀란 듯, 잠시 버벅거리다가 황급히 물건을 꺼내놓기 시작했다.

다른 점원들이 안락의자로 에니샤와 카힐을 안내하였지만, 에니샤는 고개를 내저었다. 가게 내부 진열장에 전시된 보석들을 구경하고 싶어서였다. 그런데 후드의 모자가 커서 눈앞을 자꾸 가렸다. 연신 고개를 뒤로 젖히자, 카힐이 조심스럽게 손을 뻗어왔다.

“모자를 젖혀드리겠습니다.”

덕분에 시야가 훤해졌다. 에니샤는 방긋 웃으며 카힐에게 고맙다고 말하였다. 카힐이 말없이 얼굴을 붉혔다.

그 모습을 보며 웃던 에니샤는 어째서인지 점원들의 얼굴도 함께 붉어진 것을 보았다. 에니샤와 눈이 마주친 점원이 크게 당황하며 중얼거렸다.

“죄, 죄송합니다, 너무 예쁘셔서…….”

에니샤는 괜찮다고 손을 내저어준 후, 유리 진열대에 달라붙어 보석들을 구경했다. 신중하게 하나씩 물건을 살피던 때였다. 딸랑거리는 종소리와 함께 가게에 새로운 손님이 들어왔다.

진열대에 코를 박고 있던 에니샤는 흘깃 문 쪽을 돌아보았다. 손님은 카힐보다 조금 어려 보이는 앳된 얼굴의 소년이었다. 시선을 느꼈는지, 그쪽도 에니샤를 보았다.

문득 안 좋은 기억이 떠올랐다. 단검 사려다가 사람 죽일 뻔했던 기억이었다. 하지만 충동구매로 물건 하나를 두고 싸웠던 전과 달리, 이번엔 미리 주문을 해놓았던 손님인 모양이었다.

가게 점원이 아는 척을 하며 소년을 맞이하였다.

"오셨네요! 마침 오늘 물건이 들어온 참입니다."

뒤에서 이야기하는 소리가 들려왔다. 그러든지 말든지, 에니샤는 다시 진열대 안을 살피는 데 골몰했다. 이 가게가 좀 괜찮은 것 같았다. 마음에 드는 장신구들이 많았다. 저어기 팔찌가 일단 제일 마음에 들었다. 헬라드와 로시엘의 눈동자 색에 맞춘 보석으로 팔찌를 한 쌍 선물해주면 좋을 것 같았다.

지금 주문을 넣어놓으면 성인식 전에 받을 수 있으려나…….

돈을 곱절로 준다고 하면 빨리 세공해주지 않을까 고민하던 때였다. 낭랑한 목소리가 말을 붙여왔다.

"실례가 아니라면 제가 조금 도와드려도 괜찮을까요?"

아까 그 소년이었다. 왠지 모르게 굉장히 잰 체하는 사람 같단 생각이 들었다. 눈이 빠져라 물건을 보고 있던 에니샤는 방해받은 것이 귀찮아서 돌아보지도 않고 대꾸했다.

"필요 없어요."

그러나 매정하게 대꾸하는데도 상대는 끈덕지게 달라붙었다.

"선물을 하시는 겁니까?"

아, 진짜아…….

에니샤는 팍 하고 고개를 치켜들었다. 한마디 톡 쏘아붙이려던 에니샤는 멈칫하였다. 치근덕거리는 손님보다도, 카힐이 먼저 눈에 들어온 탓이었다.

"……."

카힐은 무서운 눈을 하고 있었다. 금방이라도 피가 날 듯이 아랫입술을 세게 깨문 모습에서 독기마저 느껴졌다. 카힐의 모습에 당황하는 사이, 귀찮게 굴던 놈이 재차 말을 붙여왔다.

"제 이름은 악시온입니다."

에니샤는 그제야 소년을 돌아보았다. 악시온은 당황한 에니샤의 모습에 살짝 고개를 갸웃하였다가, 주위를 살폈다. 그리고 카힐을 발견하더니 커다랗게 소리를 내었다.

"어?"

악시온이 환히 웃으며 소리쳤다.

"형님!"

에니샤는 잠깐 저가 잘못 들은 것인가 귀를 의심했다.

형님? 형님이라고?

크게 당황한 눈으로 카힐을 쳐다보자, 그는 느릿하게 입을 열어 말하였다.

"……제 이복동생입니다."

에니샤는 저도 모르게 입을 벌렸다.

설마 그 이복동생? 카힐을 쫓아내고 자드카르에서 왕자님 행세를 하고 있다는……?

공국을 틀어쥔 카르티나 부인은 제 아들을 왕실에 입적시키기 위해 갖은 모략을 펼치고 있었다. 카힐의 이복동생이 자드카르 공국의 축하사절단으로 온 것도 그 계획의 일환이었다.

사절단에 끼어 있다는 소식은 얼핏 들었지만, 여기서 이렇게 만날 줄이야…….

마음 같아선 네놈이 그놈이냐! 하면서 날래게 뛰어 뺨이라도 퍽 치고 싶었다. 하지만 사적인 문제였다. 카힐의 동의 없이 나설 수 없는 일이다. 에니샤는 어찌할 줄 모르고 눈만 깜빡였다. 속눈썹이 팔랑거릴 정도로 한참 깜빡거리다, 슬쩍 카힐을 보았다.

"……."

이복동생이라 말한 뒤, 카힐은 다시 입을 꾹 다물고 있었다. 냉담한 눈으로 악시온을 바라볼 뿐이었다. 그러나 냉기가 흐르는 카힐과 달리 악시온은 떨 듯이 기뻐했다.

"만리타향에서 이리도 우연히 형님과 조우하게 되다니, 감격스럽습니다."

악시온의 눈동자에 담긴 기쁨은 진심이었다. 형님이 너무 보고 싶었다며 살갑게 매달리는 모습에 가게 점원들이 미소 지었다. 누가 봐도 훈훈한 형제의 상봉이었다.

"어머니께서 형님을 많이 그리워하셨어요. 저도 그랬고요. 형님이 없는 왕궁이 어찌나 쓸쓸하던지……. 아참, 리사엘라도 함께 왔습니다. 그 어린 것이 저와 함께 가겠다고 사흘 밤낮 동안 어머니를 졸라댔다니까요."

맑은 웃음을 터뜨리며 행복해하는 악시온은 점점 어두워져가는 카힐과는 대조적이었다.

둘 중 하나인 것 같았다. 머릿속이 꽃밭이라 그간 카힐이 무슨 짓을 당했는지 몰랐거나, 아니면……. 다 알면서도 일부러 저러는 것이거나. 전자라면 갱생의 여지라도 있겠다만, 후자라면 가차 없이 잘라내야 하리라. 그리고 아마도 후자인 것 같다고, 에니샤는 판단 내렸다.

악시온의 기쁨은 잔인했다. 카힐이 조금씩 흔들리고 무너지는 모습을 볼수록, 악시온의 눈동자에서 빛이 반짝였다. 흐트러진 숨소리가 들렸다. 카힐이 제 감정을 추스르려 애쓰는 소리였다.

에니샤는 꽉 움켜쥔 카힐의 손을 보았다. 하얗게 뼈가 도드라져 선, 손등에 푸른 핏줄까지 솟아 있었다. 에니샤는 그에게 괜찮으냐고 묻지 않았다. 다만 짤막히 이름을 부르며, 그의 손등 위에 제 손을 얹었다.

"카힐."

"……!"

카힐이 흠칫 몸을 떨며 에니샤를 바라보았다.

에니샤는 그저 말없이 손등을 두어 번 토닥여주었다. 겨우 그것뿐이었다. 그뿐인데도, 카힐은 눈에 띄게 안정을 되찾았다.

악시온의 표정이 살짝 굳었다. 하지만 옅은 살얼음이 어렸던 얼굴은 금세 언제 그랬냐는 듯 사르륵 녹아내렸다.

악시온은 대답이 돌아오지 않는 카힐을 내버려두고, 에니샤에게로 시선을 돌렸다.

"그런데 이쪽은……."

호기심이 가득 담긴 눈이 느리게 에니샤를 훑어 내렸다. 시선이 소매 끝에 살짝 튀어나온 하얀 손끝까지 다다랐다가, 다시 올라왔다.

악시온은 슬그머니 웃으며 에니샤에게 말을 붙였다.

"이름이라도 가르쳐주시면 안 됩니까?"

어이가 없었다.

하여간 예쁜 건 알아가지고…….

저놈을 확 어찌어찌 해버릴까 싶었지만, 에니샤가 나설 필요도 없었다.

"실례하겠습니다."

정중한 말과 함께, 카힐은 에니샤의 모자를 덮어씌웠다. 그리고 얼굴이 가려진 에니샤를 제 품에 안아 들었다. 걷는 것보다 안겨서 다니는 게 익숙한 에니샤는 자연스럽게 카힐에게 달랑 안겼다.

악시온이 그런 에니샤와 카힐의 모습을 보고는 당혹스러운 기색을 내비쳤다.

"형님……?"

그때 뒷머리를 살며시 누르는 손길이 느껴졌다.

에니샤가 제 얼굴을, 그리고 악시온의 얼굴을 보지 못하도록 한 다음에야 카힐은 다시 입을 열었다.

"네가 그리 무례하게 행동할 분이 아니다."

"제가 무례했다니요……."

중얼거리는 목소리에서 어이없어하는 기색이 묻어났다. 자신의 행동이 오해받은 것보다, 감히 카힐이 제게 대든 것을 어이없어하는 것이었다. 확실히 목소리만 들으니 화사한 얼굴로 감추지 못하는 속내가 드러났다. 악시온이 날카로워진 어투로 질문했다.

"누구기에 그러십니까?"

그리고 카힐은 잠시 간격을 두었다가, 잘라내듯이 답했다.

"나의 주인."

"……!"

악시온이 숨을 들이켜는 소리가 들려왔다. 카힐은 차가운 목소리로 재차 말하였다.

"내 주인이 누구인지 모르진 않겠지, 악시온?"

아무리 멋모르는 북부 촌뜨기라 하여도, 카힐 자드카르가 고대 정령의 계약자이며 히페리온 막내 황녀의 기사라는 사실은 알았다. 황실에서 아주 부지런히 소문을 퍼뜨려댔으니 말이다.

악시온은 말문이 막혀 버벅거렸고, 카힐은 그대로 에니샤를 안고 가게를 나와버렸다.

길목 한구석에서 궐련을 피우고 있던 레시나는 에니샤와 카힐이 나오는 것을 보곤 눈썹을 치켜올렸다. 그녀는 피우던 궐련을 잿더미로 만들어 처리한 후 황급히 다가왔다.

"왜 이렇게 일찍 나오십니까? 혹시 무슨 일 있었어요?"

레시나가 눈을 세모꼴로 떠 보이며 어느 놈을 죽일까요, 하며 주변을 살폈다.

카힐이 답하기 전에, 에니샤가 먼저 나서서 말했다.

"아니, 아무 일 없어. 그냥 가게가 번잡한 것이 싫어서 나온 거야."

"아아……."

레시나가 이해 간다는 듯 고개를 끄덕였다. 궐련을 피우면서도 가게를 예의주시하고 있던 그녀 또한 손님이 들어가는 것을 보았기 때문이었다.

"델 하르인은?"

"급한 호출을 받고 먼저 귀궁하였습니다. 오늘 황녀궁으로 모시는 것은 제가 하겠습니다."

이동마법진을 그리는 제 실력이 꽤 괜찮다며, 레시나는 깔깔 웃었다. 박하잎 궐련을 피워서 기분이 날아가는 모양이었다.

황녀궁에 돌아오자마자, 카힐은 에니샤에게 독대를 청하여 바로 무릎을 꿇었다.

"죄송합니다. 저 때문에 선물을……."

역시 걱정하고 있을 줄 알았다. 에니샤는 씩 웃으며 말했다.

"괜찮아! 뭐 살지는 정해졌으니까, 나중에 심부름꾼을 보내서 사면 돼."

오히려 나서기 전에 알아서 악시온을 정리해줘서 편했다. 그리고 지금 중요한 것은 그게 아니었다. 에니샤는 카힐을 내려다보며 물었다.

"어떻게 하고 싶어?"

별다른 설명 없는 짤막한 물음이었다. 그러나 길게 늘어놓지 않아도, 서로 알아듣기엔 충분하였다. 카힐은 말없이 눈을 아래로 내리깔았다. 긴 속눈썹이 차양처럼 드리웠다. 그에게서 자세한 이야기를 들은 적은 없었다. 하지만 처음 카힐이 히페리온에 왔을 때 하고 있던 몰골만 봐도 대충 견적이 나오는 법이었다. 카힐에게 가족은 없느니만 못한 존재일 터였다. 그의 주인으로서, 카힐이 원한다면 에니샤는 조금 도와주고 싶었다. 하지만 카힐은 느릿하게 말하였다.

"……황녀님께서 저 때문에 마음 쓰지 않으셨으면 좋겠습니다."

에니샤는 속으로 탄식하였다. 혹시나 에니샤에게 폐를 끼칠까 봐 저리 말하는 것이 분명했다.

조금 영악하게 이용해먹어도 괜찮을 것을…….

하여간 애가 너무 순둥순둥해서 탈이었다. 그러나 본인이 거절했는데 억지로 끼어들 수도 없는 노릇이었다. 카힐이 원하니 일단은 가만히 지켜볼 것이었다. 저쪽에서 먼저 문제를 일으키지만 않는다면 말이다.

에니샤는 생각을 감추고 방싯 웃었다.

"알았어. 그래도 혹시나 내가 도울 일이 있다면, 꼭 말해주고."

"황녀님……."

"나는 네 주인이잖아."

네가 말했듯이.

덧붙인 말에 카힐은 멈칫하였다가, 말없이 작게 고개만 끄덕였다. 아까 악시온 앞에서는 냉기 뚝뚝 떨어지는 목소리로 당당히 주인이라 칭하더니, 막상 에니샤가 그러니 부끄러운 모양이었다.

카힐이 귀여워서 작게 웃는데, 노크 소리가 들려왔다.

"황녀님. 수석마법사 델 하르인께서 오셨습니다."

아까 급한 연락을 받고 먼저 입궁했던 그가 에니샤에게 보고를 하러 온 것이었다.

들어오라 허락하자, 델 하르인이 황망한 얼굴을 하고서 나타났다. 그는 방 안에 카힐이 있다는 것도 눈치채지 못한 채 다급히 말하였다.

"스칸샤와 아르커스가 같은 날에 입국한다 합니다."

"뭐?"

"입국을 기념하는 행진도 두 국가가 같은 시각에 진행할 모양입니다."

에니샤는 멍하니 그를 바라보다가 말했다.

"……빨리 거짓말이라고 해줘."

"그……. 죄송합니다."

어찌할 바를 모르는 델 하르인 앞에서 에니샤는 땅이 푹 파일 듯이 한숨을 내쉬었다.

중소국들이나 같은 날에 입국하는 법이었다. 접대와 의장 같은 문제 때문에라도, 스칸샤나 아르커스 정도 되는 강대국들은 알아서 날짜를 분배해 입국하는 것이 암묵적인 원칙이었다. 그런데 한날한시에 입국하여 행진식을 하겠다니…….

하크만이 에니샤에게 청혼한 일 때문에, 현재 스칸샤와 아르커스는 사이가 크게 틀어진 상태였다. 그간 꾸준히 갈등을 빚어왔다는 소식은 들은 바가 있었다. 하지만 이렇게 대놓고 경쟁하듯 나올 줄은 몰랐다. 이게 무슨 어린애들 싸움도 아니고, 뭐 하는 짓인지 모를 일이었다. 허나 이 모든 건 서막에 불과하리라. 입국하는 것부터 이렇게 신경전을 벌여대는데, 황궁에서는 대체 어떤 사고를 칠지 상상이 가질 않았다. 스칸샤와 아르커스가 신경전을 벌이다 자신을 산 채로 반씩 찢어도 이상하지 않을 지경이었다.

하지만 아직 끝이 아니었다.

"저, 황녀님. 그런데……."

델 하르인이 몹시 주저하며 말했다.

"두 국가 모두 황녀님께서 자신들을 마중해주길 원한다고…….
여의치 않으면 행진이라도 꼭 봐주길 바란다 합니다."

이제는 그냥 웃음만 나왔다. 한참 멍하니 있다가, 에니샤는 양손으로 얼굴을 덮으며 저도 모르게 중얼거렸다.

"이 미친놈들이……."

3년 전, 스칸샤의 하크만은 히페리온의 막내 황녀에게 청혼하였다. 청혼은 거절당하였으나, 하크만은 포기하지 않고 히페리온 제국을 찾아가기까지 하였다. 대외적으로 알리지 않고 조용히 치른 입국은 오직 막내 황녀를 보기 위함이었다.

그 소식을 들은 아르커스의 좌우법사가 가만있을 리 없었다. 그때부터 두 국가의 관계는 돌이킬 수 없는 곳으로 흘러가기 시작했다.

그간 스칸샤와 아르커스는 국교를 맺지는 않았으나, 어느 정도 교류를 주고받고 있었다. 전적으로 필요에 의해서였다.

스칸샤는 아르커스의 마법 물품들을 탐냈다. 타국과의 교류가 드문 아르커스지만, 벨루안은 예외적으로 스칸샤의 수출 요구를 받아주었다. 스칸샤가 높은 가격을 제시하기도 했고, 당시 히페리온과의 전쟁을 대비하기 위한 군자금이 부족하기도 했기 때문이었다.

스칸샤는 마력제어구를 비롯하여 아르커스의 뛰어난 마법 물품을 수입해갔다. 기실 스칸샤가 서부의 패자가 된 데는 아르커스도 한몫 거든 셈이었다. 그러나 하크만이 막내 황녀에게 집적거린 순간, 벨루안과 녹시타는 한 치도 망설임 없이 스칸샤와의 관계를 절단 냈다. 일방적으로 날벼락 맞은 스칸샤의 항의에, 아르커스는 하크만이 직접 대화를 하러 오면 재고해보겠다는 답변을 돌려주었다.

히페리온에서 외유를 즐기고 있던 하크만은 다시 스칸샤로 되돌아올 수밖에 없었다. 아르커스와 스칸샤의 만남은 중립지대에서 이뤄졌다.

제삼국의 국경지에서 천막을 펼치고 만남을 가졌는데, 양측 모두 인원을 최소로 하였다.

천막 안에는 단 네 명만이 자리했다. 아르커스의 좌우법사, 그리고 스칸샤의 하크만과 왕실주술사였다.

하크만이 나른하게 웃으며 인사하였다.

"아르커스의 좌우법사께서 직접 저를 찾아주시다니, 영광입니다."

벨루안과 녹시타는 적개심이 고스란히 드러나는 눈으로 하크만을 노려보았다.

우리 대법사를 건드린 날도둑이 저놈이구나.

기분 나쁘게 생긴 놈이었다. 곡선을 그리는 눈매에 담긴 삼백안이 음흉했고, 매끄러운 검은 머리카락은 뱀의 비늘 같았다.

가장 신경을 거슬리게 하는 점은 하크만이 천막에 들어선 순간부터 진동하는 단내였다. 코끝이 얼얼할 만큼 달콤한 냄새는 머리를 멍하게 만들었다. 혹 주술인가 싶어 간단히 확인을 해보았지만, 그건 또 아닌 듯했다.

무슨 향수를 이리 지독하게 뿌린 것인지…….

벨루안은 눈매를 한껏 위로 치켜올렸다. 그러나 하크만은 저를 향한 적대를 오히려 재밌어하는 눈치였다.

하크만이 능글맞게 웃으며 벨루안에게 먼저 말을 붙였다.

"오랜만에 뵙습니다."

벨루안은 저에게 친한 척 건네는 인사를 칼같이 잘라냈다.

"오랜만이라니. 서신을 주고받은 적은 있어도, 얼굴 뵙는 일은 처음입니다."

초면인데 무슨 개소리 하냐며 받아치자, 하크만은 그저 웃기만 하였다. 광증이라도 앓는 모양이라 생각하며, 벨루안은 흘긋 녹시타를 쳐다보았다.

원래 녹시타는 이런 자리에 나오는 성격이 아니었다. 허나 대법사와 연관된 일이라서 저도 같이 가겠다고 아득바득 따라온 것이었다. 그런데 하크만의 면상 한번 보겠다고 벼르더니, 막상 여기까지 와선 다른 놈을 쳐다보고 있었다.

녹시타는 하크만과 함께 온 왕실주술사를 물끄러미 관찰하는 중이었다. 분홍색 머리가 요란한 놈이었는데, 서로 시선이 마주칠 듯하자 녹시타는 얼른 고개를 돌렸다.

"……."

이상한 일이었다. 녹시타가 누구한테 관심 보일 성격이 아닌데, 눈여겨보는 것이 뭔가 있는 듯했다. 후에 물어봐야겠다고 생각하며, 벨루안은 본론을 꺼냈다.

"현재 마력제어구를 포함하여 마법 물품 일체의 수출을 중단하였으나, 아르커스의 요구를 들어준다면 재개를 고려하겠습니다."

"말씀하시면 최대한 맞춰드리겠습니다."

먼저 숙이고 나오는 하크만에게 벨루안이 딱딱한 목소리로 말했다.

"히페리온의 세 번째 별에게서 손 떼십시오."

"아, 이런……."

하크만이 작게 고개를 내젓더니, 잔뜩 웃음을 머금고서 물었다.

"너무 직설적이신 것 아닙니까?"

"이렇게 말하지 않으면 못 알아들으실 분이니 그렇습니다."

확실하게 말할 필요가 있었다. 괜히 돌려 말하였다간 약삭빠르게 뒷길을 찾아 빠져나갈 상대였다.

노골적이다 못해 무례한 언사에도 하크만은 여전히 느긋한 얼굴을 하고서 질문했다.

"이유를 말씀해주시지요. 이쪽은 나름 순정입니다."

순정이라니, 얼어 죽을 놈이…….

능글거리는 것이 아주 구렁이였다. 벨루안은 이마 위에 올라오는 힘줄을 느끼며 꾹꾹 눌러 말하였다.

"아르커스는 그녀에게 받아야 할 빚이 있습니다. 그것을 청산하기 전까진, 어느 누구도 건드리지 못하게 할 것입니다."

현 상황에서 다른 세력이 개입해서는 안 됐다. 하크만이 정말 덜컥 혼약이라도 맺어버린다면, 추후 대법사를 아르커스로 데려왔을 때 히페리온과 스칸샤를 동시에 상대해야 한다. 히페리온 하나에 전력을 다하기도 벅차니, 스칸샤는 반드시 잘라내야만 하는 것이다.

그리고 다른 무엇보다…… 감히 대법사에게 청혼한 것이 괘씸해 죽을 지경이었다. 마음 같아선 지금 당장 하크만을 도륙해버리고 싶지만, 벨루안은 인내하는 중이었다. 하지만 하크만은 딱히 협조할 생각이 없는 모양이었다.

그가 느리게 몸을 앞으로 기울였다. 가까워진 거리에 단내가 더욱 진동하였다. 자연스레 미간을 찌푸리는 벨루안에게, 하크만은 나직이 속삭였다.

"이를 어찌합니까. 그 말을 들으니 더욱 흥미가 동하는데."

"……!"

분노로 좁아드는 동공을 바라보며, 하크만은 더없이 즐거운 어조로 말했다.

"서로 의견이 좁혀지질 않으니, 협상은 결렬이겠군요."

벨루안과 녹시타는 몰랐지만, 사실 하크만은 처음부터 협상할 의지가 없었다. 이미 스칸샤는 궤도에 올랐고, 서부를 제패하였다. 아르커스의 마법 물품이 아쉽긴 하여도, 더 이상 간절하지는 않았다. 그럼에도 오늘 협상에 나온 것은 순전히 좌우법사를 구경하기 위해서였다.

그녀의 소중한 사람들…….

하크만은 혀로 입술을 핥으며 가만히 웃었다.

도발이 역력한 행동에 벨루안이 분개하며 자리를 박차고 일어났다.

"……마지막으로 경고하겠습니다. 더 이상 아르커스의 일에 개입하지 않기를."

아르커스의 마법사들은 그것을 끝으로 협상장을 떠났다.

벨루안과 녹시타가 퇴장하자, 이때껏 옆에 얌전히 앉아 있던 이르가가 히에엑 하고 괴상한 소리를 내며 자리에서 벌떡 일어났다.

"아르커스의 우법사가 테무르 일족이었다니! 저 처음 알았습니다!"

호들갑을 떨어대는 이르가와 달리, 하크만은 무심하게 되물었다.

"그래?"

"네, 네! 동종 업계 종사자를 속일 순 없는 법이죠. 하지만 냄새가 희미한 걸로 봐선, 능력을 쓰지 않은 지 오래된 듯해서……. 아마 제가 아니었다면 몰랐을 겁니다."

이르가는 팔짱을 끼고서 혼자 고개를 끄덕끄덕하며 말했다.

"다 죽은 줄 알았더니, 아르커스에 하나 남아 있었군요."

"대단한 모양이지? 네가 이렇게 관심을 보일 정도면."

대수롭잖다는 듯 묻는 하크만에게 이르가는 펄쩍 뛰며 답했다.

"무슨 그런 말씀을! 대단한 정도가 아닙니다. 핏줄로 전승되는 힘이니까요. 이건 그냥 태어날 때부터 타고난 거라니까요! 아르커스 우법사만 아니었다면 제발 스칸샤로 데려오자고 간청했을 겁니다."

얼마나 대단한 것인지 한참 설명하던 이르가가 몸을 비비꼬며 칭얼거렸다.

"아아, 아무리 노력해도 재능은 못 따라간다니깐……! 부러워어……!"

이르가는 부러워서 배 아파 죽겠다며 바닥을 데굴데굴 굴렀다.

그 모습을 보며 웃던 하크만이 느긋하게 몸을 기댄 채 말했다.

"그런 대단한 일족이 왜 떼죽음을 당했을까."

네 말대로라면 지금까지 살아남아서 유명세를 날리고 있어야 하는 것 아니냐는 소리였다.

이르가가 뭘 그리 당연한 것을 묻느냐는 듯, 눈을 동그랗게 뜨고서 말했다.

“그거야 더 대단한 사람한테 덤벼들어서죠!”

하크만이 한쪽 눈썹을 치켜올렸다.

이르가는 고개를 이리 갸웃, 저리 갸웃하면서 기억을 더듬어나갔다.

“옛날 얘기니까 저도 잘은 모르지만, 주워듣기로는…….”

이르가가 해맑게 웃으며 말했다.

“아르커스의 대법사께서 전부 죽여버렸다던데요?”

“으아앗!”

장난감 병정들이 우수수 넘어졌다. 목이고 팔이고 죄다 엉망으로 뒤틀려서 시체의 산처럼 되어버린 모습이었다.

에니샤는 울상을 지었다. 부수는 건 잘해도, 가지런히 배열을 맞추는 건 너무 어려웠다.

좌절한 에니샤가 모든 의욕을 잃고 안락의자에 드러눕자, 때맞춰 마력을 주입한 장난감 배가 둥실둥실 머리 위를 지나갔다.

“오라버니가 대신 해줄까?”

“네에…….”

맥 빠진 대답에 로시엘이 웃는 소리가 들려왔다.

에니샤는 간만에 시간이 난 로시엘과 함께 병정놀이를 하는 중이었다. 말이 병정놀이고, 실상은 병법 공부에 가까웠다.

로시엘은 익숙하게 병정인형들을 재배치하였다. 길게 쭉 뻗은 고운 손가락이 지나가니, 인형들은 금세 백병전의 방진을 갖추며 가지런히 늘어섰다.

에니샤는 기다란 안락의자에 엎드려서 로시엘이 병력을 배치하는 모습을 구경했다.

"백병전이야말로 전쟁의 꽃이고, 헬라드는 마음껏 날뛸 수 있어서 좋아하는 것 같지만……. 나는 그리 즐기는 편이 아니야."

조곤조곤한 목소리가 나긋하게 들려왔다.

"인간 본성의 추함을 적나라하게 드러내야 하거든. 별로 보기 좋지도 않고. 그것보단 심리전을 통해 전투를 벌일 필요조차 없이 적을 꺾어놓는 것이 제일이지."

그런 의미에서 최고사령관에 히페리온 황족이 있다는 것은 아주 좋은 심리전 수단이라고 설명해주었다. 적에게 공포와 두려움을 심어주기에 몹시 적절하다는 것이었다.

로시엘의 말에 고개를 끄덕이던 에니샤는 아, 하고 발딱 몸을 일으켰다.

"오늘 헬라드 오라버니도 오후에 잠깐 시간이 난다고 했죠?"

"아아, 아마도 황녀궁으로 올 듯한데……. 그런데 왜?"

외국의 사절단들이 속속들이 입국하고, 며칠 뒤 스칸샤와 아르커스가 동시에 행진식을 치르는 것 때문에 근래 황궁은 비상사태였다.

황족들 전원이 몸이 부서져라 일하는 가운데, 쌍둥이들은 짬짬이 시간 나는 대로 에니샤를 찾아왔다. 지금도 이렇게 바쁜데, 본격적으로 책봉식 기간에 들어가면 다들 눈코 뜰 새조차 없어질 터였다.

마침 어제 세공이 끝난 팔찌를 받은 참이었다. 오늘 셋이서 모였을 때 미리 성인식 선물을 주면 딱 좋을 것 같았다. 부디 선물이 쌍둥이들의 마음에 들길 바라며, 에니샤는 귀엽게 말하였다.

"아직 비밀이에요!"

오후에 잠깐 짬을 내어 찾아온 헬라드와 함께, 에니샤와 로시엘은 간만에 정원에서 차를 마셨다. 에니샤는 헬라드와 로시엘에게 예쁘게 포장한 상자를 하나씩 내밀었다.

"선물?"

헬라드의 눈이 휘둥그레졌다. 로시엘도 적잖이 놀란 듯, 눈을 크게 뜨고 있다가 천천히 되물었다.

"아니, 에니샤……. 네가 돈이 어디 있다고……."

로시엘의 말은 상당한 어폐가 있었다. 들어오는 선물만으로도 황녀궁 1년 예산이 거뜬한 막내 황녀님은 제국의 숨은 알부자였다. 하지만 오라버니들 눈에는 언제나 작고 가녀린 동생일 뿐이었다. 막말로 에니샤가 눈앞에서 전투마법을 난사하며 날뛰어도, 쌍둥이들은 우리 막둥이 손바닥 까졌을까 걱정할 사람들이었다.

그런 사실들을 잘 아는 만큼, 에니샤는 당당하게 외쳤다.

"오라버니들 선물 사줄 정도는 돼요!"

헬라드와 로시엘은 너무 좋아서 양손으로 작은 상자를 꼭 쥐고서 어쩔 줄을 몰라 했다.

"어휴, 우리 쪼글이 다 컸네."

헬라드가 치솟는 광대를 감추지 못한 채로 말했다.

로시엘도 어찌나 기뻐하는지, 옆에서 헬라드가 쪼글쪼글 소리를 해대도 가만히 내버려둘 정도였다.

쌍둥이 황자들은 후다닥 상자를 뜯기 시작했다. 손은 다급했지만, 그 와중에 에니샤가 준 것이라고 세상 소중하게 조심조심 포장을 뜯었다.

상자 안에는 작은 보석이 달린 가느다란 팔찌가 들어 있었다. 헬라드의 것은 금색에 황옥을 달았고, 로시엘의 것은 은색에 연하늘색 녹주석을 달았다.

"성년 미리 축하해요. 그리고……."

에니샤는 낑차낑차 소매를 걷어선, 자랑스럽게 손을 뻗어 보였다. 흰 손목 위에 똑같은 모양의 팔찌가 반짝였다.

"우리 셋이서 같이 하고 다니는 거예요."

쌍둥이들은 눈을 휘둥그렇게 떴다. 둘 다 팔찌를 손에 든 채 그대로 돌이 되어버렸다.

아무 반응 없이 빤히 쳐다만 보는 것에, 에니샤는 멋쩍게 웃으며 중얼거렸다.

"조금 유치한가……."

원래는 헬라드와 로시엘의 것만 맞추려 하였다. 하지만 마지막에 충동적으로 세 개를 주문해버렸다. 셋이서 하고 다니면 나름 의미도 있고 보기도 좋겠다 싶어서였다.

에니샤는 고개를 모로 기울이며 물었다.

“별로예요?”

눈꼬리를 아래로 축 늘어뜨리며 묻자, 뒤늦은 대답들이 터져 나왔다.

“아니! 아니아니! 아니, 아니야! 완전 좋아! 진짜 좋아!!”

“절대 그렇지 않아. 너무 좋은데…….”

헬라드고 로시엘이고 둘 다 약간 넋이 빠진 모양새였다.

에니샤는 의자에서 폴짝 뛰어내려선 직접 쌍둥이들의 손목에 팔찌를 채워주었다. 팔찌는 큰 여분 없이 적당하게 맞았다. 좋아서 얼굴까지 새빨갛게 달아오른 황자들 앞에서, 에니샤는 말갛게 웃으며 말했다.

“앞으로 셋이 모일 땐 꼭 차고 나오기예요!”

쌍둥이들은 멍한 얼굴을 하고서 열심히 고개만 끄덕였다.

그리고 바로 다음 날. 에니샤는 온 황궁에 막내 황녀님의 선물 이야기가 퍼졌음을 알게 되었다. 전적으로 황자들 탓이었다.

그들은 선물 받았다는 사실을 한 명에게라도 더 자랑하지 못해 안달했다. 휘하 기사들은 물론 시종시녀들, 오며가며 마주치는 귀족들한테까지 죄다 손목부터 내보였다. 아예 팔찌가 잘 보이도록 소매를 팔뚝까지 걷어붙이고 다니기까지 하였다.

다년간의 눈치로 다져진 황궁 사람들은 일단 황자들의 손목에 달린 팔찌를 입에 침이 마르도록 칭찬한 후, 웬 것인지 질문해주었다. 그때마다 쌍둥이들은 막내 황녀에게 성년 선물을 받았다며 목을 빳빳이 세우고서 으스댔다.

엉뚱하게 불똥이 튄 것은 본궁 시종들이었다. 혼자 선물을 받지 못한 로드고의 심기가 바닥을 기다 못해 땅을 뚫어 지하도시를 건설할 기세였다.

본궁 시종들은 황녀궁에 긴급 구조 신호를 보냈고, 혹시 폐하께는 선물을 드릴 계획이 없으시냐며 은근히 애원했다.

결국 에니샤가 로드고를 위한 팔찌도 하나 마련하는 것으로 사태는 일단락되었다.

스칸샤와 아르커스가 한날한시에 입국하여 행진식을 치른다는 소문이 제도에 파다하게 퍼졌다.

현재 대륙에서 제일 주목받고 있는 강대국 둘이 경쟁하는 모양새에 사람들은 몹시 흥미로워하였다. 그러나 행진식이 이토록 이목을 끌게 된 가장 결정적인 이유는 막내 황녀님이었다. 두 국가의 간청에 따라, 막내 황녀님이 직접 황궁 정문에서 사절단을 맞이하기로 한 것이다.

그간 죽은 사람처럼 조용히 살았지만, 이제 모습을 드러낼 때도 되었다.

로드고와 쌍둥이가 대륙을 자근자근 부숴놓은 덕분에, 암살자의 방문은 끊어진 지 오래였다. 에니샤의 마력도 기본적인 마법들은 모두 사용 가능한 정도로는 회복되었다. 예전처럼 여러 개의 마법을 동시에 시전하거나 마력을 펑펑 쏟아 붓는 건 불가능하지만, 웬만한 상황에서 제 한 몸 지킬 정도는 되었다. 에니샤는 황태자 책봉식을 기점으로, 조금씩 공식석상에 참석하는 비중을 늘려나갈 생각이었다. 이번에 스칸샤와 아르커스의 요청을 받아들인 이유도, 어차피 이제 모습을 내보일 테니 제국민들에게도 얼굴을 보여주면 좋겠다는 생각 때문이었다. 그래봤자 먼발치에서나마 손톱만 하게 보는 것이 전부겠지만, 그것만으로도 좋아할 사람들이 많을 터였다. 다만 행진이 무사히 끝나기를 바랄 뿐이었다.

에니샤는 스칸샤와 아르커스가 제도에 들어섰다는 소식을 듣고, 황궁 앞에 마련된 단상에서 그들의 행진을 기다렸다.

막내 황녀님의 등장에 모여 있던 군중들이 술렁였다. 오늘만 기다렸다는 듯 열심히 현수막을 흔들며 '황녀님 사랑해요'를 외치는 이들에게 답인사를 해주고 있자니, 멀리서 우렁찬 뿔나팔 소리가 들려왔다. 둥둥 울리는 북소리와 작게 깔리는 종소리, 사람들의 환호와 박수가 뒤를 이었다.

하크만의 행차였다.

무덤덤하게 지켜보려던 에니샤는 결국 표정 관리에 실패했다. 하크만이 작정하고 준비한 행진은 이 세상 호사스러움이 아니었다.

가장 먼저 보인 것은 군악대의 음악에 맞추어 깃발을 높이 든 기수들이었다. 수십의 기수는 전부 다른 깃발을 들고 있었는데, 모두 스칸샤의 상징인 뱀 문양을 금사로 수놓은 것이었다.

기수들 뒤로 병사들이 곡도를 휘두르며 군무를 추었다. 곡예에 가까운 군무가 이어질 때마다 탄성이 터져 나왔다. 병사들 뒤에서는 미동들이 작은 종을 흔들며 꽃을 흩뿌렸다. 길에 깔리는 꽃들은 전부 생화였다. 곱게 치장한 무희들이 사뿐사뿐 꽃잎을 밟으며 뒤를 이었다. 그녀들은 음악에 맞춰 반투명한 천을 흩날리고, 노래를 부르면서 화려한 춤사위를 선보였다. 헐벗은 것이나 다름없는 무희들의 옷차림에 전부 눈이 휘둥그레져서 쳐다보았다.

행진의 볼거리는 그것으로 끝이 아니었다. 제국에서 보기 힘든 희귀한 동물들이 행렬을 차지하고 있었다. 깃털이 화려한 공작, 혹이 불룩한 낙타, 작은 코끼리, 재주 많은 새끼 원숭이와 검고 둥근 무늬가 선명한 표범들이 뒤따랐다. 황금과 보석, 향유와 몰약, 금보다 더 귀하다는 갖가지 향신료 단지를 실은 수레 또한 몇십 대였다. 수레를 끄는 노예들은 이 모든 것이 히페리온의 세 번째 별을 위한 선물이라고 소리쳤다.

말도 안 되는 행진의 대미를 장식한 것은 하크만이었다.

장정 여섯이 들쳐 메고 꽃과 보석으로 장식한 가마가 행렬의 중심을 이끌었다. 그늘진 차양 아래서 하크만은 그 어느 때보다 아름답게 웃으며 제국민들에게 손을 흔들어주었다. 그간 막연히 악귀 같은 모습을 상상했던 제국민들은 하크만의 외모에 넋을 뺐다.

하크만은 멀찍이서 에니샤와 시선이 마주치자 요사스러운 눈웃음을 지어 보였다. 그러더니 어딘가를 향해 나긋하게 손짓하였다.

하크만의 바로 앞에 서 있던 주술사 이르가가 마력을 주입해 황금낫을 커다랗게 만들었다. 거대한 낫을 힘차게 휘두르자, 다섯 대의 수레에서 금화가 공중으로 솟구쳤다. 하늘에서 햇빛을 받아 반짝이던 금화는 이내 사방으로 날아갔다.

구경하고 있던 제국민들이 일제히 기쁨에 찬 비명을 지르며 바닥에 떨어진 금화를 주웠다.

"……."

에니샤는 말없이 손으로 이마를 짚었다. 돈지랄해대는 모습에 머리가 아플 정도였다.

하크만이 이토록 선심 쓰는 이유는 하나뿐이었다. 제국 내에서 하크만에 대한 여론을 좋게 만들기 위해서였다. 첫 번째 청혼은 거절당하였으나, 한 번으로 포기할 자가 아니었다. 계속 청혼을 하면서 하크만 정도면 나쁘지 않다는 인식을 심어주는 것이 목표이리라. 저를 휘감아오는 뱀의 몸뚱이가 느껴져서, 에니샤는 한숨 쉬었다.

금화를 뿌린 탓에 잠시 아수라장이 되었던 군중들이 서서히 제자리를 되찾아갈 즈음이었다. 저 뒤편에서부터 술렁임이 번져왔다. 아르커스라는 단어가 섞여서 들려왔다.

발돋움을 하여 뒤쪽을 내다본 에니샤는 의외의 광경에 눈을 동그랗게 떴다.

"……?"

아르커스의 행렬은 단 두 사람뿐이었다. 삼족오가 그려진 기다란 로브를 입은 좌법사 벨루안, 우법사 녹시타.

화려한 마법을 선보이는 것도 아니었다. 그저 말없이 고요히 걸음을 옮기기만 하였다. 삼족오의 예복이 아니었다면 아르커스인 줄도 몰랐을 법한 모습이었다.

스칸사와 대조되다 못해 초라하기까지 한 행진에 모두가 수군거렸고, 에니샤도 크게 당황하였다.

저놈들이 이럴 리가 없는데…….

뭔가 폭탄이라도 터뜨리는 게 아닐까 걱정되어서, 절로 손이 달달 떨렸다.

그리고 역시나.

좌우법사는 에니샤의 예상을 저버리지 않았다. 아니, 예상을 훨씬 뛰어넘어버렸다.

에니샤의 눈에 자신들의 모습이 선명히 보이는 곳까지 이르자, 좌우법사는 나란히 걸음을 멈추었다.

벨루안과 녹시타가 에니샤를 곧게 바라보았다.

에니샤는 긴장감에 꼴깍 침을 삼켰다.

좌우법사들은 에니샤와 눈을 마주한 채, 천천히 양손을 위로 뻗었다. 녹시타의 손에서 녹색의 삼족오가, 벨루안의 손에서 보라색의 삼족오가 태어났다. 마력으로 만든 두 마리의 삼족오는 빛을 뿌리며 하늘을 향해 치솟았다.

길게 꼬리를 날리며 날갯짓하는 모습에 사람들은 절로 시선을 뺏겼다. 에니샤는 저도 모르게 입을 벌리며 중얼거렸다.

"……설마."

아니지? 아니어야 하는데…….

타들어가는 에니샤의 속도 모르고, 삼족오는 끝없이 하늘로 날아올랐다. 하얀 구름 속으로 사라져, 삼족오의 마지막 꼬리 깃까지 완전히 보이지 않게 되었을 때였다.

우르릉, 하늘에서 천둥 치듯 크게 울리는 소리가 들려왔다. 구름이 해를 가리고 사방에 어두운 그늘이 졌다. 검게 물드는 하늘에 때 아닌 비라도 쏟아지는가 싶어서 모두 우왕좌왕하였다. 누군가 숨넘어갈 듯한 고함을 질렀다.

"하늘, 하늘에……!!"

에니샤는 눈을 질끈 감았다가, 천천히 고개를 위로 치켜들었다.

어둑한 구름을 가르고 나타나는 거대한 섬. 자연을 거스르고 하늘을 부유하는 마도의 정수이자, 마법의 결정체. 아르커스의 천공섬이었다.

천공섬은 단 한 번도 모습을 드러낸 적이 없었다. 언제나 마법으로 자취를 감춘 채 창공을 떠돌 뿐이었다. 수백만 개의 수식을 바탕으로 정확하고 치밀하게 계산한 마법에, 헤아릴 수 없는 마력을 더하여 만든 인공섬은 그 존재 자체가 거대한 불가사의였다. 때문에 천공섬을 보는 것이 일생일대의 소원인 마법사들도 많았다. 그런 천공섬이 제도 상공에 나타난 것이다. 오직 히페리온의 막내 황녀를 위하여.

"환장하겠다, 진짜……."

저도 모르게 나직이 중얼거린 에니샤는 화들짝 놀라서 주변을 살폈다. 다행히 다들 천공섬에 넋이 나가서 듣지 못한 것 같았다. 대지의 일부를 떼어낸 듯한 천공섬의 위용에 심약한 이들은 다리에 힘이 풀려 주저앉기도 하였다.

그때 구름에 휘감긴 천공섬에서 빛이 반짝였다. 밤하늘의 별처럼 반짝이는 빛에 두려워하던 사람들은 하나둘 호기심을 가지기 시작했다. 그것은 빛의 날개를 펼친 100명의 원로마법사였다. 마력으로 만들어낸 빛의 날개가 부드럽게 날갯짓하였다.

천사라 하여도 손색없을 모습을 하고서, 100명의 마법사는 한쪽 손을 느릿하게 내저었다. 그들의 손에서 마력으로 만들어낸 빛의 나비들이 태어났다.

나비들은 작은 날개를 팔랑이며 사람들 사이에 내려앉았다. 환상적인 모습에 너도나도 나비를 만져보려 손을 뻗었다. 마법의 진가는 그때 발휘되었다. 하늘하늘 날아온 나비들이 몸에 닿는 순간, 꽃과 사금, 자그마한 보석들로 변한 것이다. 사람들은 깜짝 놀라면서도 기뻐하였다.

스칸샤가 압도적인 화려함과 물량으로 밀어붙였다면, 아르커스는 섬세하고 우아했다. 마치 사랑하는 사람에게 공개적인 구혼이라도 하는 것처럼 말이다.

"……하아."

보는 사람도 없겠다, 대놓고 한숨을 쉰 에니샤는 자신에게 나비가 닿지 않도록 꼼질꼼질 몸을 틀었다. 그러나 나비들은 기다렸다는 듯 에니샤에게 가득 모여들었다. 다른 사람들보다 서너 배나 많은 수였다.

색색으로 반짝이는 빛의 나비에 둘러싸인 에니샤는 환상 속의 요정 같은 모습이었다. 하지만 정작 당하는 본인은 나비에 포위되었다는 생각밖에 없었다.

부드러운 황금빛 머리카락에, 사랑스러운 콧등에, 작은 두 손에…….

나비는 에니샤의 몸 곳곳에 내려앉았다. 재미있게도 에니샤에게 닿은 나비들은 전부 꽃으로 화하였다. 얼마 지나지 않아 에니샤의 발치에는 꽃이 수북해졌다.

에니샤는 이제 반쯤 포기한 채, 꽃에 파묻혀 행진을 지켜보았다.

수만 마리의 나비를 만들어낸 100명의 마법사는 창공에서 둥근 원을 그렸다. 그들이 손을 앞으로 내밀자 색색의 마력이 선을 그리며 뻗어나갔다. 마력의 선들은 서로 복잡하게 얽혀들고 기하학적으로 구부러지며 하나의 마법진을 이루었다. 100명의 마법사가 하늘에 펼쳐낸 마법진은 모양새가 어찌나 정교한지, 그것만으로도 예술작품처럼 아름다웠다. 다들 경이로운 모습이라 감탄할 때였다.

마법진에 빛이 감돌더니, 거대한 삼족오 문양이 나타났다. 삼족오는 크게 우짖으며 날갯짓하여 제 존재를 만인에게 똑똑히 내보였다.

삼족오가 세 번 날갯짓하는 순간, 눈앞이 보이지 않을 만큼 강한 빛이 터져 나왔다. 모두 눈을 감았다 떴을 땐, 천공섬은 다시 온데간데없이 사라진 뒤였다. 하늘을 잡아먹을 듯하던 거대한 섬이 한순간에 사라진 것이다. 천공섬이 사라진 곳에서 눈부신 빛의 가루가 반짝이며 흘러내렸다. 빛의 가루는 길거리와 건물, 모여든 군중들까지 전부 덮어버렸다. 행진식을 치르던 거리가 보석처럼 반짝였다. 그리고 빛을 머금은 거리 위에, 아르커스의 마법사들이 날개를 거두고 내려앉았다.

"와아아아아!!!"

이루 말할 수 없이 신묘한 광경에 군중들은 환호성을 내질렀다.

천공섬이 완전히 없어진 것을 확인한 에니샤는 그제야 긴장을 풀었다.

아니, 아무리 스칸샤와 경쟁이 붙어도 그렇지, 천공섬을 끌고 오다니!

뒷목 잡고 쓰러지고 싶은 마음이 굴뚝같았다. 하크만도 그렇고, 좌우법사까지 다들 제정신이 아니었다. 초장부터 이렇게 휘몰아치는데, 앞으로는 무슨 일이 벌어질까 무서울 지경이었다.

스칸샤와 아르커스의 화려한 행진에 들뜬 제국민들의 함성을 뒤로하고서, 에니샤는 생각했다. 아무래도 책봉식 기간 동안, 뭐 하나 터져도 크게 터지겠다고…….

바깥에서 함성이 터졌다. 여태까지와는 다르게 경탄하다 못해 두려움마저 섞인 소리였다.

서류에 서명을 휘갈기던 헬라드가 눈살을 확 찌푸리며 자리에서 일어났다. 그리고 창밖을 내다보곤 헛웃음을 흘렸다. 아르커스의 천공섬이 황성 위에 그늘을 드리우고 있었다.

헬라드는 그 모습을 딱 한마디로 평하였다.

"……지랄 났네."

평소 같으면 교양 있게 말하라며 구박하였을 로시엘이었으나, 지금은 별말 없이 입매만 비틀었다. 사실이기 때문이었다. 황태자 책봉을 축하하러 온 사절단이건만, 스칸샤고 아르커스고 전부 막내 황녀의 관심을 끌고 싶어서 제정신을 못 차리고 있었다.

스칸샤는 온갖 호사스러운 것들로 돈 자랑 해대서 신경 거슬리게 하더니, 아르커스는 한술 더 떠서 천공섬을 끌고 왔다. 헬라드가 성질을 이기지 못하고 책상을 내려쳤다.

"에니샤한테 왜 이렇게 집적거리냐고……!"

책상 위에 쌓여 있던 서류의 탑이 흔들거렸다. 오늘 저녁까지 처리해야 할 서류들이었다. 대륙 각지에서 사절단이 몰려들면서, 로드고와 황자들이 처리해야 할 업무는 살인적인 수준으로 증가했다. 업무량이 역대급 기록을 실시간으로 갈아치우고 있는 덕분에, 오늘 에니샤도 혼자 내보냈다.

하지만 다른 한편으론 오히려 다행이라는 생각도 들었다. 저곳에 있었다면 무슨 쌍욕을 내뱉었을지 모를 일이었다. 아마 헬라드였다면 하크만이나 좌우법사의 멱살쯤은 잡고도 남았다.

"하……."

헬라드는 마음을 가라앉히려고 에니샤가 선물한 팔찌를 손으로 만지작거렸다. 그러고 있자니 조금 괜찮아지는 것도 같았다.

헬라드가 팔찌를 만지며 후하후하 심호흡하는 동안, 로시엘은 삐뚤어진 서류 탑을 다시 바로 쌓아놓으며 말했다.

"난 아르커스 쪽이 더 찜찜해."

"아르커스?"

"하크만이야 혼인을 원하지만, 아르커스는 뚜렷한 목적이 없어. 짐작 가는 것이라 해봤자 에니샤가 마법에 재능을 가지고 있다는 정도인데……."

"흠……. 세 번째 별이라서 그런가?"

"가능한 이야기야. 마법사들은 호기심에 목숨도 내거는 족속이니."

헬라드가 인상을 찡그리며 말했다.

"아, 이러다 아르커스에서 에니샤 홀랑 집어가겠다고 나올 느낌인데."

"그럴 순 없지. 그런 일이 있어서도 안 되고."

아르커스가 이성이란 것이 한 톨이라도 남아 있다면 감히 그러지 못할 것이라고, 로시엘은 단언하였다.

바깥의 천공섬을 바라보던 로시엘이 눈을 가늘게 뜨며 말했다.

"그나저나 이번에도 대법사는 모습을 드러내지 않은 모양인데."

천공섬까지 끌고 왔다면 대법사도 한번 나올 법하건만, 여전히 두문불출이었다. 로시엘은 손에 쥐고 있던 깃펜 끝으로 종이를 사각사각 긁어내렸다.

"벌써 몇 년 되었지? 대법사가 조용해진 지 말이야. 영 수상해……."

어느 순간부터 아르커스의 대법사에 관한 소식이 들려오질 않고 있었다. 대법사가 대륙의 마법에서 차지하는 비중은 상당했다. 그녀의 부재는 감춘다고 감춰지는 것이 아니었으니 드러날 수밖에 없었다. 아르커스에서 필사적으로 위장하고 있으나, 제국은 이미 대법사에게 어떠한 문제가 생겼음을 기정사실화했다.

초조하게 방 안을 배회하던 헬라드가 화들짝 놀라며 말했다.

"설마 이놈들, 에니샤를 대법사감으로 노리는 거 아냐?"

뚝.

로시엘의 손에 들려 있던 깃펜이 그대로 부러졌다. 로시엘은 크게 숨을 내뱉고선, 헬라드를 맹렬히 노려보았다.

"재수 없는 소리 하지 마."

반 토막 난 깃펜을 내다 버리는 로시엘 앞에서 헬라드가 답답하다는 듯 벌컥 소리쳤다.

"아니, 생각해봐! 그러면 아르커스 놈들이 저렇게 구애하듯 질척거리는 게 전부 설명되잖아!"

로시엘은 가만히 입술을 깨물었다가 말하였다.

"……그건 아닐 거야. 좌우법사가 바뀌질 않았으니까."

마도왕국 아르커스는 삼두법사가 권력을 나누어 나라를 다스린다. 그중에서 대법사는 아르커스의 가장 중심이 되는 자로서, 살아 있는 상징이자 정신적 지주였다.

왕국민들은 대법사에게 상식적으로 이해할 수 없을 만큼 강한 애착을 가졌다. 특히 대법사를 양옆에서 보필하는 좌우법사의 애착은 거의 각인과 같아서, 갓 태어난 어린 짐승이 어미를 따르는 수준이라 하였다.

만일 새로운 대법사를 탄생시키려 하고 있다면, 기존의 좌우법사가 나설 리 없다. 그들이 일선에서 물러난 뒤, 원로회에서 대법사 후보를 물색하는 것이 정상이었다. 논리적으로 판단하였을 때, 헬라드의 말은 헛소리였다.

하지만…… 확실히 느낌이 좋지 않았다. 헬라드의 직감이 제법 잘 들어맞는다는 것은 쌍둥이 형제인 로시엘이 가장 잘 알았다. 아르커스의 의중을 알 수 없지만, 확실히 뭔가 있기는 하였다.

로시엘은 자리에서 느릿하게 일어나 창가로 다가갔다. 히페리온의 하늘을 뒤덮은 천공섬이 황성에 어둑한 그림자를 드리우고 있었다. 천공섬을 물끄러미 바라보던 로시엘은 이내 무표정한 얼굴로 말했다.

"……약간 대비를 해두는 것도 나쁘지 않겠어."

헬라드의 황태자 책봉식은 황성의 홀에서 열렸다. 가장 높고 빛나는 자리에서, 로드고는 새로이 히페리온의 황태자가 될 헬라드를 기다렸다.

에니샤는 로시엘과 함께 로드고의 옆자리에 서 있었다. 헬라드가 아니라 저가 책봉식을 하는 것처럼 마음이 초조하고 긴장되었다. 로시엘이 그런 에니샤의 마음을 알아채곤 가만히 손을 잡아주었다.

나팔 소리가 길게 세 번 울리고, 홀 문이 양옆으로 느리게 열렸다. 쏟아지는 빛을 등지고 헬라드가 모습을 드러내었다. 평소 느슨하고 껄렁껄렁하게 다니던 헬라드였으나, 오늘은 달랐다. 에니샤 앞에서 헤실헤실 웃던 가벼운 모습은 온데간데없었다. 굳게 다문 입매와 가라앉은 눈빛은 제국의 황태자가 되기에 손색없는 위엄을 보였다.

수많은 사람이 지켜보는 속에서, 헬라드는 기다랗게 깔린 붉은 융단을 따라 걸었다. 빠르지 않고 느긋한 걸음걸이에서 여유로움이 느껴졌다. 팔다리가 길고 체구가 늘씬한 덕분에, 화려한 황실 예복이 참으로 잘 어울렸다. 벌어진 어깨를 따라 선이 딱 떨어지는 맵시가 절로 감탄이 나올 정도였다.

갈색과 금색이 섞인 곱슬곱슬한 머리카락도 오늘은 깔끔하게 넘겼다. 반듯이 드러난 이마는 헬라드를 더욱 어른스러워 보이게 만들었다. 키도 언제 저렇게 컸는지, 사람들 속에서도 훤칠하게 도드라졌다. 긴 망토를 바닥에 끌며 성큼성큼 걸어오는 헬라드가 낯설었다.

지금 이 순간, 그는 히페리온의 첫 번째 별이었다.

"……."

시선을 느꼈는지, 헬라드가 흘긋 이쪽을 쳐다보았다. 그는 티 나지 않게 살짝 웃어 보였다. 에니샤가 알고 있던 개구쟁이 헬라드였다. 혹여나 어린 동생이 낯선 오라버니의 모습을 보고 놀랄까 봐 배려해주는 것이었다. 그 모습에 마주 웃으면서도, 괜히 가슴이 술렁술렁하면서 벅차올랐다. 코끝이 찡해져서 입술을 앙다무는 사이, 헬라드는 마침내 로드고의 앞에 다다랐다.

헬라드가 한쪽 무릎을 꿇고 앉자, 시종들이 조심스럽게 나와 망토가 길고 넓게 펼쳐지도록 정리해주었다.

로드고는 소란스러움이 가라앉을 때까지 잠시 기다렸다. 그리고 헬라드를 내려다보며 묵직한 목소리로 말하였다.

"선언하라."

헬라드가 짧게 숨을 들이켰다 입을 열었다.

"헬라드 로드고 히페리온."

선명하고 뚜렷한 목소리가 좌중을 휘감았다. 헬라드는 자신감 넘치는 태도로 황태자의 선언을 말하였다.

"히페리온의 첫 번째 별로서, 제국의 광영을 이어받고자 하여."

모여든 사람들은 숨소리조차 죽이고 그를 바라보았다. 꽂혀드는 시선이 무거워 긴장할 법한데도, 헬라드는 주저함 없이 해야 할 말을 이어갈 뿐이었다.

"만인의 앞에서 새로이 떠오를, 후세의 태양이 되리라 선언하나니."

주홍빛 눈동자를 반짝이며, 선언의 마지막을 끝맺었다.

"보아라, 이것은 영원히 타오를 히페리온의 빛이니라."

마지막 말을 끝으로, 드넓은 홀은 잠시 정적 속에 잠겨 들었다.

로드고가 느리게 입매를 끌어올려 웃었다. 에니샤의 앞이 아니면 웃는 일이 거의 없는 로드고였다. 허나 로드고는 아주 드물게 흡족한 웃음을 지으며, 헬라드의 어깨에 손을 얹었다.

"로드고 칼 히페리온."

황제는 자신의 뒤를 이을 황태자의 선언을 받아들였다.

"히페리온의 태양으로서, 제국의 새로운 황태자를 공표하노라."

박수세례가 쏟아졌다.

헬라드는 자리에서 일어나 뒤돌아섰다. 그가 자신을 축하해주는 사람들에게 간단히 목례하였다.

헬라드의 뒷모습이 오늘따라 참 의젓하다고, 에니샤는 생각했다.

황태자 책봉식에 뒤이어 연회가 있을 예정이었다.

오랜만에 연회에 참석하는 에니샤를 위하여, 황녀궁의 시녀들은 치장에 심혈을 기울였다. 드레스에 달린 리본을 몇 번이나 고쳐 매고, 머리도 이리저리 땋았다가 장식을 달았다가 하며 난리도 아니었다.

에니샤는 심드렁한 표정으로 거울을 바라보았다. 풍성한 프릴이 달리고 잔잔한 꽃무늬가 들어간 푸른 드레스는 에니샤와 잘 어울렸다. 시녀들이 치장도 어찌나 잘해놓았는지, 지금 에니샤는 누가 봐도 헉 소리가 나올 만큼 예쁜 모습이었다. 최고의 장인이 심혈을 기울여 만들어낸 인형도 이보단 못할 터였다.

하지만 에니샤는 입을 삐죽삐죽하다가, 한숨을 폭 내쉬었다.

가기 싫다…….

당연한 소리였다.

거기 가면 하크만에 좌우법사까지 다 모여 있을 터였다. 그들이 한 장소에 모여 있는 것을 상상만 해도 벌써부터 기가 쪽쪽 빨렸다. 에니샤는 속으로 어흐흑 통곡하였다.

이번 책봉식 기간 동안 벌어질 일들에 대해서는 어느 정도 마음의 준비를 하고 있었다. 하지만 입국 행진식을 보고 난 뒤로 단단한 각오는 전부 와장창 깨져버렸다. 그들은 에니샤의 사고로는 따라잡을 수 없을 만큼 대단히 미친 자들이었다.

게다가 연회장에는 하크만과 좌우법사만 있는 것도 아니었다.

로드고와 쌍둥이가 눈 시퍼렇게 뜨고 에니샤를 살필 것이며, 제국의 귀족들과 외국 사절들도 막내 황녀님을 보려고 몰려들 터였다. 에니샤가 아무것도 안 하고 숨만 쉬어도 사건사고가 벌어질 장소인 것이다.

얼마나 가기 싫었던지, 에니샤는 누가 머리를 세게 내려쳐줘서 사흘 정도 기절했다가 일어나고 싶다는 생각까지 했다.

반쯤 실천에 옮길 뻔하였으나, 포기한 이유는 역시 피할 수 있는 일이 아니기 때문이었다. 오늘 연회장에 나가지 않으면 한밤중에 황녀궁에서 모임을 가질지도 모를 일이었다. 그럴 바에야 그냥 순리대로 흘러가는 것이 나았다.

양 주먹을 불끈 움켜쥐며 다시금 마음을 다잡고 응접실로 나갔다. 응접실에서 기다리고 있던 카힐이 에니샤를 보고선 놀란 듯 눈을 크게 떴다.

"……!"

얼마간 멍하니 보다가, 뒤늦게 예를 갖추어 인사했다. 에니샤는 웃으며 그에게 말했다.

"예쁘지? 너도 예복 잘 어울린다."

"……감사합니다, 황녀님."

짙은 남색 예복을 입은 카힐은 오늘따라 빛이 났다. 카힐은 자드카르의 왕자이기도 하니, 겸사겸사 함께 연회에 참석하여 에니샤의 호위를 설 예정이었다. 델 하르인과 레시나도 에니샤의 직속기사이니 참석할 수 있지만, 둘은 오늘 있었던 아르커스의 행진식을 보더니 알아서 훈련하러 가겠다고 자진하여 물러났다. 아르커스의 마법사들을 속이는 것이 어떤 의미인지 뼈저리게 깨달은 것이다.

카힐에게 연회장에서 잘 부탁한다고 말하는데, 목소리가 들려왔다.

"에니샤."

오늘 에니샤와 함께 연회장에 입장할 로드고였다.

거의 들이닥치듯 응접실에 등장한 로드고는 에니샤를 보자마자 우뚝 멈춰 섰다. 로드고의 뒤로 헬라드와 로시엘이 따라 들어오다가 마찬가지로 걸음을 멈췄다. 그리고 세 남자는 똑같이 멍청한 얼굴을 하고서 에니샤의 미모에 감탄하였다. 로드고가 손으로 이마를 짚고서 깊게 탄식하였다.

"하아……. 너무 예뻐서 문제야."

장식이 흐트러지지 않도록 살금살금 에니샤를 만져보던 로시엘이 말했다.

"그러게 말입니다. 좀 못생기게 꾸며야 하는데, 그게 불가능하니……."

"에니샤가 예쁜 건 어쩔 수 없잖아!"

헬라드가 에니샤의 볼을 콕 찌르고서 말했다.

"너는 입고 싶은 옷 마음대로 입어. 혹여나 음흉한 마음을 품는 놈들이 있다면, 그놈들이 잘못한 것이지."

그런 놈들이 있다면 오라버니가 죄다 눈알을 파내주겠다고, 오늘 황태자로 승격한 헬라드가 말했다. 눈알이라는 말이 나오자마자 곧장 로시엘에게 옆구리가 찔렸지만 말이다.

"말조심 좀 합시다, 황태자 전하?"

"아, 알았어……. 미안해, 에니샤. 눈알은 잊어줘."

잠깐 투덕거린 후에, 로드고와 쌍둥이는 오늘의 에니샤를 샅샅이 감상하는 시간을 가졌다. 이미 감상 시간까지 다 고려해놓고 일정을 짜놓은 시종장은 황족들이 움직일 생각을 하지 않아도 여유롭게 기다렸다.

상하좌우 대각선까지 죄다 살핀 후에야, 로드고는 에니샤를 안아 들었다. 에니샤는 익숙하게 그의 목덜미를 끌어안았다. 로드고는 에니샤를 품에 안은 채로 연회장에 들어설 생각이었다. 예법에는 조금 어긋난 모양새지만, 이 정도로 무어라 할 사람은 최소한 제국 내에선 아무도 없었다. 굳이 안고 들어가는 이유는 일단 에니샤가 너무 귀여워서였고, 두 번째로는 연회에 참석한 외국 사절단들에게 황제가 황녀를 이리 귀애한다고 경고를 보내기 위함이었다. 물론 그간 열심히 대륙을 부숴온 이력이 있지만, 그래도 눈앞에서 직접 보여주는 것은 또 다른 법이었다.

에니샤를 안아든 로드고가 스윽 옆을 돌아보았다. 얌전히 자리하고 있던 카힐이 가볍게 고개를 숙여 목례하였다. 로드고는 카힐에게 엄중한 목소리로 말하였다.

"내가 명령한 것은 잊지 않았겠지."

"예, 폐하."

로드고가 무슨 명령을 해놨는지 아는 에니샤는 그저 헛웃음을 지었다.

이제 에니샤도 사교계에 조금씩 발을 들이기로 한 만큼, 연회장에서 황족들 옆에만 붙어 있지는 않을 것이었다. 그러나 연회장에 어린 황녀를 노리는 놈들이 수두룩하다는 사실은, 히페리온 황족들도 잘 알고 있었다. 그런고로 로드고는 에니샤의 호위를 서는 카힐에게 신신당부해두었다. 막내 황녀에게 허튼짓을 하는 놈들은 전부 망설이지 말고 손가락을 잘라버리라고 말이다. 물론 우리 순둥이 카힐은 그러지 않겠지만, 그래도 손가락을 자르라는 명령은 너무했다. 자르는 건 너무 잔인하니까, 부러뜨리는 선에서도 얼마든지 잘 해결할 수 있을 터인데…….

에니샤는 최대한 평화롭게 연회를 치를 수 있도록 노력해야겠다고 생각했다.

우렁찬 나팔 소리와 함께 연회장 문이 열렸다.

오늘 연회의 주인공이자 가장 빛나는 자들이 당당히 들어섰다. 망토 자락을 휘날리며 들어서는 세 사람, 아니 네 사람의 모습에 사람들은 눈을 크게 떴다. 황제 로드고의 품에 안긴 막내 황녀 때문이었다.

처음에는 어여쁜 외모에 시선을 빼앗겼다. 히페리온 황족이라고는 믿기지 않을 정도로 사랑스러웠다. 조그만 아기고양이처럼 로드고에게 가만히 안겨 있는 모습이 어찌나 귀여운지, 저 흉악한 황제에게서 당장이라도 구출해주고 싶다는 충동이 절로 일어났다.

두 번째로 넋을 뺀 것은 막내 황녀를 대하는 로드고의 태도였다. 부서질세라, 깨어질세라 소중히 안고서 사랑스레 바라보는 모습은 로드고의 껍질을 뒤집어쓴 다른 무언가라 하는 편이 더 신빙성 있겠다 싶을 정도였다. 물론 제국의 귀족들이야 처음 등장할 때만 잠깐 놀랐을 뿐, 이내 '또 시작이군.' 혹은 '이럴 줄 알았다.' 하는 표정으로 바뀌었다. 하지만 히페리온의 팔불출을 처음 목격하는 외국의 사절단들은 전부 경악을 감추지 못했다. 제국 귀족들은 유경험자로서 그들의 놀람을 다독여주며, 앞으로 더 심한 꼴도 볼 거라 경고해주는 것을 잊지 않았다.

그러거나 말거나, 연회장 중앙을 가로지른 황족들은 가장 상석에 자리하였다. 의자는 셋뿐이었고, 에니샤의 자리는 로드고의 무릎 위였다. 제 무릎에 에니샤를 앉혀놓은 로드고가 내빈들에게 감사 인사를 말하고, 본격적인 연회의 시작을 알렸다. 멈추었던 음악을 다시 연주함과 동시에, 연회장은 한층 시끌벅적해졌다.

연회장에서 나누는 대화의 대부분은 히페리온의 막내 황녀에 대한 것이었다. 로드고가 굉장히 뿌듯한 얼굴로 말했다.

"다들 에니샤의 미모에 감탄하느라 정신이 없군."

양옆의 헬라드와 로시엘이 당연한 일이라는 듯 고개를 끄덕였다.

언제나 그렇듯이 부끄러움은 에니샤의 몫이었다. 연회장이 시끄러워서 황족들의 대화가 멀리까지 들리지 않는 것이 천만다행이었다.

에니샤는 로드고의 무릎에 앉은 채로 연회장을 둘러보았다. 제국의 연회는 엄격한 규범을 두지 않아 분위기가 자유로웠다. 때문에 연회장에 모인 사람들은 마음대로 어울리며 음식과 술을 즐기고, 안락의자에 앉아 휴식을 취하거나 음악에 맞춰 춤을 추기도 하였다.

그러나 자유롭다 하여도 사람들이 전부 섞여드는 것은 아니었다. 연회장은 미묘하게 갈라져 있었다. 갈라진 틈새의 중심에는 몇몇 사람들이 서 있었는데, 그중 하나가 카힐이었다. 카힐은 히페리온 황실 덕분에 온 대륙에 고대 정령의 계약자라고 소문난 상태였다. 그것만으로도 주목을 받을 수밖에 없건만, 외양까지 그럴듯하니 더욱 시선을 끌었다. 벌써 카힐에게 관심을 보이는 영애들이 상당했다.

그 외에는 뭐, 당연하다면 당연하게도 하크만과 좌우법사들이 만든 틈새였다. 하크만은 눈 마주쳤다가 무슨 일이 벌어질까 겁나서 쳐다보지도 않았고, 좌우법사들만 몰래몰래 조금씩 살폈다.

로브를 벗고 제국식 예복을 입은 벨루안과 녹시타의 모습이 귀여웠다. 특히 벨루안 뒤에 숨듯이 다니는 녹시타를 보았을 땐 웃지 않으려 애써야 했다. 연회 같은 소란스러운 자리는 질색하면서, 그래도 대법사 보겠다고 꾹 참고 따라 나왔을 녹시타의 모습이 눈에 훤히 보였다. 벨루안에게 등딱지처럼 붙어 있던 녹시타는 에니샤와 시선이 맞닿자 반쯤 감겨 있던 눈을 둥글게 떴다. 아는 척하고 싶어서 입술을 달싹달싹하는 그에게 에니샤는 조그맣게 웃어주었다. 녹시타가 잔뜩 풀어진 얼굴로 마주 웃었다.

"……저놈이 마음에 드는 건가?"

들려온 목소리에 에니샤는 얼른 표정 관리를 하였다. 로드고가 심각한 얼굴로 에니샤를 보고 있었다. 헬라드와 로시엘도 함께 말이다. 조금 전까지 셋이서 얘기하는 걸 확인했는데, 어느새 쳐다보고 있었는지 모를 일이었다.

“아뇨, 그냥 본 건데…….”

하지만 에니샤의 변명에도 다들 좁혀진 미간이 풀어지질 않았다. 이러다 녹시타가 죽겠다 싶어서, 에니샤는 긴급하게 필살기를 날렸다.

“난 나중에 아빠랑 결혼할 거예요!”

강력한 한 방에 로드고가 몸을 비틀거렸다. 그는 하늘 높은 줄 모르고 치솟는 광대를 애써 감추며, 몇 번이나 헛기침한 후에야 말했다.

“아빠랑 결혼하는 건 안 된단다…….”

목소리까지 부들부들 떨리는 것이, 연회장만 아니었으면 내 딸이 이렇게 귀엽다고 쩌렁쩌렁 고함이라도 질렀을 기세였다. 에니샤는 눈썹을 축 늘어뜨리며 시무룩하게 말했다.

“그래요? 그럼 아빠 같은 사람이랑 결혼해야겠다.”

말 떨어지기가 무섭게 옆에서 곧장 숨넘어가는 반대가 들려왔다.

“와악, 안 돼!”

“그건 절대로 반대야, 에니샤.”

헬라드와 로시엘이 손까지 내저어가며 죽어도 안 된다고 외쳐댔다. 웃긴 점은 정작 로드고 본인도 그건 좀…… 하면서 반대하였다는 것이다.

때 아닌 결혼 논쟁을 치르며, 황족들은 얼마간 알콩달콩 대화를 나누었다. 그러나 언제까지 자리에 앉아 있을 수는 없었다. 잔뜩 초대해놓고 말 한마디 나누지 않는 건 예의가 아니니, 황족들 또한 연회장에 섞여 들 예정이었다. 각기 나뉘어서 손님들과 대화를 나누는지라, 에니샤도 홀로 연회장에 나서게 되었다.

"무슨 일 있으면 카힐 뒤에 숨어 있어. 알았지?"

헬라드의 당부에 힘차게 고개를 끄덕였다.

카힐이 곧장 다가와 에니샤의 옆에 자리하였다. 에니샤는 카힐과 함께 연회장으로 나아갔다. 하지만 제법 한참 걸었는데도, 아무도 말을 걸어오질 않았다. 다들 함부로 다가오지 못하는 것이었다. 사교계 활동을 하지 않았으니 아는 사람도 없는지라, 에니샤는 군중 속의 고독을 만끽했다.

사실 에니샤로선 말을 걸어오지 않는 쪽이 더 편했다. 이렇게 적당히 있다가 빠지면 참 좋을 것 같았다. 그러나 패기 있게 다가온 의외의 인물이 있었으니.

"히페리온의 세 번째 별을 뵙습니다."

바로 카힐의 이복동생인 악시온이었다.

에니샤는 인사 받아줄 생각도 못 하고 악시온을 쳐다보았다. 당혹스러움에 눈을 깜빡거리며 살피는데, 옆에 웬 여자애가 보였다. 악시온과 꼭 닮은 어린 여자아이는 에니샤와 비슷한 나이로 보였다. 여자아이는 드레스를 살짝 들어올리며 새초롬하게 인사하였다.

"히페리온의 세 번째 별을 뵙습니다. 리사엘라 카르티나입니다."

카힐의 이복남매들이 연회에 참석한 것이다. 저 뒤에서 자드카르 사절단으로 보이는 사람들이 크게 당황해하고 있었다. 미리 협의하지 않은 돌발 상황이 분명했다. 하긴, 어느 누가 감히 히페리온의 막내 황녀에게 말을 붙일 거라 상상했겠는가. 용감하다 못해 간이 배 밖으로 나온 행동이었다. 아무래도 이 어린 남매들은 북부에서 너무 곱게 자란 모양이었다. 자드카르에서 왕자와 공주 노릇을 하며 살았으니, 히페리온에서도 응당 그러리라 생각하는 것이다. 에니샤는 일단 카힐부터 살폈다.

"……."

카힐은 무표정하였다. 겉으로만 보아서는 전혀 동요 없는 얼굴이었다.

악시온이 조금 몽롱한 눈으로 말을 걸어왔다.

"황녀님……. 오늘 정말 아름다우십니다……."

술이라도 한잔 걸쳤나 싶을 만큼 게게 풀어진 눈이었다.

에니샤가 악시온의 눈앞에 손을 휘저어 보고픈 충동을 참는 동안, 카힐이 대신 나섰다.

"무슨 일이지, 악시온?"

서늘한 목소리에 악시온은 겨우 정신을 차렸다. 그러나 저를 가로막은 사람이 카힐이라는 것을 확인하곤, 희미하게 입매를 비틀었다. 악시온은 카힐을 깨끗이 무시한 채, 에니샤에게 다시 말을 걸었다.

"그날의 결례를 사죄드리고 싶습니다."

옅게 홍조를 띤 악시온의 얼굴은 일견 순진무구했다. 누군가 자신을 나쁘게 대하리란 생각은 조금도 없어 보이는 모습이었다.

"그 이후로 계속 다시 뵙고 싶어서, 오늘만을 애타게 기다렸습니다."

가만 내버려두면 끝없이 가겠다 싶어서, 에니샤는 이쯤에서 잘라내려고 했다. 그러나 악시온은 에니샤의 생각보다 훨씬 대단한 놈이었다. 악시온이 정중하게 손을 내밀며 말했다.

"저를 용서해주신다면, 한 곡 부탁드려도 될까요."

이, 이게 미쳤나…….

에니샤는 황급히 주변을 살폈다. 왠지 연회장이 조금 싸늘해진 듯한 건, 착각이 아니리라.

저 멀리서 로드고와 쌍둥이의 강렬한 눈빛이 느껴졌다. 카힐에게 어서 손가락을 자르질 않고 뭘 하냐고 신호하는 눈빛이었다. 그리고 카힐은 손가락을 자르는 대신, 다른 방법으로 악시온을 토막냈다.

"비켜라, 악시온. 네가 이리 편히 대할 수 있는 분이 아니다."

카힐이 에니샤에게 내민 손을 거칠게 쳐냈다. 소리가 날 만큼 손등을 강하게 얻어맞은 악시온이 발칵 화를 냈다.

"형님이 어째서……!"

"여긴 히페리온이다. 자드카르가 아니라."

악시온의 말을 차갑게 잘라낸 카힐이 입매를 비틀며 말했다.

"너희들이 건방지게 행동할 곳이 아니라는 소리다."

악시온과 리사엘라가 눈을 부릅떴다. 카힐은 옳은 말을 하였을 뿐이었다. 하지만 다른 누구도 아닌 카힐이 그럴 줄은 몰랐던지, 둘 다 적잖이 충격받은 듯했다. 리사엘라가 모욕감에 몸을 바르르 떨었다가, 드레스를 움켜쥐며 소리쳤다.

"어찌 그리 말하세요? 건방진 것은 오라버니예요. 어머니께 말씀드리겠어요!"

새되게 외치는 말이 연회장의 소음을 뚫고 쨍하게 퍼졌다. 자드카르 사절단들의 얼굴에서 핏기가 쑥 가셨다. 하지만 이복남매들은 아직도 상황 파악을 못 하고 있었고, 리사엘라의 눈에는 제 오라비만 불쌍해 보였다. 리사엘라가 에니샤를 노려보며 말했다.

"황녀님께서도 너무하십니다. 수줍은 연심을 잔인하게 짓밟으시고……!"

아무 말도 안 하고 있었던 에니샤는 조금 억울해졌다. 그러나 무슨 말을 해보기도 전에, 상황은 더더욱 건잡을 수 없는 곳으로 흘러가기 시작했다. 달콤한 향내와 함께 매끄러운 목소리가 들려왔다.

"재밌는 대화로군요."

리사엘라는 제 어깨를 지긋하게 누르는 손에 흠칫 놀라 옆을 돌아보았다가, 그대로 굳어버렸다. 삼백안의 금빛 눈은 뱀과 같았다. 하크만이 샐쭉하게 웃으며 말했다.

"하지만…… 정말 잔인한 게 무엇인지 모르시는 모양입니다."

하크만의 말에 주변이 술렁거렸다. 이것만 해도 머리가 아픈데, 아직 끝이 아니었다. 낮게 가라앉은 목소리가 다른 쪽에서 들려왔다.

"분수도 모르고 날뛰는 꼴이라니……."

벨루안과 녹시타였다. 언제 다가왔는지, 그들은 에니샤의 옆에 나란히 자리해서는 리사엘라를 개구리로 만들어버릴 것 같은 눈으로 노려보았다.

연회장의 모든 사람들이 휘둥그레 눈을 뜨고서 이쪽을 바라보았다. 에니샤를 두고 우르르 몰려들었는데, 하나하나가 대륙을 흔드는 자들이었다. 다들 무슨 전쟁이라도 났나 싶어서 쳐다보지만, 실상은 막내 황녀한테 시비 건 꼬맹이를 혼내주러 온 것이었다. 고마운데 고맙지 않은 상황이었다. 그래도 잘하면 아무 일도 아닌 척, 자연스럽게 해결할 수 있을지도 모른다고 마지막 희망을 붙잡았다. 하지만 에니샤의 작은 희망은 1초 만에 부서졌다. 저만치서 눈에 불을 켜고 다가오는 헬라드를 봐버린 탓이었다.

에니샤는 울고 싶은 마음으로 생각했다.

그만해, 이놈들아…….

리사엘라 카르티나는 세상에서 제일 행복한 사람이었다. 자애로운 어머니, 상냥한 오라버니, 고귀한 신분, 풍족한 생활. 태어날 때부터 모든 것을 갖추고 있었다. 모두가 리사엘라에게 상냥했고, 감히 큰소리 내지 못했다. 가끔 건방지게 구는 자들이 있긴 하였지만, 그럴 때는 어머니와 악시온 오라버니가 금세 혼쭐을 내주었다.

완벽에 가까운 삶이었다. 다만 한 가지 부족한 점이 있다면, 왕실의 이름을 받지 못한 것이었다. 어머니의 성을 따랐으나, 이 또한 언젠가는 해결될 터. 리사엘라는 조급하게 생각하지 않았다. 어차피 왕실의 이름을 받든지 말든지, 이미 자신은 공주와 다름없었다. 적자인 카힐이 되레 마구간지기처럼 살아가는 모습을 보고 있노라면 더더욱 그랬다.

추운 겨울나라에서 홀로 봄의 소녀처럼 행복하게 살아가던 리사엘라의 일상은 제국에 사절단을 보낸다는 소식을 듣고 깨어졌다. 악시온 오라버니가 사절단 대표로 가게 되었다는 말에 리사엘라는 울며불며 어머니를 졸랐다. 제국에 따라가고 싶다고 한참 떼쓰자, 어머니는 결국 리사엘라의 뜻대로 해주었다. 다만 한 가지를 깊이 당부하였다.

— 약속해주렴. 히페리온 황족들과는 절대 엮이지 않겠다고.

악시온 오라버니와 저를 불러다가 신신당부하는 어머니의 모습은 조금 낯설었다. 하지만 리사엘라는 깊이 생각하지 않고 가볍게 답하였다.

— 네, 어머니! 절대 근처에도 가지 않을게요.

히페리온 제국은 리사엘라의 마음에 쏙 드는 곳이었다. 제도의 화려함과 위용이 어찌나 대단한지, 하루 종일 바깥을 쏘다녀도 질리지가 않았다. 그것은 악시온 오라버니도 마찬가지라서, 둘은 제도 곳곳을 탐방하였다.

그러던 어느 날이었다. 오라버니는 잔뜩 상기된 얼굴을 하고서 말했다.

— 황녀님을 만났어.

리사엘라는 깜짝 놀라 어머니의 당부를 잊었냐고 말했지만, 악시온은 눈과 귀가 이미 멀어있었다.

— 첫눈에 반한 것 같아. 이건 운명이야, 리사엘라!

그리고 얼마 지나지 않아, 리사엘라는 악시온 오라버니의 말을 절절히 이해하게 되었다. 황태자 책봉식에서 저 또한 운명을 만났기 때문이었다. 히페리온의 새로운 황태자…….

가슴이 콩콩 뛰었다. 번듯한 외모도, 자신감 넘치는 태도도, 그가 가진 권력과 명예도. 무엇 하나 마음에 차지 않는 것이 없었다. 부푼 가슴만큼 망상도 불어났다. 히페리온의 황태자비가 되는 것도 나쁘지 않을 것 같았다. 어머니와 오라버니하고 떨어져 살아야겠지만, 사랑하는 사람과 함께라면 무엇이 두려울까.

리사엘라는 언제나 원하는 것을 손에 넣었다. 그렇기에 이번에도 자신이 원하는 것을 얻을 수 있으리라 믿어 의심치 않았다. 막내 황녀를 만나기 전까지는 말이다.

헬라드를 다시 만날 수 있다는 생각에 연회만을 기다렸다. 하지만 황제의 품에 안겨서 연회장에 들어서는 어린 황녀를 보았을 때. 가슴이 꽉 틀어 막히는 기분이 들었다. 그것이 불같은 질투라는 사실은, 황녀가 헬라드와 웃고 떠드는 모습을 보았을 때 명확해졌다. 황태자비가 되어도 히페리온의 막내 황녀와 사랑을 나눠야 한다면 의미가 없었다. 자드카르에서 그랬듯, 히페리온에서도 자신이 가장 좋고 화려한 것을 차지해야만 했다. 모든 사람의 관심과 사랑을 받고, 그 무엇보다 귀하게 여겨져야 했다. 리사엘라는 머릿속에서 황녀를 대신하여 히페리온 황족들에게 사랑받는 제 모습을 그려보았다. 더할 나위 없이 완벽한 모습이었다.

손 뻗으면 닿을 곳에 있으니, 손안에 쥐는 것도 쉬우리라.

리사엘라는 여태 늘 그래왔듯, 조금만 머리 굴리고 떼를 쓰면 저 빛나는 자리를 얻을 수 있으리라 여겼다. 그래서 황녀에게 먼저 말을 걸었고, 목소리도 높였다. 적당한 핑계까지 잡았으니 다들 내 편을 들어줄 것이라 믿어 의심치 않았다. 어디까지나 어린아이의 단순한 사고방식이었다. 하지만 진실을 가르쳐줄 사람은 아무도 없었다. 리사엘라는 어리석음의 대가를 치르게 되었다.

앞에는 하크만, 옆에는 좌우법사, 그리고 대각선에서 빠르게 접근하는 헬라드. 그 사이에 갇힌 에니샤는 문득 과거에 있었던 지옥의 다과회가 생각났다. 바넷은 에니샤에게 작은 시비를 걸었다가 몇 곱절로 되돌려 받았다. 그래도 바넷은 후에 반성하고 에니샤와 친구가 되었지만, 리사엘라는 그럴 수도 없을 것 같았다.

"……!"

리사엘라가 크게 당황한 눈으로 사방을 살폈다. 제 편을 들어줄 사람을 찾는 모양이었다. 저를 향한 적대적인 시선들이 낯선지, 어쩔 줄을 몰라 하고 있었다. 이미 눈에 눈물이 가득했다.

애타게 주변을 헤집던 리사엘라의 시선이 자드카르 사절단에게 닿았다. 리사엘라는 발돋움까지 해가며 저가 여기 있다는 것을 알렸다. 자드카르 사절단이 주춤거리며 이쪽으로 다가왔다.

그러나 헬라드가 더 빨랐다.

"에니샤……!"

헬라드는 에니샤부터 단박에 끌어안았다. 혹 울었을까 싶어서, 눈가가 빨갛거나 젖어 있지는 않은지 꼼꼼히 살핀 후에 내려놓곤 리사엘라를 돌아보았다. 그런데 우습게도, 리사엘라가 헬라드를 크게 반기는 것이 아닌가.

"흑, 흐윽, 전하……!"

꼭 헬라드가 제 편을 들어줄 구원자라도 되는 것처럼 말이다. 리사엘라는 손수건을 꺼내 눈물을 찍어내면서, 자신은 아무 죄가 없으며 황녀님께서 잘못했다고 울먹거렸다. 그라면 공명정대하게 의견을 듣고 잘잘못을 가려주리라 생각하는 모양이었다. 헬라드만큼 에니샤 편파 판정을 내리는 사람이 없는데 말이다. 남들 다 아는 걸 몰라서 저러고 있으니, 보는 사람만 갑갑할 따름이었다.

"……."

헬라드는 눈물짓는 리사엘라를 무표정하게 바라보다가, 얼굴을 일그러뜨렸다. 그리고 짜증 가득한 표정으로 자드카르 사절단을 돌아보았다. 옆에서 엉거주춤히 서 있던 그들은 헬라드와 시선이 마주치자 몸을 크게 떨었다.

헬라드는 짓씹어 내뱉듯 말하였다.

"어떡할 거야."

최소한의 예우도 갖추지 않은 하대에 사절단들은 눈이 휘둥그레졌다. 하지만 헬라드는 조금도 신경 쓰지 않고 재차 말하였다.

"어떡할 거냐고, 어? 우리 에니샤가 놀랐잖아."

이 조그만 애가 놀라서 말도 못 하는 것 보라며, 헬라드가 에니샤를 턱짓하였다.

"……."

에니샤는 멀뚱히 눈만 깜빡였다. 길거리 날건달처럼 협박하듯 말하는 헬라드에 사절단들은 크게 당황했다가, 모기만 한 목소리로 항의하였다.

“아, 아무리 그러하여도, 타국의 사절단을 이리 대하는 법은 없습니다……. 예의를…….”

“예의?”

헬라드의 목소리가 한층 낮아졌다. 음산하기까지 한 목소리로, 헬라드가 느리게 말하였다.

“예의를 모르는 것은 너희들이지.”

“어찌 그런 말씀을……!”

반박하려 드는 사절단 앞에서 헬라드는 입매를 비틀었다.

“황태자 즉위를 축하하는 사절단에 사생아를 보낼 만큼, 히페리온이 만만하던가?”

“……!”

사절단들은 말문이 막혔다.

카르티나 부인이 악시온과 리사엘라를 사절단에 보낸 것은 제 아이들을 왕실에 입적시키기 위한 수단 중 하나였다. 자드카르를 대표하여 사절단으로 제국에 다녀오면, 히페리온 황제의 암묵적인 동의를 받았다는 명분을 얻게 된다. 물론 적자가 아닌 악시온과 리사엘라가 사절단에 속하는 것은 결례였다. 하지만 카르티나 부인은 제국이 카힐 같은 인재를 공국으로 돌려보내기보단 손에 쥐고 있길 원할 것이라 짐작하였다. 악시온이 왕위를 이으면 카힐은 공국으로 돌아갈 필요가 없게 된다. 서로 좋은 일이니, 모른 척 눈감아주리란 판단 하에 일을 벌인 것이다. 허나 카르티나 부인은 몰랐다. 히페리온은 카힐 자드카르를 공왕으로 만들길 원한다는 것을. 그리고 막내 황녀를 건드리면, 공왕의 적자가 아니라 공왕이 찾아왔어도 용서치 않는 다는 것을.

헬라드가 사납게 웃으며 명령하였다.

"어찌하여 사생아를 보냈냐고 물었다. 대답하라."

각국 사람들이 모인 연회장이었다. 모두가 보는 앞에서 사생아라는 모욕을 당한 악시온과 리사엘라의 얼굴이 새빨갛게 달아올랐다.

리사엘라는 결국 울음을 터뜨리며 뛰쳐나갔고, 악시온도 주춤거리며 뒤따랐다. 남겨진 자드카르 사절단들은 어찌할 바를 모르다가, 사과를 하는 둥 마는 둥 하더니 악시온과 리사엘라를 찾으러 도망가버렸다.

사태가 일단락되고 나니, 연회장은 찬물을 끼얹은 것처럼 고요했다. 여태껏 아무 말도 안 하고 있었던 에니샤는 한 가지 깨달음을 얻었다. 이제 연회장에서 제게 말을 걸 사람은 절대로 없을 것임을 말이다. 입 한 번 잘못 놀렸다가 조각조각 나는 꼴을 만천하에 보였는데, 무서워서 누가 감히 말을 걸겠는가.

어휴, 사교계는 무슨……. 내가 꿈이 너무 컸네.

에니샤는 속으로 고개를 절레절레 내저은 후, 슬그머니 옆에 있던 카힐의 옷자락을 붙잡았다. 이 틈을 타서 재빠르게 도망가자는 신호였다. 하지만 제 앞을 막는 이들 탓에 걸음조차 떼어보질 못했다.

"어디 가십니까?"

벨루안과 녹시타가 에니샤의 앞을 막아섰다. 에니샤는 흠칫하며 뒤돌아섰으나, 거기에는 하크만이 가로막고 있었다.

"기껏 연회까지 왔는데, 저와 말 한 번 섞어주시지 않을 겁니까?"

하크만이 빙긋이 웃으며 말하였다가, 시선을 올려 좌우법사를 바라보았다.

좌우법사가 하크만을 맹렬히 노려보았다. 시선이 맞닿는 곳에서 불꽃이라도 튀는 느낌이었다. 에니샤가 진지하게 지금이라도 늦지 않았으니, 카힐한테 부탁해서 뒤통수를 내려치고 사흘간 기절할까 고민할 때였다. 예상치 못한 사람이 끼어들었다.

"하크만."

헬라드가 하크만에게 불퉁한 얼굴로 말했다.

"그쪽은 저와 얘기 좀 나눕시다."

하크만과 헬라드의 조합이라니……. 정말 상상도 해본 적 없었다. 그것도 헬라드가 먼저 이야기하자고 부르는 것은 더더욱 말이다.

설마 둘이서 얘기하자고 불러다가 죽이려는 건 아닐까?

불안에 떠는 에니샤와 달리, 하크만은 재밌어하는 눈치였다. 그가 눈매를 가늘게 접으며 웃었다.

"히페리온의 황태자께서 친히 청하시는데, 어찌 거절하겠습니까."

하크만은 흔쾌히 헬라드를 따라나섰다.

헬라드는 에니샤에게 황녀궁으로 일찍 돌아가라 말하곤, 뚱한 얼굴을 한 채 하크만과 함께 사라졌다. 덕분에 자연스럽게 좌우법사와 에니샤가 대화하러 가는 분위기가 되었다.

에니샤는 눈동자를 데구르르 굴렸다. 어차피 그들에게 해줄 말도 있던 차였다. 기왕 이렇게 된 것, 이야기나 해야겠다는 생각이 들었다. 에니샤는 카힐에게 발코니를 눈짓하며 말했다.

"잠시 이야기 나누고 올게. 근처에서 기다려."

당연히 카힐은 붙잡으려 했지만, 에니샤는 생긋 웃으며 덧붙였다.

"명령이야, 카힐."

주인의 말을 거역할 수는 없었다. 결국 카힐은 가까운 곳에 있기로 하고, 에니샤는 좌우법사와 함께 빈 발코니로 들어섰다.

발코니 문을 단단히 닫은 후, 녹시타가 간단하게 마법진을 그려 대화가 바깥에 새어나가지 않도록 하였다. 방음마법을 전개하는 동안, 벨루안은 눈높이를 맞추기 위해 에니샤를 난간에 앉혔다. 딱딱한 난간에 엉덩이가 배길까 봐 사역마를 소환해 깔고 앉도록 하는 것도 잊지 않았다.

"괜찮으십니까?"

"으응, 마음에 들어."

몰캉몰캉한 사역마의 감촉이 영락없는 푸딩이었다. 벨루안이 특히 푸딩 같은 놈으로 골라서 소환한 모양이었다. 이따가 푸딩을 한 접시 먹어야겠다고 생각하며, 에니샤는 벨루안과 녹시타를 올려다보았다. 그런데 둘이서 스윽 옆으로 다가오더니, 에니샤의 손을 하나씩 나눠 잡는 것이 아닌가.

"손은 왜?"

의아히 바라보는 에니샤에게 벨루안이 입에 침도 안 바르고 태연히 말했다.

"혹시나 떨어질 수도 있으니 조심해야 합니다."

말도 안 되는 소리였다. 좌우법사는 에니샤가 떨어지다 못해 슝 하고 날아가도 쫓아올 수 있는 사람들이었다. 하여간 웃긴다고 생각하면서도, 에니샤는 그냥 얌전히 손을 내주었다. 에니샤의 손을 붙잡은 벨루안과 녹시타는 무척 기분이 좋아 보였다.

"일단 나부터 말할게. 해줄 이야기가 있어."

먼저 말문을 연 에니샤는 양옆의 그들을 번갈아 바라보며 말했다.

"기억나? 악령의 일곱 군주 중에서 아바르티아가 나머지 여섯을 잡아먹고 유일 군주가 된 것."

그리고 대륙으로 소환된 아바르티아가 살육을 일삼다, 에니샤에게 봉인당했다는 사실은 벨루안과 녹시타도 알고 있었다.

"내 마력이 봉인 당하고 육체를 잃어버리면서 아바르티아의 봉인도 깨졌고……. 자유로워진 아바르티아는 새로운 몸을 얻었어."

"새로운 몸이라 함은……."

"스칸샤의 하크만이야."

"!!"

전혀 몰랐던지, 좌우법사는 크게 놀란 얼굴이었다. 악령 중에서도 가장 강력한 힘을 가진 아바르티아였다. 그가 스스로 모습을 드러내지 않는 이상, 대법사 시절의 에니샤 정도 되지 않으면 정체를 알아볼 수 없었다. 좌우법사를 속이며 즐거워했을 아바르티아의 모습이 상상되어서, 에니샤는 잠시 얼굴을 찌푸렸다.

"하크만이 내게 추근거리는 이유는 별거 없어. 그냥 내 영혼을 탐내는 거야. 그는 내가 마력을 전부 회복할 때까지 기다렸다가 잡아먹을 생각이니까."

낯빛이 가라앉아가는 좌우법사들의 손을 붕붕 흔들며, 에니샤는 일부러 밝게 말했다.

"너무 걱정하지 마. 한 번 봉인했던 놈, 두 번을 못 하겠어?"

"알아요. 믿어요……."

하지만 녹시타와 달리 벨루안의 얼굴은 풀릴 줄을 몰랐다. 벨루안이 눈을 가늘게 좁히며 중얼거렸다.

"설마 그래서……."

"왜?"

"일전에 만났을 때 하크만이 제게 이상한 소리를 하였습니다. 오랜만에 본다고……."

"하지만 본 적 없잖아."

"그렇습니다. 왜 그런 말을 하였는지 이해가 되질 않는군요. 하크만이 아바르티아라면, 허투루 말을 내뱉진 않았을 터인데."

과거 아바르티아를 봉인할 때는 에니샤 혼자였다. 그가 다른 사람의 몸으로 도망치지 못하도록 일부러 홀로 전투를 치른 것이었다. 에니샤는 눈매를 찡그리며 심각하게 말했다.

"조심해, 몸 뺏길라. 특히 너희들이 걱정이야."

"기우입니다."

"대법사는 우릴 너무 약하게 봐요."

그들의 항의에 에니샤는 살풋 웃으며 말했다.

"그런 게 아니라…… 너희들은 내 소중한 사람이잖아. 그만큼 아바르티아가 노리기 쉬우니까 그러는 거야."

소중한 사람이라는 말에 삐죽하던 둘의 기세가 조금 누그러들었다. 에니샤는 그들을 살살 달래었다.

"조심해서 나쁠 건 없어. 워낙 간사한 놈이니, 듣기 좋은 말을 하여도 절대 받아들이면 안 돼. 알았지?"

"알겠어요."

녹시타가 순순히 고개를 끄덕였다. 귀여워서 머리를 쓰다듬어주자, 녹시타는 제 머리를 한껏 들이밀었다.

"더 해줘요……."

커다란 강아지마냥 조르는 말에 에니샤는 웃음을 터뜨리며 그의 머리를 헤집어놓았다. 머리가 새둥지처럼 되어버린 녹시타는 그래도 좋다고 헤실헤실 웃었다. 벨루안이 은근히 에니샤와 녹시타 사이를 가르고 들어오며 말했다.

"이제 저희가 말하여도 되겠습니까?"

에니샤는 천천히 고개를 끄덕였다. 벨루안이 에니샤의 작은 손을 천천히 어루만지며 물었다.

"결정은 내리셨습니까."

그리고 에니샤는 단호하게 말했다.

"그때와 같아."

"……."

벨루안이 지그시 입술을 깨물었다. 그에게 상처 주고 싶지 않지만, 어쩔 수 없었다. 에니샤는 현실적인 부분을 이야기했다.

"나는 아직 마력을 되찾지 못했고, 아르커스 내부에 있을 배신자도 찾지 못했어. 내가 되돌아간다 하여도 아무것도 해결되지 않아. 히페리온과 아르커스 사이에 끝나지 않을 전쟁만 일으킬 뿐."

작게 한숨을 내쉬며, 가느다란 목소리로 속삭였다.

"지금 이 상황에선 새로운 대법사를 뽑는 게 가장 현명하다는 것, 너도 알잖아……."

에니샤의 말이 끝나고도, 벨루안은 한참 동안 침묵하였다. 그가 쓰게 웃으며 입을 열었다.

"알고 있습니다. 하지만 모든 일이 어찌 이성적으로만 해결되겠습니까."

바닥에 시선을 떨어트리고 있던 녹시타가 천천히 고개를 들어올렸다.

"우리뿐만이 아니라, 왕국민들도 대법사를 애타게 기다리고 있는걸요……."

물기 어린 녹시타의 말에 에니샤는 아무 말도 하지 못하였다. 침묵하는 에니샤 앞에서 녹시타가 느리게 입을 열었다.

"……한 가지만 대답해줘요."

그는 짙어진 눈을 하고서 질문했다.

"대법사는 히페리온을 사랑하고 있어요? 우리만큼? 아니, 우리보다 더?"

에니샤는 그들이 원하지 않는 답을 할 수밖에 없었다.

"너희를……. 아르커스를 사랑하는 마음과 같아. 히페리온 또한 내게 소중해."

"……."

좌우법사의 손에서 힘이 빠졌다. 맞잡고 있던 손이 스르륵 풀려나갔다. 그들은 한 발짝 뒤로 물러나 에니샤를 바라보았다. 벨루안이 입매를 끌어올려 억지로 웃는 얼굴을 하고서 말했다.

"……대법사의 뜻이 그러하다면, 어쩔 수 없지요. 받아들이겠습니다."

그러나 그의 눈은 전혀 웃지 않고 있었다.

"남은 기간 동안 조용히 머무르다 갈 터이니, 저희들에게 너무 마음 쓰지 마십시오."

"……."

녹시타는 아예 입을 꾹 다물고 바닥만 내려다보았다. 그러나 벨루안의 말에 반대하지는 않았다.

에니샤는 허전한 두 손을 움켜쥐었다. 일말의 불안감이 몸을 뒤덮었다. 분명 좌우법사는 순종적으로 고개를 숙이고, 에니샤의 뜻을 따르겠다 말하고 있었다. 하지만 에니샤는 알고 있었다. 이렇게 순순히 받아들일 놈들이 절대 아니라는 것을.

악시온과 리사엘라가 도망친 곳은 구석진 발코니였다.

"이제 어떡해요……. 부끄러워서 남들 앞에 설 수가 없다구요……!"

흐느끼는 리사엘라를 달래며, 악시온은 어금니를 꽉 깨물었다. 뭐라도 된 것처럼 거들먹대며 제 손을 쳐내던 카힐이 자꾸만 떠올랐다. 전부 그놈 때문이었다. 어머니의 말씀처럼, 히페리온의 태양에 취해 거만해졌으리라.

악시온은 함께 온 사절단들에게 명령하였다.

"카힐을 데려와."

카힐은 의외로 고분고분하게 저를 만나러 왔다.

악시온은 리사엘라와 사절단들을 밖으로 내보내곤, 발코니에서 카힐과 둘만 남았다. 건방지게도 먼저 입을 연 것은 카힐이었다.

"길게 들어줄 시간은 없으니, 서로 할 말만 하도록 하지."

카힐은 무표정한 얼굴로 말했다.

"황녀님께 더 이상 접근하지 마."

그 말에 참을 수 없이 화가 났다. 악시온은 벌컥 소리 질렀다.

"네가 뭐라고 나한테 명령질이야!"

얄팍한 존대마저 걷어치우고 밑바닥을 내보였다. 하지만 잔뜩 흥분한 저와 달리, 카힐은 한없이 차분했다.

"너 또한 내게 명령할 권리는 없다, 악시온."

그가 싸늘하게 말하였다.

"철없는 짓거리는 자드카르에서나 하도록."

분노가 머리끝까지 치솟았다.

뭣도 아닌 놈이, 내 밑에서 빌빌 기었던 주제에 감히…….

저 오만함을 짓뭉개고 싶어서 손까지 떨리는데, 문득 품속에서 이물감이 느껴졌다. 어머니께서 카힐에게 전하라 하였던 유리병이었다.

악시온은 유리병을 움켜쥐었다. 손바닥 아래에 딱딱한 유리의 감촉이 느껴졌다. 아무리 화가 나도 어머니의 말을 거스를 수는 없었다. 이걸 집어 던져버리고, 자드카르의 배신자라며 욕을 쏟아낼 생각이었다. 그리고 악시온이 유리병을 내던진 것과 거의 동시에,

발코니 문이 활짝 열렸다. 분홍색 빛이 언뜻 스치는 듯하더니, 분명 곧게 던진 유리병이 이상한 방향으로 휘어졌다.

"카힐, 여기 있……!"

열린 문 사이로 들려온 낭랑한 목소리는 유리병이 깨지는 날카로운 파열음과 함께 끊어졌다. 악시온은 유리병이 엉뚱한 사람의 발치에 떨어졌으며, 그 사람이 황녀님이란 사실을 깨닫곤 사색이 되었다.

산산조각 난 유리병에서 검고 진득한 무언가가 솟아올랐다. 그것은 피할 새도 없이 순식간에 황녀님을 뒤덮었고, 몸속으로 빨려 들어갔다. 황녀님은 그대로 바닥에 주저앉았다.

"황녀님!!"

카힐이 곧장 황녀님을 받쳐 안았다. 작은 몸이 힘없이 늘어졌다. 뭐가 어떻게 된 일인지 알 수 없었다. 당황스러우면서 덜컥 겁이 났다. 뒷걸음질 치는데, 문득 목덜미가 서늘하였다. 날카롭게 벼린 얼음조각 수십 개가 자신을 겨냥하고 있었다. 악시온은 저도 모르게 애원하듯 입을 열었다.

"형님……."

카힐은 머리카락과 눈동자 색이 변해 있었다. 얼음처럼 새하얘진 모습을 하고서, 악귀같이 눈을 번뜩이며 물었다.

"무슨 짓을 한 거야."

두려움에 목구멍이 달라붙은 것만 같았다. 악시온이 아무 말도 못 하고 있자, 카힐은 벼락같이 소리쳤다.

"뭔 짓거리를 한 거냐고 묻잖아!!"

"모, 몰라요! 그냥 어머니께서……!"

생각나는 대로 주워섬기는 말에 얼음송곳이 더 바짝 달라붙었다.

죽는다. 분명히 죽을 것이다.

치닫는 살의가 극에 달했을 때였다. 꺼져가는 목소리가 들려왔다.

"카힐……."

가느다란 부름이 들려오자마자, 빼곡하던 얼음들은 흔적도 없이 사라졌다. 카힐은 황녀님의 뺨을 연신 쓰다듬고, 아픈 표정을 지으며 품에 끌어안았다. 그리고 제게 속삭이는 황녀님의 말에 힘껏 입술을 짓씹었다.

"……."

카힐은 마지막으로 악시온을 노려보았다가, 다시 황녀님에게로 고개를 돌렸다. 얼음 섞인 차가운 설풍이 두 사람을 휘감았다. 하얗게 일어난 눈바람이 가라앉았을 땐, 카힐과 황녀님은 깨끗하게 사라진 뒤였다.

이르가는 초조하게 하크만이 귀환하기를 기다렸다. 손톱을 어찌나 잘근잘근 씹어댔는지, 끝이 너덜너덜하다 못해 피까지 비쳤다.

잔뜩 긴장하고 있던 이르가는 하크만이 돌아오자마자, 파랗게 질린 얼굴로 보고하였다.

"분부하신 대로 잘 보고 있다가, 황녀님께 유리병이 떨어지도록 하였는데……. 금빛숲으로 가버리셨습니다……."

"아, 이런. 날 찾아올 줄 알았건만……. 재미없게 되었군."

그러나 하크만은 조금 안타까워했을 뿐, 별다른 말을 하진 않았다.

질책을 받을까 두려워하며 공포에 질려있던 이르가는 크게 안심하였다. 한결 홀가분해진 표정을 하고서, 이르가는 방을 가로지르는 하크만의 뒤를 졸졸 따라갔다.

"황태자랑은 말씀 잘 나누셨습니까?"

옷시중을 받아 침의로 갈아입던 하크만이 비죽 웃었다.

"아아……. 성년 기념선물을 달라고 하던데."

"……예?"

헤실헤실하던 이르가의 눈이 휘둥그레졌다.

"제게 필요한 것을 돈 한 푼 내지 않고 뜯어갔지. 참으로 뻔뻔한 작자들이야."

말은 그리하여도, 기분 나빠 보이는 기색은 아니었다. 오히려 즐거워 보이시는 듯했다. 잘은 모르겠지만, 히페리온의 황태자와 나눈 담소가 많이 기꺼우셨던 모양이었다.

주인의 기쁨은 이르가의 기쁨과 같았다. 이르가는 행복하게 활짝 웃었다.

느슨하게 침의를 걸치고 침상에 누운 하크만은 나른히 웃으며 입을 열었다.

"상황이 재미나게 흘러갈 듯하구나."

그는 잔뜩 눈매를 휘고서 속삭였다.

"역시 그녀 옆에 붙어 있으면 재밌는 일이 많단 말이지……."

좌우법사와 대화를 끝내고 카힐을 찾아 나섰다. 카힐에게 첫 번째 맹세를 받았기에, 에니샤는 원한다면 그가 어디에 있는지 알 수 있었다. 그가 있는 곳은 에니샤와 그리 멀지 않은 또 다른 발코니였다.

카힐의 기척을 따라가던 에니샤는 발코니 앞에 자드카르의 사절단이 모여 있는 것을 발견했다.

설마 그새 카힐이 해코지라도 당하고 있는 건 아닐까.

악시온과 리사엘라가 연회장에서 망신당한 것을 생각하면, 충분히 가능성 있는 이야기였다. 에니샤는 자드카르 사절단을 쫓아내고 발코니 문을 열어젖혔다. 그 순간 발치에 무언가 날아와 부서졌다. 잠깐 당황하는 사이, 검고 진득한 마력이 치솟아 몸을 뒤덮었다. 서늘한 냉기를 품은 그것은 몸속 깊이 스며들어와 심장 위를 짓눌렀다.

"……!"

심장이 저릿하다는 생각이 들었을 땐, 이미 바닥에 주저앉은 뒤였다. 카힐이 무어라 외치는 목소리가 귓가를 스쳤다. 전신에서 힘이 쭉 빠져나가며, 속에서 타오르는 듯한 강렬한 열기가 느껴졌다. 혈류를 타고 흐르는 화끈한 감각에 눈앞이 아찔했다. 마력봉인을 건드린 것이다.

에니샤를 덮친 것은 힘의 폭주를 일으키는 저주로, 마력이 봉인당한 에니샤에게는 쥐약과 다름없는 것이었다. 현재 에니샤는 아주 조심스럽게, 조금씩 마력을 회복해나가고 있었다. 옳은 방법으로 봉인을 해제하지 않고 강제로 뜯었다간, 억눌러놓았던 마력이 한꺼번에 터져나가며 미성숙한 육체를 찢어놓을 것이기 때문이었다. 본래 가진 마력이 강대하기에 더욱 주의해야 하는 일이었다. 그런데 폭주를 일으키는 저주가 마력을 자극하면서, 봉인의 일부를 손상시킨 것이다. 깨어진 틈으로 건잡을 수 없이 새어나오는 마력에, 머리부터 발끝까지 뜨겁게 열이 오르기 시작했다.

에니샤는 간신히 카힐을 불렀다.

"카힐……."

흐려져 가는 정신을 다잡으며 그에게 자신을 금빛나무로 데려다 달라고 부탁했다. 카힐이 불러낸 눈바람이 몸을 휘감았다. 시원한 바람이 몸을 식혀주어서, 에니샤는 아주 조금 숨통이 틔었다.

금빛나무에 다다르자, 카힐은 에니샤를 제 품에 기대어 편히 눕도록 하였다. 델 하르인을 불러오겠다는 그에게 고개를 내젓곤, 에니샤는 힘겹게 목소리를 내어 말했다.

"얼음……. 더워……."

단편적인 말이었지만, 몸에서 열이 펄펄 끓는 에니샤를 안고 있는 카힐이 알아듣기엔 충분했다. 금세 사방에 삐죽삐죽한 얼음기둥이 가득 솟아났다. 입에서 하얀 입김이 나올 만큼 주변에 한기가 가득해졌으나, 열은 내릴 줄을 몰랐다. 되레 얼음을 녹여버릴 정도였다. 하지만 그때마다 카힐은 몇 번이고 다시 새로운 얼음기둥을 세웠다.

"흐으……."

온몸을 들쑤시는 마력에 몸이 저절로 움찔움찔 떨렸다. 고개를 뒤로 젖히며 참지 못한 비명을 내지르자, 에니샤를 끌어안은 카힐의 손등 위로 핏줄이 솟아올랐다.

"황녀님……. 황녀님……."

애타는 부름에 대답해주고 싶었지만, 그럴 수가 없었다. 입을 열면 목소리 대신 더운 숨만 토해낼 뿐이었다. 서늘한 카힐의 몸에 기댄 채, 몸속을 들쑤시는 마력을 제어하려 노력하였다. 여기서 봉인이 깨지고 폭주하는 순간 끝이었다.

에니샤 혼자 목숨을 잃는 것으로 끝나지 않는다는 게 문제였다. 가둬두었던 마력이 일시에 터져나가면 황궁은 물론, 어쩌면 히페리온 제국까지도 깨끗하게 사라지도록 만들 것이었다. 좌우법사에게 도와달라고 할 수는 없었다. 폭주를 막으려면 몇 배의 힘으로 짓눌러야 하는데, 대륙에서 에니샤의 마력을 감당할 만한 자는 아바르티아가 유일했다. 그에게 도와달라 하고픈 유혹이 고개를 치켜들었다. 그러나 그때마다 충동을 억누를 수 있었던 것은 옆에 카힐이 있는 덕분이었다. 끊임없이 얼음을 불러내어 열기를 식혀주고 땀을 닦아내어준 덕분에, 조금이나마 정신을 차릴 수 있었다.

에니샤는 통증을 참기 위해 카힐의 옷자락을 힘주어 움켜잡았다.

할 수 있어…….

흐트러지는 정신을 다잡으며 마력을 움직이기 시작했다. 정확히 원 상태로 되돌려야 했다.

다행히 봉인의 손상은 크지 않았다. 한계 이상으로 흘러나온 마력을 다시 밀어 넣고, 봉인을 이어 붙이면 될 것 같았다. 제 손으로 마력을 봉인하는 기분이 끔찍했지만, 어쩔 수 없는 노릇이었다. 봉인의 궤적을 따라 하나씩 이어 붙이는 시간이 영겁과도 같이 느껴졌다. 제멋대로 뻗어나간 마력을 거둬들여, 천천히 중심으로 되돌아오게 만들던 때였다. 무엇 하나를 잘못 건드렸는지, 형언할 수 없는 고통이 내려쳤다.

"……!!!"

에니샤는 비명조차 지르지 못하고 몸을 뒤틀었다. 마력이 살갗 위에서 끓어올랐다. 금방이라도 전신을 찢어발기고 튀어나올 것 같았다. 호흡이 가빠지더니 가슴이 부서질 듯한 고통과 함께 머리가 핑 돌았다. 숨을 쉴 수가 없었다. 마력 폭주를 억누르다 순간적으로 과호흡이 온 것이었다. 심장이 멈춘 듯한 느낌과 함께 꼼짝없이 죽는다는 생각이 들었다. 시야가 까맣게 타들어갔다.

그때 카힐의 손이 단단하게 코와 입을 덮었다. 본능적으로 발버둥 치며 그의 손을 잡아 뜯었다. 카힐은 다른 쪽 손으로 에니샤의 두 손목을 그러쥐어 바닥에 짓눌렀다.

"안 됩니다, 숨을 들이마셔야 합니다……! 황녀님, 제발……!"

정신없이 애원하는 카힐의 목소리가 어지러이 꽂혀 들었다. 에니샤는 눈앞이 뒤집히는 와중에도, 내뱉은 숨을 다시 들이마시려 노력하였다.

"……."

천천히 시야가 돌아왔다. 경련을 일으키던 에니샤의 몸이 천천히 잦아들자, 카힐은 조심스럽게 손을 떼어냈다.

에니샤는 힘겹게 눈꺼풀을 들어올렸다. 둘 다 꼴이 엉망이었다.

저는 당연했고, 카힐도 말이 아니었다. 몸부림치는 에니샤를 제압하느라 근사하게 차려입었던 예복이 완전히 망가져 있었다.

다 뜯어진 단추 사이로 드러난 흰 목덜미 위에 빼곡한 문양이 보였다. 순간적으로 에니샤가 통제를 잃으며, 카힐을 구속하던 힘이 풀린 것이다. 문양이 얼굴까지 뒤덮고 있었지만, 제대로 관찰할 새가 없었다. 카힐이 눈물을 흘리고 있었다. 뺨이 흥건히 젖도록 뚝뚝 눈물 흘리는 그가 낯설었다. 에니샤 앞에서야 이따금 웃고 수줍어 했지만, 기본적으로 카힐은 조용한 편이었다. 감정 변화를 크게 드러내지 않아서 언제나 고요한 느낌이었는데……. 지금 카힐은 전혀 다른 사람 같았다.

"죽여버릴 겁니다. 살을 찢고 뼈를 조각낼 겁니다……."

황녀님을 고통스럽게 만든 자들을 전부 용서치 않으리라, 눈물 가득한 얼굴로 증오와 저주를 짓씹었다.

그에게 괜찮다고 말해주고 싶었다. 하지만 죽었다 살아난 에니샤는 대답해줄 힘조차 없었다. 에니샤는 남은 힘을 전부 끌어 모아 다시 봉인을 이어 붙였다. 한 차례 고비를 겪고 나니, 그 뒤로는 그나마 순조로웠다.

모든 것이 끝났을 때는 한참 시간이 흐른 후였다. 열기가 가라앉고 나자 식은땀으로 젖은 몸이 서늘했다. 작게 몸을 떠는 에니샤에게 카힐은 곧장 겉옷을 벗어 덮어주었다. 품이 큰 옷이 에니샤를 넉넉하게 덮었다.

"……."

카힐은 아무 말도 하지 않았다. 조금 전까지 내보였던 거센 분노는 이미 속으로 갈무리한 후였고, 문양 또한 깨끗이 사라졌다. 그러나 그의 눈동자 속에는 여전히 숨길 수 없는 감정의 잔재가 남아 있었다.

기진맥진한 에니샤가 한참 그에게 기대어 늘어져 있는 동안, 침묵이 이어졌다. 조용한 밤의 숲속에 희미한 달무리가 감돌았다. 풀벌레와 새 우는 소리가 옅게 바닥에 깔렸다.

겨우 기력을 되찾은 에니샤는 손발을 꼼질거려 자신의 회복을 알렸다.

"황녀님……."

카힐이 쉰 목소리로 말하였다.

에니샤는 손을 들어 그의 눈가를 쓸어주었다. 붉어진 눈가를 한참 어루만지니, 카힐은 얌전히 눈을 아래로 내리깔았다. 젖은 속눈썹을 쓸어주며 에니샤는 띄엄띄엄 말했다.

"나…… 이제 괜찮으니까……. 황녀궁으로……."

말을 하면서도 몰려오는 피로감에 눈앞이 가물거렸다. 에니샤는 결국 끝까지 말을 잇지 못하고, 까무룩 잠에 빠져버렸다.

새벽이 깊었으나, 악시온은 잠들지 못하고 방 안을 맴돌았다. 엉덩이에 뿔이라도 난 듯 앉았다 일어서길 반복하고, 그러다 참지 못하고 몇 번이나 책상을 내려쳤다.

아까 벌어진 일 때문에 도통 잠이 오질 않았다. 아무리 고의가 아니었다 해도, 황녀님을 그리 만들어놓았으니 처벌을 피할 수 없을 터였다.

지금이라도 사절단을 불러다 자드카르로 도망가야 하는 것은 아닐까. 하지만 그랬다가 제국이 자드카르에 전쟁을 선포하면 어찌하나.

온갖 생각이 머릿속에서 휘몰아쳤다. 끝나지 않는 고민을 계속 이어가던 때였다.

"……!"

방 한가운데 소용돌이가 생겨났다. 바닥에서 느리게 휘돌던 그것은 점차 불어나서, 천장 끝까지 닿을 만큼 커다래졌다. 사방에 흩어지는 하얀 눈송이 속에서 모습을 드러낸 것은 카힐이었다. 본래의 남청색은 어찌 하고, 여전히 해괴한 머리카락과 눈동자를 하고 있었다. 두려움을 느낀 악시온은 본능적으로 방문을 향해 달려갔다. 그러나 카힐은 가벼이 걸음을 옮겨, 손으로 문 위를 짚었다. 단단히 닫힌 문은 아무리 잡아당겨도 열리지 않았다.

"혀, 형님……."

악시온은 문손잡이를 부여잡은 채 카힐을 올려다보았다.

카힐은 윽박지르지도, 화를 내지도 않았다. 그저 무표정하게 바라보다, 악시온의 오른팔 위에 천천히 손을 얹었다. 악시온은 제 팔 위에 하얀 성에가 어리고, 이내 완전히 얼어붙는 모습을 멍하니 바라보았다. 악시온의 눈동자가 두려움으로 까맣게 물들었다.

"카르티나에게 전해."

카힐은 흐트러진 머리카락을 천천히 쓸어 넘기며, 나직이 말하였다.

"한 번만 더 이딴 짓거리를 벌이면, 그때는 이 정도로 끝나지 않을 것이라고."

길고 모양 좋은 손가락이 얼어붙은 팔을 툭 내려쳤다. 찢어지는 비명 소리가 고요한 새벽을 뒤흔들었다.

유리병에 담겨 있던 저주는 강력했다. 이 정도 수준의 저주라니, 아무래도 자드카르에 주술사가 있는 것 같았다. 저주 덕분에 제국을 날려버릴 뻔한 에니샤는 달게 푹 잠들었다가 일어났다. 다행히 다음 날 아침 무사히 깨어날 수 있었다. 일어나보니 황녀궁의 폭신한 침대 안이었고, 옷도 다 갈아입혀져 있었다. 조용한 것으로 보아 시녀들은 아무것도 모르는 눈치였다. 카힐이 혼자 뒤처리를 하진 못했을 텐데, 어찌 된 것일까 궁금하였다.

에니샤의 궁금증은 오전에 찾아온 레시나가 해소해주었다.

"괜찮으십니까? 어젠 진짜, 어휴, 제가 너무 놀라가지고 심장이 막 벌렁벌렁……."

수다스럽게 손을 내저어가며 호들갑 떠는 이야기를 들어보니, 카힐이 레시나에게 부탁한 모양이었다. 레시나는 황녀궁 침실에서 에니샤의 옷을 갈아입히고, 환상마법을 걸어 저가 에니샤인 척하며 시녀들에게 거짓말하였다. 다행히 시녀들은 속아 넘어갔고, 로드고와 쌍둥이가 연회로 정신없는 덕분에 어찌어찌 무사히 넘어간 것 같았다.

"혹 황녀님께서 어제 일이 알려지길 원치 않으실까 봐, 일단은 저한테 부탁한다고 하였습니다."

참 눈치 빠른 놈이라고, 레시나는 혀를 내둘렀다. 그러더니 조그맣게 혼잣말을 중얼거렸다.

"근데 그 자식, 그러고 나서 살인낼 것 같은 얼굴로 어딜 가던데……."

"응? 뭐라구?"

"아, 아닙니다. 그나저나 어디서 굴러 떨어지기라도 하신 겁니까?"

"뭐……. 비슷해."

카힐은 레시나에게도 진실을 말하지 않았다. 모든 처분을 온전히 에니샤에게 맡기는 그의 일처리가 마음에 들었다. 단 하나를 제외하고 말이다.

오후 내내 푹 쉬면서 몸을 회복하고 있던 에니샤는 기겁하며 다시 황녀궁으로 찾아온 레시나를 만났다. 그리고 그녀에게 악시온이 오른팔을 잃고 불구가 되었다는 소식을 들었다. 자드카르 사절단은 자세한 내막을 말하지 않고, 그저 불의의 사고가 있었다는 말만 하고선 황급히 본국으로 귀환했다. 굳이 붙잡아놓을 이유도 없기에, 로드고는 그들의 귀국을 받아들였다.

에니샤는 악시온의 팔을 뜯어놓은 사람이 카힐이라고 확신했다. 그가 범인이라는 것에 베개 뒤에 숨겨놓은 토끼인형과 침실을 떠다니는 장난감 배를 걸 수도 있었다. 레시나 또한 대강 어제 악시온이 에니샤에게 무슨 짓을 했고, 그 때문에 카힐이 나섰다고 짐작한 듯했다.

"앞으로 더더욱 카힐에게 친절하고 다정하게 대해줘야겠습니다."

혼자서 다짐에 다짐을 반복하는 레시나를 앞에 두고, 에니샤는 잠시 고민에 빠졌다. 혼내기도, 혼내지 않기도 애매한 일이었다. 카힐은 악시온에게 깊은 원한을 품고 있었고, 그가 벌인 일 때문에 에니샤가 고통스러워하는 모습을 눈앞에서 보았다. 아무 짓도 하지 않고 가만히 있었다면 그것 또한 이상한 일이었을 터였다. 다만 에니샤는 앞으로 비슷한 일이 또 일어났을 때, 카힐이 상대를 가리지 않고 날뛸까 봐 걱정되었다. 악시온이야 저가 저지른 일도 있고 하니, 팔 한쪽이 날아갔어도 아무 말도 못 하곤 자드카르로 도망갔다. 하지만 모든 상대가 악시온 같지는 않을 터였다. 감정에 휩쓸려 나섰다가 더 큰 일이 벌어질 수도 있다.

똑똑한 애니까 그러지 않을 것도 같지만…….

얼마간 고민하던 에니샤는 결국 그냥 아무 말 하지 않는 것으로 결론 내렸다. 악시온 말고 다른 놈이 걸리면 그때 한번 짚고 넘어가는 게 좋을 것 같았다.

"어린놈 무서워서 살겠습니까. 아무래도 제가 부단장을 딱 해줘야 직위상으로 높으니 안전할 것 같……."

에니샤는 헛소리를 늘어놓는 레시나에게 다른 것을 물었다.

"델 하르인은?"

"아, 어르신께선 황녀님께서 내주신 숙제를 하시느라 바쁩니다.

아마 오늘 중으로 완성될 것 같다고 하셨습니다. 그리고 저 환상마법도 진짜 열심히 연습해놨습니다. 이제 자면서도 할 수 있어요."

레시나의 말에 에니샤는 고개를 끄덕였다. 이제 할 수 있는 준비는 모두 다 하였다. 남은 것은 하늘에 맡기는 수밖에 없었다.

황태자 책봉식 이후 일주일간 이어졌던 연회가 끝나고, 사냥대회가 열렸다. 새로운 황태자의 탄생과 황족의 성년을 기념하는 사냥대회로서, 이번 책봉식의 마무리이기도 하였다. 사냥대회가 끝나고 나면 제국을 방문했던 사절단들도 하나둘씩 귀국할 예정이었다.

사냥대회가 열리는 장소는 금빛숲이었다. 대미를 장식하는 행사인 만큼, 사냥대회는 화려했다. 사냥대회를 준비하는 데에는 제국이 아니면 감당할 수 없겠다 싶을 만한 거금이 들어갔다. 평소 황족을 제외하고 수렵을 금하는 금빛숲에는 희귀한 동물들도 많았는데, 황실은 대회에서 모든 동물을 자유로이 사냥할 수 있도록 하였다.

에니샤는 평소 금빛나무 근처만 자주 놀러 다녔으나, 본디 금빛숲은 산의 한 자락처럼 아주 넓은 숲이었다. 그런 숲 전체를 대회의 무대로 삼았으니, 규모가 상당했다. 참석하는 인원도 시중인까지 포함하면 수백에 달하였다.

대회에 참가한 외국의 사절단들은 준비된 면면을 보고 감탄을 금치 못했다. 다양하게 마련한 사냥 도구, 혈통 좋은 사냥개와 말, 막사와 푹신한 의자, 사냥이 끝난 후 그 자리에서 짐승을 잡아 연회를 벌일 요리사들까지. 모든 것이 완벽하게 갖춰져 있었다.

황족들을 위해 따로 마련한 막사에서 헬라드와 로시엘은 마지막으로 활을 점검했다. 오늘 사냥대회의 시작을 알리기 위해, 히페리온의 별들은 가장 먼저 활을 쏘아 사냥감을 잡을 예정이었다. 쌍둥이는 시종에게 맡기지 않고 직접 활과 화살을 확인한 후, 에니샤의 것도 가져가 검사해주었다.

그동안 에니샤는 가볍게 몸을 풀었다. 연회 이후 아무것도 안 하고 잘 먹고 잘 쉬었더니, 몸 상태가 제법 괜찮았다. 꼼질거리다 말고 헬라드와 로시엘을 바라보았다. 진지한 표정으로 활시위를 당겨보는 쌍둥이들은 확실히 성년이 된 태가 났다. 이제 에니샤와는 확연히 체구 차이가 났다. 아직 로드고만큼 키가 크진 않았지만, 나중에는 그만큼 크겠다 싶을 만큼 늘씬했다.

"……왜 그래, 에니샤?"

가죽각반의 끈을 고쳐 매던 로시엘이 다가왔다. 에니샤는 익숙하게 로시엘의 품에 안기며 그냥요, 하고 답했다. 그러다가 문득 물어봐야지 했던 것이 생각나서 입을 열었다.

"저번에 헬라드 오라버니가 하크만과 무슨 이야기를 했어요?"

정말 궁금했는데, 헬라드한테 물어봐도 그냥 아무것도 아니라며 넘기는 바람에 아직도 모르고 있었다.

로시엘은 사냥복을 입은 에니샤를 사랑스레 바라보며 말했다.

"별거 아냐. 그냥 약간의 대비책 같은 거랄까……."

"대비책? 무슨 일 있어요?"

그러나 로시엘은 에니샤에게 대답 대신 엉뚱한 이야기를 하였다.

"걱정하지 마, 에니샤. 어떤 일이 생겨도 오라버니들이 너를 지켜줄 터이니."

좀 더 캐물으면 얘기해줄 것도 같았는데, 시종이 부르는 탓에 자리에서 일어났다.

점검을 마친 헬라드가 에니샤에게 활을 내밀며 씩 웃었다.

"가자! 연습했던 거 멋지게 보여줘."

그리고 커다란 대궁을 든 두 사람을 따라, 에니샤도 조그만 활을 들고 종종 걸어 나갔다. 막사 밖으로 나가자, 수많은 이의 시선이 달라붙었다.

에니샤는 살짝살짝 주변을 살폈다. 하크만은 당연히 참가하였고, 벨루안과 녹시타도 보였다. 아르커스의 마법사들을 몇몇 데리고 사냥에 참가한 것이다. 수년을 같이 붙어 있었지만, 그들이 사냥을 즐기는 모습은 단 한 번도 본 적이 없었다. 아마 사냥대회를 핑계 삼아 에니샤를 보러 왔으리라.

에니샤는 이브로테 기사단을 찾아보았다. 카힐과 시선이 마주쳤다. 카힐과는 그때 일 이후 처음 보는 것인데, 에니샤와 눈이 마주쳐도 가만히 목례할 뿐 별다르게 감정을 내보이진 않았다. 델 하르인은 멀리 떨어진 여기서 봐도 잔뜩 긴장한 것이 보였다. 레시나가 델 하르인의 어깨를 도닥여주고 있었다.

에니샤는 다시 시선을 앞으로 향하였다. 대궁을 든 헬라드가 화살을 활시위에 걸었다. 진지한 얼굴을 한 헬라드의 눈매가 목표물을 가늠하듯 가늘어졌다. 얼마 떨어지지 않은 곳에서 시종들이 미리 몰이해놓은 사냥감을 맞추기 편하게 옮겨놓고 있었지만, 헬라드의 화살촉은 하늘을 향했다.

활시위를 팽팽히 당겼다가 놓았다. 빠르게 날아간 화살이 멀찍이서 날아가던 새를 맞추었다. 바닥으로 추락하는 새를 찾아다 확인하니, 화살은 정확히 눈을 관통해 있었다.

황태자의 활솜씨에 다들 감탄하는 동안, 로시엘이 나섰다. 로시엘은 딱히 큰 기교를 선보이지 않았다. 시종들이 준비해놓은 사냥감에 정확하고 깔끔하게 화살을 꽂아 넣었을 뿐이었다. 그러나 자세부터 화살의 궤적까지 물 흐르듯 유려하여서, 많은 사람의 박수를 받았다.

마지막으로 나선 것은 에니샤였다. 아직 어린 에니샤를 위해선 나무로 만든 과녁판을 준비했다. 본래대로라면 살아 있는 짐승을 사냥해야 하지만, 막내 황녀를 끔찍이 아끼는 로드고가 내 딸 손에 피를 묻힐 수 없다며 바꾼 것이었다.

야무지게 활을 붙잡은 에니샤는 앞으로 걸어 나갔다. 하지만 몇 걸음 옮기기도 전에 그만 풀썩 바닥에 넘어졌다. 과녁에만 집중하다 발이 꼬여서 넘어진 것이었다. 조금 부끄러웠지만, 에니샤는 얼른 아무 일도 없었던 것처럼 발딱 일어났다. 에니샤를 일으켜주러 달려온 헬라드와 로시엘은 활시위를 당길 때까지 떠나지 않고 옆에서 소곤소곤 훈수를 두었다.

"팔 조금만 더 붙여라."

"에니샤, 잘하고 있는데 활시위만 좀 더……. 그렇지."

에니샤는 쌍둥이가 시키는 대로 활시위를 당기곤, 마력을 끌어올렸다. 금빛 광채가 화살 위를 화려하게 휘감자 환호성이 터졌다.

히페리온의 막내 황녀가 마법에 재능이 있다는 사실은 익히 알려져 있으나, 마법을 쓰는 모습을 공개한 것은 처음이었다. 탐스러운 황금빛 머리 타래와 꼭 맞는 금빛 마력을 다루는 자그마한 황녀님은 사람들의 시선을 뺏기에 충분하였다. 다들 훈훈하게 미소 지으며 어린 황녀의 모습을 바라보았다.

에니샤는 가만히 과녁에 집중했다가 손을 놓았다. 힘차게 날아간 화살은 허공에 금색의 궤적을 수놓았고……. 쾅 소리가 금빛숲을 뒤흔들었다. 화살이 과녁을 개박살내는 소리였다.

"……."

잠시 주변이 조용해졌다. 앙증맞은 황녀님의 반짝반짝한 화살이 만들어낸 처참한 결과물이 사방에 널브러져 있었다. 산산조각 난 파편들을 눈앞에서 보면서도, 모두 믿기지 않는 얼굴이었다. 다들 입만 떡 벌리고 있는 가운데, 열렬한 박수 소리가 터졌다. 아까 에니샤가 넘어졌을 때부터 이미 반쯤 자리에서 일어나 있던 로드고는 아예 벌떡 서서 기립박수를 보내고 있었다. 뒤이어 헬라드와 로시엘도 귀여워 죽겠다는 표정으로 에니샤에게 박수를 보냈다. 황족들을 뒤따라 늦은 박수 세례가 터졌다.

에니샤는 활을 아래로 내리곤 의젓하게 인사한 후, 다시 종종 걸어서 자리로 되돌아갔다.

황족들이 첫 사냥을 마무리한 후, 본격적으로 사냥대회가 시작되었다. 우렁찬 뿔피리 소리와 함께 금빛숲 곳곳으로 사냥개들이 달려 나갔다. 에니샤는 헬라드와 로시엘이 출발하는 것을 지켜보고, 로드고 옆으로 돌아갔다.

로드고와 에니샤는 사냥에 참여하지 않았다. 대신 에니샤는 시상을 담당하기로 하였다. 가장 많은 사냥감을 잡아 오는 자에게는 금으로 만든 작은 사자 동상을 상으로 주는데, 히페리온의 상징을 본 따 만든 것이었다. 이따가 사냥이 끝나면, 에니샤는 우승자를 치하하는 로드고 옆에 가만히 서 있다가, 시종이 건네주는 동상을 받아 내줄 것이었다.

막내 황녀님이 시상에 나선 것은 전적으로 헬라드가 1등을 할 것이라는 계산 하에 결정한 일이었다. 다른 사람들한테도 기회를 줘야 하지 않겠냐며 시큰둥하던 헬라드는 에니샤가 시상한다는 말을 듣자마자 몹시 의욕적으로 변했다. 아마 큰 이변이 없는 한, 에니샤도 헬라드가 우승을 할 것이라고 생각했다.

사냥이 끝날 때까지 기다리는 동안, 에니샤는 막사 안에서 간만에 로드고와 시간을 보냈다. 하지만 로드고는 완전한 자유의 몸이 아니었다. 그는 에니샤와 노는 틈틈이 서류를 처리하고, 끊임없이 무언가를 했다. 그러다가 결국 휘하 기사들과 무슨 회의를 한다며 막사를 비우기까지 했다.

"잠깐 기다리고 있거라."

푹신한 안락의자에 에니샤를 앉혀두고, 로드고는 자리를 비웠다.

막사에 혼자 남은 에니샤는 대각선으로 단단히 맨 작은 가방을 만지작거렸다. 가방 안에는 과거 하크만이 선물하였던 마력증폭구가 들어 있었다. 아무래도 오늘 사냥대회에서 무슨 일이 있을 것만 같아 챙겨온 것이었다.

에니샤는 마력증폭구를 꺼내보았다. 장미수정으로 만든 육각주는 어두운 막사 안에서도 은은히 빛났다.

"……."

이걸 사용한다면, 과거 대법사 시절에 사용하던 마법을 하나 정도 전개할 수 있을 것 같았다. 하지만 그건 자신이 대법사라는 사실을 동네방네 알리는 꼴이었다. 아무리 에니샤의 일이면 콩깍지 끼고 보는 로드고와 쌍둥이라도, 대법사의 마법을 보면 이상함을 느낄 수밖에 없었다. 그리고 결정적으로 마력증폭구를 아바르티아가 직접 만들었다고 말해서 찜찜했다. 장난질을 쳐놓은 것은 아닌지 꼼꼼히 검사는 마쳤다만, 아마 최후까지 사용을 망설일 것 같았다.

마력증폭구를 뚫어져라 바라보고 있는데, 귓가에서 간지러운 숨결이 느껴졌다.

"불안하지?"

뒤늦게 밀어닥친 달콤한 냄새에 에니샤는 한숨을 쉬었다. 마력증폭구를 다시 가방 안에 집어넣으며 통명스레 말했다.

"가서 사냥이나 해."

안락의자 등받이에 팔을 얹은 아바르티아는 에니샤 쪽으로 더욱 몸을 기울이며 속삭였다.

"짐승 따윌 잡아서 무엇 해? 하나도 재미없어……."

인간을 죽이는 것도 아니고.

그가 키득거리며 덧붙인 말에 에니샤는 의자에서 몸을 일으켰다. 아바르티아는 의자를 둥글게 돌아 나와 에니샤의 뒤를 따라왔다. 그리고 막사 바깥으로 나가려는 에니샤를 부드럽게 돌려세웠다. 상대도 안 하려던 에니샤는 결국 성질을 내고 말았다.

"너는 나중에 좀 치대자, 응? 너 아니어도 머리 아파 죽겠으니까."

하지만 아바르티아는 기어코 에니샤를 번쩍 들어서 품에 안고야 말았다. 에니샤가 그를 노려보자, 아바르티아가 눈매를 휘며 말했다.

"조심해."

"……."

"도움이 필요하면 언제든지 말하고……. 알았지?"

그것이 끝이었다. 아바르티아는 에니샤를 바닥에 내려주곤, 그림자 속으로 사라져버렸다. 에니샤의 속을 뒤집어놓으려고 여기까지 찾아온 것치고는 깔끔한 퇴장이었다. 다시 밖에서 하크만 행세나 하고 있으리라. 에니샤는 말없이 가방을 손으로 움켜쥐었다. 그는 무언가를 알고 있는 것이 분명했다.

헬라드는 무심한 얼굴로 활시위를 당겼다. 아무렇게나 쏘는 듯하지만, 활시위를 떠난 화살들은 백발백중 짐승을 꿰뚫었다. 몰이꾼들이 사냥감을 몰고 올 새가 없을 정도였다. 귀찮지만 1등은 해야 하니 부지런히 잡고 있었다.

당연히 우승 상품으로 준다는 황금 사자 동상 따위, 하등 쓸모없었다. 다만 어디까지나 에니샤가 직접 시상해준다기에 열심히 하는 것이었다. 사랑하는 동생 앞에서 멋있는 모습도 보여주고 싶고 말이다. 짐승들로 수레를 하나 가득 채우고, 두 번째 수레를 채우던 때였다.

"헬라드."

활은 들지도 않은 로시엘이 말을 몰아 다가왔다. 헬라드는 활시위를 당기는 손을 멈추지 않으며 대꾸했다.

"말해. 나 바빠."

1등 꼭 해야 한다며 눈에 불을 켜는 모습을 보며, 로시엘은 조금 웃었다.

"아르커스는 조용해. 사냥대회에 참여한 것치고는 영 의욕이 없어 보여. 하크만은 그의 명예에 흠결이 가지 않을 수준으로만 사냥할 듯하고. 잠깐 활 내려놔도 네가 우승하는 건 무리 없어."

"그래?"

헬라드는 그제야 활을 내렸다.

로시엘은 조금 더 가까이 말을 몰아 거리를 좁혔다. 그리곤 목소리를 낮춰 말했다.

"……폐하께도 말씀드렸어. 아르커스가 수상한 기색을 이미 알아차리셨는지 흔쾌히 수락하셨고, 필요하다면 직접 검을 뽑으시겠다는 말까지 하셨어. 쿠테른과 보조계 마법사들이 대기할 거야."

"다행이네. 폐하는 마법사들 보조 없이도 마법을 무력화할 수도 있으시니. 마법 싸움으로 가면 우리가 무조건 불리하잖아?"

"그건 그렇지……. 너는 안 돼?"

"뭘?"

"검으로 마법을 파훼하는 거."

"……."

헬라드는 잠시 자존심 상한 표정을 지었다. 로시엘은 미소를 숨기기 위해 얼른 손으로 입을 가렸다.

"야! 나도 할 수 있어! 물론 폐하만큼은 아니고……. 그보단 좀 못하지만……."

바락바락 우기는 말에 로시엘은 씰룩거리는 입꼬리를 갈무리하며 말했다.

"그럼 너도 약간은 쓸모가 있겠네."

"아오……."

하여간 재수 없다는 표정으로 쳐다보면서도, 헬라드는 크게 무어라 하지 않았다. 함께 움직이는 일이면 항상 로시엘에게 모든 판단을 맡겼다. 쌍둥이 형제라서 신뢰하고, 그딴 이유는 절대 아니었다. 여태껏 로시엘이 하자는 대로 해서 손해를 본 적이 없기 때문이었다.

헬라드는 눈썹을 치켜올리며 중얼거렸다.

"부디 선물 받은 걸 쓸 일이 없었으면 좋겠는데 말이지……."

해가 저물 즈음에 사냥대회가 끝이 났다.

모두가 예상하였던 대로, 우승자는 헬라드였다. 수레 다섯을 가득 메운 짐승들에는 전부 화살이 한 대씩만 꽂혀 있었다. 모든 사냥감의 목숨을 단발에 거둬들인 것이다. 잡아온 짐승의 양도 놀랍지만, 그 활 솜씨가 경이로워 다들 경탄하였다.

헬라드는 에니샤에게 시상 받을 생각에 벌써부터 입이 귀에 걸려 있었다. 대강 뒷정리를 마치고, 로드고가 우승자를 치하하기 위해 앞으로 나섰다. 에니샤는 로드고 옆에 서서 시상할 준비를 하였다. 로드고가 짤막하게 치하하고, 에니샤는 옆에 서 있던 시종에게 사자 동상이 얹힌 받침대를 받아 들었다. 금으로 만들어 그런지 무게가 묵직했다. 후딱 헬라드한테 줘버리고 치워야겠다고 생각하는데, 구석에서 술렁임이 일었다. 처음에는 작은 웅성임이었는데, 점차 커져나가서 무시할 수 없는 수준이 되었다. 소란의 중심에는 아르커스의 좌우법사가 있었다. 그들이 천천히 걸어 나와, 시상을 치르는 공터 한가운데에 자리하였다.

"……."

로드고는 미간을 지그시 찌푸렸고, 에니샤는 받침대를 떨어트리지 않으려고 손에 힘을 주었다. 분명 간편한 사냥복 차림이었건만, 지금 벨루안과 녹시타는 아르커스의 문양이 새겨진 로브를 입고 있었다.

긴 로브자락이 흙바닥을 쓸었다. 누가 봐도 숲에 어울리지 않는 옷차림은 이질적이었다. 벨루안이 로드고와 똑바로 눈을 마주하였다.

로드고가 느릿하게 입을 열었다.

"……아르커스의 마법사들께서 사냥의 흥취에 젖어 사리 분별을 못 하는 모양이오."

대놓고 모욕하는 언사에도 벨루안은 웃었다.

"아르커스는 히페리온에게서 돌려받아야 할 것이 있습니다."

"그것이 무엇이건 간에, 이딴 식으로 요구하는 건 히페리온을 무시하는 처사로밖에 생각되지 않소만."

"반드시 모두가 보고 듣는 자리에서 말하여야 하기 때문입니다."

로드고의 입매가 비틀렸다. 무슨 재롱을 부리는지 어디 한번 지켜보겠다는 표정이었다. 제국의 귀족들도, 외국의 사신들도 죄다 예상치 못한 돌발 상황에 경직된 가운데, 벨루안이 목소리를 크게 돋우었다.

"들으라."

그는 이곳에 모인 사람 모두가 들을 수 있을 만큼 선명히 선언하였다.

"히페리온의 세 번째 별은 아르커스의 대법사이니."

벨루안이 에니샤를 바라보며 말했다.

"아르커스는 그녀를 본래 있어야 할 자리로 되돌려보낼 것이다."

그 순간 어느 누구도 입을 열지 못했다. 정적 속에서 벨루안은 속삭였다.

"이제 돌아가야 할 때입니다, 대법사."

손에서 힘이 풀렸다. 에니샤는 기어코 사자 동상을 떨어트리고 말았다. 용맹스러운 히페리온의 사자는 흙바닥에 처박혀버렸다.

벨루안은 모든 사람 앞에서 에니샤의 정체를 공표함으로써, 더 이상 히페리온의 막내 황녀로 살아갈 수 없도록 만든 것이다.

결코 이런 식으로 밝히길 원하진 않았다…….

에니샤는 거울을 보지 않아도 제 얼굴이 하얗게 질려 있으리라 짐작할 수 있었다. 그러나 어떤 변명조차 할 수 없었다. 그럴 시간이 주어지지 않았기 때문이었다.

벨루안과 녹시타의 손에서 마력이 번쩍이고, 사위가 대낮처럼 환해졌다. 해가 지고 어둠이 밀려오는 하늘에서 태양과 같은 빛이 쏟아졌다. 날개를 펼친 아르커스 마법사들의 빛이었다.

허공에 속속들이 나타난 100명의 원로마법사는 일제히 마법을 전개했다. 그들이 그려낸 마법진에 좌우법사의 마력이 더해지며, 오색 빛의 거대한 새장이 나타났다.

벨루안이 피맺힌 목소리로 외쳤다.

"이것이 아르커스의 뜻입니다!!"

그의 말이 끝나는 순간, 땅에서 발이 떨어졌다. 허공에 떠오른 몸은 보이지 않는 밧줄에 묶인 듯 빠르게 끌려갔다.

"……!!"

에니샤는 본능적으로 로드고를 바라보았다. 그가 다급히 손을 뻗어왔다. 있는 힘껏 로드고의 손을 잡으려 하였으나, 간발의 차로 손끝이 스치었을 뿐이었다. 순식간에 끌려간 몸은 새장 안에 곤두박질쳤다. 활짝 열려 있던 새장 문이 굳게 닫혔다.

로드고가 이때껏 들어본 적 없는 커다란 목소리로 외쳤다.

"에니샤!!!"

무슨 짓이든 저지를 것은 알고 있었다. 하지만 떨어져 있던 8년 동안, 이놈들은 머리 한구석이 어디 손상되어버린 모양이었다. 그

렇지 않고서야 이럴 수가 없었다. 외국 사절단까지 모인 자리에서 히페리온의 막내 황녀가 대법사임을 밝히고, 눈앞에서 가로채다니…….

에니샤가 예상했던 것이라곤 기껏해야 남들 몰래 다시금 납치해가는 정도였다. 하지만 에니샤는 자신이 너무 안이하게 생각하였음을 인정해야 했다. 세 번째 별이 대법사임을 안 순간부터, 이미 아르커스는 히페리온과의 전쟁을 준비해온 것이다.

새장 문이 닫히자마자 급격하게 몸에서 힘이 빠져나갔다. 처박힌 몸을 바로 하지도 못하고 힘없이 팔다리를 바르작거렸다.

"윽……!"

얼마 있지도 않은 마력이 사라져가는 것이 느껴졌다. 새장이 마력을 흡수해가는 것이었다. 헛웃음이 절로 터졌다. 대역죄인을 가두기 위한 마법을 자신에게 쓰다니. 아르커스의 역사를 통틀어서도 몇 번 쓰인 적 없는 마법이었다. 미친놈들이라는 탄식이 절로 나왔다.

겨우 팔을 지탱해 상반신을 일으키자, 새장에 달라붙은 녹시타와 눈이 마주쳤다. 녹시타는 저가 더 아픈 얼굴을 하고 있었다.

"대법사……."

"뭐 하는 짓이야! 벨루안이 미친 짓을 하면 너라도 막았어야지……!"

에니샤의 외침에 녹시타가 고개를 옆으로 돌렸다. 녹시타는 시선을 외면한 채, 조그맣지만 단호하게 답했다.

"……싫어요."

"녹시타!"

"대법사가 영영 아르커스에 돌아오지 않는 것보단 미움받는 게 나아요. 너무 화가 나서 날 죽이고 싶어져도 괜찮아요."

창살을 움켜쥔 손 위로 하얗게 뼈가 도드라졌다.

"어차피 죽을 거였는데…… 대법사가 나를 살렸잖아요. 내게 새로운 목숨을 줬으니, 거둬가는 것도 대법사가 해야 해요."

에니샤는 말문이 막혔다. 겉으로 드러내지 않았을 뿐, 녹시타 또한 벨루안과 다를 바가 없었던 것이다.

녹시타는 그리 말하고는 새장에서 떨어져버렸다. 그와 동시에 새장의 빛이 강해지기 시작했다. 이동의 전조였다. 이대로 천공섬까지 끌고 가버릴 모양이었다. 천공섬에 갇히면 두 번 다시 나오기 힘들 것은 당연한 일이었다. 절대 그렇게 놔둘 수는 없었다.

"흐읏……."

에니샤는 신음을 삼키며 간신히 소매를 걷어 올렸다. 드러난 팔뚝 전체에는 마법진이 빼곡하게 그려져 있었다. 델 하르인에게 주문했던 방어마법진이었다. 방어 계통에선 뛰어난 실력을 가진 델 하르인조차 한참을 헤맸을 만큼, 에니샤가 주문한 마법은 몹시 까다로웠다.

사냥대회 직전에야 완성된 방어마법의 핵심은 이것이었다. 시전자를 구속하는 모든 것을 파괴할 것, 그리고 적은 마력을 주입하여도 최대의 효과를 낼 것.

에니샤는 마지막 남은 마력을 전부 끌어 모아 마법진에 때려 박았다. 팔뚝에 그려진 마법진에 빛이 감돌더니, 커다랗게 크기를 불렸다.

마법진이 새장 안을 가득 메우며 뒤흔들었다. 격한 충돌에 쩌적 갈라지는 소리와 함께 견고하던 새장 위로 금이 갔다. 아르커스의 마법을 집대성한 것이니, 역시 완전히 부수는 것까진 무리였던 모양이다. 하지만 이 정도면 마법을 파훼하기에 충분한 틈이었다. 생겨난 틈새로 검이 파고들었다. 깊숙하게 파고든 검이 크게 비틀어 틈을 벌렸다. 새장에 수십 개의 금이 그어지더니, 이내 산산조각 나며 빛으로 화하였다.

에니샤는 마력 파편 속에서 추락하였다. 커다란 손이 떨어지는 에니샤를 단단히 붙잡아 품속으로 거둬들였다. 짓눌려 있던 몸에 힘이 돌아왔다.

에니샤는 숨을 크게 들이마셨다. 정신을 차리니 가장 먼저 보인 것은 주홍색 눈동자였다. 검을 든 로드고가 복잡한 눈으로 자신을 바라보고 있었다. 그에게 해야 할 말이 많았다.

일부러 속인 건 아니라고, 언젠간 말을 할 생각이었다고……. 히페리온을 사랑한 것은 결코 거짓이 아니었다고.

짧은 순간 수많은 변명이 입안에서 맴돌았다. 떨리는 입술을 벌려 목소리를 꺼내려던 때였다.

"설명은 나중에."

로드고는 에니샤의 말을 간단하게 막았다. 그러곤 잠시 물끄러미 눈을 마주하다가, 다시금 입을 열었다.

"뭐가 어찌 된 일인지는 네게 직접 들을 것이다. 그러니……."

로드고가 검을 고쳐 잡으며 말했다.

"아직은 히페리온을 떠나지 마라."

속에서 무언가 왈칵 치솟았다. 에니샤는 벅차오르는 감정을 억지로 눌러 삼키며 고개를 끄덕였다. 지금은 감정보다 우선시해야 할 것들이 많았다.

하늘을 가득 메운 아르커스 마법사들이 보였다. 날개를 펼친 마법사들의 선두에는 벨루안과 녹시타가 자리하고 있었다. 에니샤는 입술을 깨물었다. 좌우법사야 그렇다 쳐도, 원로마법사들까지 이 정신 나간 짓거리에 동조하여 나설 줄은 몰랐다.

그때 냉랭한 목소리가 들려왔다.

"날개를 달더니 머리도 새대가리가 되었는지, 어리석기 짝이 없구나."

로시엘이 말을 몰아 앞으로 나오며 말하였다.

"감히 히페리온에게 대적한 죗값을 무엇으로 치를지 궁금하군."

에니샤는 흠칫 놀라며 주변을 살폈다. 제국군은 어느새 전투 준비를 끝낸 뒤였다. 황제 직속기사단인 쿠테른부터, 헬라드와 로시엘의 기사단인 아할든과 이엘타까지. 마치 처음부터 이런 일이 벌어질 줄 알았다는 듯, 모두 중무장을 갖추고 있었다. 궁병들이 하늘을 향해 활을 조준하고, 보조계 마법사들이 그들의 화살촉에 마법을 걸었다.

로시엘이 싸늘하게 명령했다.

"쏘아라."

하늘을 향해 수백 발의 화살이 쏘아졌다.

아르커스의 마법사들은 재빠르게 방어마법을 전개하여 막아냈지만, 몇몇은 화살을 맞고 추락하였다. 흙바닥에 고꾸라진 마법사들은 다시 마력으로 날개를 펼치려 하였으나, 대기하고 있던 병사들이 달려들어 그들의 손목에 족쇄를 채웠다. 철컥 소리 내며 채워지는 그것은 마력제어구였다.

"마력을 과주입하면 제어구를 해제할 수 있다 하지만……."

로시엘이 눈매를 예쁘게 접어 웃으며 말했다.

"아르커스에서 만든 제어구라면, 너희들도 빠져나오긴 힘들겠지?"

헬라드가 하크만에게 뜯어낸 성년 선물은 아르커스의 마력제어구였던 것이다. 아마 아르커스 마법사들은 자신들이 과거 스칸샤에 수출하였던 것을 이런 식으로 돌려받을 줄 몰랐으리라. 하지만 예상밖의 상황에도 벨루안은 크게 당황하지 않고 침착하게 새로운 마법을 전개하라고 지시했다.

에니샤는 손을 꽉 움켜쥐었다. 일시적으로 제국군이 승기를 잡은 듯 보이지만, 장기전으로 갈수록 불리할 터였다. 지금 내보인 마법들은 빙산의 일각일 뿐이었다. 100명의 원로마법사와 좌우법사가 전개할 수 있는 대규모 마법의 위력을 알기에, 에니샤는 더욱 초조해졌다. 그리고 다른 모든 것을 떠나서, 제국과 아르커스가 전면전을 벌이는 모습을 보고 싶지 않았다. 양측의 피해를 조금이라도 줄이려면 세력을 분산해야 했다. 최소한 좌우법사라도 떼놓아야 하는 것이다.

"……나눠야 해요."

에니샤는 로드고를 올려다보며 말했다.

"제가 유인할 터이니, 뒤를 맡아주세요."

로드고의 유려한 미간 사이에 깊은 골이 패였다. 분명 위험한 짓을 하지 말라고, 제 옆에 얌전히 있으라고 말할 터였다. 하지만 계속 곁에 붙어 있으면 로드고에게 공격이 집중되는 건 뻔한 일이었다. 이미 원로마법사들은 로드고를 겨냥하여 새로운 마법을 전개하고 있었다. 더 이상 저 때문에 상처 입히고 싶지 않았다.

에니샤는 로드고가 말하기 전에, 그의 품을 박차고 나왔다.

"이브로테!!"

처음부터 그곳에 있었다는 듯, 카힐이 눈바람과 함께 나타나 에니샤를 받아 들었다. 뒤이어 레시나와 델 하르인이 나타났다. 레시나는 이 모든 상황이 믿기질 않는다는 듯 얼떨떨한 표정이었으나, 자신이 해야 할 일을 잊지 않았다.

델 하르인이 섬광을 터뜨렸다. 순간적인 빛이 주변의 시야를 빼앗았다. 빛이 사라졌을 때, 그곳에는 두 명의 에니샤가 있었다. 델 하르인은 에니샤로 분한 레시나를, 카힐은 진짜 에니샤를 안아 들었다. 그리고 서로 눈이 마주치는 순간, 누가 먼저랄 것 없이 반대 방향으로 달려 나갔다.

"대법사!!!"

분노에 찬 외침이 숲을 울렸다.

벨루안이 사납게 마력을 끌어올려 마법을 전개하였다. 금빛숲 위로 투명하고 둥근 막이 덧씌워졌다. 개미 한 마리조차 숲 바깥으로 나갈 수 없도록 하는 마법이었다.

"……."

도망치는 두 명의 에니샤를 바라보던 녹시타가 말없이 날개를 활짝 펼쳤다. 벨루안은 이를 부득 갈아붙이며 음산히 중얼거렸다.

"아무리 도망쳐도 소용없습니다. 당신을 되찾기 위해선 죽음조차 마다하지 않을 터이니."

벨루안과 녹시타는 두 갈래로 갈라져 빠르게 추격하기 시작했다. 그 모습을 가만히 지켜볼 제국군이 아니었다.

"젠장, 우리도 반으로 나눠!!"

헬라드가 소리치며 말을 몰아 달려 나갔다. 로시엘은 다급히 로드고에게 외쳤다.

"폐하!"

"로시엘, 네가 쫓아라. 저놈들은 내가 맡을 터이니."

로드고는 저를 향해 마법을 전개하는 원로마법사들을 서늘히 노려보았다. 로시엘은 곧장 반대편을 맡아 에니샤의 뒤를 쫓았다. 완전히 삼등분된 상황 속에서, 에니샤는 저를 끌어안은 카힐에게 다급히 속삭였다.

"공격이 들어와도 맞받아쳐선 안 돼! 그 순간 붙잡힐 거야. 무조건 도망쳐……!"

말을 끝내기 무섭게, 등 뒤로 마력 화살들이 빗발처럼 꽂혀 들었다. 쏘아져 오는 빛줄기에 카힐이 뒤도 돌아보지 않고 얼음을 불러내었다. 얼음이 깨어지고 파편이 튀는 소리가 요란히 울렸다. 진짜 사냥의 시작이었다.

델 하르인에게 안긴 채, 레시나는 와들와들 떨리는 목소리로 쑥덕였다.

"대, 대, 대법사라니……! 미쳤다고요, 이건! 어르신은 알고 계셨습니까?"

"조용히 하게나! 들키니까 최대한 입 다물고 있는 것이 좋겠네."

겉모습은 똑같아도 입 열면 바로 티가 날 수밖에 없었다. 레시나 본인도 그 사실을 잘 알기 때문에, 억지로 입을 닫았다. 표정도 좀 자연스럽게 해보라는 훈계에 레시나는 파들파들 떨리는 입꼬리를 근엄한 일자로 만들어 보였다. 그러다 제 뒤를 쫓아오는 사람들을 확인하고는 기겁하였다.

"어르신, 흐억, 뒤에, 보라 눈깔 마법사가……!"

대박 무섭다며, 저 눈빛을 어르신이 보셔야 한다며 다급하게 속닥였다.

"아르커스의 좌법사일세. 괜히 눈 마주치지 말고! 들킨다니까!"

"헉, 그 뒤에는 황태자 전하께서……!"

눈 뒤집힌 헬라드를 본 레시나는 델 하르인의 어깨에 얼굴을 묻으며 우는 소리를 하였다.

"어르신……. 잡히면 우린 최소 사형이에요……."

황태자 전하의 눈빛이 그렇다며, 레시나는 마지막으로 박하잎 궐련을 한 대 태우고 죽고 싶다며 훌쩍였다.

"걱정 말게. 최소한 황녀님 모습을 하고 있는 동안엔 목 날아갈 일이 없을 것일세."

"진짭니까……?"

"황녀님이라면 그림자도 아끼시는 분들이네. 아무리 가짜라도 같은 얼굴을 한 이를 험하게 다루시진 않겠지."

"하지만 이제 대법사라는 걸 들켰는데……. 아직도 황녀님을 가족으로 여기실까요?"

레시나의 질문에 델 하르인은 말문이 막혔다. 그는 흘긋 하늘을 올려다보았다. 반투명한 막이 덮인 하늘 아래로 보랏빛 마력의 그물막이 빠르게 펼쳐졌다. 아르커스의 좌법사가 펼치는 마법이었다. 저 정도 규모의 마법을 유지하며 동시에 다른 마법을 구사하다니, 확실히 좌법사라는 자리가 허명은 아니었다.

델 하르인은 마력을 끌어올리며 중얼거렸다.

"……황녀님이 무사히 탈출하시면 알게 되지 않겠나."

그리고 제발 입 좀 다물라고 덧붙인 뒤, 두 사람 위로 방어마법을 덧씌웠다. 아슬아슬하게 마법을 완성한 순간, 그물이 덮쳐왔다.

"크……!"

간신히 방어해냈으나 반동이 상당했다. 가속마법이 끊어지며 바닥을 구를 뻔하였다. 다시 마법을 시전하려는 때였다. 나뭇잎이 불길한 소리를 내며 흔들렸다. 등골에 오싹함이 스치는 순간, 어두운 숲속에서 아득한 짐승 울음이 들려왔다.

레시나가 오들오들 떨면서 속삭였다.

"사역마……."

그림자 속에서 느릿하게 솟아나는 사역마들은 순식간에 두 자리수를 넘어섰다. 델 하르인은 마른침을 삼켰다. 아무래도 더 이상 도망치는 것은 불가능할 듯했다. 어차피 이 정도 왔으면 황녀님과도 충분히 거리가 멀어졌을 터였다. 최대한 들키지 않고 시간을 벌어야 했다.

아르커스의 좌법사, 벨루안이 크게 날갯짓하여 델 하르인과 레시나 앞에 내려섰다. 그가 레시나를 보며 얼굴을 일그러뜨렸다.

"제발……!"

벨루안이 절절한 목소리로 애원하였다.

"제발 저희들 생각도 해주십시오. 하루아침에 당신을 잃었습니다. 겨우 찾아내었는데, 어찌하여서……. 대법사가 없는 동안 저는, 저는……!"

레시나가 어쩔 줄을 모르고 눈알만 굴릴 때였다. 음산한 목소리가 끼어들었다.

"닥쳐."

아할든을 이끌고 추격해온 헬라드였다. 헬라드의 등장에 레시나는 오들거리며 델 하르인에게 좀 더 찰싹 달라붙었다. 벨루안이 끓어오르는 듯한 눈으로 헬라드를 노려보았다.

"황태자……."

그의 눈에 담긴 적의에 헬라드는 비죽 웃으며 말했다.

"과거에 대법사였든 나발이든, 지금은 히페리온의 세 번째 별이다."

"하등 쓸모없는 소리를 지껄이시는 이유가 무업니까."

"내 동생 탐내지 말라는 소리다."

"하……!"

벨루안이 잔뜩 삐뚤어진 미소를 그리며 비아냥거렸다.

"히페리온이 언제부터 그렇게 가족에게 절절했답니까? 세 번째 별이 가져다준다는 무한한 광영 때문에 있지도 않은 가족애를 흉내 내느라 힘드시겠습니다."

그러나 헬라드는 망설임 없이 대답했다.

"에니샤가 태어났을 때부터."

검이 검집을 스치는 쇳소리가 스산하였다. 느리게 검을 뽑아든 헬라드는 비죽비죽 웃음을 흘리며 받아쳤다.

"그리고 빌어먹을 광영 얘긴 꺼내지 마라? 그것 때문에 여기저기서 에니샤 노려서 죽겠으니깐."

벨루안이 제 팔뚝을 길고 깊게 베어내었다. 뚝뚝 흘러내리는 핏방울이 허공에서 휘돌았다. 보랏빛 마법진이 그려지는 것을 보고 델 하르인이 소리쳤다.

"전하! 위험합니다!! 사역마의 소환입니다!!"

이미 수십의 사역마를 소환해두었으면서도 새로이 불러내는 것은 심상찮은 전조였다.

벨루안의 손가락이 마법진을 끝맺었다. 대량의 피를 흘려 조금 창백해진 얼굴을 하고서, 벨루안은 속삭였다.

"아직도 그녀를 아무것도 모르는 막내 황녀라 여기다니……. 어리석습니다."

"됐고, 덤벼라."

헬라드는 검을 단단히 틀어쥐었다. 그리고 업신여기듯 턱을 까닥이며 말했다.

"네놈은 특별히 사지에다가 마력제어구를 채워줄 테니까."

금빛숲을 뒤덮은 반구형의 마법은 강력했다. 절대 내부에서 외부로 나갈 수 없으며, 순간이동도 하지 못하도록 만들어놓았다. 한 가지 마법으로 여러 효과를 내는 것은 매우 어려운 일이었다. 그런 마법을 이리 손쉽게 해내고 또 다른 마법을 써대고 있을 벨루안을 생각하니, 역시 좌법사구나 싶었다.

에니샤는 자신의 추격자를 확인했다. 녹시타, 그리고 이엘타 기사단을 이끄는 로시엘이었다. 보조계 마법사를 포함하여 기사단을 끌고 왔으니, 마법사를 상대하기에도 부족함이 없으리라. 그 상대가 아르커스의 우법사라는 사실만을 제외한다면 말이다.

"대법사, 멈춰요……!"

녹시타가 뒤에서 애타게 부르는 소리가 들렸다. 일견 서글프게까지 들리는 부름이었지만, 카힐과 에니샤는 절대 멈추지 않았다. 불쌍한 목소리와 달리 그가 시전하는 마법들은 전혀 불쌍하지 않았기 때문이었다.

카힐이 뾰족한 얼음기둥을 세우며 간간이 저항하였으나, 녹시타는 금세 뒤를 따라잡았다. 녹색의 마력이 줄기줄기 뻗어 나와 카힐을 잡아챘다. 잠시 멈칫하는 사이, 녹시타는 크게 돌아 나와 앞을 가로막았다. 그가 로브자락을 요란히 펄럭이며 소리쳤다.

"대법사 내놔!!"

카힐은 에니샤를 한 손으로 고쳐 안고서 검을 뽑았다.

"안 됩니다."

날카로운 검 끝을 겨누며, 카힐이 경고하였다.

"당신이 황녀님께 위해를 가하는 것을 보았습니다. 진심으로 황녀님을 위한다면 여기서 물러서십시오."

"……너 따위가."

이를 악무는 듯, 녹시타의 턱이 짧게 떨렸다. 진녹색 눈동자에 안광이 돌았다.

"너 따위가 대법사에 대해 뭘 안다고 지껄이는 거야."

"적어도 저는 황녀님을 다치게 하진 않습니다."

"……!!!"

그리고 카힐의 말은 녹시타를 제대로 자극했다. 녹시타가 눈을 부릅뜨는 순간, 칼날과 같은 마력이 사방에서 쏟아졌다. 카힐이 다급히 얼음방벽을 세웠으나 전부를 막아내진 못했다. 한쪽 허벅지가 깊게 베였다. 카힐은 순간적인 고통에 신음하면서도 에니샤를 쥔 손에서 힘을 풀지 않았다. 하지만 치명상임은 분명했다. 당장 응급처치를 해야 하는 상황이었다. 에니샤가 빠르게 방안을 강구하는 사이, 추격하던 로시엘이 뒤를 따라잡았다.

"멈춰라, 아르커스의 우법사."

이엘타 기사단이 양옆으로 넓게 대열을 펼치고, 보조계 마법사가 마법진을 그렸다. 로시엘이 가볍게 한숨을 뱉어내며 에니샤를 불렀다.

"……에니샤."

그가 옅은 책망을 담아 말하였다.

"오라버니가 지켜준다고 하였잖아. 왜 혼자서 해결하려고 해."

하나도 달라진 것 없는 표정과 목소리였다. 로시엘은 여전히 애정 가득한 눈을 하고서, 에니샤에게 다정히 말했다.

"좋지 않은 모습을 보일 수도 있으니까, 잠시 어디 숨어 있기라도 하렴."

그리고 느릿하게 시선을 돌려 녹시타를 바라보더니, 차가운 낯빛으로 덧붙였다.

"……이 날벌레는 금방 처리할 테니."

녹시타와 로시엘이 대치하는 동안, 카힐이 재빠르게 에니샤를 끌어당기며 속삭였다.

"일단 황자님께 맡기는 것이 좋겠습니다."

에니샤가 잡히면 끝나는 사냥이었다. 카힐의 상처 치료가 급하기도 하였기에, 에니샤는 도주를 택했다.

"대법사……!"

녹시타가 뒤쫓으려 하였으나, 곧장 이엘타 기사단에 가로막혔다.

어느 정도 떨어진 곳까지 왔을 때, 카힐은 조심스럽게 에니샤를 나무 밑에 내려놓았다. 그가 희게 질린 얼굴로 말했다.

"잠깐 정도는 여유가 있을 것 같습니다."

에니샤는 바닥에 발이 닿자마자 카힐의 다리부터 살폈다.

"상처 보여줘. 응급처치라도 하자."

괜찮다고 말하는 그를 억지로 앉혀놓고 보니, 제대로 베였다. 쩍 벌어진 상처에서 아직도 피가 흘렀다. 지혈이 급했다. 에니샤는 망설임 없이 속치마를 끌어다 북북 찢어냈다.

"화, 황녀님……?"

당황한 카힐 옆에 찢어낸 천을 여러 겹 쌓아놓고, 하나씩 집어 상처 위를 압박하기 시작했다. 천은 금세 흠뻑 젖어 들었다. 몸이 작은 탓에 체중을 전부 실어야 겨우 압박이 되었다. 열심히 누르고 있자니 카힐에게서 옅은 신음이 흘러나왔다.

"읏……."

"많이 아파?"

걱정스레 들여다보며 묻자, 그가 가만히 고개를 내저었다. 뻔히 보이는 거짓말이었지만, 에니샤는 모르는 척 지혈에 집중했다. 머리카락이 흘러내렸다. 간질간질한 감각에 이마를 찡그리면서도, 허벅지를 누르는 손을 뗄 수가 없어서 꾹 참았다. 그때 조심스러운 손길이 이마에 닿았다. 단정한 손가락은 머리카락을 느리고 보드랍게 쓸어 올려 귀 뒤로 넘겨주었다. 눈을 동그랗게 뜨고 카힐을 쳐다보자, 그가 조용히 말했다.

"불편해 보이셔서……."

그 뒤로 대화는 없었고, 한동안 에니샤는 지혈에만 집중하였다. 속치마가 완전히 너덜너덜해졌을 즈음, 다행히 피가 멎었다. 남은 천으로 어설프게나마 붕대처럼 묶어주었다. 말없이 허벅지를 칭칭 감고 있는데, 고요한 저음이 내려앉았다.

"……아르커스의 대법사이셨습니까."

에니샤는 부지런히 손을 움직이며 대답했다.

"미안……. 진작 얘기해줬어야 했는데, 나도 말하기 쉬운 일은 아니어서……."

"이제 어찌하실 겁니까? 혹시…… 히페리온을 떠나시는 겁니까?"

그에게 곧장 대답해줄 수 없었다. 앞으로 어떻게 될지는 에니샤도 전혀 모르기 때문이었다. 히페리온의 막내 황녀일지, 아르커스의 대법사일지…….

상념에 빠진 에니샤를 일깨운 것은 조급한 목소리였다.

"그렇다면 저도 데려가주십시오."

무언을 긍정이라 생각하였는지, 카힐은 그답지 않게 빠른 어조로 말을 늘어놓았다.

"아르커스로 가시든, 제국을 떠나시든 수발을 들고 호위를 설 사람이 필요할 겁니다. 저는 용병 일을 해봤으니 세상 돌아가는 물정도 잘 알고, 잡일이나 궂은일에도 익숙합니다. 분명 황녀님께 여러모로 도움이 될 겁니다. 그리고 또……."

"카힐."

그에게 아직 결정된 것이 없다고 말해주려 하였다. 그러나 카힐은 에니샤의 말을 가로막았다.

"황녀님."

마치 에니샤에게 거절당할까 두려운 것 같았다.

"저는 아무것도 바라지 않습니다. 그저 황녀님 곁이면 됩니다."

그의 손이 천천히 다가와, 에니샤의 치마 끝자락을 살며시 움켜쥐었다. 아주 강하지도, 그렇다고 약하지도 않은 힘이었다. 작은 천 귀퉁이가 생명줄이라도 되는 듯 꼭 쥐고서, 카힐이 희미하게 속삭였다.

"그러니 저를 버리지 마십시오."

해가 저물어가며 숲에는 어둠이 내려앉았다. 희끄무레한 빛은 마지막 숨을 토해내듯 사위를 은은하게 밝히고 있었다. 마력이 난무하던 때는 그 빛 때문에 어둠을 몰랐는데, 지금은 유난히 선명하게 느껴졌다. 주변을 밝히는 마력이 없는 탓인지, 다른 이유 때문인지는 알 수 없었다.

"……."

잠시간 적막에 잠긴 채로, 에니샤는 카힐을 바라보았다. 청회색 눈동자는 에니샤를 흔들림 없이 곧게 담아냈다. 일견 맑고 투명하나, 깊숙한 곳은 검고 짙었다. 처음 만났을 때부터 생각했지만, 그는 좌우법사를 참 많이 닮아 있었다.

이런 것까지 닮을 필요는 없는데…….

버리지 말라고 매달리는 모습이 그들과 꼭 같았다.

에니샤는 카힐의 머리를 슥슥 쓰다듬어주었다. 카힐은 가만히 눈을 감았다. 내리깐 속눈썹 끝이 잘게 떨렸다. 여전히 에니샤의 치맛자락을 쥔 손을 놓지 않은 채였다.

에니샤는 그를 달래듯 말했다.

"너를 버리는 게 아니라……. 아직 나도 몰라서 그래."

지금 황족들은 에니샤가 아르커스의 대법사라는 사실을 실감하지 못하고 있었다. 그것이 어떤 자리인지, 그리고 무엇을 의미하는지. 상황이 갑작스럽고 급하게 흘러가고 있으니, 깊이 생각할 여유도 없을 터였다. 하지만 이번 사태가 마무리되면 황족들도 그에 대해 생각해볼 시간을 가질 것이다. 과연 어떤 반응을 보일지는 모르겠지만, 최대한 그들의 뜻을 따를 생각이었다. 그리고 그때 에니샤 또한 앞길을 결정하리라.

"어느 쪽으로 정해지든, 꼭 너랑 같이 갈 테니까 걱정하지 마."

도장을 찍듯 확답하여주자, 그제야 카힐의 손이 풀렸다.

에니샤는 묶고 있던 붕대의 매듭을 마무리하였다. 나름 썩 괜찮게 묶은 것 같아서 뿌듯했다.

"어때? 많이 불편하진 않고?"

붕대를 이리저리 살피며 묻는데, 엉뚱한 답이 돌아왔다.

"……그날 금빛나무 아래서 맹세하였습니다. 황녀님에게 해를 가하는 자들은 절대 용서치 않겠다고."

에니샤가 저주에 걸렸을 때를 말하는 것이었다. 실제로 카힐은 악시온의 팔 하나를 날려버림으로써, 자신의 맹세가 허언이 아님을 증명했다.

그는 차분히 가라앉은 눈을 하고서 말했다.

"제가 끝까지 지켜드리겠습니다."

깊은 눈빛 뒤편으로 언뜻 살의가 스쳤다. 카힐은 에니샤를 지켜내고, 해를 끼친 자들을 응징할 생각이었다. 수단과 방법을, 그리고 상대의 약함과 강함을 가리지 않고 말이다.

에니샤는 손수건을 꺼내 땀에 젖은 카힐의 이마를 닦아주며 말했다.

"죽이지는 마. 그들도 내 가족이야."

히페리온처럼 아르커스 또한 에니샤의 가족이었다. 에니샤는 카힐에게 아예 손수건을 내준 후, 메고 있는 가방을 움켜쥐었다. 마력은 아까 새장 안에서 방어마법진을 작동시키느라 전부 소진해버렸다. 남은 것은 이제 마력증폭구뿐이었다. 이걸 사용한다면, 지금 벌어지고 있는 전투들을 모두 끝낼 수 있을지도 몰랐다. 하지만 에니샤는 망설이고 있었다. 아바르티아가 직접 만들어줬다거나, 히페리온 황족들 앞에서 대법사의 마법을 보이기 껄끄럽다는 것도 있었고……. 역시 가장 결정적인 이유는 아르커스의 마법사들을 공격해야 한다는 부담감이었다. 그들이 심한 짓을 벌였지만, 모든 것은 대법사를 향한 맹목적인 애정이었다.

대법사가 살아 있다는 것을 뻔히 아는데, 눈 뜨고 빼앗길 처지이니 얼마나 애가 탔을까.

이번 사태는 아르커스에게 만족스러운 해답을 내어주지 못한 에니샤의 잘못도 있었다. 물론 그렇다고 저놈들이 잘했다는 건 절대 아니지만 말이다. 지금 에니샤는 대법사의 책무를 제대로 수행할 수 없는 상태였다. 마력도 봉인 당했고, 히페리온이라는 새로운 이름까지 가지게 되었다. 게다가 마력을 봉인한 범인이 밝혀지지 않았으니, 에니샤로서는 부담스러울 수밖에 없는 상황이었다. 가장 좋은 방안은 역시 신임 대법사를 선출하는 것이나, 그건 아르커스 마법사들이 거부했다.

히페리온의 세 번째 별과 아르커스의 대법사. 마음 같아선 몸을 반으로 쪼개서 나눠주고 싶었다. 하지만 히페리온과 아르커스는 온전한 에니샤를 가지길 원했다. 어느 쪽도 한 치의 양보 없이 팽팽하게 맞서는 상황이었다.

모두를 만족시킬 수 있는 해결책은 없는 것일까…….

이상론에 젖어 있는데, 카힐이 갑작스럽게 몸을 일으켰다.

"황녀님, 제 뒤로 와주십시오."

서늘한 한기와 함께 얼음송곳들이 빽빽이 생겨났다. 기껏 묶어 놓은 붕대 위로 피가 배어 나왔지만, 카힐은 개의치 않고 검을 뽑아 들었다.

카힐의 뒤편에 서 있던 에니샤는 흠칫 몸을 굳혔다. 어슴푸레한 숲 사이로 거대한 무언가가 보였다. 그것이 걸음을 옮길 때마다, 나무가 위태로이 휘청거리며 나뭇잎을 한가득 쏟아냈다. 허나 커다란 덩치와 달리, 발소리는 그리 크지 않았다. 마치 텅 빈 몸뚱이인 것처럼.

수풀을 헤치고 그것이 느릿느릿 모습을 드러냈다. 그것은 산 것도, 죽은 것도 아니었다. 정체를 알 수 없는 뼛조각들이 제멋대로 짜 맞추어져 팔다리를, 몸통을, 머리를 만들어내었다. 텅 빈 동공에는 칙칙한 암녹색 빛이 눈알을 대신하여 자리하고 있었다. 말로 제대로 표현해낼 수 없을 만큼 기괴한 생김새였다.

"대체 저것은……."

카힐이 중얼거리는 소리가 들려왔다. 그의 등에서 바짝 긴장한 기색이 느껴졌다. 자연의 섭리에 어긋난 것이니, 누가 보더라도 두려움을 가질 수밖에 없었다. 그것의 뒤에서 녹시타가 조용히 걸어 나왔다.

녹시타는 조용히 에니샤를 불러왔다.

"대법사……."

일평생 자신의 힘을 저주하고 끔찍이 여겼던 녹시타였다. 하지만 그렇게나 싫어하던 힘마저 꺼내어 쓸 만큼 절박했던 것이다.

가슴이 꽉 조여드는 것 같았다. 저주받은 힘은 그만큼 강력했다. 녹시타가 만들어낸 그것을 상대한 자들은, 여태껏 단 한 명도 살아남지 못했다. 그리고 녹시타가 힘을 사용하였고, 지금 이 자리에 나타났다는 것은…….

"……."

이어나가던 생각이 어떠한 결론에 다다랐을 때, 에니샤는 아무 말도 하지 않았다. 대신 천천히 녹시타를 살폈다. 그의 로브는 온통 축축하게 젖어 있었다. 녹시타가 불러낸 그것 또한 검붉은 칠이 덕지덕지 묻어 있었다. 무엇으로 저리 흠뻑 젖었는지는 굳이 물어볼 필요도 없었다. 그것의 조악한 손끝에서 채 마르지 못한 핏물이 뚝뚝 떨어졌다. 붉게 고이는 핏물에 눈앞이 새하얗게 변했다. 카힐이 녹시타와 무어라 대화를 주고받았지만 들리지 않았다. 모든 것이 아득하고 멀게 느껴졌다. 설명할 수 없는 감정이 미친 듯이 끓어올랐다. 터져버릴 것처럼 끝없이 치솟다가, 일순 고요해졌다.

소름끼치도록 차가운 이성이 몸을 움직였다. 에니샤는 느리게 앞으로 걸어 나갔다.

"황녀님!!"

카힐이 놀라서 에니샤를 붙잡으려 하였다. 그러나 에니샤의 표정을 보곤, 잡으려던 손을 멈추었다.

"녹시타."

섬뜩하리만큼 침착한 부름이었다.

녹시타의 눈동자가 흔들렸다. 그는 에니샤와 시선을 제대로 맞추지 못했다.

"로시엘 황자를 어찌 하였지?"

그리고 질문에 답하지도 못했다. 에니샤는 인내심을 가지고 차분하게 그를 재촉하였다.

"대답해."

"……."

하지만 녹시타가 끝끝내 입을 다물자, 결국 소리를 내질렀다.

"대답하라고!"

"대답하고 싶지 않아요!!"

녹시타가 울면서 마주 소리쳤다. 그의 외침이 숲속을 쨍하게 울렸다. 두 뺨이 흥건해지도록 눈물 흘리며, 녹시타는 원망스레 말하였다.

"결국 대법사는 히페리온한테 완전히 돌아선 거잖아요! 우리들을 버리고……!"

"마지막 기회야, 녹시타."

에니샤는 그의 말을 차갑게 잘라냈다. 그리고 다시 똑같은 질문을 던졌다.

"로시엘 황자를 어찌 하였냐고 물었어. 당장 대답해."

"……."

녹시타는 제 옷자락을 힘껏 움켜쥐었다. 안쓰러울 정도로 바들바들 떨었으나, 닫힌 입은 결국 열리지 않았다. 에니샤는 자신이 어떤 표정을 짓고 있는지 알지 못했다. 무슨 생각을 하는지, 감정을 느끼고 있는지도 알지 못했다. 그러나 한 가지는 확실했다. 지금 이 순간, 저가 마지막의 마지막까지 버티며 붙잡았던 끈이 끊어졌다는 것은.

툭, 소리를 내며 가방이 바닥에 떨어졌다. 장미수정으로 만든 육각주는 작은 두 손에 차고 넘쳤다. 표면에 새겨진 마법문자 위로 빛이 감돌자, 육각주는 잘게 진동하기 시작했다.

"내가 잘못 생각했어, 녹시타."

빛에 휩싸인 육각주가 바스러지는 소리는 마치 비명과 같았다. 갈라진 틈새에서 새어나온 빛이 선명한 금색으로 변하였다. 밀려들어오는 충만한 기운에 눈을 느리게 깜빡였다. 나른한 느낌이 전신을 뒤덮었지만, 머리는 그 어느 때보다도 명정했다.

"처음부터 이렇게 했어야 했는데……."

영롱한 금빛 마력에 휘감긴 몸이 서서히 허공으로 떠올랐다. 갑작스럽게 몰아닥친 마력으로 몸속이 저릿하였으나 고통스럽지는 않았다. 오히려 적당한 자극이 되어 감각을 일깨웠다.

에니샤는 손을 곧게 내밀었다. 손끝에 맺힌 금빛이 허공에 문양을 그려나갔다. 오랫동안 잊고 있었으나, 과거에는 숨 쉬듯 당연했던 것. 모든 이를 두려움에 떨게 만들고, 어떤 적수도 두지 않았던 것. 가장 어린 나이에 아르커스의 문을 열고, 왕의 자리에 오르게 하였던 것. 아주 오랜 세월이 지났지만, 조금도 녹슬지 않은 그것은…… 대법사의 마법이었다.

"그 잘난 아르커스의 뜻에 맞춰서."

망설임 없이 뻗어나가던 손이 마침내 마법진을 끝맺었다. 금빛 머리카락이 휘날리고, 주홍색 눈동자가 요요히 빛났다. 에니샤는 마법진에 모든 마력을 쏟아 넣으며 속삭였다.

"대법사의 뜻도 보여주도록 하지."

눈부신 황금의 날개가 펼쳐졌다.

유별나게 총명한 아이였다. 하지만 어디까지나 히페리온이라서, 세 번째 별이라서 그렇다고만 여겼다. 그런데 아르커스의 대법사라니.

"……."

로드고는 말없이 검으로 날개를 베어냈다. 빛으로 이루어진 날개는 조각조각 부서졌다. 흩어지는 파편 속에서 다음 목표물을 찾는 로드고의 모습은 악귀와 다를 바 없었다. 평소 전투에 나섰을 때보다 훨씬 흉흉한 기세였다. 따르는 기사들이 두려워하는 것이 느껴졌다. 허나 도저히 조절이 되질 않았다. 로드고는 제멋대로 튀어나가려는 살심을 억누르며 천천히 전장을 살폈다. 아직 아무것도 확정된 것은 없었다. 에니샤의 입에서 직접 이야기를 들을 때까진, 모든 판단을 미뤄놓을 생각이었다.

……그래도 혹시나 그 아이가 정말 대법사라면.

아르커스의 왕국민과 대법사의 관계는 가족과 같이 각별하다 들은 적 있었다. 에니샤는 왕국민들의 죽음을 슬퍼할 터였다.

아르커스 마법사를 죽여선 안 된다.

이런 상황에 이르러서도 그리 세심하게 챙기려 들다니, 몹시 우스운 노릇이었다. 하지만 머리로만 우습다 생각할 뿐, 정작 손이 따르질 않았다. 목숨을 거두려 급소를 노리다가도 마지막에 궤도를 튼 것이 벌써 몇 번이었다. 이깟 하찮은 놈들의 죽음 때문에 슬퍼할 에니샤를 보고 싶지 않았다. 그럴 바에야 저가 조금 더 수고로이 움직이는 것이 나았다. 본래대로라면 살의를 가지고 휘둘렀을 검이지만, 로드고는 상대를 무력화시키는 데만 집중하였다.

로드고는 저를 향해 쏟아지는 마법을 검으로 간단히 파훼했다. 흩어지는 마력 파편에 마법을 전개했던 마법사가 재빠르게 방어마법을 펼치려 했다. 하지만 로드고는 그가 마력을 끌어올리기 전에 복부를 걷어찼다. 인간 같지 않은 힘에 복부를 걷어차인 마법사가 크게 몸을 웅크리자, 놓치지 않고 날개를 잘라냈다. 바닥으로 추락하는 것을 확인하고 다시 검을 되잡았다.

"폐하! 좌측 분대에서 마법을 전개하고 있습니다!!"

로드고는 눈매를 찡그렸다. 아르커스의 마법사들은 유동적으로 움직이며 분대와 개인을 넘나들며 마법을 펼쳤다. 분대를 상대하면 개인으로 나뉜 마법사들이 허를 찔렀고, 개인을 정리하고 있자면 분대가 대규모 마법을 전개해 귀찮게 굴었다.

"그쪽은 내가 맡겠다."

로드고는 홀로 분대에게 향하였다.

일곱 마법사가 하나의 마법진을 그렸다. 마력이 얽혀들며 그려낸 마법진에서 거대한 화염이 솟아났다. 회오리치듯 내리꽂는 화염 줄기에 열기가 화끈하게 번졌다. 그러나 로드고는 여느 때와 다

틈없이, 일견 따분해 보이기까지 하는 얼굴로 검을 휘두를 뿐이었다. 가로로 깊게 베어내는 검에 타오르는 화염은 마력 파편으로 깨어져나갔다. 일부 파훼하지 못한 화염이 로드고의 옷 끝을 그슬리게 하였다. 하지만 검을 멈추게 할 정도는 아니었다.

마법사들은 곧장 개인으로 나뉘어 마법을 전개하였다. 일곱 개의 마법이 각기 궤도와 방향을 달리하여 일제히 로드고를 향해 쏘아져 왔다. 그러나 충돌하기 직전에 로드고는 날렵히 몸을 피하며 검을 내찔렀다. 서로 한데 뒤엉켜든 마법은 로드고의 검 아래 일제히 파훼되었다.

로드고는 삐뚤게 웃으며 가장 가까운 놈에게 달려들었다. 마법사는 두려움에 찬 눈을 하면서도 끝까지 다른 마법을 전개하려 들었다. 하나같이 필사적인 게 몹시 마음에 들지 않았다. 그들의 목적이 무엇인지 알기에, 더더욱. 결국 조금 거칠게 검이 나가버렸다. 어깨가 꿰뚫린 마법사는 비명을 지르며 날개를 잃고 추락하였다. 뺨에 핏물이 크게 튀었다. 손등으로 느리게 닦아내며, 로드고는 잠시 전장을 살폈다.

"……."

제법 오랜 시간이 흘렀으나, 아직도 날개를 펼친 마법사들이 하늘에 빼곡했다. 전투의 능률이 떨어지는 탓이었다. 제국군은 이토록 많은 마법사를 상대해본 전례가 없었다. 제국의 수석마법사 자리는 그냥 꿰찰 실력의 마법사들이 수십이나 몰려 마법을 시전해대고 있었다. 게다가 육지도 해상도 아닌 공중에서 전투를 치르고 있으니, 고전하는 것이 당연했다. 길어지는 전투가 지겨웠다. 그러나 죽일 목적으로 달려들면 더 빠르게 끝내리란 것을 알면서도, 로드고는 다시금 검을 틀었다.

그때였다. 어둑하던 사위가 단번에 대낮처럼 밝아졌다. 시야를 훤히 밝히는 금빛의 정체는 천공을 꿰뚫는 마력기둥이었다. 금빛 기둥은 이때껏 숲을 뒤덮고 있던 반원형의 막과 부딪쳤다. 굳건하던 막은 힘없이 부서져 마력 파편으로 흩날렸고, 기둥은 그대로 뻗어나가 하늘을 꿰뚫었다.

시선을 빼앗기는 것도 잠시, 로드고는 기이함을 느꼈다. 아르커스의 마법사들이 일제히 동작을 멈추는 것이 아닌가. 그들은 모두 금빛 기둥을 바라보고 있었다. 전투 중이었다는 것을 잊은 것처럼, 그저 멍하니 말이다. 날개를 베어내 땅으로 추락하여도, 제 몸이 검날에 썰려나가도 똑같았다. 꼭 사로잡히기라도 한 것처럼 금빛 기둥에서 눈을 떼지 못했다. 단순히 이상 현상을 보고 놀란 것이라 하기엔 지나친 반응이었다. 심상찮은 징조임은 분명하였다.

로드고는 기사들에게 대기 명령을 내리고, 보조마법사들에게 방어마법을 준비하라 지시하였다. 그리고 저 또한 신중하게 금빛 기둥을 주시하였다. 제도의 모든 사람이 볼 수 있을 만큼 선명하고 커다란 마력의 집합체였다. 아르커스에 저런 마력을 다루는 자가 있다니, 오늘 전투에서 패할 수도 있겠다고 생각하던 순간이었다.

로드고는 에니샤 또한 금색의 마력을 가지고 있었음을 떠올렸다. 떠오른 생각의 의미를 완전히 이해하기도 전이었다. 하늘을 꿰뚫었던 기둥이 수십 갈래로 길게 갈라졌다. 그것은 마치 유성우와 같았다. 우아한 흔적을 그리며 날아드는 마력은 참으로 아름다워서, 보는 사람을 홀리는 듯하였다. 로드고마저도 잠시 넋을 놓고 그 황홀한 절경을 지켜보았을 정도였다. 하지만 겉으로 보이는 아름다움과 달리, 갈래갈래 찢어진 마력의 힘은 잔혹했다. 유성과 같이 날아온 마력은 정확히 아르커스의 마법사만을 겨냥하였다. 그들은 뒤늦게 날개를 움직여 달아나거나 방어마법을 펼치려 했지만, 무엇을 어떻게 하여도 결과는 같았다. 금빛 마력이 잘 벼려낸 검과 같이 마법사들을 베어내었다.

여태 어떤 공격에도 끈질기게 버티던 아르커스의 마법사들은 순식간에 날개를 잃고 땅으로 추락하기 시작했다. 땅에 떨어진 그들은 아무런 저항도 하지 못했다. 그저 무력하게 꿈틀거릴 뿐이었다. 마법을 쓰지 못하는 평범한 사람처럼.

에니샤는 쏟아지는 금빛 유성우를 바라보았다. 아바르티아가 직접 만들었다 하더니, 마력증폭구에 담긴 마력은 상당했다. 아주 잠시나마 과거로 되돌아간 듯한 느낌이었다. 금빛숲 곳곳을 파고드는 유성의 비에 아르커스 마법사들이 추락했다. 제국군이 그들을 생포해 마력제어구를 채웠다.

결국 이렇게 되는구나.

속이 후련하거나 개운하지는 않았다. 끝을 알 수 없는 씁쓸함만이 남았을 뿐이다.

천천히 시선을 아래로 내리던 에니샤는 제 앞까지 찾아온 사람들을 발견하였다. 벨루안과 헬라드였다. 금빛 기둥을 보자마자 이곳으로 달려온 모양이었다. 얼마나 치열한 전투를 벌였는지, 둘 다 모습이 처참했다. 다 뜯겨나간 옷 사이로 심각해 보이는 상처가 여럿 보였다. 그래도…… 헬라드는 살아 있었다. 죽지 않았다.

안도감이 가슴을 쓸어내렸다. 마력증폭구에서 꺼냈던 마력이 모두 소진되어가는 감각이 느껴졌다. 에니샤는 가장 마지막 두 줄기의 마력을 뻗어내었다. 타들어가는 양초의 심지 끝에서 불꽃이 일순 반짝이듯, 여느 것보다 선명하게 빛나는 마력이었다. 그리고 그것은 좌우법사를 위한 것이었다.

"……."

벨루안과 녹시타는 말없이 에니샤를 바라보았다. 그들은 아무런 저항을 하지 않았다. 의미가 없다는 것을 알기 때문이었다. 그저 가만히 눈을 감고, 제게 날아오는 마력을 기다렸다.

깊숙하게 파고든 마력은 내부를 진탕하였다. 좌우법사가 흙바닥에 고꾸라지고, 제국군이 달려들어 사지에 마력제어구를 채웠다. 이제 끝이었다. 빛의 날개가 허공에서 흩어졌다.

에니샤는 몸이 떨어지는 것을 느꼈다. 그러나 더 이상 마법을 쓸 마력도, 힘도 없었다. 섭리에 순응하듯 힘없이 추락할 뿐이었다.

"황녀님……!"

꺼져가던 정신을 일깨우는 목소리가 들렸다. 에니샤는 저를 안아드는 부드러운 품을 느꼈다.

"카힐……."

네가 나를 받아줄 것이라고 생각했어.

에니샤는 속으로 그렇게 중얼거렸다. 그의 얼굴이 울 것처럼 일그러져 있었다. 마력증폭구를 사용하였다고 해도 많이 무리했던 마법이었다. 에니샤의 육체는 아직 미성숙했고, 그 정도 마력을 운용하여 마법을 전개한 적도 없었다. 죽을 정도는 아니지만, 커다란 피로감이 몰려왔다. 에니샤는 자신이 핏기 하나 없이 창백한 얼굴을 하고 있을 것이라 쉬이 짐작할 수 있었다. 어째 항상 걱정만 시키는 것 같아서, 그에게 미안함을 담아 살짝 웃어주었다. 힘이 담겨있지 않아 제대로 미소 지었는지는 알 수 없었다. 옆에서 그림자가 드리웠다.

에니샤는 살며시 고개를 돌렸다.

"……."

어느새 옆으로 다가온 헬라드가 굳은 얼굴로 저를 바라보고 있었다. 그가 쭈글아, 하고 장난스럽게 불러주면 참 좋을 것 같다는 생각이 들었다. 하지만 헬라드는 입을 열지 못했다. 저도 무슨 말을 해야 할지 모르는 것 같았다. 혼란스러움이 가득한 헬라드의 눈동자가 참 생경했다. 하지만 저도 어찌할 바를 모르고 헤매어도, 그 속에는 분명 에니샤를 향한 걱정 또한 담겨 있었다.

에니샤는 간신히 손을 내뻗어 헬라드의 옷깃을 그러쥐었다. 젖은 핏물이 질척하게 묻어났으나 개의치 않았다. 저와 같은 주홍색 눈동자를 들여다보며, 꼭 해주고 싶었던 말을 하였다.

"무사해서 다행이에요……."

너만이라도 무사해서 정말 다행이야. 정말로…….

마지막 생각을 끝으로, 에니샤는 곧장 어둠 속에 빠져들었다.

"하, 정말 죽는 줄 알았다니까……."

헬라드의 투덜거림에 로시엘은 퍽이나, 하고 심드렁히 받아쳤다. 그러다 쑤셔오는 통증에 미미하게 눈매를 찌푸렸다. 헬라드가 낄낄거리며 그런 로시엘을 놀렸다.

"침대에서 움직이지도 못하는 놈이!"

"……시끄러워. 내가 나으면 너 혓바닥부터 잘라버릴 거야."

"내 혓바닥 자르면 누가 황태자 할 건데?"

"하아……."

옆에서 신나게 깐족거리던 헬라드는 로시엘이 시종을 불러다 쫓아내려 하자, 그제야 입을 다물었다.

로시엘은 눈을 가늘게 뜨면서 물었다.

"넌 아프지도 않아? 너도 심하게 다쳤잖아."

"며칠 푹 쉬니까 금방 낫던데."

헬라드는 좀 쑤시기는 해도, 일상생활을 하기엔 무리가 없다며 웃어 보였다. 팔다리에 붕대를 칭칭 감고 있긴 해도, 잘 걸어 다니고 팔팔하게 혓바닥 놀리는 것을 보니 확실히 그런 듯했다. 아직도 침상에서 일어나질 못하는 로시엘과는 대조적이었다.

로시엘은 짧게 혀를 차며 짜증스레 미간을 구겼다. 그때, 아르커스의 우법사놈이 불러낸 괴물은 분명 일반적인 마법이 아니었다. 마도왕국을 상대로 최선의 대비책을 세웠다고 자신했으나, 우법사가 불러낸 괴물은 아예 상식을 넘어서 있었다. 괴기스러운 생김새와 아무리 공격해도 흠집 하나 없이 처음처럼 되돌아가는 모습에 병사들은 사기를 잃었다. 어떠한 공격도 통하질 않으니 이길 수 있을 리가 없었다.

로시엘은 정말로 괴물에게 죽임을 당할 뻔했다. 그러나 살아남은 것은, 어디까지나 우법사가 로시엘의 죽음을 원하지 않았기 때문이었다. 저를 죽여버리고 싶다는 눈으로 노려보면서도, 우법사는 끝끝내 괴물에게 살인을 명하지 않았다.

— ……대법사가 슬퍼할 테니까, 죽이진 않겠어요. 대신 앞으로 대법사한테 얼씬도 하지 마요.

완전히 전투 불능 상태로 만들어놓은 채, 우법사는 사라졌다. 로시엘이 드물게 겪은 패배의 굴욕이었다. 헬라드 또한 열세에 몰리며 고전했지만, 그는 승패가 갈리기 전에 전투가 끝났다. 따지고 보면 별다를 것도 없으면서, 헬라드는 이야기를 들은 직후부터 지금까지 부지런히 놀려댔다. 저놈을 죽일까 싶다가도, 그래도 저가 걱정되어 매일 황자궁에 찾아오는 것을 아는지라 이번만 봐주기로 결심했다. 어쨌든 앞으로 사도적인 마법에 대해서도 대비책을 세워야 할 것 같았다.

아르커스와 전투를 치러내며, 제국군이 보강해야 할 부분을 상당수 알아냈다. 로시엘은 몸이 회복되는 대로 군제를 개편할 생각이었다. 머릿속에서 항목들을 정리하는데, 헬라드가 불쑥 끼어들었다.

"에니샤가 너 죽은 줄 알았다더라. 살아 있다는 얘기 듣고 엄청 울었다던데……."

"거의 죽을 뻔하긴 했지."

우법사가 불러낸 괴물을 생각하면, 죽었다고 생각하지 않은 게 더 이상하긴 했다.

로시엘의 대답을 끝으로 잠시 둘은 입을 다물었다. 서로 아무 말 하지 않았지만, 같은 생각을 하고 있었다. 로시엘은 긴 속눈썹을 팔랑이며 몇 번 눈을 깜빡이다가, 먼저 입을 열었다.

"……에니샤 말이야."

침대 옆에 의자를 끌어다놓고 껄렁하게 앉아 있던 헬라드가 몸을 바로 하였다. 로시엘은 등에 받쳐놓은 베개에 깊숙이 몸을 묻으며 질문했다.

"넌 어떻게 생각해?"

"나? 나는……."

헬라드는 팔짱을 끼더니, 혼자 고개를 끄덕거리며 말했다.

"뭐어……. 대법사였다고 해서 함께했던 8년의 시간이 없어지는 건 아니잖아."

"놀랍지도 않아?"

"당연히 충격은 충격이지. 그런데 그때……."

헬라드는 천천히 기억을 되새겼다.

에니샤가 금빛 유성우로 모든 아르커스 마법사들을 전투 불능으로 만들었을 때. 마지막 혼절하기 전, 조막만 한 손으로 헬라드의 옷자락을 꼭 움켜잡으며 속삭였다.

"나보고 무사해서 다행이라면서 눈을 감더라고. 그건 진심이었어. 우리가 아끼고 좋아했던 만큼, 에니샤도 히페리온을 좋아한 건 확실해. 결국 제 손으로 아르커스를 공격했을 정도로 말이야."

"……그렇구나."

"난 복잡하게 생각 안 하기로 했어. 그냥 마음 가는 대로 할 거야. 에니샤 말도 좀 들어보고!"

"……."

로시엘은 말없이 눈을 아래로 내리깔았다. 헬라드의 단순한 성정이 이럴 때는 도움이 되는 것 같았다. 아주 가끔은 그가 부럽다고 생각하며, 로시엘은 살짝 가라앉은 목소리로 질문했다.

"……폐하께서는?"

"거기도 심란하지. 장난 아냐."

덕분에 요즘 본궁 분위기가 장례식장이라며 헬라드는 킥킥 웃었다. 그리곤 상념에 빠진 제 쌍둥이 형제에게 시원스레 결론을 내려주었다.

"아마 조만간 폐하가 에니샤를 부르실 것 같으니 기다려보자. 너도 그때 에니샤랑 이야기하고 결정해."

꼬박 일주일을 잠들었다가 깨어났다. 잠에서 깨어난 에니샤는 홀로 텅 빈 침실에 누워 있는 제 모습에 쓰게 웃었다. 황녀가 정신을 차렸다는 소식이 전해졌지만, 로드고도 쌍둥이도 황녀궁을 찾지 않았다.

기력을 회복하는 동안, 에니샤는 밀려 있던 소식들을 들었다. 사냥대회에서 벌어진 초유의 사태는 아르커스가 새로운 대법사로 막내 황녀를 탐내 저지른 짓으로 알려졌다. 현 대법사가 사망하면서 새로운 대법사가 절실해지고, 이에 마법 재능을 타고난 히페리온인 막내 황녀를 납치하려 했다는 것이다. 그날 사냥대회에 수많은 목격자들이 있었으나, 정신없던 상황을 선명히 기억하는 자는 거의 전무했다. 진실과 거짓을 섞어 만든 히페리온의 발표는 그들의 기억을 쉽게 왜곡했다. 소문은 황실이 원하는 방향대로 퍼져나갔다. 물론 모두가 황실의 말을 믿지는 않겠지만 말이다.

아르커스의 마법사들은 전부 마력제어구를 차고 황궁 지하감옥에 갇혔다. 그들의 처분은 아직 결정되지 않았다.

델 하르인과 레시나는 황녀의 모습을 흉내 낸 죄로 하룻밤 구금되었다가 풀려났으며, 카힐은 부상을 치료하는 중이었다. 그리고 에니샤는 이제 결정을 앞두고 있었다.

"……."

일찍 자야 하는데…….

로드고는 내일 자신을 만나러 오라 통보하였다. 그 자리에는 헬라드와 로시엘도 함께할 것이었다. 모든 것을 결정지을 순간이라 긴장한 탓인지 도통 잠이 오질 않았다.

에니샤는 한숨을 쉬며 침대에서 몸을 일으켰다. 가만히 창가로 걸어가 밖을 내다보았다. 달무리가 음울한 밤이었다. 한참 동안 밤의 어둠에 젖어 있는데, 등 뒤에서 목소리가 들려왔다.

"기분이 어때?"

"……."

에니샤는 말없이 뒤를 돌아보았다. 침대에 걸터앉은 아바르티아가 미소 지어 보였다. 아르커스 마법사들은 황녀궁의 결계마법도 일부 손상시켜놓았다. 마법진을 보수해야 했지만 기력이 없어 내버려뒀더니, 덕분에 침실까지 기어 들어온 모양이었다.

답하지 않는 에니샤에게 아바르티아가 웃으며 속삭였다.

"열심히 노력했지만 소중한 사람들을 전부 잃게 되었네. 가엾어라……."

"내 침대에서 내려오고, 당장 꺼져."

그러나 에니샤의 말은 들리지 않는다는 듯, 그는 제멋대로 말을 이어나갔다.

"원래 인간은 그래. 유한하기 때문에 한없이 변덕스럽지. 어제는 그토록 열렬히 사랑을 고백해놓고, 오늘은 증오를 퍼붓는 존재야."

그의 속삭임이 귓가에 달라붙었다.

"히페리온 황족들을 그리 기만하였는데, 용서받을 수 있을 것 같아?"

"……."

"나는 너를 있는 그대로 받아줄 유일한 사람이야. 변하지 않고 영원히 네 곁에 남아 있을……."

어둠 속에서 짙은 음영이 드리운 이목구비는 절정을 맞이한 꽃처럼 화사하고 아름다웠다. 샛노란 금안이 점차 붉게 변하더니, 이내 새빨갛게 달아오른 눈동자로 변하였다.

"내가 너를 위로할 수 있게 허락해줘."

그가 달콤한 냄새를 잔뜩 풍기며 유혹적으로 속삭였다.

“나한테 도와달라고 말해봐, 에니샤…….”

뱀의 속삭임은 매력적이었다. 벼랑 끝에 내몰린 사람을 휘감는 몸짓은 겉보기엔 참으로 다정하였다. 그래서 죽을 자리임을 알면서도 그의 유혹에 넘어가는 것이리라. 하지만 에니샤는 흔들리지 않았다.

“꺼지라 하였어.”

길게 찢어진 눈매가 샐쭉하게 휘어졌다. 침대에서 일어난 그가 훌쩍 다가오더니, 멋대로 에니샤의 손을 끌어다 손등에 키스하며 속삭였다.

“기다릴게.”

어둠 속으로 흩어지는 그는 확신하고 있는 듯하였다. 에니샤가 히페리온에게 버림받을 것이라고 말이다.

한 걸음을 내딛는 것조차 힘들었다. 본궁으로 향하는 발이 무거운 돌덩이와 같았다. 그날 이후 처음으로 로드고와 쌍둥이를 만나는 것이었다. 그들이 저를 어떤 얼굴로 바라볼지, 무슨 말을 내뱉을지 두려웠다. 하지만 피할 수 없는 일이었다.

커다란 문이 양쪽으로 열렸다. 로드고가 부른 곳은 집무실이나 응접실이 아닌, 헬라드의 황태자 책봉식을 치른 홀이었다. 황좌에 앉은 로드고의 모습이 낯설게 느껴졌다. 항상 그와 함께 앉아 있었기 때문이리라.

로드고의 양옆에는 헬라드와 로시엘이 자리하고 있었다. 에니샤는 천천히 걸음을 옮겨 그들 앞으로 다가갔다. 로드고가 무표정한 얼굴로 저를 내려다보며, 느릿하게 입을 열었다.

"……황녀."

그의 입술에서 떨어진 말이 심장에 박혀 들었다. 날카로운 칼로 쑤시는 기분이었다. 단 한 번도 저렇게 딱딱한 목소리로, 그리고 매정한 눈으로 황녀라 호칭한 적 없었다. 황족들은 이미 결론을 내린 듯하였다. 예상은 했지만, 직접 겪는 것은 완전히 달랐다. 심장이 지끈거리는 고통을 애써 모른 척 덮었다.

에니샤는 시선을 아래로 내리깔며 말했다.

"……폐하."

그 한마디를 뱉어내기가 이렇게 힘들 줄은 몰랐다. 뾰족한 말이 입안의 살들을 죄다 베어내는 듯했다. 수많은 생각이 머릿속에 엉켜들었다. 히페리온을 사랑하고, 또 그들을 가족으로 여겼다. 그러나 이미 신뢰는 깨졌고, 관계는 망가졌다. 두 번 다시 예전처럼 돌아갈 수 없으리라. 에니샤는 떨리는 목소리로 수백 번 연습했던 말을 꺼냈다.

"……드릴 말씀이 있습니다."

천천히 무릎을 꿇었다. 대리석 바닥의 딱딱한 감촉에 살갗이 아렸다.

"마지막 정을 빌어 감히 청하건대……."

에니샤는 바닥에 이마가 닿을 만큼 깊이 고개를 조아리며 말했다.

"아르커스의 마법사들을 살려주십시오."

소름끼치는 정적이었다. 에니샤는 입술을 말아 물었다. 아르커스의 날개를 꺾은 사람은 에니샤였다. 그러나 그들의 목숨을 구걸하는 것 또한 에니샤였다. 자신은 대법사로서 의무를 다해야 했다. 거절당한다 하여도 끝까지 청하고, 또 청해야만 했다. 다시금 애원하려던 때였다.

"……고개 들어라."

갈라진 저음에 담긴 말이 이해가 되질 않아, 잠시 머뭇거렸다. 그러자 득달같은 고함이 떨어졌다.

"고개를 들라고 하였다!!"

에니샤는 천천히 고개를 들었다. 로드고의 눈에서 불꽃이 튀었다.

"폐하……."

"당장 자리에서 일어나라."

에니샤가 멍하니 바라보기만 하자, 로드고는 황좌에서 일어나 성큼성큼 다가왔다. 그리고 돌바닥에 무릎 꿇은 에니샤를 번쩍 들어올렸다.

에니샤는 눈을 크게 뜬 채로 굳어버렸다. 화가 나서 사납게 치켜 올라간 눈매가 보였다. 그 속에서 저를 가득 담아내는 주홍색 눈동자도. 시선은 이내 끊어졌다. 그가 꽉 끌어안아버린 탓이었다. 로드고는 에니샤를 안은 채로 크게 숨을 들이마셨다. 그리고 내뱉듯이 말하였다.

"그깟 놈들을 위해서 무릎 꿇지 말란 말이다, 에니샤."

무언가 뚝뚝 떨어졌다. 왜 이리 눈앞이 흐릴까, 하며 가만히 뺨을 더듬으니 눈물이었다. 깨닫는 순간 참았던 것이 왈칵 터져 나왔다. 에니샤는 로드고의 품에 얼굴을 묻고서 펑펑 눈물 흘렸다. 그의 옷이 흠뻑 젖어들도록 울고, 또 울었다.

로드고는 말없이 끌어안고서 토닥여주었다. 한참 동안 흐느끼고 나서야, 에니샤는 깨달았다. 나는 내가 생각한 것보다 훨씬 좋아했구나.

히페리온을, 나의 가족들을…….

그들은 이미 에니샤의 일부였다. 더 이상 잘라낼 수 없을 만큼 커져버린, 소중한 존재인 것이다. 에니샤는 로드고의 옷자락을 움켜쥐고서 끅끅거리며 그를 불렀다.

"아빠, 아빠아……."

고장 난 태엽인형처럼 몇 번이나 아빠라는 말만 되풀이하였다. 커다란 손이 이마를 살짝 밀어내었다. 어깨에 파묻고 있던 얼굴을 조금 들어 올리자, 로드고가 손수건으로 눈물을 닦아주었다. 투박하지만 세심한 손길이었다.

발개진 얼굴로 훌쩍거리고 있자니, 옆에서 한숨 소리가 들려왔다.

"아오, 우는 것 보니까 무슨 말을 못 하겠네……."

헬라드가 씩 웃으며 에니샤의 뺨을 꼬집었다.

"더 쭈글쭈글해지겠다."

하얀 손이 다가와 로드고에게서 손수건을 빼앗았다.

"내놔보십시오. 그렇게 닦으면 애 얼굴 다 벗겨지지 않습니까."

로시엘은 따끔히 타박하곤, 로드고가 벅벅 문지르고 있던 에니샤의 얼굴을 살살 어루만져주었다. 눈 밑에 손수건을 살짝 누르듯하여 눈물을 훔쳐냈다.

로시엘이 에니샤의 턱을 가볍게 붙잡아 살피고선 물었다.

"다 울었어? 이제 눈물 뚝 하자."

다정한 목소리가 너무 좋았다. 그가 죽은 줄만 알았던 순간을 떠올리니, 또 눈가가 뜨거워졌다. 겨우 그치는가 싶던 눈물이 다시 차오르기 시작했다. 흐끅흐끅 울음소리가 흘러나오자, 로시엘은 조금 당황하여 말했다.

"왜 그래, 오라버니가 뭐 실수했어?"

에니샤는 입술을 꾹 다물고 고개를 내저었다. 그리고 로시엘에게 양팔을 내밀었다. 로드고는 의외로 순순히 에니샤를 내주었고, 로시엘은 당연하다는 듯 받아 안으며 중얼거렸다.

"생각해봤는데, 역시 오라버니는 에니샤 없인 못 살겠어."

에니샤는 그들에게 가장 하고 싶었던 말을 하였다.

"미안해요……."

로시엘이 손가락으로 에니샤의 코끝을 문지르며 말했다.

"미안하면 그만큼 앞으로 내게 잘하렴."

에니샤는 작게 고개를 끄덕였다.

"뭐야, 왜 나한테는 안아달라고 안 해?"

쭈글이 내놔보라며, 헬라드가 득달같이 에니샤를 뺏어가려 했다. 쌍둥이는 금세 서로 에니샤를 안겠다고 투덕거리기 시작했다. 하나도 변함없는 모습에 어느새 저도 모르게 웃고 있는데, 로드고가 이름을 불렀다.

"에니샤."

그는 가만히 이마를 쓸어주며 말했다.

"우리에게 네 이야기를 해줬으면 좋겠는데……."

쌍둥이가 옆에서 한마디씩 거들었다.

"맞아, 엄청 궁금했으니까 자세하게 말해봐."

"그래, 에니샤. 네가 설명해야 할 일이 산더미란다."

에니샤는 서둘러 남은 눈물을 닦아내곤, 활짝 웃으며 대답하였다.

"네!"

망가진 관계는 예전처럼 돌아갈 수 없다. 그러나 새로운 모양으로 다시 태어나리라.

아르커스의 마법사들은 모두 황궁 지하감옥에 갇혀 처분을 기다리고 있었다. 그리고 그중에서도 가장 깊고 어두운 곳에 좌우법사가 갇혀 있었다. 두 사람은 양팔과 양다리에 마력제어구를 차고, 다른 어느 죄수들보다 삼엄한 감시를 받았다.

에니샤는 쇠창살 너머로 가만히 둘을 바라보았다. 중죄인 취급을 받고 있지만 같은 감옥 안에 가둬놓았고, 내부 환경도 제법 깨끗했다. 겉모습이 괜찮은 것으로 보아, 심문 또한 당하지 않은 듯했다. 로드고가 생각보다 신경을 많이 써준 모양이었다.

"……."

에니샤의 방문에 좌우법사는 아무 말도 하지 못했다. 제 눈치만 살피는 벨루안과 녹시타에게, 에니샤는 조용히 질문했다.

"날 원망해?"

그 말이 떨어지는 순간, 둘 다 쇠창살에 달라붙었다. 무릎을 꿇은 채 쇠창살에 바짝 붙어선, 에니샤에게 용서를 구했다.

"잘못했습니다……."

"잘못했어요, 대법사……."

녹시타가 훌쩍거리며 쇠창살에 이마를 부비적거렸다.

"너무 질투 나서 그랬어요. 대법사가 우리보다 히페리온을 더 좋아하는 것 같아서……. 그래서 대법사도 밉고 히페리온도 미워서……. 진짜 죽이려고 한 건 아닌데……."

말하다 보니 더 서러워졌는지, 숫제 꺽꺽거리기까지 하였다.

"알아. 그러게 그때 재깍 대답할 것이지, 너도 참……."

에니샤는 쇠창살 사이로 손을 뻗어 녹시타의 눈물을 닦아주었다. 녹시타가 훌쩍훌쩍하는 동안, 벨루안을 돌아보았다. 못 본 사이 이목구비가 좀 더 날카로워진 것이, 살이 빠진 것 같았다. 마음고생을 심하게 한 티가 났다. 에니샤는 그를 안쓰럽게 바라보며 물었다.

"먹는 건 잘 챙겨 먹었고?"

"……예. 죄수치곤 호화로운 대접을 받았습니다."

나직이 답하는 목소리는 많이 거칠어져 있었다.

녹시타에게 붙잡힌 손 말고 다른 손을 뻗어 그의 얼굴을 어루만졌다. 벨루안은 에니샤와 시선을 맞춘 채, 조용히 숨을 들이마시고 내뱉었다. 불안하게 흔들리던 기운이 고요히 가라앉아갔다. 그는 에니샤의 손에 살며시 얼굴을 문지르며 입을 열었다.

"황제가 저희를 찾아왔었습니다."

설마 로드고가 찾아와 모진 소리라도 했나 싶어서 심장이 덜컥

하는데, 벨루안이 천천히 말을 이었다.

"그는 대법사가 아르커스에게, 그리고 우리들에게 무슨 의미인지 묻고……. 또 과거 대법사가 어떤 사람이었는지 물어보았습니다."

"……."

"대법사에 대해 좀 더 알고 싶다고 했습니다."

그런 것을 물어볼 줄은 정말 꿈에도 몰랐다. 로드고는 나름의 방식대로 에니샤를 이해해보려 노력한 것이었다. 괜히 시큰거리는 코끝을 감추려고 입안의 살을 살짝 깨물었다. 벨루안은 옅게 패배감 어린 얼굴을 하고선, 조금 시무룩이 중얼거렸다.

"대법사를 진심으로 아끼는 것 같았습니다."

벨루안 또한 알고 있다. 그가 말했듯이, 아르커스 마법사들은 죄수치곤 꽤나 점잖은 대우를 받았다. 그리고 익히 알려진 악명과는 달리, 제국군은 전투 중에 아르커스의 마법사들을 단 한 명도 죽이지 않았다. 전부 에니샤를 귀애하는 황족들의 배려였다. 이렇게나 사랑받고 있다는 것을 알게 된 탓일까. 벨루안이 히페리온 황족을 언급하는 태도가 많이 누그러졌다. 예전엔 '세 번째 별이라서 대법사 아끼는 척하는 놈들'이었다면, 지금은 '나만큼은 아니지만 그래도 대법사 많이 아껴주는 놈들' 정도로 올라간 느낌이었다. 이제는 서로 이야기를 나눠볼 수 있지 않을까 생각하던 때였다. 벨루안이 한참을 머뭇거리다 말했다.

"히페리온 황족들과 대화해보고 싶습니다. 자리를 마련해주시겠습니까?"

“……그래서, 좌우법사들과 회담을 한번 가져보셨으면 해요.”

말을 끝낸 에니샤는 꼼지락거리며 로드고의 눈치를 살폈다. 침대 머리맡에 느슨히 기대앉아 책을 읽던 로드고는 재깍 답했다.

“그리하지.”

“정말요?”

아무 고민 없이 떨어진 대답이 놀라워 눈을 동그랗게 뜨자, 그가 여전히 책을 읽으며 손으로 에니샤의 머리를 쓰다듬었다.

“언제까지 그들을 구금해둘 수도 없는 노릇이니. 슬슬 해결을 볼 때도 되었어.”

에니샤는 속으로 만세를 부른 후, 잠시 주저하다가 조그맣게 말했다.

“감사합니다…….”

그러자 로드고는 탁 소리 나게 책을 덮더니, 에니샤를 스윽 돌아보며 말했다.

“그리 딱딱하게 말하지 말라고 하였을 텐데.”

다시 말해보라는 채근에 에니샤는 배시시 웃었다.

“고마워요, 아빠.”

로드고는 그제야 만족한 듯 옅게 웃어 보였다.

“그만 자거라. 시간이 많이 늦었어.”

그가 책을 놔두려고 잠시 침대에서 일어났다. 에니샤는 꼬물꼬물 침대 속으로 깊게 파고들었다. 로드고와 쌍둥이에게는 아바르티아에 관한 것만 빼놓고, 다른 모든 이야기를 털어놓았다. 그것까지 이야기했다간 정말 스칸샤와 전쟁이 일어날 것 같아서였다.

히페리온 황족들은 이제 에니샤가 대법사라는 사실을 알고 있다. 하지만 자신들을 전과 같이 대해주길 바랐다.

— 아르커스의 대법사이기도 하고, 히페리온의 막내 황녀이기도 하잖아? 굳이 둘 중 하나만 하려 하지 말고, 우리 앞에서는 막둥이 해줘.

헬라드의 요구에 에니샤는 그러겠다고 약조했다.

오늘 로드고와 하루 같이 자기로 한 것은 에니샤가 먼저 조른 것이었다. 좌우법사를 만나고 난 뒤, 참을 수 없이 그가 보고 싶었다. 아빠랑 같이 자고 싶다고 어리광 부리는 것을 로드고는 흔쾌히 받아주었다. 책을 놓고 돌아온 로드고가 에니샤의 옆에 누웠다. 그가 자연스럽게 팔베개를 해주었다. 단단한 근육질의 팔 위에서 조그만 머리통을 이리저리 굴리며 장난치다가, 후암 하품을 하였다. 로드고는 어서 자라며 이불을 덮어주었다.

포근한 침구의 감촉과 로드고에게서 흘러나오는 뜨끈한 열기가 절로 잠을 불러왔다. 에니샤는 쏟아지는 졸음에 금세 파묻혀버렸다. 잠들기 직전 가물가물함 속에서, 문득 그에게 해주지 못했던 이야기가 떠올랐다. 오늘이 지나면 왠지 잊어버릴 것만 같았다. 생각났을 때 꼭 말해야겠다 싶어서, 에니샤는 눈을 감은 채로 웅얼거렸다.

"있죠, 나 옛날에 고아였어요……."

말하고 보니 참 뜬금없는 소리다 싶었지만, 그래도 꺼낸 김에 끝까지 말하였다.

"아르커스가 가족이 되었을 때도 좋았고, 히페리온이 가족이 되었을 때도 너무 좋았는데……."

에니샤는 조그맣게 속삭였다.

"과거에도, 그리고 지금도…… 아빠는 한 명뿐이에요."

너무 작게 속삭인 탓일까. 로드고는 한참 동안 말이 없었다. 천천히 잠에 빠져들고 있는데, 근사한 저음이 들려왔다.

"……그래."

짧은 대답이었지만 한없이 부드러운 목소리였다. 왠지 그가 어떤 표정을 짓고 있는지 알 것만 같았다. 에니샤는 살며시 미소 지으며 잠들었다.

히페리온과 아르커스의 충돌은 대륙 내에서도 큰 화제였다. 아르커스의 좌우법사와 100명의 원로마법사가 나섰으나 승리를 거두지 못했다. 마도왕국 아르커스마저 히페리온에게 패배한 것이다. 원래도 제국의 눈치를 살피던 타국들은 숫제 설설 기는 지경에 이르렀다. 아르커스의 대법사가 사망했으며, 히페리온의 막내 황녀가 차기 대법사로 노려졌다는 것도 커다란 화젯거리였다. 그 똑똑한 마법사들이 히페리온과 전쟁을 벌일 생각까지 해가며 대법사로 탐냈다는 것은, 그만큼 황녀의 재능이 눈부시다는 뜻이었다. 대체 막내 황녀가 어떤 사람이기에 이런 일들이 벌어졌는지, 모두가 궁금해했다. 가뜩이나 대륙을 뒤흔드는 유명인인 막내 황녀님은 더욱 이름을 날리게 되었다. 막내 황녀님의 추종자들은 아르커스의 행태에 분노하는 한편, 우리 황녀님이 이렇게 잘난 사람이라며 으스댔다. 그리고 제국은 보류하고 있던 아르커스의 처분을 결정하기 위해, 비밀리에 회담을 개최했다.

히페리온 황족과 아르커스의 좌우법사가 참여한 회담이었다.

"……."

에니샤는 눈을 동글하게 뜨고서 주변을 살폈다. 평소 귀족들과 정무를 논할 때 사용하는 회의장은 많은 인원을 수용할 수 있을 만큼 충분히 넓었다. 하지만 오늘 자리한 사람들 하나하나가 남다른 기운을 가진 탓일까. 황족 넷에 좌우법사 둘, 도합 여섯 명이 앉아 있을 뿐인데, 자꾸만 회의장이 비좁게 느껴졌다. 조금만 잘못되면 펑 하고 터질 수도 있겠다는 생각이 들 정도였다.

기다란 직사각형의 탁자 가장 상석에 로드고, 한쪽에 헬라드와 로시엘, 맞은편에 좌우법사가 앉았다. 언제나 그렇듯이, 에니샤의 자리는 로드고의 무릎 위였다.

삐딱하게 의자에 앉은 헬라드가 마음에 안 든다는 눈으로 좌우법사를 노려보았다. 특히 벨루안을 열심히 노려보는 것이, 아무래도 금빛숲의 격전에서 많은 일이 있었던 모양이었다. 벨루안의 마법은 아르커스에서도 에니샤 다음가는 실력이었다. 거기다 사역마까지 다루니, 모르긴 몰라도 헬라드는 꽤나 고전하였을 것이다.

벨루안은 헬라드의 시선을 피하지 않고 똑바로 맞받아쳤다. 참지 않는 헬라드는 결국 대놓고 비아냥거렸다.

"이렇게 자비로운 나라가 어디 있을까. 포로한테 족쇄도 안 채우고 말이야."

그건 맞는 소리였다. 벨루안과 녹시타는 마력제어구가 풀린 상태였다. 에니샤라는 제어구가 있으니, 더 이상 마력제어구는 필요 없다는 판단하에 내린 결정이었다.

벨루안은 슬쩍 에니샤의 눈치를 보았다가 입을 열었다.

"히페리온의 자비로움을 참으로 감사히 생각하고 있습니다."

그러나 말로만 감사할 뿐, 표정은 전혀 그렇지 않았다. 헬라드가 코웃음 치며 말했다.

"하, 패자 주제에 자존심 세우긴."

벨루안이 지지 않고 받아쳤다.

"대법사의 마법이 아니었다면, 패자는 히페리온이었을 것입니다."

"뭐야?"

저놈 마력제어구 다시 채워야 한다며 버럭버럭 소리 지르는 헬라드 옆에서, 로시엘은 가만히 녹시타를 바라보았다.

"……."

녹시타는 제게 꽂히는 시선이 부담스러운지 눈을 이리저리 피했다. 금빛숲에서 괴물을 불러내 제국군을 작살내던 이와 동일인이라곤 믿을 수 없는 모습이었다. 로시엘은 아직도 쑤셔오는 부상의 통증을 느끼며 느리게 웃었다. 연하늘색 눈동자 위로 옅은 짜증이 어렸다.

로시엘 놀릴 거리를 그냥 지나갈 헬라드가 아니었다. 헬라드는 기회를 놓치지 않고 아픈 곳을 찔렀다.

"어어, 그러고 보니 우리 두 번째 별을 지옥으로 보내버릴 뻔한 우법사도 계셨네."

"……입 다물어, 헬라드."

로시엘과 헬라드가 으르렁거리자, 로드고가 가볍게 탁자를 두드려 주의를 환기했다.

"이러다 날 새겠군. 곧 있으면 에니샤 간식 먹을 시간이니 서두르도록 하지."

두 국가의 운명을 결정하는 중대한 회담마저도 에니샤의 간식 시간을 방해할 수 없었다. 우습게도 그 말에 회의장 안의 사람들은 모두 수긍했다. 그들은 언제 서로 싸워댔냐는 듯 조용해져선, 곧장 대화할 자세를 갖추었다. 로드고의 무릎에 앉아 있던 에니샤만 혼자 웃었을 뿐이었다. 다들 아주 진지하기 짝이 없었다.

로드고가 의자 손잡이에 팔을 얹으며 등을 깊숙이 기대었다. 그리고 턱 끝을 살짝 치켜올리며 물었다.

"그래서, 아르커스가 원하는 바는?"

"대법사의 귀환……이지만."

벨루안은 잠시 말을 쉬었다가, 다시 차분하게 이어갔다.

"어려운 상황이라는 것은 잘 알고 있습니다. 무엇보다 대법사께서 원치 않으시기도 하고."

에니샤는 벨루안의 말에 고개를 끄덕끄덕했다. 좌법사가 감옥에 갇혀 있는 동안 조금 정신 차린 모양이었다. 그러나 에니샤는 금세 절대 그렇지 않다는 사실을 깨달았다.

"하여, 생각한 방안은 1년 사계절 중 여름과 겨울을 아르커스에서 보낼 수 있도록 허락해주시는 것입니다."

"말 같은 소리를 해라!!"

헬라드가 기어코 소리 지르며 자리를 박찼다. 로시엘이 옆에서 안 말리는 것을 보니, 그도 비슷하게 생각하는 모양이었다. 무릇 봄 가을은 여름겨울보단 짧기 마련이었다. 한 해의 절반이 넘도록 아르커스에 있어 달라니…….

에니샤가 입을 다물고 있자, 벨루안이 눈치를 살피며 조심스레 물었다.

"그럼 겨울만은 어떠십니까……?"

"겨울도 안 돼! 겨울이 얼마나 긴데!"

하지만 벨루안은 앞에서 씩씩거리는 헬라드는 깨끗하게 무시하고, 에니샤한테만 봄? 가을? 여름? 하면서 질문을 던져댔다.

결론은 로드고가 내려주었다.

"일주일."

"말도 안 됩니다!"

일주일이란 소리에 놀랍게도 로시엘이 즉각 반대하고 나섰다. 저놈이 뭐 잘못 먹었나, 하고 쳐다보던 헬라드는 뒤이은 말에 낄낄 웃었다.

"일주일은 너무 깁니다. 하루면 괜찮을 것 같습니다. 아니면 반나절 정도."

"너무해요……."

녹시타가 기어 들어가는 목소리로 참전했다. 그러나 말재간으로는 히페리온에서도 로시엘을 이길 자가 없었으니. 로시엘은 여우처럼 웃으며 녹시타를 학살했다.

"그쪽이 내게 저지른 짓이 너무하지. 아니 그런가, 우법사?"

"……."

한 방 얻어맞은 녹시타는 시무룩한 얼굴로 에니샤를 쳐다보았다.

저놈이 가증스럽게 불쌍한 척을 한다며, 헬라드가 옆에서 빠지지 않고 한마디 거들었다. 아무래도 에니샤가 나서지 않으면 결판이 나지 않을 모양이었다. 에니샤는 으르렁거리는 놈들을 내버려두고 잠시 생각에 잠겼다. 아르커스가 원하여 대법사로 남게 되었으나, 여전히 마력은 바닥이었다. 대법사는 가장 강한 마력과 마법으로 아르커스의 중심이 되어, 왕국을 이끄는 자였다. 좌우법사도 알고 있겠지만, 사실상 지금 에니샤는 대법사로서 활동할 수 없는 상태라고 봐야했다. 상황도 그리 좋지 않았다. 대외적으로는 아르커스의 대법사가 사망했으며, 히페리온의 황녀가 차기 대법사로 노려져 전쟁이 일어났다고 공표해놓았다. 그런 상황에서 아르커스에 오래 머무르다간, 괜한 구설수가 만들어질 가능성이 높았다. 우선은 히페리온에 집중하다가, 마력을 전부 되찾으면 그때부터 아르커스를 좀 더 중시하는 것도 나쁘지 않으리라. 여러모로 고려했을 때, 현 상황에서 가장 적당한 기간은 한 달 정도인 것 같았다. 에니샤는 회의장에서 처음으로 입을 열었다.

"한 달."

그러자 로드고가 잽싸게 따라 말했다.

"3주."

에니샤는 고개를 들어 로드고를 올려다보았다. 로드고가 눈썹을 치켜올리며 엄중히 말했다.

"3주도 아주 긴 시간이다, 에니샤."

타이르는 말이 무거웠다. 여기서 더 튕겼다간 정말 1년에 하루가 될 것만 같았다. 에니샤는 이쯤에서 3주일로 합의를 볼까 하였지만, 여전히 헬라드와 로시엘의 반대가 극심했다.

"그런 위험한 곳에 에니샤를 어찌 보냅니까? 재고하여주십시오, 폐하."

"그래, 너 말 잘했다. 들어보니 에니샤의 마력을 봉인한 범인도 찾아내지 못했다던데."

이번만큼은 벨루안과 녹시타도 받아치지 못했다. 좌우법사의 얼굴이 어두워졌다. 이 문제에 관해서는 자신이 직접 말을 해야 할 것 같았다.

"그때와 지금은 달라요, 오라버니."

에니샤가 나서자, 한참 좌우법사를 말로 두들겨 패던 쌍둥이가 입을 다물었다. 에니샤는 그들에게 조곤조곤 설명했다.

"이제는 경계심을 가질 터이고, 좌우법사들이 도와줄 것이니 괜찮아요. 이브로테 기사단도 데려갈게요."

사실 아직 조금 걱정되기는 했다. 하지만 다시 대법사가 되겠다고 마음먹은 이상, 이 정도 위험은 감수하고 싶었다. 에니샤는 잠시 벨루안을 물끄러미 바라보았다.

"……?"

의아히 쳐다보는 벨루안에게 살짝 미소 지은 뒤, 로드고와 쌍둥이를 달랠 만한 조건도 하나 달았다.

“대신 아르커스는 히페리온에 마법 물품을 수출하고, 제국의 마법사들과 지속적으로 마법 교류를 하도록 해.”

어쨌든 아르커스는 패자이니, 승자를 위한 전리품은 있어야 할 터였다. 이 정도면 크게 해가 될 조건도 아니었다.

에니샤의 말에 좌우법사는 그리하겠다고 고분고분 답했다. 쭉 듣고 있던 로드고가 다시 입을 열었다.

“그리고…… 한 가지 더.”

로드고는 커다란 손으로 에니샤의 머리 위를 턱하니 덮고서 말했다.

“에니샤가 열 번째 생일이 지난 이후로 보내도록 하겠다.”

당장 올해부터 아르커스에 가자고 에니샤를 조르려던 좌우법사들의 눈이 휘둥그레졌다. 로드고가 에니샤의 머리를 살살 문지르며 말을 이었다.

“이 정도는 받아줬으면 좋겠군. 아직 어린 황녀를 함부로 타국에 내보낼 수 없는 노릇이고, 보는 눈들도 있어 그러는 것이니.”

절대 물러서지 않겠다는 단호함을 내비친 말이었다. 그리고 틀린 말도 아니었다. 지금 당장 움직이기엔, 너무 많은 이들이 히페리온과 아르커스를 주시하고 있었다. 이번 사건이 불러온 소요가 조금 가라앉을 때까지 기다리는 것이 옳았다.

에니샤는 로드고의 편을 들어주었다. 그리하여 히페리온의 막내 황녀는 열 번째 생일 이후 1년에 한 번, 3주 동안 아르커스를 방문하게 되었다.

“…….”

"……."

결론을 내렸으나 회의장 안에는 무거운 침묵만이 감돌았다. 쌍둥이들도, 좌우법사들도 죄다 부루퉁한 얼굴이었다. 다들 극단적인 사람들이니 중재안이 영 마음에 들지 않는 것이다. 서로 은근하게 노려보는 눈들을 보건대, 어떻게든 기간을 바꿔볼 꿍꿍이를 굴리고 있는 것이 분명했다. 아직 열 번째 생일은 오지도 않았건만, 에니샤는 벌써부터 중재안이 무사히 지켜질 수 있을까 걱정되었다.

살랑살랑한 봄바람과 함께 에니샤는 열 살이 되었다. 열 번째 생일만을 노리던 황족들은 이번에도 제국을 엎어놓으려 했다. 하지만 이미 아홉 번의 경험으로 노련해진 에니샤는 로드고와 쌍둥이를 다른 쪽으로 살살 굴려갔다. 이번 생일은 가족들끼리 오붓하게 보내자는 것이었다. 요란히 연회를 벌이는 대신 넷이서 오순도순 밀린 이야기도 나누자며 몇 달간 사탕발림을 한 끝에, 연회 대신 황녀궁에 모여서 소박하게 점심 식사만 같이 하기로 약속하였다. 그러나 슬프게도 에니샤가 하나 간과한 점이 있었다면, 그들의 '소박'과 에니샤의 '소박'은 하늘과 땅 차이라는 것이었다.

생일날 아침, 침대에 폭 파묻혀서 세상모르게 자고 있던 에니샤는 옆에서 키득키득 웃는 소리에 부스스 눈을 떴다.

"우웅……?"

흐릿한 시야가 바로잡히기도 전에, 양쪽에서 목소리가 들려왔다.

"생일 축하해, 에니샤!"

눈을 부비적하니 헬라드와 로시엘이었다.

"제일 먼저 말해주고 싶어서 눈뜨기만 기다렸어."

"맞아, 너 자는 것도 귀엽더라."

에니샤는 아직 졸음이 묻은 얼굴로 웃으며 그들에게 인사하였다.

로시엘이 부드러운 면포에 물을 적셔다 에니샤의 얼굴을 살살 닦아주었다. 고양이 세수하듯 아침 세안을 마친 뒤, 헬라드가 선물을 들고 왔다. 기대감에 들썩거리는 모습이, 누가 보면 그가 선물 받는 줄 알 정도였다.

"선물 두 개인데, 둘 다 로시엘이랑 나랑 같이 준비한 거야."

"마음에 들었으면 좋겠어, 에니샤."

눈뜨자마자 생일선물을 받게 된 에니샤는 제 몸만큼 커다란 상자를 바라보았다. 예쁘게 묶인 비단 리본을 풀어내 상자를 열어보자, 그 안에는 상상도 못 한 것들이 들어 있었다.

헬라드가 씩 웃으며 말했다.

"이제 열 살이 되었으니 아르커스에 가잖아. 생각해봤는데 호신용품이 좀 필요할 것 같더라고."

옷 속에 숨길 수 있는 단도, 독침을 숨긴 머리장식, 무색무취의 극독, 심지어 소형폭탄까지. 황녀 말고 암살자로 전직해도 되겠다 싶을 정도로 엄청난 무기들이 상자 안에 가득했다. 잘은 모르겠지만 아르커스에 가서 마법사 몇 명 정도는 죽이고 오길 바라는 모양이었다. 에니샤는 기대에 찬 눈으로 저를 바라보는 쌍둥이들을 위해 한마디 해주었다.

"꼭 필요할 것 같아요. 고마워요, 오라버니들!"

뭐……. 어딘가에는 쓸모가 있을지도 몰랐다. 세상에는 마법으로 해결할 수 없는 일도 있으니 말이다.

에니샤는 무기 상자를 옆에 내려놓고, 다음 상자를 열었다. 이번 상자는 작아서 그래도 좀 괜찮지 않을까 했지만 오산이었다. 상자 안에는 아기주먹만 한 금강석이 들어 있었다. 번쩍이는 광채에 눈이 아플 지경이었다.

로시엘이 예쁘게 웃으며 부연 설명을 해주었다.

"아무래도 이제 나이도 있고 하니, 현물이 최고일 것 같아서……."

에니샤는 열 살이었다.

그나저나 이런 건 어디서 구해왔는지 모를 일이었다. 이 정도 크기의 흠 없는 금강석이면 돈이 있다고 해서 무조건 구할 수 있는 것도 아니었다. 하지만 에니샤는 이내 쌍둥이들이 돈만 있는 사람들이 아님을 깨닫고는, 그냥 생각하는 것을 포기했다.

여기서 끝인 줄 알았건만, 선물은 전조일 뿐이었다. 점심 때 로드고가 함께 식사를 하러 황녀궁으로 건너왔다.

식당으로 향한 에니샤는 그대로 굳어버렸다. 문이 열리자마자 저한테 쏟아진 종이꽃잎 때문이었다.

"황녀님의 탄신일을 축하드립니다!"

온 시종, 시녀들이 다 몰려나와서 종이꽃잎을 뿌리고, 한쪽 구석에서 최소 서른 명은 넘어 보이는 기악 연주자가 에니샤의 걸음에 맞춰서 웅장한 음악을 연주했다. 식탁으로 가는 길에는 붉은 카펫이 깔려 있고, 그 양옆으로는 생화 장식에 촛불까지 켜놨다. 식탁 위에는 천장을 찌를 듯한 8단 케이크를 중심으로 갖가지 음식이 상다리 부러질 기세로 차려져 있었다. 아침까지만 해도 멀쩡했던 식당은 온갖 화려한 장식들로 호화로움의 극치를 달렸다.

소박한 생일 기념 식사는 온데간데없었다. 하다못해 천장의 샹들리에까지 새로 바꿔 단 것을 확인한 후, 에니샤는 천천히 로드고와 쌍둥이를 바라보았다.

세 남자가 쪼르르 다가와 작은 꽃다발을 하나씩 안겨주었다. 그들이 들고 있을 땐 손바닥만 해 보였는데, 에니샤가 안으니 한 아름이었다. 에니샤는 꽃다발 사이로 얼굴을 쏙 내밀며 물었다.

"……소박한 식사는요?"

말갛게 쳐다보며 묻자, 죄다 어깨를 움찔하였다. 그러더니 전부 잽싸게 모른 척 발을 뺐다.

"나 아냐."

"나는 아니야, 에니샤."

"나도 아니다."

서로 아니라고, 저놈이 저지른 짓이라며 상대방에게 재빨리 잘못을 떠넘겼다. 하시만 결론은 셋 다였다. 셋이서 작당을 해놓고선 이러는 것이었다. 에니샤가 이게 어딜 봐서 소박한 식사냐고 타박하자, 달라붙어선 뽀뽀와 애교를 퍼부어가며 딴소리를 해댔다.

"우리 기준에서는 소박한 거야."

"그래! 소박하네! 이것 봐봐, 뭐 한 것도 없다니깐?"

보석과 꽃을 엮어 만든 화관을 들고 오던 시종이 쌍둥이의 다급한 손사래를 보곤 슬그머니 다시 되돌아나갔다. 그 꼴까지 전부 목격한 에니샤는 에휴, 하고 한숨을 쉬었지만 크게 무어라 하진 못했다.

결국 식당 안의 연주자들과 시종시녀 등등을 밖으로 내보내고, 넷이서만 식사하는 것으로 소박한 생일연회는 끝이 났다.

여름의 초입, 에니샤는 드디어 아르커스로 가게 되었다.

황녀궁 후원에서 에니샤는 이브로테 기사단과 함께 자신들을 데리러 올 좌우법사를 기다렸다. 앞으로 3주나 에니샤를 못 보는지라, 로드고와 쌍둥이도 배웅을 하려고 찾아왔다.

에니샤의 머리카락으로 장난치던 헬라드가 씩 웃으며 로시엘을 바라보았다.

"오늘 우법사도 오겠네?"

의도가 다분한 발언이었다. 로시엘이 노려보자, 헬라드는 얼른 에니샤의 등 뒤에 숨는 시늉을 하며 말했다.

"으아, 대법사님! 살려주세요!"

뒤에 숨어봤자 키가 에니샤의 곱절을 넘어서 반도 가려지질 않는데, 종종 이렇게 장난을 치는 헬라드였다.

"아이, 나 마력두 없다니까요……."

에니샤는 한숨을 폭 쉬면서도 헬라드의 앞을 막아주었다. 로드고가 쌍둥이 사이에 끼인 에니샤를 안아 들며 물었다.

"잊은 것은 없고?"

"황녀궁 시녀들이 전부 꼼꼼하게 챙겨줬어요!"

에니샤는 옆에 서 있던 이브로테 기사단을 손가락으로 가리켰다. 델 하르인을 빼고, 레시나와 카힐은 엄청나게 큰 배낭을 메고 있었다. 경량마법을 걸어두긴 했지만, 보는 사람이 다 무거워 보이는 배낭이었다. 하지만 로드고는 그게 아니라는 듯 에니샤를 빤히 바라보았다. 그는 눈매가 짙고 선명해서, 이렇게 무표정한 얼굴로 보고 있으면 조금 화난 것처럼 보이기도 했다.

뭐 때문에 이러나 고민하다가, 에니샤는 아 하고 작게 소리를 내었다. 그러곤 로드고의 뺨에 쪽 소리 나게 입을 맞추었다. 옆에서 투닥거리던 헬라드와 로시엘이 득달같이 달려와서 저들도 해달라고 졸라댔다. 쌍둥이들한테도 한 번씩 해주고 있자니, 하늘에 밝은 빛무리가 생겨났다. 보랏빛 마력이 허공에서 뭉글뭉글 늘어나 길쭉한 배로 변하였다. 매끈한 선체에 돛까지 달린 배에는 벨루안과 녹시타가 타고 있었다.

"그럼, 다녀올게요."

에니샤는 로드고와 쌍둥이를 꼭 끌어안아준 후, 벨루안의 도움을 받아 배에 올랐다. 이브로테 기사단까지 탑승하고 나자, 배는 빠르게 하늘로 떠올랐다. 마력으로 만든 배는 구름을 파도 삼고 하늘을 바다 삼아 항해를 시작했다. 히페리온 황궁은 점차 작아져서, 이내 구름 밑으로 사라졌다.

하얗게 일어난 구름 위를 헤치며 나아가는 배가 신기한지, 레시나가 이리저리 돌아다니며 만져보았다.

"외부인을 아르커스로 데려갈 때는 보통 이렇게 해. 오늘은 너희들도 데려가니까 배를 만든 거야. 외부인이 들어오는 것 자체가 굉장히 드문 일이긴 하지만…….”

그녀에게 설명해주던 에니샤는 갑자기 저를 와락 끌어안는 손길에 깜짝 놀랐다.

“보고 싶었습니다. 정말 많이…….”

벨루안이 에니샤를 꽉 끌어안고서 속삭였다. 녹시타도 옆에서 옷자락을 잡아당기며 꿍얼거렸다.

“나도 보고 싶었어요…….”

그러나 두 사람은 곧장 카힐에게 제지당했다. 칼같이 달려와 에니샤를 달랑 뺏어 안은 카힐이 딱딱하게 말했다.

“황녀님께 예를 지켜주십시오.”

벨루안과 녹시타가 일제히 카힐을 노려보았다. 카힐은 꿈쩍 않고 그들을 마주 노려보며 말했다.

“폐하께서 제게 직접 명령하셨습니다. 필요 이상으로 접촉할 시 손가락을 자르라고.”

……그거 아직도 유효한 거였어?

언제 적 손가락 이야기를 지금 꺼내는지 모를 일이었다.

손가락 자른다는 말에 벨루안은 어이없다는 듯 비뚤게 웃었으나, 에니샤가 팔랑팔랑 손을 내젓는 탓에 참았다. 에니샤는 카힐한테도 너도 너무 그러지 말라고 타이르는 것을 잊지 않았다.

한 차례 소동 이후, 벨루안이 거대한 배낭을 가리키며 의아히 물었다.

“그런데 뭘 이렇게 한가득 들고 오셨습니까?”

웬만한 것은 이미 아르커스에 전부 준비해놓았다. 맨몸으로 와도 되는데, 수북이 짐을 챙겨온 것이다.

"과자 조금 챙겼어. 애들 나눠주려고."

에니샤는 저가 조그맣게 따로 메고 있던 가방에서 주방장 특제 쿠키를 꺼냈다. 그리고 두툼한 초콜릿 칩이 가득 박힌 쿠키를 척 하고 내보이며 비장하게 말했다.

"이것이 바로 제국의 선진문물이다."

녹시타가 또 거기에 장단을 맞춰서 오오오 하고 감탄하였다. 특히 녹시타는 단것을 좋아하는지라, 에니샤의 가방에서 나오는 과자들에 몹시 행복해했다.

얼마간 배를 타고 가는데, 저 멀리서 반짝거리는 빛이 수십 개 보였다. 벨루안이 눈살을 찌푸리며 중얼거렸다.

"나오지 말라 하였건만……."

반짝이는 빛의 정체는 날개를 편 아르커스의 마법사들이었다. 대법사가 온다는 말에 천공섬에서 기다리질 못하고 멀리까지 마중을 나온 것이었다. 그들은 배를 발견하자마자 빠르게 날아왔다.

에니샤는 배 옆구리에 다닥다닥 달라붙는 그들에게 손을 흔들어주었다. 마법사들은 에니샤를 발견하곤 전부 눈이 튀어나올 듯한 표정이 되었다. 황태자 책봉식 때 히페리온 제국을 찾은 것은 좌우법사와 원로마법사들뿐이었다. 일전에 사절단으로 방문하였던 이들을 제하곤, 다른 마법사들은 막내 황녀가 된 에니샤를 처음 보는 것이었다.

"대, 대법사……?"

"이게 우리 대법사라고요?"

"말도 안 돼!"

에니샤를 발견한 마법사들이 와글와글 난리가 났다. 그들이 하도 부산스레 구는 탓에 배가 기우뚱거릴 정도였다. 벨루안이 엄히 한마디 하고 나서야 겨우 평정을 되찾은 마법사들은 전부 에니샤만 뚫어져라 관찰했다. 그러다 뱃머리에 매달려 있던 마법사 하나가 입을 열었다.

"이건, 이건 너무……."

그가 얼빠진 얼굴로 중얼거렸다.

"너무 귀엽잖아……."

한 명이 귀엽다는 말을 하자마자 또다시 난리가 났다.

"맞아! 너무 귀엽다!"

"볼 만져보고 싶어……."

"대법사! 대법사!! 나 봐주세요!!"

"저, 대법사님 머리카락 만져봐도 됩니까?"

"저는 손 한 번만……."

좌우법사만 있으면 모를까, 이브로테 기사단도 함께 있는 자리였다. 웬만한 일에는 뻔뻔하게 대처하는 에니샤지만, 이 정도 되니 부끄러울 수밖에 없었다. 얼굴에 뜨끈뜨끈하게 열이 올랐다. 그러는 사이 녹시타가 슬쩍 뱃전에 붙어서 다른 마법사들에게 자랑을 했다.

"난 아기 때도 봤어……! 그땐 아기 천사였어."

"오오오!!"

"아기 대법사라니, 저도 궁금합니다!!"

"그러고 보니 우법사께선 가장 먼저 사절단으로 제국을 다녀오셨지요. 정말 부럽습니다."

"역시 우법사이십니다!"

그거랑 우법사가 무슨 상관인지 모를 노릇이었다. 하지만 녹시타는 무용담을 풀어놓듯 한껏 우쭐거렸고, 아르커스 마법사들은 감탄하기 바빴다.

에니샤는 결국 양손으로 화끈거리는 뺨을 감싸고서 중얼거렸다.

"부끄러우니까 그만해……."

그리고 에니샤가 입을 열자마자 다들 심장을 붙잡고 쓰러졌다.

헐떡거리며 귀엽다는 말만 반복하는 마법사들의 모습에, 카힐이 슬그머니 에니샤의 옷자락을 잡아당겼다. 에니샤는 자신 없는 목소리로 카힐에게 말했다.

"……순한 애들이야."

조금 변태같이 보이긴 하지만…….

뒷말까지 하고 나니 더더욱 자신이 없어졌다.

카힐이 확실합니까? 하고 묻는 듯한 눈으로 저를 쳐다보았다. 에니샤는 조용히 중얼거렸다.

"아마도……."

그러고 나서 변명하듯 좀 더 덧붙였다.

"애들이 좀…… 단순해. 마법밖에 모르는 외골수들이라."

세간 사람들은 고고한 마도왕국에 많은 환상을 품고 있었다. 하지만 실상을 들여다보면 이렇게 덜떨어진 바보들도 없었다. 다들 마법에 미쳐 있는 탓인지, 마법을 제외한 다른 쪽은 사고방식이 극도로 간단했다. 오죽하면 천공섬 밖으로 나가려는 마법사는 상식 시험을 치러서 일정 점수 이상이 되어야 외출을 허가할 정도였다. 그냥 내보냈다간 어디 가서 사기당하거나, 다 때려 부수거나, 하여튼 문제를 일으키기 일쑤였다. 그래도 좌우법사나 원로마법사들 정도면 제법 똘똘한 편이었다. 특히 벨루안이 그런 쪽에 굉장히 뛰어나서 외교 문제를 전부 도맡곤 했다.

옛 생각에 빠져 있는데, 벨루안이 픽 웃으며 대화에 끼어들었다.

"그리고 외골수인 아르커스 왕국민들이 마법 다음으로 열심히 파고들었던 대상이 대법사였죠."

제 생각 하고 있다는 걸 알아채기라도 했을까. 딱 맞춰서 말을 걸어온 탓에 에니샤는 괜히 움찔했다가, 그를 만류했다.

"그런 말 하지 마, 벨루안."

"뭐 어떻습니까? 이제 아르커스에 도착하면 더한 꼴도 볼 터인데."

"그렇긴 하지만……."

듣고 보니 벨루안의 말도 옳았다. 차라리 지금 미리 이야기를 해서, 면역을 길러놓는 것이 좋을지도 몰랐다.

"이야기해주십시오. 듣고 싶습니다."

카힐이 먼저 관심을 보이며 이야기를 청했다.

에니샤는 조금 놀랐다. 그가 이렇게까지 나서서 청하는 일은 아주 드문 일이기 때문이었다. 벨루안이 한쪽 입꼬리를 치켜올리며 말했다.

"듣고 싶으면 공손히 부탁하는 게 도리이지 않습니까?"

참 별것 아닌 걸로 유치하게 군다 싶었는데, 카힐은 망설임도 없이 재깍 말했다.

"부탁드립니다."

너무 빨리 대답해버려서 심술부리던 벨루안마저 조금 당황할 정도였다. 그가 멈칫하느라 답을 하지 않자, 카힐이 심각한 표정으로 질문했다.

"혹시 무릎도 꿇어야 합니까? 그건 황녀님께 허락을 얻어야……."

"아니, 됐습니다!"

단박에 거절한 벨루안이 에니샤를 휙 돌아보았다. 그가 잔뜩 못마땅한 어조로 말했다.

"대법사는 또 어디서 저런 놈을 주워와선……."

"주워오다니, 무슨 소리야."

"옛날부터 그러지 않았습니까! 하여간 대법사 주변에 모이는 놈들은 전부 제정신이 아닙니다. 당장 히페리온들만 봐도 그렇고."

벨루안이 하는 말에 에니샤는 샐쭉 웃으며 물었다.

"그 안엔 너도 포함이지?"

그리고 벨루안은 굉장히 분한 얼굴로 대답했다.

"……예."

정말이지 웃지 않을 수가 없었다. 에니샤가 웃음을 터뜨리자 배에 붙어 있던 마법사들이 또 소란스러워졌다. 한 번만 더 웃어달라고 조르는 탓에 배가 다시 기우뚱기우뚱하였다.

참다못한 벨루안이 그들을 배에서 떼어내기 시작했다.

"아아악! 너무합니다!!"

"얌전히 있을게요!"

벨루안과 마법사들이 실랑이를 벌이는 동안, 녹시타가 대신 에니샤 옆에 달라붙었다.

"무슨 이야기 하고 있었어요……?"

카힐이 재깍 대답했다.

"아르커스 왕국민들이 황녀님을 몹시 소중히 생각한다는 이야기를 하고 있었습니다."

그러면서 녹시타에게 좀 더 이야기해주실 수 있느냐고 부탁하는 것도 빼놓지 않았다. 대법사 자랑이라면 빠지지 않는 녹시타가 목에 잔뜩 힘을 주고서 말했다.

"대륙의 역사를 통틀어 가장 위대한 마력과 마법을 가진 대법사였으니까요. 마법에 빠져 있는 아르커스 마법사들에게 대법사보다 멋진 사람은 없었어요."

거기다 왕국민들을 하나하나 챙겨주는 마음 또한 어찌나 섬세한지 다들 대법사한테 홀딱 반했고, 그래서 한창 때는 아르커스 왕국민들의 이상형이 전부 대법사로 통일이었고…….

저렇게 말 많은 성격이었나 싶을 만큼, 녹시타는 자랑을 줄줄 늘어놓았다. 아무래도 에니샤가 오랜만에 아르커스를 찾았으니 그도 들뜬 모양이었다. 그걸 국가 기밀이라도 듣는 것처럼 진지한 표정으로 경청하는 카힐도 웃겼다.

에니샤는 살짝 웃으며 다른 사람들은 무엇 하나 살펴보았다. 넉살 좋은 레시나는 그새 아르커스 마법사들과 친해져서 수다를 떨고 있었다. 델 하르인도 다른 마법사들과 조금씩 이야기를 주고받았다. 그 와중에 조그만 대법사를 만져보고 싶어서 여기저기서 살금살금 손을 뻗어왔지만, 그때마다 벨루안이 쳐내주는 덕분에 에니샤는 무사할 수 있었다.

그렇게 얼마간 시끌벅적하다가, 드디어 목적지에 다다랐다. 아무것도 없는 허공을 향해 벨루안이 마력을 쏘아 보냈다. 그러자 환상마법이 걷히며, 아르커스의 천공섬이 모습을 드러내었다. 거대한 천공섬의 위용에 레시나와 델 하르인은 마른침을 삼켰다.

벨루안과 녹시타가 방어마법을 일부 해제하여 배가 드나들 수 있는 통로를 만들었다. 그들의 손짓에 투명하던 천공섬 하늘 위로 마법문자가 빽빽하게 새겨진 마법진이 나타났다. 천공섬 전체를 뒤덮은 반구형 마법진 일부가 갈라지고, 배가 그 안으로 향하였다. 틈새로 향하는 배와 달리, 아르커스 마법사들은 곧장 마법진 위로 뛰어들었다. 쑥쑥 사라지는 마법사들은 모두 내부에서 다시 만날 수 있었다. 배가 완전히 안으로 들어서자 마법진이 엉기듯 이어졌다. 그리고 완벽한 원래 모습을 되찾는 순간, 마법진은 처음부터 존재하지 않았다는 듯 희미하게 사라졌다.

"와!!!"

레시나가 뱃머리에서 탄성을 내질렀다.

맑고 화창한 햇살은 부드러웠고, 하늘은 푸르고 맑았다. 한눈에 보이는 천공섬은 꿈처럼 아름다웠다. 마력으로 만들어낸 삼족오 여럿이 부드럽게 날갯짓하며 허공을 선회하는 아래, 지상낙원과 같은 풍경이 펼쳐졌다. 열매가 주렁주렁한 과실수들이 곳곳에 자리하였고, 깨끗한 냇물이 졸졸 흐르며 온갖 꽃이 흐드러지게 피어 있었다.

조금 떨어진 곳에는 대리석과 질 좋은 석재로 지은 건물들이 줄지어 늘어섰다. 잘 포장된 도로 위에서 걸어 다니는 이들은 모두 숨 쉬듯 마법을 사용하여 곳곳에서 마력이 번쩍였다. 한가로이 길을 걷던 마법사들은 하늘을 날아다니는 수십의 사람과 그 중심에 자리한 배를 발견하곤 눈이 휘둥그레졌다가, 죄다 섬의 중심으로 달려가기 시작했다. 대법사가 돌아왔다는 외침이 아련하게 들려왔다.

"황녀님! 황녀님!! 저건 뭡니까?"

레시나는 섬 중앙에 자리한 거대한 세 기둥을 가리키며 물었다.

"천공섬을 지탱하는 중심부. 저 기둥 자체가 일종의 마법진이라서 자세히 보면 마법문자가 가득 새겨져 있어."

에니샤의 대답에 델 하르인까지 뱃머리에 매달려 눈알 빠질 기세로 기둥을 바라보았다. 그가 홀린 듯한 어조로 중얼중얼하였다.

"이럴 수가, 도대체 몇 개의 마법이 엮여 있는 것인지……. 대단합니다……. 믿기지가 않는 수준입니다……."

뒤편에 앉아 있던 에니샤는 저 또한 뱃머리로 나가보았다. 세 기둥 앞에 놓인 50개의 계단과 그 위에 놓인 대리석 제단이 보였다. 과거 에니샤는 저 계단을 올라 제단에서 이름을 바치고, 황금빛 성화를 피워냈다. 그러나 제단 위의 성화대는 고요했다. 본디 눈부신 황금빛 불꽃이 타올라야 할 곳이었다. 꺼지지 않아야 할 불꽃이 사그라진 이유는 단순했다.

대법사의 부재.

1년에 한 번, 아르커스는 신년을 맞이하며 성화에 마력을 불어넣는 행사를 열곤 했다. 그렇게 해마다 채워 넣은 마력으로 대법사의 임기 내내 성화가 타오르는 것이다. 예상은 했지만, 불 꺼진 성화대가 참으로 초라하였다. 자꾸 속이 상했다. 텅 빈 성화대의 모습이 아르커스가 그간 어찌 지내왔나 알려주는 것만 같아서……. 가슴이 지긋하게 아려와 에니샤는 가만히 입술을 말아 물었다. 벨루안과 녹시타는 그런 에니샤의 모습을 보고선 말없이 서로 눈짓을 주고받았다.

배 주변에서 시끄럽게 떠들던 마법사들도 어느새 조용해졌다. 고요한 침묵 속에서 배는 착륙을 위해 중심부로 향하였다. 광장에는 이미 소문을 듣고 모여든 마법사들이 빽빽했다.

벨루안은 배를 계단 아래에 정박했다. 마력으로 만든 배가 사라지고, 에니샤는 수많은 시선들 속에 놓였다. 대법사를 보기 위해 섬에 있는 마법사들이 죄다 광장으로 모여들었다. 뒤늦게 도착한 이들은 에니샤의 모습이 잘 보이질 않자 날개를 펼치기까지 하였다. 덕분에 하늘은 삼족오와 날개를 펼친 마법사들로 가득하였다.

모두가 숨죽이고 에니샤를 바라보았다. 대법사의 말을 기다리는 것이었다. 하지만 에니샤는 아무 말 하지 않고 뒤돌아섰다. 그리고 느릿하게 계단을 오르기 시작했다. 50개의 계단을 하나씩, 하나씩 차분히 밟아 올라가 제단 앞에 다다랐다.

"……."

텅 빈 성화대를 가만히 바라보다가, 마력을 끌어올렸다. 과거 이곳에 처음 불을 지폈을 때와는 비교도 되지 않는, 아주 적은 마력이었다. 그러나 금빛 마력이 성화대에 다다랐을 때. 마치 오랫동안 기다린 주인을 맞이하듯 작은 울림이 일어났다.

성화대에서 시작된 울림은 점차 커져나갔다. 천공섬의 구석구석 끝자락까지 퍼져나간 울림이 마침내 섬 전체를 뒤덮었다. 그리고 불꽃이 타올랐다. 타오르는 불꽃은 작고 연약하였다. 허나 눈부시게 선명한 황금색은 그때와 조금도 달라지지 않았다.

"와아아아아!!!"

성화를 확인한 마법사들이 환호를 내질렀다. 귀가 먹먹해지는 함성 속에서, 에니샤는 그제야 활짝 웃으며 그들을 바라보았다. 대법사의 귀환이었다.

모두가 대법사의 귀환을 기뻐하는 가운데, 에니샤는 급조된 단상 위로 올라갔다. 다들 올망졸망 모여선 에니샤만 쳐다보았다. 빤히 쳐다보는 시선에 에니샤는 멋쩍은 표정으로 헛기침하였다.

대법사? 대법사야? 귀여워! 너무 귀여운데?

목소리를 낮춘답시고 저들끼리 쑥덕거리는데 죄다 들렸다. 더 부끄러워지기 전에 에니샤는 서둘러 입을 열었다.

"음……. 다들 오랜만이구……. 앗, 울지 마!"

앞줄에 있던 마법사가 흐어엉 하고 소리 내어 울기 시작했다. 옆의 마법사가 위로해주었지만, 그 또한 눈물을 줄줄 흘리고 있었다. 삽시간에 분위기가 가라앉아갔다. 여기저기서 흐끅흐끅하는 것이,

이러다 죄다 통곡할 기세였다. 일단 선물부터 줘야겠다 싶어서, 에니샤는 카힐과 레시나에게 손짓했다. 두 사람이 거대한 가방을 질질 끌고 나왔다.

"자자, 울지 말고! 제국에서 선물 가져왔어!"

선물이라는 말에 다들 울먹울먹하는 것도 잊고 가방만 쳐다보았다. 에니샤의 손에서 금빛 마력이 흘러나와 가방을 하늘로 끌어올렸다. 두 개의 가방은 한 차례 부르르 몸을 떨더니 펑 하고 터져나갔다. 하늘에서 과자벼락이 쏟아졌다.

"와아아!!"

과자는 제멋대로 날아갔지만, 마법사들답게 전부 솜씨 좋게 마력으로 잡아챘다. 하나씩 입에 물려놓으니 그나마 좀 조용해졌다. 우물우물 과자를 먹는 마법사들 앞에서 에니샤는 다시 입을 열었다.

"늦어서 미안해. 다들 알겠지만, 내가 이렇게 되어버려서……."

입에 커스터드 크림을 잔뜩 묻힌 마법사가 손을 번쩍 들고 외쳤다.

"대법사님, 지금 너무너무 귀엽습니다!"

그러자 양옆에서 대법사 말씀하시는데 어딜, 하면서 그를 뒤로 질질 끌고 나갔다. 역시 이놈들은 집중력이 3초였다. 에니샤는 큼큼 헛기침한 후에 그냥 바로 마무리 지었다.

"앞으로 1년에 한 번씩은 아르커스에 올 테니까, 그때마다 같이 시간 많이 보내도록 하자. 이상, 끝!"

그리고 에니샤의 말이 끝나자마자 여기저기서 손을 번쩍 들고 외쳤다.

“축제는 없습니까?”

“축제는 필수입니다! 대법사 왔는데.”

“나 축제 여는 줄 알고 실험도 전부 멈춰놨는데.”

“나도 오늘 해야 할 수식 계산 어제 다 끝내놨어.”

“축제! 축제!!”

여기서 축제 안 연다고 했다간 다들 주저앉아서 울 지경이었다. 에니샤는 픽 웃으며 좋아, 하고 대답했다. 그러자 다들 신이 나서 당장 광장에서 축제 준비를 시작했다. 여기저기서 마력이 번쩍이고, 의자와 탁자, 커다란 술통, 맛있는 음식들과 식기가 휘리릭 날아왔다. 광장 근처에 가지를 드리우고 있던 과실수들은 열매가 홀딱 벗겨졌다.

축제를 준비하는 동안, 마법사 한 명이 우리 대법사 이거 드시고 계시라며 석류 한 바구니를 가져다주었다. 에니샤는 석류 바구니를 카힐에게 넘겼고, 카힐은 에니샤 옆에 붙어 앉아서 석류를 한 알씩 일일이 까주었다.

밤늦게까지 이어진 축제는 더할 나위 없이 즐거웠다. 마력으로 만든 폭죽이 하늘을 수놓았고, 술과 음식은 끝없이 넘쳐났다. 아르커스 마법사들은 즐겁게 웃으며 대법사의 귀환을 축하하였다. 꿀 넣은 포도주를 양껏 마신 레시나는 에니샤한테 달라붙어서 여기가 천국이냐고 열다섯 번 정도 물어보다가 다른 마법사들한테 끌려가서 사라졌다. 델 하르인도 어색하지 않게 잘 섞여들어 어울렸다. 카힐은 에니샤 옆에 조용히 붙어 있었지만, 가끔 제게 말을 걸어오면 성실히 답해주곤 하였다.

포도주 대신 포도주스를 손에 들고, 에니샤는 웃고 떠드는 마법사들을 바라보았다. 정말이지 다들 하나도 변한 것이 없었다. 그 익숙함이 좋아서, 에니샤는 가만히 미소 지었다.

아르커스를 찾은 첫날은 축제로 시끌벅적하게 놀았다. 하지만 다음 날부터는 밀린 일거리를 해결해야 했다. 아주 오랜만에 대법사 집무실을 찾은 에니샤는 일단 한숨부터 쉬었다. 녹시타가 구획별로 정리해놓은 서류의 산을 본 탓이었다. 에니샤를 뒤따라 집무실로 졸졸 들어온 이브로테 기사단은 서류탑을 보고는 입을 떡 벌렸다.

녹시타가 조금 멋쩍은 얼굴로 중얼거렸다.

"저거 제일 중요한 거만 모아놓은 건데……."

그리고 레시나는 다른 부분에서 깜짝 놀랐다.

"서류 담당이 우법사예요?"

"네……."

당연히 좌법사가 다 처리하고 우법사는 놀고먹는 줄 알았던 모양이었다. 솔직히 모르는 사람이 보면 충분히 오해할 만했다.

"벨루안은 외교 담당이고, 저는 행정 담당이에요……."

녹시타는 부끄러운 듯 대답하고는 먼저 집무실 안쪽으로 휙 가버렸다. 종종종 뒤따라간 에니샤는 의자에 앉았다. 하지만 높이가 맞질 않아서, 벨루안이 푸딩 사역마를 불러내 몰랑한 방석을 만들어주었다.

겨우 책상에 팔을 걸친 에니샤는 서류를 하나씩 살피기 시작했다. 확실히 굵직한 것들 위주였는데, 아무래도 밀린 세월이 길어 줄인다고 줄여도 이만큼이었다. 녹시타가 의자를 끌어다 옆에 앉아서, 서류를 하나씩 볼 때마다 간략한 설명을 해주며 작업을 도왔다. 벨루안은 결재가 끝난 서류를 모아다 정리하고, 간간이 녹시타가 담당하지 않았던 부분에 대해 보충설명을 하였다. 에니샤가 열심히 일하는 동안, 이브로테 기사단들은 구석에서 간식이나 먹으며 노닥거리다 잡일을 도왔다.

한참 동안 깃펜을 사각거리던 에니샤는 아, 하고 말했다.

"그런데 어제부터 테네리페가 보이질 않네."

"대륙마법협회에서 연락이 와 보냈습니다. 아시다시피 저 말고는 테네리페가 그나마……."

벨루안이 말끝을 흐렸지만, 에니샤는 곧장 알아들었다. 테네리페는 벨루안 다음으로 아르커스에서 사회성이 뛰어난 마법사였다. 그런데 대륙마법협회라는 소리에 구석에서 잘 놀고 있던 레시나가 어깨를 크게 떨었다.

재가 왜 저러나 싶어서 눈여겨보는데, 집무실 창문으로 삼족오가 날아 들어왔다. 테네리페의 삼족오였다. 집무실을 빙그르르 한 바퀴 우아하게 선회한 삼족오는 책상 위에 내려앉았다. 에니샤가 손을 대자 테네리페의 모습이 떠올랐다.

— 대법사님!!!

테네리페가 거의 뚫고 나올 기세로 얼굴을 디밀었다. 주근깨 박

흰 얼굴이 흥분으로 새빨개졌다.

— 진짜, 진짜로 오셨군요! 아아, 제가 아르커스에 있었어야 했는데……!

테네리페에게 깃펜을 팔랑팔랑 흔들어 인사하자, 그가 몹시 서글프게 바라보았다. 당장이라도 달려오고 싶다는 눈으로 에니샤만 바라보는 그에게 벨루안이 목적을 환기시켰다.

"협회에서 무슨 일로 연락을 했지?"

— 그것이…….

테네리페는 잠시 망설이며 흘긋 녹시타를 돌아보았다. 그리고 조심스럽게 입을 열었다.

— 살아남은 테무르 일족이 있는 것 같다고 합니다.

"……!"

벨루안이 크게 놀라며 녹시타를 보았다. 녹시타가 아랫입술을 꽉 깨물며 에니샤의 옷자락을 붙잡았다. 저를 붙잡은 녹시타의 손이 바들바들 떨렸다. 에니샤는 가벼이 숨을 뱉어내고선 깃펜을 내려놓았다. 그리고 녹시타의 손을 맞잡아주며 테네리페에게 말했다.

"확인을 해봐야겠네."

— 예……. 협회에서도 심증만 있지 물증은 없다고 합니다. 테무르가 만든 것은 워낙 구분하기 어려우니까요. 하지만 정황상 거의 확실하다 합니다.

"협회에서 그리 말했을 정도면 9할 이상의 확률이라 보아야겠군."

— 그렇습니다. 직접 오실 것이지요?

"물론. 좌우법사와 바로 갈 테니까, 너는 그만 귀환하도록 해. 수고했어."

— 예, 대법사님.

힘차게 고개를 끄덕이는 테네리페에게 에니샤는 생긋 웃으며 말했다.

"그럼…… 나중에 돌아와서 보자, 테네리페."

테네리페는 순간 멍하니 굳었다가, 뒤늦게 번쩍 놀라며 대답했다.

— ……예, 옛!

"이만하면 된 것 같습니다, 대법사."

옆에서 지켜보던 벨루안이 다소 신경질적으로 삼족오의 연결을 끊어냈다. 역할을 다한 삼족오가 저절로 사라졌다. 조용히 기다리고 있던 델 하르인이 책상으로 다가왔다.

"황녀님, 무슨 일입니까?"

"대륙에 내려가 봐야 할 것 같아."

"옛? 아르커스에만 계시기로 하셨잖습니까!"

"하지만 불가피한 상황인걸."

"폐, 폐하께서 아시면……."

델 하르인의 얼굴에서 혈색이 사라졌다. 에니샤는 개구쟁이처럼 웃으며 말했다.

"안 들키면 되지."

"황녀님……!"

안절부절못하는 델 하르인을 내버려두고, 에니샤는 흐음 하고 제 모습을 살폈다.

"어차피 이런 모습으로는 조금 불편할 것 같으니까……."

아르커스 마법사로서 협회 사람들과 대화를 나누어야 한다. 아무리 그래도 아르커스에서 어린아이를 보냈다고 할 수는 없으니, 모습을 조금 바꾸는 것이 좋으리라.

"레시나, 너한테 걸어놓은 마법을 내게도 걸어줄 수 있어? 나는 나이를 늘려줬으면 좋겠는데."

레시나가 눈을 둥그렇게 떴다. 그녀의 본래 나이는 델 하르인보다 약간 어린 수준이었다. 하지만 레시나는 자신의 생체시계를 돌려서 젊은 아가씨처럼 신체를 변형하였다. 그녀의 변형마법은 대륙에서도 손꼽히는 수준인지라, 뛰어난 마법사들도 알아보지 못했다. 레시나의 마법이면 협회 사람들을 속이는 데 충분할 터였다.

"어어, 저도 다른 사람한테 걸어준 적이 없는 마법인지라……. 가능할 것 같긴 하지만……."

레시나는 잠시만요, 하고 말하더니 커다란 종이를 하나 끌어와선 깃펜으로 수식 계산을 하기 시작했다. 적어나가는 수식을 훑어본 에니샤는 그녀가 계산을 끝내기도 전에 결론을 도출해냈다.

"하루밖에 안 되는 거야?"

변수를 포함하여 한창 마법을 재설계하던 레시나가 헉 하고 놀라더니 뒤늦게 대답했다.

"예에……. 저처럼 다른 마법사들까지 속일 수준으로 구현하려면……. 황녀님께선 마력봉인도 있고, 눈 색깔도 바꾸셔야 하지 않습니까? 무리하지 말고 지속 시간을 최대 하루로 잡는 것이 안전합니다."

확실히 신체를 건드리는 마법은 몸에 무리가 많이 간다. 혹여나 봉인이 잘못될 수도 있으니, 너무 긴 시간 동안 변형하는 것은 좋지 않으리라.

에니샤는 천천히 고개를 끄덕였다.

"하루면 충분하겠지. 지금 당장 해줘. 바로 협회로 갈 거니까."

옆에서 델 하르인이 숨넘어가는 소리가 들렸지만 무시했다. 테무르 일족의 생존자가 눈치채고 도망가기 전에, 한시라도 빨리 움직여야 했다.

레시나는 집무실 바닥에 마법진을 그리기 시작했다. 만날 하는 마법이라 그런지, 그려나가는 손길이 거침없었다.

"으음, 한 열일곱? 열여덟? 이 정도로 할게요. 너무 많이 올려버리면 몸에 무리일 테니……. 눈동자 색깔을 바꾸는 마법도 같이 전개하겠습니다."

레시나는 완성한 마법진 위에 에니샤를 세웠다.

"아, 그 전에."

그녀는 옆을 휘휘 돌아보다가, 카힐이 걸치고 있는 망토를 뺏어와 에니샤에게 덮어주었다. 꽁꽁 가리듯 싸맨 후 레시나는 만족스레 고개를 끄덕였다.

"자아, 갑니다!"

레시나가 마법진에 마력을 불어넣었다. 붉은빛의 마력이 커다랗게 소용돌이치며, 에니샤의 몸 위로 연기가 피어올랐다. 조금 화끈한 감각에 에니샤는 눈을 질끈 감았다 떴다.

"……."

자욱하던 연기가 걷히고, 에니샤의 모습이 드러났다. 에니샤는 흐트러진 머리카락을 귀 뒤로 쓸어 넘기며 눈을 깜빡였다. 시야가 높아져서 낯설었다. 어색한 감각에 몸을 이리저리 틀어보는데, 분위기가 이상했다. 전부 멍청한 표정으로 저를 쳐다보고 있었다. 좌우법사부터 델 하르인, 레시나, 심지어 카힐까지 말이다.

"뭐야? 다들 왜 그래?"

하지만 물어도 말이 없었다. 돌아오지 않는 대답에 에니샤는 손으로 얼굴을 더듬어보았다.

설마 레시나가 실수해서 눈이라도 하나 더 달았나? 그런 것치곤 시야는 멀쩡한데…….

혹시 이상한 뭔가가 생겼는지 확인해봤지만, 손끝 아래 느껴지는 것은 매끈매끈한 감각뿐이었다.

마법을 시전한 레시나가 제 양옆 사람들을 돌아보며 더듬더듬 말했다.

"이, 이거, 위험할 거 같은데요……."

동의를 구하는 듯한 말에 집무실 안의 사람들이 죄다 고개를 끄덕였다. 다들 아는데 혼자만 모르는 에니샤가 레시나에게 재차 캐물었다.

"뭐가? 왜 위험한데?"

"그게, 그러니까아……."

레시나는 손으로 이마를 짚으며 탄식하듯 말했다.

"황녀님이 심하게 예뻐서요……."

"위험하죠? 완전 위험하다니까요!"

옆에서 레시나가 호들갑을 떨었다.

"그래……?"

에니샤는 열심히 거울을 들여다보았지만, 그다지 공감할 수 없었다. 거울 속의 아가씨는 아름다웠다. 햇빛에서 뽑아낸 듯한 금빛 머리카락이 굽이치고, 갸름한 얼굴 속에는 고양이 같은 눈매가 큼직했다. 하지만 저가 7, 8년 후에는 이런 모습이겠구나 싶을 뿐이었다. 예쁘긴 하지만, 그것 때문에 위험하다고 걱정할 정도까진 아닌 것 같았다.

"그냥 너희들이 과보호하는 거야. 아버지나 오라버니들도 다 이 정도 하잖아."

거울을 내려놓으며 하는 말에 레시나가 그야말로 펄쩍 뛰며 반박했다.

"아닛, 황녀님!! 생각해보십시오. 그쪽, 거기, 아니 그분들은! 딱 보자마자 사람 오금 저리게 하는 기운이 있잖습니까. 솔직히 외모 보고 감탄하기엔 너무 무서운데, 황녀님은 그런 게 없단 말입니다."

그러나 에니샤가 여전히 시큰둥하게 반응하자, 레시나는 설득을 포기했다. 대신 좌우법사와 델 하르인, 그리고 카힐과 함께 대책회의를 열었다.

"신체 나이를 늘리는 마법이라서…… 해제하려면 시간이 한참 걸립니다."

레시나의 말에 벨루안이 에니샤를 흘금 돌아보았다. 그러다 눈이 마주치자 얼른 고개 돌렸다. 벨루안은 미미한 홍조가 어린 얼굴로 말했다.

"급하게 움직여야 하는 건인지라, 일단 이렇게 가야 할 것 같습니다. 얼굴은 가리는 게 좋겠습니다."

"대법사 누가 훔쳐 가면 어떡하지……."

녹시타가 근심스레 중얼거리는 말에 카힐이 짤막히 답했다.

"그런 일은 없을 겁니다."

카힐의 눈매가 서늘한 것이, 벌써부터 경계 태세가 흉흉했다. 의외로 델 하르인은 걱정보다 다른 생각에 푹 빠져 있었다.

"폐하께서 이걸 보셨어야 했는데……."

그랬다면 제국의 황실마법사들에게 배정하는 연구 예산이 몇 곱절은 늘어났을 것이라며, 그는 적잖이 안타까워했다.

에니샤는 혼자 다시 거울을 보며 그렇게 위험한가, 하고 고개를 갸웃하였다.

대륙마법협회는 대륙의 마법사들이 만들어낸 조직이었다. 타도 아르커스를 외치며 만든 협회지만, 재밌게도 마법협회라는 특성상 아르커스와 가장 교류를 많이 하는 곳이기도 했다. 과거 에니샤는 대륙을 떠돌 때 잠시 협회에 소속되기도 했다. 그러다 아르커스의 문을 열고 천공섬으로 가버린 탓에, 한동안 협회에서 에니샤를 되찾으려 난리가 났다. 하지만 대법사가 됐다는 이야기를 듣고 협회 측에서 먼저 포기했고, 이후 에니샤는 대법사로서 종종 협회와 교류를 이어왔다.

대륙마법협회의 상징은 사자 몸통에 독수리 머리와 날개를 단 그리폰이었다. 포효하는 그리폰을 새긴 협회패는 등급에 따라 나무, 은, 상아와 산호 등으로 제작하여, 협회에 속한 마법사들, 혹은 협회와 인연이 닿은 사람들에게 지급했다. 협회패가 있는 사람이면 언제든지 대륙 곳곳에 위치한 협회사무실에서 보호를 받을 수 있었다. 하지만 모리아칸 왕국 수도에 위치한 협회 본부는 아무리 협회패가 있는 사람이라도 함부로 출입할 수 없었다. 이곳을 드나들 수 있는 사람은 금으로 만든 협회패를 가진 이들뿐이었다. 황금 협회패를 가지고 있다는 것은 굉장한 영예여서, 돈 많은 귀족이나 왕족들은 헤아릴 수 없는 거금을 기부하고 얻어내기도 했다. 그리고 벨루안이 만들어낸 마력 배를 타고 이동하는 동안, 에니샤는 그 귀하디귀한 황금협회패를 한 아름 들고서 하나씩 나눠주었다.

"레시나, 너도."

하지만 레시나는 협회패를 받아들지 않고 답지 않게 우물쭈물하다 물었다.

"저기……. 협회장만 만나는 것이 맞지요? 그 밑에 다른 사람 없이……?"

에니샤가 고개를 끄덕이자, 레시나는 갑자기 팔팔해져선 의욕적으로 말했다.

"저는 안 주셔도 됩니다. 이미 있습니다."

어디서 황금패를 얻었는지 모르겠다만, 레시나 정도의 수완이라면 하나 있어도 이상하진 않았다.

벨루안은 남들 눈에 띄지 않게 마법을 두른 채로 배를 정박하였다.

협회 본부는 무척 화려한 건물이었다. 조화를 맞추기보단 무조건 번쩍번쩍하도록 만드는 것에 더 치중한 듯했다. 멋모르는 졸부가 그저 돈만 많이 들여서 꾸민 느낌이었다.

협회 경비원들은 황금패를 확인하곤 문을 열어주었다. 황금패를 가진 단체 손님의 등장에 협회 사람들은 당황한 것 같았다.

"아르커스에서 왔습니다."

그리고 벨루안이 아르커스에서 왔다고 말하자, 더더욱 당황하였다.

건물 내부는 계단이 없었다. 전부 1층에서 협회 마법사들이 이동마법진을 작동해 해당하는 방으로 보내는 식이었다. 참 비효율적인 짓들이 아닐 수 없었다. 어쨌든 에니샤는 얼마 기다리지 않고 곧장 협회장실로 갈 수 있었다.

협회장실은 건물 외부와 크게 다를 것 없이 화려하고 촌스러웠다. 그리고 왠지 모르게 박하 향이 솔솔 풍겼다.

방의 가장 안쪽, 황금장식이 번쩍거리는 커다란 의자에는 머리가 희끗한 여인이 앉아있었다. 델 하르인보다 조금 어린 듯한, 지긋한 나이의 여인이었다. 에니샤가 알고 있는 협회장은 할아버지였는데, 그새 바뀐 모양이었다.

새로운 협회장을 보자마자 레시나랑 닮았다는 생각이 들었다.

주름진 눈매에도 가리질 않는 생생한 눈빛이 특히 그러했다. 레시나의 본래 나이를 생각한다면 자매라고 해도 무리가 없을 듯했다. 그런데 협회장이 레시나를 보고 한껏 눈매를 찌푸리더니, 충격적인 단어를 내뱉는 것이 아닌가.

"……언니?"

"제나?"

……정말 자매였어?

에니샤가 깜짝 놀라는 사이, 눈을 쟁반만 하게 뜬 레시나가 기겁하여 그녀에게 달려갔다.

"너 협회장 됐어? 그 늙은이는 어디로 가고!"

제나는 뭘 그런 걸 묻느냐는 듯 눈썹을 치켜올리며 말했다.

"죽여버렸지. 마력도 쥐뿔만 한 놈이 자꾸 나대서…… 읍!"

레시나가 득달같이 제나의 입을 틀어막았다.

"하, 하하, 사랑하는 동생아. 우리 바르고 고운 말을 사용하는 게 어떨까?"

미쳤냐는 눈으로 노려보는 제나 앞에서 레시나는 어색하게 웃으며 연신 에니샤의 눈치를 살폈다. 겉보기에는 젊은 사람이 영락없이 노인을 학대하는 현장이었다.

걸걸한 입은 자매의 내력인 모양이라 생각하며, 에니샤가 괜찮다는 표시로 손을 내저었다. 레시나가 손을 떼자마자 제나는 질색하며 소리 질렀다.

"아으, 왜 이래! 그새 노망났어? 그리고 왜 아르커스 마법사들이랑 같이 다니는데!"

언니라고 부를 때는 위화감이 상당했다. 겉으로 보기엔 언니동생이 아니라 엄마와 딸이기 때문이었다. 물론 레시나가 딸이고 제나가 엄마였다. 당장 뭐가 어떻게 된 일인지 말하라며 버럭거리는 그녀를 젖혀두고, 레시나는 에니샤에게 열심히 설명했다. 친자매이고, 저가 언니이며, 유일한 혈육이지만 별로 안 친하다는 말까지 했을 때 벨루안이 싸늘히 잘라 말했다.

"지금 더 급한 일이 있습니다, 레시나."

기본적으로 벨루안은 에니샤를 제하곤 타인에게 냉랭한 편이었다. 벨루안의 차가운 말에 제나가 소리 내어 웃었다.

"그렇죠, 좌법사. 우리 가족관계가 당신한테 뭐 중요하겠어요. 업무가 우선이지."

그녀는 책상 위에 놓인 궐련갑을 손으로 헤집었다. 그리고 박하잎 궐련을 하나 꺼내다 끝을 자르며 말했다.

"테무르 일족에 대해서야 나보다 더 잘 아실 테니……. 간단하게 말할게요."

3개월 전, 백작의 아들이 술 먹고 길에서 용병들과 시비가 붙어서 사망하는 사건이 있었다. 당연히 용병들은 죄다 외국으로 도망갔고, 백작가는 하루아침에 날벼락을 맞았다. 백작의 아들은 수도에서 유명한 망나니였지만, 백작에겐 소중한 자식이었다. 식음을 전폐하고 슬퍼하던 백작은 어느 날 갑자기 사실은 아들이 살아 있다는 헛소리를 하기 시작했다. 그러더니 얼마 뒤, 실제로 멀쩡한 모습의 아들과 함께 돌아다니는 모습이 목격되었다는 것이다.

"시체를 확인했던 협회 소속 마법사가 있거든요. 확실히 사망했다는데……. 지금 살아서 돌아다닌다는 놈을 봤더니 또 진짜 인간 같더라는 거예요. 자아 분명하고, 스스로 생각해서 움직이고."

깊은 모자 속에 감춘 에니샤의 눈매가 가늘어졌다. 제대로 찾아온 것 같았다. 이번에야말로 완전하게 마무리 지으리라.

제나가 연기를 뱉어내며 물었다.

"오늘 밤 가면무도회가 열리는데, 그 아들이 참석한대요. 초대장은 구해줄 수 있고……. 이 정도면 충분하죠?"

벨루안이 짧게 긍정하자, 제나는 시선을 홱 돌려서 레시나를 노려보았다.

"언니는 대법사도 죽었는데 왜 뜬금없이 아르커스에 붙어 있어?"

"아니, 내가 옛날에 신세진 것도 있고 하니까……. 보은이랄까……."

"신세를 지긴 했지. 살다 살다 대법사한테 사기 치고 도망 온 마법사는 처음 봤으니까."

그때 살려달라고 울며불며 협회로 도망 왔던 일은 아직도 잊히질 않는다며, 제나는 깔깔 웃었다. 그녀가 궐련에서 재를 툭툭 털어내더니 픽 웃었다.

"어쨌든…… 이제 대법사도 죽었으니, 아르커스는 끈 떨어진 신세인데 정성 쏟지 마."

무례한 발언에 벨루안의 입매가 비뚤어졌다. 그간 대법사의 거취를 두고 무수한 소문이 돌았지만, 아르커스가 대법사가 사망했다고 공표한 것은 최근 히페리온과 충돌한 이후였다. 아르커스는 대법사를 잃었고, 히페리온과 무모한 전쟁을 벌여 패배했다. 아르커스와 교류를 하면서도 한편으로는 견제해오던 협회에선, 이번에야말로 꺾어버릴 절호의 기회라고 여기는 것이었다. 그렇지 않고서야 아르커스의 좌우법사가 뻔히 있는 곳에서 이딴 식으로 말할 리가 없었다.

"앞으로 협회는 더욱 발전할 거예요. 갈 곳 없으면 협회로 와도 괜찮아요. 실력만큼 대우는 잘해줄 거니까."

제나는 보란 듯이 벨루안에게 마주 웃으며 말했다.

"그러니 뻣뻣하게 굴지 마요, 좌법사."

"야, 제나, 왜 그래……."

레시나가 식은땀을 삐질삐질 흘리며 제나를 막으려 해봤지만, 그녀는 결국 주워 담을 수 없는 말을 뱉어내버렸다.

"다리 하나 없어져서 병신 된 삼족오 주제에."

그리고 그 말을 듣는 순간, 에니샤는 헬라드와 저가 혈연관계라는 사실을 절실히 느꼈다. 머리로 생각하기도 전에 이미 몸부터 움직이고 있었기 때문이었다.

앞으로 걸어 나온 에니샤를 보고 레시나가 와들와들 떨었다. 에니샤는 조용히 그녀를 불렀다.

"레시나."

"옛……?"

"동생을 얼마나 사랑해?"

질문의 의미를 파악하기 위해 바쁘게 머리 굴리는 레시나에게, 에니샤는 질문했다.

"혓바닥 하나 정도는 없어도 되겠지?"

"으악, 안 돼요! 혓바닥은 하나밖에 없어요! 차라리 팔을 잘라요!"

레시나가 기겁하며 외치는 동안, 제나는 어이없다는 듯 소리쳤다.

"뭐야, 이 새파랗게 어린년은?"

자리에서 벌떡 일어난 그녀가 책상 앞에 다다른 에니샤의 모자를 걷어내려 하였다.

"……!"

그러나 제나는 원하는 대로 할 수 없었다. 기척도 없이 다가온 카힐이 그녀의 팔뚝을 붙잡은 탓이었다. 에니샤는 작게 웃으며 스스로 모자를 걷었다.

"뭐긴 뭐겠어. 그리 눈치가 없어서 어디 협회장 하겠어?"

드러난 외모에 잠시 시선을 빼앗겼던 제나는 눈을 부릅떴다. 손끝에서 피어오르는 금빛 마력을 본 것이었다. 제나가 정신 못 차리는 표정으로 입을 열었다.

"대, 대법사……?"

"그래, 제나. 선택해봐."

희고 아름다운 얼굴이 옆으로 살며시 기울었다.

"잘못했다고 빌고 싶어, 아니면……."

에니샤는 화사하게 웃으며 물었다.

"팔 한쪽 내놓고 싶어?"

“바르고 고운 말을 사용하겠습니다.”

“더 크게.”

“바르고! 고운 말을! 사용하겠습니다!!”

“좋아, 계속 반복.”

“바르고 고운 말을…….”

에니샤는 협회장실 책상 위에 앉아 팔짱을 끼고서 아래를 내려다보았다. 그 밑에는 제나가 무릎을 꿇고 양손을 치켜든 채 바르고 고운 말을 사용하겠다는 다짐을 반복하고 있었다.

레시나는 구석에 서서 그런 제나의 모습을 보며 혀를 쯧쯧 찼다.

“그러게 언니가 말릴 때 들었어야지. 나보고 대법사한테 사기 친 마법사라고 놀리더니……. 내가 살다 살다 대법사 앞에서 아르커스 욕하는 마법사는 처음 봤다.”

옆에서 얄밉게 조잘거리는 레시나를 보고 제나는 눈매를 잔뜩 치켜세웠다. 그러나 불행히도 쏘아붙일 입은 없었다. 바르고 고운 말을 쓴다는 맹세를 100번 반복해야 하기 때문이었다.

눈물 나는 반성의 시간을 가진 후, 겨우 풀려난 제나는 반쯤 정신이 나가 있었다. 그녀가 아려오는 양 팔뚝을 부여잡고서 말했다.

“저기…… 대법사님……. 저 질문 한 개만…….”

에니샤가 고개를 까닥이자, 제나는 아주아주 조심스럽게 말을 골라 질문했다.

“그……. 어쩌다 이렇게……?”

죽었다는 사람이 멀쩡히 살아서 돌아다니는 데다가, 얼굴도 딴판으로 뒤바뀌었으니 궁금해서 미칠 터였다. 그러나 굳이 제나에게까지 마력이 봉인됐고 어쩌고 하는 사연을 구구절절 설명할 필요는 없었다. 에니샤는 간단하게 한마디로 압축했다.

"약간 사정이 있어서."

"아……."

아마 나중에 뭐가 어찌 된 일인지 열심히 알아보겠지만, 제나는 답을 구하지 못하리라. 그러니까 입단속만 제대로 해두면 된다. 에니샤는 생긋 웃으며 말했다.

"어디 가서 말하면, 알지?"

"헉, 당연하죠! 저 입 정말 무거워요!"

목에 칼이 들어와도 말하지 않겠다며, 제나는 손으로 제 입을 틀어막는 시늉까지 해 보였다. 에니샤가 만족스럽게 웃어 보이자, 제나가 눈을 끔뻑이다 말했다.

"예전에도 아름다우셨지만, 지금은 진짜 엄청나네요……."

"칭찬 고마워. 그런 의미로 드레스랑 정장 좀 내놔봐. 가면도."

나랑 여기 세 남자가 쓸 것이라며, 에니샤는 좌우법사와 카힐을 가리켰다. 맡겨놓은 것처럼 당당하게 내놓으라 하는 말에 제나의 표정이 잠시 멍청해졌다. 에니샤는 그녀에게 상냥한 어조로 질문했다.

"싫어?"

그러자 제나는 가속마법이라도 걸린 것처럼 재빠르게 외쳤다.

"당장 구해오겠습니다! 기다려주세요!!"

그녀가 이동마법진을 작동해 사라진 뒤, 에니샤는 오늘 어떻게 움직일지 회의를 시작했다.

"무도회는 나와 좌우법사, 카힐 이렇게 넷이서 갈게. 레시나랑 델 하르인은 협회에서 할 일이 있어. 일 다 끝나면 협회로 돌아올 테니까, 같이 귀환하자."

"옙!!"

제나가 혼나는 꼴을 보고 더 빠릿빠릿해진 레시나가 우렁찬 목소리로 답했다. 델 하르인이 눈치를 살피다 질문했다.

"그런데 황녀님, 테무르 일족은 어찌하여 추적하시는 것입니까?"

"저도 궁금했습니다. 이미 다 멸족해서 힘도 없는데……."

레시나도 얼른 끼어들어서 물어보았다. 하지만 에니샤는 답해주지 않고, 그저 뭉뚱그려 넘겼다.

"미안……. 내가 말할 수 있는 이야기가 아니야."

그때 녹시타가 자리에서 벌떡 일어났다. 누가 봐도 얼굴이 하얗게 질린 그는 금방이라도 울 것 같았다.

"대법사……."

저를 부르자마자, 에니샤는 재깍 그에게 다가갔다. 녹시타는 곧장 에니샤를 끌어안았다. 그를 밀어내지 않고 말없이 머리를 쓰다듬어주는 에니샤에게, 벨루안이 한숨 쉬며 말했다.

"잠깐 바깥바람이라도 쐬는 것이 좋겠습니다."

"녹시타, 그렇게 할까?"

에니샤가 묻자마자 녹시타는 기다렸다는 듯 이동마법진으로 향했다. 두 사람은 곧 협회 건물 뒤편의 정원으로 나갔다. 에니샤는 기다란 장의자에 앉아 녹시타를 제 옆에 앉혔다. 지나가는 인기척이 없다는 것을 확인한 후, 에니샤는 조용히 입을 열었다.

"많이 무서워?"

녹시타는 가만히 몸을 웅크렸다. 일족의 배신자라 소리치며, 제게 저주를 퍼붓던 자들이 아직도 눈앞에 선명했다. 그리고…… 그곳의 기억도.

녹시타는 눈을 질끈 감았다. 그러자 어깨를 다독이는 부드러운 손길이 느껴졌다.

"괜찮아. 너는 그곳에 없어. 여기에 있잖아."

아까부터 바닥만 쳐다보고 있던 녹시타가 천천히 고개를 들어올렸다.

"……."

녹색 눈동자 가득히 그녀가 담겼다. 저와는 다르게 조금도 흔들리지 않는 눈이었다. 녹시타는 저를 쓰다듬어주는 손길을 느끼며 가만히 눈을 감았다. 대법사의 말이 옳았다. 자신은 더 이상 그곳에 있지 않다. 이곳에……. 대법사의 곁에 있다.

녹시타는 자신이 평범한 아이라고 생각했다. 아버지는 없지만 어머니는 있었고, 가난하지만 배고프게 살 정도까진 아니었다. 조용히 흘러가던 일상이 부서진 것은 '아버지'가 돌아왔을 때였다.

오랫동안 떨어져 있던 아버지는 다짜고짜 문을 박차고 들이닥쳤다. 우악스러운 힘에 끌려 나가며, 녹시타는 비명을 질렀다. 어머니에게 도와달라 소리쳤지만, 눈이 마주치는 순간 무언가 잘못되었음을 깨달았다. 표정 없는 얼굴을 하고서 저를 바라보는 그녀는 어머니가 아닌 낯선 사람이었다. 감정이 조금도 담기지 않은, 마치 밀랍인형 같은 그 모습에 섬뜩함이 치밀었다.

아버지라는 사람은 저가 두려워서 눈물 흘려도 개의치 않았다. 그저 킬킬 웃으며 당시의 녹시타가 알 수 없는 말만 중얼거릴 뿐이었다.

— 제대로 능력이 발현했군.

그리고 시장에서 산 새끼짐승을 다루듯, 녹시타에게 목줄을 채워 끌고 갔다. 제 어머니였던 사람이 나무토막과 같이 변하여 바닥에 쓰러지는 모습을 본 것을 마지막으로, 녹시타는 영영 집에 돌아가지 못했다.

무력하게 끌려간 녹시타는 새로이 '집'이라 불리는 곳에 도착했다. 그리고 자신이 테무르 일족이라는 사실을 알게 되었다. 사령술사들의 왕이라 불리는 테무르 일족은 사령술의 재능을 타고나는 자들이었다. 그들의 사령술은 일반적인 사령술사들보다 월등히 뛰어났다. 평범한 사령술사들이 되살려낸 시체는 명령을 내리지 않으면 인형과 다를 바가 없고, 술사가 관리하지 않으면 금방 썩어 문드러졌다. 하지만 테무르가 되살려낸 시체는 살아생전 모습과 똑같았다. 명령을 내리지 않아도 의지를 가지고 스스로 움직이도록 할 수 있으며, 오랫동안 방치해두어도 부패하지 않았다.

— 그러니까 네 엄마도 시체였다고. 알겠어?

엄마가 보고 싶다고 말하는 녹시타에게, 스스로를 아버지라 칭하는 남자는 그리 말했다. 어린아이에게는 받아들이기 힘든 진실이었다. 하지만 녹시타는 그 사실을 슬퍼할 여유조차 없었다.

— 하루에 열 명, 10일에 100명, 그래서 100일 동안 1,000명. 할 수 있지?

남자는 1,000명을 죽여 괴물로 만들어내라 요구했다. 이것은 모든 테무르가 거쳐 가는 길이며, 죽음에 익숙해지는 과정이라 하였다.

— 너를 테무르 일족의 수장으로 만들 거다. 너는 내 뒤를 이을 만한 능력이 있어.

녹시타는 이해할 수 없었다. 멀쩡히 살아 있는 사람을 죽여 시체로 만들고, 또다시 되살려내다니. 죽음 앞에서 두려움에 가득 찬 희생양들의 눈빛을 보니, 도저히 그들을 죽일 수가 없었다.

녹시타는 제 힘을 쓰지 않겠다고 버텼다. 남자는 그런 녹시타를 돌연변이 취급하였다.

— 어떤 테무르도 죽음을 두려워하지 않아.

네놈이 내 핏줄을 이었다고 말하기도 부끄럽다며, 교육이라는 명목 아래 녹시타를 체벌하였다. 하지만 아무리 매질 당하고 밥을 굶어도, 녹시타는 끝끝내 힘을 쓰지 않겠다고 버텼다. 남자는 그런 녹시타를 비웃듯이, 갖은 방법으로 살인의 귀퉁이에 발을 들이게 하였다.

그에게 사람을 죽이는 것은 한없이 가벼운 일이었다. 어느 날은 저가 죽일 사람들을 세워놓고 이 중에서 네가 고른 하나만 살려주겠다고 말했다. 선택하지 못하면 죄다 죽여버렸고, 선택하여도 그 다음 날이 되면 보란 듯이 눈앞에서 죽여버렸다. 녹시타의 손에 억지로 칼을 들리고, 되살아난 시체들이 달려들어 제 몸을 난자하도록 만들기도 했다. 피가 튀고 살을 가르는 감각에 익숙해지지 않았냐며 웃는 남자는 악령과 다를 바 없었다. 하지만 남자가 어떤 짓을 저지르더라도, 녹시타는 끝끝내 힘을 쓰지 않았다.

끝까지 고집을 꺾지 않자, 남자는 녹시타의 머리채를 붙잡고 어딘가로 끌고 갔다. 질질 끌려간 곳은 쓸모없어진 시체를 버려두는 구덩이였다. 그는 깊고 넓은 구덩이 속으로 녹시타를 밀어버렸다. 녹시타는 끝도 없이 추락하고 또 추락해서 시체 더미 속에 파묻혔다. 눈앞이 새까매졌다. 뭉그러진 살점과 핏물 속에서 허우적거리며, 필사적으로 애원했다.

— 자, 잘못했어요! 꺼내주세요……!

그러나 남자는 빙글빙글 웃기만 하였다.

— 아버지가 왜 꺼내주어야 하니. 이것 봐……. 죽은 놈들로 수북하잖아?

그가 시체 구덩이를 떠나며 마지막 말을 흘려놓았다.

— 살고 싶으면 네 힘으로 여기서 나오는 거야.

녹시타는 홀로 남겨졌다. 시체 더미 속에 묻혀서 목이 터지도록 외치고, 또 외쳤다.

— 살려주세요…….

하지만 돌아오는 대답은 없었다. 역한 피비린내, 썩어가는 살과

내장에서 올라오는 냄새, 그리고 몸이 얼어붙을 것처럼 차가운 냉기. 이곳에 살아 있는 것은 아무것도 없었다. 녹시타는 저마저도 점점 시체로 변해가는 것만 같았다. 하지만 힘을 써서 여기를 나간다면, 그때야말로 자신은 테무르 일족이 된다. 그럴 바에야 그냥 죽는 것이 나을지도 몰랐다.

점차 반항할 힘마저 잃어갔다. 녹시타가 모든 것을 포기했을 때였다.

— …….

아주 부드러운 빛이었다. 이 지독한 어둠 속에 존재할 리 없는 빛이 낯설어서, 천천히 고개를 들어올렸다. 그리고 그곳에 그녀가 있었다. 환한 금빛을 후광처럼 펼친 그녀는 녹시타에게 얼굴을 바짝 들이대고서 질문했다.

— 너, 테무르 일족이야?

가만히 고개를 끄덕이자, 그녀는 머리를 갸웃하며 왜 이러고 있느냐고 물어보았다. 녹시타는 저도 모르게 홀린 듯이 대답했다.

— 내 힘을 쓰고 싶지 않아요…….

그녀는 잠시 고민하는 듯하다가, 이내 손을 내밀었다.

— 그럼…… 나랑 같이 갈래?

녹시타는 느리게 눈을 깜빡였다.

이건 현실일까?

시취에 중독되어 헛것을 보는지도 몰랐다. 하지만 그녀가 제게 살짝 웃어 보이는 순간, 어디선가 조그마한 용기가 솟아났다. 녹시타는 조심스럽게 손을 맞잡아보았다. 따뜻하고 부드러운 감촉에 온몸이 저릿했다. 죽음만이 가득한 이곳에서, 그녀는 살아 있었다. 녹시타는 그만 어린아이처럼 울음을 터뜨리며 그녀에게 매달렸다.

— 나, 날 버리지 마요. 여기서 데리고 나가줘요……. 뭐든, 뭐든지 할 테니까, 제발…….

썩은 핏물과 살점에 절어 추하기 그지없는 몸뚱이였다. 그러나 그녀는 망설임 없이 저를 마주 안아주었다. 그때 남자가 나타났다.

— 내 아들한테서 당장 떨어져!

분노한 남자가 제 힘을 끌어내었다. 구덩이 속의 시체들이 일제히 꿈틀대며 몸을 일으키기 시작했다. 녹시타는 바들바들 떨면서 몸을 웅크렸지만, 그녀는 조금도 겁내지 않았다. 순간 녹시타는 그녀가 죽음을 두려워하지 않는 것 같다고 생각했다. 그 어떤 테무르보다도 말이다.

조금 전까지 따뜻하고 부드럽던 금빛이 사납게 일렁이기 시작했다. 속삭이는 목소리가 들려왔다.

— 아버지를 사랑해?

녹시타는 세차게 고개를 내저었다. 그녀는 다시 질문했다.

— 그럼 어떻게 해줄까?

그녀의 옷자락을 꽉 움켜쥔 채로, 녹시타는 말했다.

— 죽여주세요. 전부 다 죽여주세요…….

그녀는 녹시타의 소원을 들어주었다. 그날, 대륙을 휘저으며 살육을 벌여오던 테무르 일족은 최후를 맞이하였다. 그리고 그날, 녹시타는 끝없는 사랑에 빠져버렸다.

제나는 제법 훌륭한 드레스와 정장을 구해왔다. 무도회가 열리기 전까지, 에니샤는 제나가 알아온 의상실에 가서 드레스를 입어보고 가봉하며 시간을 보냈다.

밤의 가면무도회인 만큼 드레스는 조금 과감한 느낌이었다. 크림색 드레스는 깨끗하고 우아했지만, 목이 깊이 파여서 조붓한 어깨와 곧은 쇄골이 그대로 드러났다. 머리카락을 틀어 올린 후, 작은 홍옥과 금강석으로 장식한 목걸이와 길게 늘어지는 귀걸이를 찼다. 흰색 레이스가면으로 눈을 가려 마지막 치장까지 끝내자, 어째서인지 의상실 직원들은 무척 아쉬워하였다.

제나가 값을 지불하지도 않은 자잘한 꽃장식을 달아주고, 괜히 머리카락도 다시 손보고 하면서 미적거리더니 다음에 꼭 다시 방문해달라며 절절히 매달렸다. 하지만 히페리온의 막내 황녀님이 떠나면 동부의 모리아칸 왕국까지 올 일은 없을 터였다. 혹시나 대법사로서는 올 수도 있겠다고 생각하며, 에니샤는 지킬지 알 수 없는 약속을 해주었다.

의상실 바깥으로 나가니, 무도회장까지 타고 갈 마차와 함께 먼저 준비를 끝낸 세 남자가 그곳에 서 있었다. 살며시 드레스 자락을 붙잡으며 눈을 깜빡이자, 셋 다 아무 말도 못 하고 쳐다보기만 했다. 에니샤는 접은 부채로 입을 가리며 웃었다.

"왜, 예뻐?"

장난스럽게 눈웃음치는 모습에 벨루안이 고개를 홱 돌렸다. 에니샤는 소리 내어 웃으며 그를 칭찬해주었다.

"너도 예뻐, 벨루안. 녹시타랑 카힐도. 다들 옷이랑 가면이 잘 어울린다."

하지만 칭찬을 들은 벨루안은 되레 기분이 안 좋아 보였다. 마차에 올라타 문을 닫자마자, 그는 지긋하게 미간을 좁히며 말했다.

"어디 가서 그렇게 웃지 마십시오. 특히 오늘 무도회장에선 더더욱……."

하여간 그는 걱정이 너무 많았다. 에니샤는 저에게 수작 거는 놈들은 카힐이 손가락을 잘라줄 테니 걱정 말라고 해주었다.

옆에 가만히 앉아 있던 녹시타가 심각한 표정으로 입을 열었다.

"대법사는……."

"에니샤 님이라고 불러야지."

"……에니샤 님은 오늘 너무 예쁘니까, 분명 누가 훔쳐가려고 할 거예요. 그러니까 손가락 말고 목을 자르는 건요?"

이래서 사회성 떨어지는 마법사는 천공섬 밖에 내보내면 안 된다. 에니샤는 녹시타에게 그러면 큰일 난다고, 오늘 일 다 망친다고 말해주었다. 그러자 벨루안은 아까처럼 웃지만 않으시면 목 자를 일도 없을 것이라며 또 헛소리를 하였다.

마차에서 웃어도 된다, 안 된다, 하며 옥신각신하는 동안 어느새 무도회장에 도착했다. 벨루안과 녹시타가 먼저 내리고, 에니샤는 카힐의 도움을 받아 마차에서 내렸다.

등불로 장식한 밤의 저택은 아름다웠다. 무도회장 안으로 들어서니, 달콤한 향내가 훅 끼쳐왔다. 촛불을 간간이 밝힌 무도회장은 어둑했다. 술이 흐르는 작은 분수대가 곳곳에 놓이고, 목적이 분명해 보이는 푹신한 장의자 또한 여럿이었다. 담배 연기와 짙은 향수, 웃음소리와 야릇한 신음이 제멋대로 뒤섞인 무도회장의 분위기는 에니샤가 상상했던 것보다 더 심했다.

에니샤는 저에게 달라붙는 시선들을 느낄 수 있었다. 장내는 어둡고 얼굴에는 가면을 쓰고 있지만, 그렇다고 외모까지 완전히 감춰지는 것은 아니었다. 벌써 제게 슬며시 웃음을 보내오는 자가 여럿이었다. 여기서 무슨 일이라도 벌어졌다간 바로 유혈사태 발생일 터였다. 우선 무도회장의 구석진 곳에 자리한 후, 에니샤는 조그맣게 입을 열었다.

"벨루안, 녹시타."

제게 가까이 다가온 두 사람에게 미리 논의했던 사항을 한 번 더 되짚었다.

"기억하지? 백작의 아들을 찾으면 선부르게 대응하지 말고, 우선 내게 알리도록 하고."

"예, 알겠습니다. 하지만……."

벨루안이 잠시 말을 멈추고선 카힐을 노려보았다. 무표정한 카힐을 보고선 잔뜩 마음에 안 든다는 얼굴을 해 보인 뒤, 그가 다시 말했다.

"꼭 저놈이랑 다니고 싶으십니까?"

에니샤는 벨루안에게 당연한 소리를 해주었다.

"우르르 몰려다닐 수는 없고……. 너나 녹시타랑 붙여놓을 수도 없잖아? 그렇게 붙여놓으면 퍽이나 사이좋게 다니겠다."

"……."

아주 옳은 말이기 때문에, 벨루안은 반박하지 못했다. 결국 벨루안은 한숨을 내쉬었다가, 못 미덥다는 눈으로 카힐을 다시금 노려본 후 발걸음을 돌렸다. 녹시타는 굴러들어온 돌한테 자리 빼앗긴 박힌 돌 같은 표정을 지으며 벨루안을 뒤따랐다.

그들을 보낸 뒤, 에니샤는 카힐과 함께 반대 방향으로 걸음을 옮겼다. 무도회장이 넓고 사람이 많아서, 백작의 아들을 찾는 데 시간이 제법 오래 걸릴 것 같았다. 망나니라고 했으니 이미 마음에 맞는 이와 정원이나 빈 방으로 향했을지도 몰랐다.

그가 어디에 있는지 아는 사람이라도 찾으면 좋을 텐데…….

생각에 푹 잠겨 있던 에니샤는 순간 발이 꼬여서 몸이 비틀거렸다. 갑자기 몸이 커져서 아직 적응되지 않았는데, 높은 구두까지 신은 탓이었다. 벽을 짚으려는 찰나 단단히 받쳐주는 손이 느껴졌다.

"에니샤 님."

카힐이 가만히 팔을 받쳐주고 있었다. 그에게 몸을 기대며 고맙다고 답하려던 에니샤는 잠시 멈칫하였다. 생각보다 얼굴이 가까웠다. 소년과 청년의 경계에 서 있는 카힐은 제 또래들보다도 키가 커서 여전히 올려다봐야 했다. 하지만 이전보다 훨씬 비슷해진 눈높이였다. 황궁 밖에 나왔을 때 언제나 그러하듯, 카힐은 색소 옅은 생김새로 변해 있었다. 하얀 생김새와 대비되는 짙은 감청색 정장과 검은 반가면이 잘 어울렸다. 어둠이 내려앉은 이목구비는 오늘따라 음영이 짙은 탓인지, 묘한 느낌이 감돌았다.

저도 모르게 그를 물끄러미 바라보는데, 카힐이 손을 뻗어왔다.

마디가 단정하고 길쭉한 손가락이 조금 흐트러진 옷매무새를 솜씨 좋게 다듬고 떨어져나갔다. 그가 눈매를 살짝 좁히며 물었다.

"걸으실 수 있겠습니까?"

에니샤는 카힐에게 장난스럽게 되물었다.

"안아주려고? 나 이제 커졌으니 무거울 텐데."

"그런 말씀 하지 마십시오. 언제든지 안아드릴 수 있습니다."

청회색 눈동자에 어렴풋이 웃음기가 어렸다.

"에니샤 님이 어떤 모습이든 말입니다……."

그가 덧붙인 말에 에니샤는 작게 웃었다. 웃음소리를 내자, 카힐은 웃으시면 큰일 난다고 무뚝뚝한 농담을 하였다. 카힐의 말에 또 터지려는 웃음을 겨우 참았다. 그러다 저를 말갛게 내려다보는 그에게, 에니샤는 문득 질문했다.

"넌 궁금하지 않아?"

"무엇을 말입니까?"

"질문하는 걸 못 들어봐서……. 테무르 일족이라든가……."

아까 델 하르인과 레시나가 테무르에 관해 질문했을 때, 녹시타가 예민하게 반응하는 것까지 보았을 것이었다. 누구든 자연스럽게 의문을 가질 법한 상황이었다. 실제로 델 하르인과 레시나는 궁금해 죽겠다는 얼굴이었고 말이다. 하지만 카힐은 무심했다. 그저 얌전한 모습을 보고 있노라면 전혀 관심조차 없는 것 같았다. 뭘 하든 묵묵히 따라와 주는 그가 고마웠지만, 가끔 무슨 생각을 하는지 속내가 궁금했다.

에니샤의 질문에 카힐은 반듯한 눈썹을 살며시 찌푸렸다. 그는 조금 고민하는 듯하더니, 천천히 되물었다.

"……궁금해해야 합니까?"

이런 대답이 돌아올 줄은 몰랐다. 당황한 에니샤에게 카힐은 나직한 목소리로 제 생각을 말했다.

"저는 그저 에니샤 님 곁에 있는 것이 좋을 뿐입니다. 그 음침한 우법사에 대해서 별로 알고 싶지도 않고……."

카힐은 잠시 눈을 아래로 내리깔았다. 그리고 약간 망설이다가 이어 말했다.

"하지만 에니샤 님께서 원하신다면, 최선을 다해 관심을 가져보겠습니다."

"아니, 아니야……."

하여간 뭔 말을 못 하겠다고 생각하며, 에니샤는 대화를 포기했다. 그러다 문득 느껴지는 감촉에 목덜미를 더듬어보았다. 흘러내린 머리카락이 손에 만져졌다. 아무래도 아까 비틀거리다 살짝 풀어진 것 같았다. 의상실 직원들이 다시 만지작거리면서, 머리카락이 덜 고정된 모양이었다. 있는 머리 장식으로 어떻게 해보고 싶었지만, 괜히 건드렸다가 더 망칠까 봐 겁났다. 새 머리핀이 있으면 깔끔하게 정리할 수 있을 것 같아서 아쉬웠다.

"머리핀이 있으면 좋을 텐데……."

아쉬움에 중얼거리자, 카힐이 곧장 무언가를 꺼내 들었다. 홍옥 장식이 들어간 머리핀이었다. 그리고 에니샤는 머리핀의 정체를 대번에 알아보았다.

"어, 이거…… 내가 준 것 아냐?"

카힐은 말없이 고개를 끄덕였다. 아주 어렸을 때, 카힐을 두 번째로 만났을 즈음엔가 주었던 머리핀이었다. 그때 당연히 팔아치웠을 줄 알았다. 그러라고 주기도 했고 말이다. 여태껏 가지고 있는 것도, 그리고 오늘 무도회장에까지 가지고 왔다는 것도 죄다 놀라웠다.

에니샤는 카힐에게서 받아든 머리핀을 만지작거리다가 손에 쥐었다. 머리핀을 들고 가만가만 신중하게 움직였다. 머리에 꽂으려 했지만, 거울도 없는데 혼자서 될 리가 없었다. 얼마간 헤매며 끙끙거리고 있자니 지켜보던 카힐이 물어보았다.

"제가 해드려도 괜찮습니까?"

에니샤가 허락하자, 카힐은 조심스럽게 흐트러진 머리카락을 다시 쓸어 올렸다. 자연스럽게 목덜미를 쓰다듬는 모양새가 되어서, 기분이 조금 이상해졌다. 바짝 붙은 채로 아무 말도 하지 않고 있자니 더 어색했다. 에니샤는 천천히 입을 열었다.

"고마워. 잘 쓸게."

감사 인사를 하자, 카힐이 설핏 웃었다. 부드러운 호선을 그리는 그의 눈매는 다정했다.

"하지만 돌려주셔야 합니다."

길고 곧은 머리핀이 머리카락 사이를 살며시 가르고 들어왔다. 머리핀을 단단하게 꽂아 넣으며, 카힐은 낮게 속삭였다.

"제게 무척 소중한 것이니까요."

바로 귓가에서 들려온 속삭임이었다. 에니샤는 간지러움에 잠시 어깨를 떨었다. 머리핀이 제대로 꽂힌 것을 확인하자, 카힐은 언제 그랬냐는 듯 깔끔하게 떨어졌다. 가지런한 자세는 방금과 사뭇 달랐다. 에니샤는 손으로 가만히 머리핀을 만져보다가 말했다.

"……너 가끔 불손한 거 알아?"

"그렇습니까? 주의하겠습니다."

부정하지도 않고 선선히 주의하겠다고 답하자 더 할 말이 없었다. 그를 살짝 흘겨보았다가, 다시 무도회장으로 시선을 옮겼다. 이제 그만 놀고 일해야 할 때였다.

에니샤는 무도회장을 훑으며 사람들이 가장 많이 모여드는 곳을 찾았다. 그리고 이내 여왕벌처럼 군림하는 여인을 하나 찾아냈다. 코르티잔으로 보이는 그녀는 무도회장 곳곳을 누비며 사람들과 활발히 대화하고, 때로는 끈적한 추파를 주고받았다.

에니샤는 그녀가 한가로워지길 기다렸다. 그리고 잠시 홀로 남았을 때, 자연스럽게 옆으로 다가갔다. 인기척을 느낀 코르티잔은 흘긋 에니샤 쪽을 돌아보았다가, 눈이 커졌다. 의외로 그녀는 먼저 에니샤에게 말을 걸어왔다.

"당신이로군요. 오늘 무도회장을 시끌벅적하게 만든 아가씨가."

진짜 시끌벅적하게 만들 일은 아직 시작도 안 했는데…….

에니샤는 생각을 감춘 채, 말없이 웃었다. 그것만으로도 그녀는 잔뜩 흥미를 보이며 에니샤에게 달라붙었다.

"처음 보는 것 같은데, 어디 코르티잔이에요? 가면 벗어볼래요?"

소국이니 무도회에 참가하는 귀족들 얼굴은 빤한데, 못 보던 얼굴이 나타났으니 당연히 저와 같은 코르티잔이라 생각한 모양이었다. 에니샤야 오해해주면 편하다고 생각했지만, 카힐의 입매는 굳어졌다. 코르티잔 취급하는 말에 화가 난 것 같았다. 그가 쓸데없는 소리를 하지 못하도록 슬쩍 손등을 두드리며, 에니샤는 여자와 이야기를 이어갔다.

"외국에서 건너온 지 얼마 안 됐어요. 미안하지만 가면은 못 벗어요."

에니샤는 카힐에게 다정히 팔짱을 꼈다. 그리고 손바닥으로 팔뚝을 쓰다듬으며 생긋 웃었다.

"제 후견인께서 질투심이 많아서요. 얼굴을 드러내는 걸 좋아하지 않으시거든요."

몸을 기댄 채, 카힐을 비스듬히 올려다보며 물었다.

"그렇죠?"

카힐의 눈동자가 짧게 흔들렸다. 그러다 작게 한숨 쉬더니, 에니샤의 어깨에 팔을 둘러 꽉 끌어안았다. 지긋한 시선이 에니샤를 바라보았다. 단정한 입술 사이로 조금 가라앉은 미성이 흘러나왔다.

"그대가 너무 아름다우니까. 다른 이들과 나누고 싶지 않아."

하여간 불손해…….

에니샤는 속으로 그리 생각했지만, 먼저 시작한 것은 저였으니 모른 척 웃었다. 에니샤와 카힐의 대화를 지켜본 코르티잔은 어째서인지 몹시 이해한다는 듯 중얼거렸다.

"하긴, 나도 당신의 후견인이었다면 절대 얼굴을 보이지 못하도록 했을 거예요."

"과한 칭찬이에요."

그녀와 가벼운 이야기를 주고받던 에니샤는 살며시 카힐의 등을 떠밀었다.

"나 목말라요."

에니샤가 저 없이 코르티잔과 대화하고 싶어 한다는 사실을 눈치챈 카힐은 말없이 샴페인을 가지러 자리를 떴다.

코르티잔과 둘만 남자, 에니샤는 부채를 탁 떨쳐내며 한숨 쉬었다. 그녀는 무척 흥미롭다는 얼굴을 하고서 에니샤에게 물었다.

"후견인이 별로인가 봐요?"

"조금요. 집착이 너무 심해서……. 모리아칸까지 왔으니 새로운 사람도 만나보고 싶은데, 어쩐지 마음에 차는 분이 없네요."

"뭐어, 당신을 만족시킬 만한 분들은 안쪽에 있겠지요."

"안쪽?"

"아하, 처음이라 잘 모르겠네요."

그녀가 에니샤에게 달라붙어서 귓속말하였다.

"무도회장의 '안쪽'은 선택받은 사람만 들어가는 곳이에요. 우리 같은 사람들은 귀하신 분의 짝이 되면 들어갈 수 있지요."

"안쪽……. 그거 재밌겠네요."

여태껏 무도회장을 살폈지만, 백작의 아들은 보이지 않았다. 그의 신분과 망나니 전적을 고려해봤을 때, 아마도 '안쪽'이라는 곳에 있을 확률이 높았다. 에니샤는 코르티잔에게 친근한 척 붙어서 질문했다.

"그럼 오늘 연회장에 짝이 없는 귀하신 분이 있을까요?"

"짝 없는 귀하신 분이라……. 그렇다면 당연히 저분이죠."

그녀는 부채를 쫙 펼치며 웃더니, 어딘가를 향해 눈짓했다. 그곳에는 벽에 기대서서 술만 홀짝이는 젊은 남자가 있었다. 안경을 쓴 차분한 생김새의 그는 조금 유약해 보였다.

"쉽지 않을걸요? 당신이라면 가능할 것 같기도 하지만……."

그때 저편에서 카힐이 샴페인 잔을 들고 걸어오는 것이 보였다. 코르티잔은 키득키득 웃으며 에니샤에게 속삭였다.

"재밌는 이야깃거리를 많이 만들어줬으면 좋겠군요. 요즘 모리아칸의 사교계는 너무 조용했거든요. 건투를 빌어요."

그녀는 옆에 다가온 카힐에게도 살풋 눈웃음치고선, 다른 곳으로 떠나버렸다. 에니샤는 카힐이 가져다준 샴페인 잔을 손에 들었다.

"고마워, 카힐."

그런데 안에 든 것은 샴페인이 아니라 사과주스였다. 카힐을 쳐다보자, 그가 단호히 말했다.

"술은 안 됩니다."

사과주스도 나쁘진 않아서, 에니샤는 그냥 얌전히 홀짝였다.

"무슨 이야기를 하셨는지 물어봐도 됩니까?"

에니샤는 대답 대신 질문하였다.

"카힐, 연기 잘하지?"

"못합니다."

"아까 보니 잘하던데."

"에니샤 님……."

곤란한 표정을 지어 보이는 그를 향해, 에니샤는 사과주스 잔을 찰랑찰랑 흔들며 의미심장하게 웃었다.

"기껏 위험한 얼굴이 되었는데, 잘 활용해야 할 것 아냐?"

모리아칸 왕국의 왕태자, 마르시언은 모두가 인정하는 모범생이었다. 유흥과 여색을 멀리하고 학문에 힘쓰는 그는 이상적인 왕태자라 할 수 있었다. 가끔 사람들에게 재미없다는 소리를 듣기도 하지만, 마르시언은 신경 쓰지 않았다. 한 나라를 이끌 왕이야말로 가장 청렴해야 한다고 생각했기 때문이다. 하지만 나이가 차도록 여자 한 번 제대로 만난 적 없는 그를 두고, 사람들은 혹 성불구자가 아니냐며 뒷말을 씹어댔다.

시종장은 조심스럽게 사교계 활동을 조금 하는 것이 좋지 않겠냐며 권유하였다. 그리하여 별로 원하지 않는데 억지로 참석한 연회가 바로 이것이었다.

가면무도회라니…….

눈앞에서 펼쳐지는 적나라한 행위들에 낯이 뜨거웠다. 마르시언은 구석에 박혀 술잔만 기울였다. 무도회 주최자가 안쪽으로 들어오시면 더욱 즐거우실 것이라 꾀어냈지만, 차마 거기까지 들어갈 용기는 없었다. 자리를 지키는 것만으로도 마르시언은 최선을 다하고 있었다. 적당히 시간을 때우다가 들어가야겠다고 생각하던 차였다.

어디선가 좋은 향기가 느껴졌다. 아무 생각 없이 옆을 돌아본 마르시언은 술잔을 떨어트릴 뻔하였다. 그곳엔 요정이 있었다. 어둠 속에서도 하얗게 빛나는, 절세의 외모였다. 어느 책에서 보았던, 나라를 망하게 한다는 미녀가 바로 저런 모습일까. 고양이처럼 커다란 눈매를 가진 여인은 나긋하게 눈을 내리깔고서 벽에 기대서 있었다. 기다란 속눈썹 아래의 눈동자가, 하얀 레이스 가면 뒤에 감춘 얼굴이 궁금했다. 정신 차렸을 땐 이미 그녀에게 말을 걸고 있었다.

"실례가 아니라면, 잠시 대화를 나눌 수 있습니까?"

맑고 커다란 눈동자가 마르시언을 비추었다. 그녀가 슬프게 속삭였다.

"……죄송해요."

부채를 쥔 그녀의 손은 가늘게 떨리고 있었다. 겁에 질린 듯한 모습이었다. 마르시언은 그녀와 저가 초면이라는 사실도 잊고서 그만 개인적인 질문을 던져버렸다.

"혹시…… 무슨 일이 있으신 겁니까?"

그녀는 천천히 눈을 깜빡였다. 금방이라도 사그라질 듯 가녀린 목소리가 도움을 청했다.

"절…… 도와주실 수 있나요?"

그때 갑자기 웬 훤칠한 남자가 나타나더니, 그녀의 손목을 잡아챘다. 그녀가 청한 도움이 이것임을 직감한 마르시언은 곧장 남자를 제지하고 나섰다.

"무슨 짓입니까! 무례합니다."

수군거리는 소리와 모여드는 시선이 느껴졌으나, 거기에 신경 쓸 겨를이 없었다. 남자는 저를 막아선 마르시언을 물끄러미 쳐다보았다. 섬뜩한 느낌이 등골을 스쳤다. 검은색 반가면으로 얼굴을 가렸지만, 드러난 몸의 윤곽이나 이목구비의 선이 상당한 미형이었다. 늘씬하면서도 다부진 체격을 보니 검을 다루는 자가 분명했다. 살기 어린 눈빛에 절로 오금이 저렸다. 허나 위험에 처한 레이디 앞에서 약한 모습을 보일 수는 없었다. 마르시언은 억지로 용기를 내서 목소리를 쥐어짜냈다.

"싫어하는 분께 강요하지 마십시오."

그리고 마르시언은 그만 주저앉을 뻔하였다. 남자가 정말 자신을 죽여버리고 싶다는 눈으로 쳐다보았기 때문이었다. 겨우 다리에 힘을 주고 버텨내니, 남자는 입매를 비틀었다. 그가 천천히 그녀의 손목을 놓아주었다.

"……대단한 신사분이로군."

남자가 비아냥거렸으나, 마르시언은 대응하지 않고 그녀의 손을 잡아끌었다. 다행히 그녀는 순순히 마르시언을 뒤따라왔다. 빈 발코니에 들어가 커튼까지 단단히 친 후에야, 마르시언은 안도의 숨을 몰아쉬었다. 정말이지 흉포한 남자였다. 그녀가 제게 도움을 구한 이유를 알 것 같았다.

숨을 고른 마르시언은 발코니에 저와 그녀, 단둘뿐이라는 사실을 깨달았다. 갑자기 버쩍 긴장이 되어서 손에 땀이 차는 듯했다. 그녀가 살며시 웃으며 말했다.

"도와주셔서 감사해요."

"아, 아닙니다. 혹 저 남자에게 보복당할까 걱정하지 않으셔도 됩니다. 어느 가문의 누구인지만 알려주시면 제가 해결하겠습니다."

살짝 놀란 듯 눈을 크게 뜨는 그녀에게, 마르시언은 굳게 고개를 끄덕이며 말했다.

"제 입으로 말하기가 조금 부끄러우나……. 저런 불한당 하나 정도는 충분히 해결할 힘을 가지고 있습니다. 재물도, 권력도 충분하니 심려하지 마십시오."

그녀는 기뻐하기보다는 어쩐지 조금 미묘한 표정을 지었다. 그러나 곧 환히 웃으며 감사하다 말했기에, 마르시언은 미묘한 표정 따위는 금세 잊어버렸다.

마르시언은 발코니에서 한동안 그녀와 대화를 나누었다. 그녀는 자신이 외국에서 온 코르티잔이며, 모리아칸에 온 지는 얼마 되지 않았다고 말해주었다. 코르티잔이라는 말을 듣자마자, 마르시언은 이미 머릿속에서 그녀의 후견인이 된 자신을 그리고 있었다.

마르시언은 그녀와 함께 얼마간 도란도란 이야기를 나누었다. 그녀는 지식과 교양이 굉장히 풍부했다. 왕실을 드나드는 학자들이나 알 법한 것도 전부 알고 있어서, 오히려 마르시언이 배움을 얻을 정도였다. 마르시언은 그녀의 학문적 소양에 홀딱 반해버렸다. 그녀에 대해 조금 더 알고 싶다는 강렬한 열망이 피어올랐다. 한창 대화를 이어가던 때였다. 문득 그녀가 살포시 한숨 쉬며 말했다.

"사실 가면무도회에서 뵙고 싶은 분이 있어 찾아왔는데, 아직 그분은 만나지도 못했어요."

"그렇습니까? 아직 오지 않으신 것은……."

"아니에요. '안쪽'에 계신다고 하더라구요."

"……."

마르시언은 어두워지는 표정을 감출 수 없었다. 그러자 그녀가 웃음을 터뜨렸다.

"친구의 연서를 전해주러 가는 것뿐이에요."

그 한마디에 마음이 씻은 듯이 가벼워졌다. 얼굴이 환해진 마르시언에게 그녀가 속삭였다.

"귀하신 분, 혹시 이번에도 도와주실 수 있나요?"

"물론입니다. 저와 함께 안쪽에 다녀옵시다."

"그런데 안쪽에 드나들려면 어떤 증표가 필요한가요? 전부 가면으로 얼굴을 가리고 있는데, 어찌 분간하고 출입을 허가하는지……."

궁금해하는 그녀를 위해 마르시언은 주머니에서 작은 금화를 꺼내어 보여주었다. 일반적인 금화가 아니라 앞면엔 양귀비가, 뒷면엔 숫자가 새겨진 금화였다.

"이것을 내면 안쪽으로 들어갈 수 있습니다. 저는 아직 써보지 않았지만요."

그녀는 금화를 집어가 발코니의 작은 등불에 비춰보았다. 그러다 가만히 손으로 감싸 쥐었다. 손 아래로 금화를 감춘 채, 그녀가 웃었다.

"미안해요."

"예……?"

뭔가 이상해서 마르시언은 눈을 끔뻑였다. 갑자기 시야가 흐릿해지며 머리가 어지러워졌다. 비틀거리는 마르시언에게 그녀는 다정히 인사해주었다.

"그럼, 안녕."

그녀의 미소를 끝으로, 마르시언은 그대로 잠들어버렸다.

“쭈글이 없으니까 심심해 죽겠다. 하루가 10년 같아…….”

헬라드는 기운 없이 중얼거리며 책상에 늘어졌다. 서류를 보는 것도 지겹다며 투덜투덜하다가 로시엘에게 말을 걸었다.

“선물 잘 쓰고 있을까? 아르커스 놈들, 하나 정도는 죽였으면 좋겠는데.”

고심해서 고른 무기들이었다고 낄낄거리는 말에 로시엘은 픽 웃음 지었다. 심심하기는 로시엘도 마찬가지였던지, 웬일로 먼저 농담을 꺼냈다.

“내가 얼마 전에 재밌는 농담을 하나 들었는데…….”

너한테 맞춤형으로 바꿔주겠다며 잠시 생각하던 로시엘이 말했다.

“딱 한 사람만 죽일 수 있는 독약이 있어. 그리고 네 앞에는 아르커스의 좌법사, 우법사, 스칸샤의 하크만이 있고. 셋 중에 누굴 죽일 거야?”

“하……. 어렵다.”

얼마간 끙끙거리며 고민하던 헬라드는 이내 답을 내렸다.

“하크만 할래.”

“왜?”

“하크만은 죽어도 에니샤가 별로 안 슬퍼할 거 같아서.”

쌍둥이는 서로를 마주 보며 키득키득 웃었다. 그러나 좋은 기류는 오래가지 못했다. 헬라드가 속에서 근질거리는 말을 참지 못하고 꺼내버린 탓이었다.

"넌 누군지 대답 안 해도 알아. 아르커스 우법사지?"

혼자 신나서 뒤집어지는 헬라드에게 로시엘이 예쁘게 웃으며 물었다.

"폐태자에 대해서 어떻게 생각해, 헬라드?"

"……잘못했어."

헬라드는 곧장 입 다물고 서류에 집중했다. 그러다 눈에 띄는 것 하나를 집어 들고 물었다.

"모리아칸 왕국이 동부였나? 헤르노어 아카데미가 있는 곳?"

로시엘이 고개를 끄덕였다. 헬라드가 흠, 하고 짧게 소리 내고서 말했다.

"여기 왕태자가 멍청하네. 머릿속이 꽃밭인가. 세수 바로잡는다고 들쑤시다 귀족들하고 크게 척진 모양인데……. 이런 식으로 처리하면 안 되는 일을."

"히페리온에 피해라도 끼쳤어?"

"그 정돈 아냐."

"그러면?"

왜 굳이 언급하느냐 묻는 로시엘 앞에서, 헬라드는 괜히 서류 귀퉁이를 구깃구깃하게 만들며 눈매를 찡그렸다.

"몰라……. 그냥 마음에 안 드네."

로시엘이 혀를 차며 타박했다.

"일하기 싫으면 말을 해."

"야! 그런 거 아니거든."

쌍둥이는 투덕투덕 싸워대며 다시 서류를 읽어나가기 시작했다. 모리아칸 왕국의 서류를 아직 치우지 않고 있던 헬라드가 불쑥 말했다.

"근데 혹시 에니샤도 아카데미에 가려나?"

"……."

로시엘이 한숨을 쉬며 서류를 탁 내려놓았다. 헛소리 그만하라는 눈빛에 헬라드는 쭈그러졌다.

"그냥 말이 그렇다는 거지……."

그리고 모리아칸 왕국의 서류를 저만치에 치워버렸다.

히페리온의 막내 황녀님 앞에서 돈 자랑에 권력 자랑이라니. 참으로 부질없는 구애였다. 뭐 얼마나 귀하신 분인지 모르겠다만, 불쌍한 남자는 무도회장의 빈 방에다 고이 모셔놓았다. 미안하니까 금화가 가득 든 주머니도 올려놓았다.

"이 정도면 될까?"

가진 돈 다 털어서 올려놓는 에니샤를 보며, 카힐은 조용히 중얼거렸다.

"……아마 그게 문제가 아닐 겁니다."

그러다 결국 옆에서 한마디 하였다.

"가끔 악당 같으십니다."

악당이라는 소리에 조그맣게 웃어버렸다. 에니샤는 웃음기 남은 목소리로 그에게 말했다.

"너야말로 너무 심하게 군 것 아냐? 거의 울려고 하던데."

"저니까 그 정도만 한 것입니다."

에니샤는 눈을 깜빡이다 말했다.

"너 오늘 조금 이상하다."

항상 고분고분하던 카힐이 오늘따라 나름 반항도 하고, 대답도 곧잘 받아쳤다. 늘 다른 사람들과 같이 다니다, 둘이서 있으니 마음이 조금 편한 것일까. 어쨌든 재밌어서 좋긴 했다. 에니샤의 말에 카힐은 느리게 답했다.

"……에니샤 님이 그런 모습을 하고 계셔서 그렇습니다."

"그런 모습? 뭐, 위험한 얼굴?"

발돋움하여 그에게 얼굴을 들이대자, 카힐은 고개를 옆으로 돌렸다.

"너무 가깝습니다."

에니샤는 키득키득 장난스럽게 웃었다. 그가 무뚝뚝하게 물었다.

"이제 어찌하실 겁니까?"

"안쪽에 가봐야지. 우리 둘만 갈 거야. 사실 벨루안에게는 따로 언질을 주었는데……. 녹시타 없이 해결하고 싶어."

녹시타는 테무르 일족에게 끌려가 수년간 지독히 학대당했다. 그에게 테무르 일족과 관련된 것은 심연의 기억을 건드리는 금기였다. 따라가겠다고 고집부릴 것이 뻔해서 데려오긴 했지만, 직접 만나지는 못하게 할 생각이었다.

에니샤와 카힐은 경비원에게 금화를 주고 '안쪽'으로 들어갔다.

굳게 닫힌 문을 두 번 지나, 두터운 커튼을 드리운 방 안에 들어섰다. 붉은 등불과 짙은 연기, 제멋대로 얽힌 사람들이 아무렇게나 나뒹구는 방 안에서는 아편 냄새가 강하게 났다. 정말이지 더럽게 논다고 생각하며, 미리 알아온 정보를 바탕으로 백작의 아들을 찾기 시작했다.

에니샤와 카힐이 이리저리 들쑤시고 다녔지만 아무도 말리거나 이상하게 쳐다보는 사람이 없었다. 전부 아편에 취해 늘어진 탓이었다. 그리고 얼마 지나지 않아, 카힐은 금방 백작의 아들을 찾아냈다.

"……에니샤 님."

카힐이 굳은 얼굴로 에니샤를 불렀다. 늘어진 사람들 속에 있어 언뜻 보기엔 모르지만, 자세히 들여다보면 알 수 있었다. 생기가 조금도 없이 나무토막처럼 뻣뻣한 그는 다시 시체로 되돌아가고 있었다. 테무르가 힘을 걷어간 증거였다. 맥박을 짚어 사망을 확인한 에니샤는 입술을 깨물었다가 말했다.

"눈치챈 것 같아. 아직 멀리 못 갔을 터이니 바로 추적하자."

에니샤는 보조계 마법에 그리 뛰어난 편이 아니었지만, 몇몇 개는 하도 자주 써서 통달하고 있었다. 그중 하나가 추적마법이었다. 옛날부터 에니샤 앞에서 도망가는 놈들이 많았던지라, 흔적을 바탕으로 추적하는 마법은 몹시 능숙했다.

금빛 마력이 가늘게 흘러나와 시체를 휘돌다, 어딘가를 향해 뻗어나갔다. 에니샤와 카힐은 마력을 뒤따랐다. 마력은 무도회장을 벗어나 후원으로 향했다. 넓은 후원에서도 한참 으슥한 곳으로 깊이 들어갔을 때, 한 여인이 나무 뒤에서 모습을 드러내었다. 그녀가 부채로 입을 가린 채 웃으며 말했다.

"'안쪽'은 재미있었어요?"

아까 에니샤와 대화를 나눴던 코르티잔이었다.

예전 같은 마력이 있었다면 바로 알아봤을 텐데…….

에니샤는 쓴웃음을 감출 수가 없었다. 그녀는 눈을 가늘게 뜨고서 에니샤를 바라보았다.

"아르커스의 마법사? 하긴, 그들이 아니면 날 추적할 이유가 없죠."

우아하게 부채를 접은 그녀가 한숨 쉬며 말했다.

"그냥 보내주면 안 될까요? 이제 다 끝났고……. 아주 많은 시간이 지난 과거잖아요. 난 최대한 평화적으로 해결해보려고 오랜만에 만들어낸 피조물도 버렸는데."

애교스럽게 청하는 그녀에게 에니샤는 냉정히 답했다.

"시간이 흘렀다고 과거가 없어지진 않지."

"……뭐, 좋아요. 굳이 싸우겠다면 어쩔 수 없죠."

그녀는 탐욕스러운 눈빛으로 에니샤를 훑어 내렸다.

"당신 얼굴은 마음에 들었으니까, 내가 새로이 태어나게 해줄게요."

땅이 흔들렸다. 흙 속에 묻혀 있던 망자들이 느릿느릿 잠에서 깨어났다. 멀쩡한 귀족가 후원에 시체가 이만큼 많이 있을 리 없었다. 미리 준비를 해두고 이쪽으로 유인해낸 것이었다. 그녀가 제 입술을 천천히 혀로 핥으며 달뜬 목소리로 속삭였다.

"죽음을 두려워하지 마요."

"헛소리. 누구보다 죽음을 두려워하는 것은 너희들이잖아?"

에니샤는 천천히 마력을 끌어올리며 웃었다.

"아니지, 이제 너밖에 없나."

피어오르는 금빛 마력을 본 여자는 눈을 부릅떴다. 단순한 금빛이 아니었다. 테무르 일족이라면 짙고 눈부시게 일렁이는 황금의 마력을 모를 수가 없었다.

"대법사……!"

두려움에 찬 그녀에게 에니샤는 딱하다는 듯 말했다.

"내가 죽었다는 이야기를 듣고 기어 나왔어?"

"……."

그녀는 입술을 잘근잘근 물어뜯으며 독한 눈빛을 띠었다. 깨어난 시체들이 꾸물거리며 저들끼리 몸을 합하기 시작했다. 인간의 모습도, 짐승의 형상도 아닌 괴물이 소리 없는 포효를 내질렀다.

"죽어! 죽어버려……!!"

에니샤는 악을 쓰는 그녀를 바라보며 남은 마력을 계산해보았다. 그리고 옆에 서 있던 카힐의 옷자락을 잡아당겼다.

"자, 가서 처리하고 와, 카힐."

카힐은 조금 당황한 얼굴로 쳐다보았고, 에니샤는 뻔뻔스레 말했다.

"나 마력 없잖아. 원래 재주는 곰이 부리고 돈은 주인이 받아가는 거 몰라?"

"……."

그가 말없이 얼음을 불러냈다. 고요한 밤의 후원에 설풍이 내려앉았다.

테무르 일족의 마지막 생존자는 그녀가 불러낸 시체와 함께 땅속에 곱게 묻어주었다. 뒤처리까지 하고 나니 정말 마력이 똑 떨어졌다. 그래도 이제 좌우법사 불러다 협회로 돌아가기만 하면 끝이었다. 잘 마무리했다고 생각하고 있는데, 몸에서 연기가 피어올랐다.

"어……?"

눈을 동글하게 뜨는 찰나, 에니샤는 순식간에 원래 모습으로 돌아와 버렸다.

"에니샤 님!"

헐렁해진 옷이 흘러내리는 것을 보고 카힐이 황급히 겉옷을 벗어 감싸주었다. 커다란 옷 안에 폭 감싸인 에니샤는 꼬물꼬물 손을 꺼내보았다. 작아진 손은 열 살의 에니샤였다.

"생각보다 마법이 일찍 풀렸네."

한참 동안 큰 몸으로 다녔더니, 작은 몸이 조금 아쉬웠다. 그래도 적당히 시간 맞춰서 할 일은 다 했으니 되었다. 카힐은 에니샤를 옷째로 안아 들었다.

"돌아가도록 하겠습니다."

"으응……."

에니샤는 카힐의 가슴팍에 얼굴을 기댔다. 마력도 많이 쓴 데다가 이리저리 움직여서 너무 피곤했다. 쏟아져오는 졸음을 참을 수가 없었다.

“졸리십니까?”

나직이 묻는 말에, 에니샤가 무거워지는 눈꺼풀을 부비며 중얼거렸다.

“원래 애들은 지금 자는 시간이야…….”

그러다 그만 툭 하고 고개를 떨어트렸다. 제 품에서 곤하게 잠들어버린 에니샤를 확인한 카힐은 천천히 한숨을 내쉬었다.

“하아…….”

그리고 잠에 빠진 에니샤를 한참 동안 바라보았다. 조그만 에니샤에게서 오늘의 흔적을 떠올려보던 카힐은 혼자 중얼거렸다.

“정말이지, 홀린 기분입니다…….”

다시금 한숨을 뱉으며, 한 손으로 에니샤를 고쳐 안았다. 불편해 보이는 장신구들을 떼어주고, 제가 준 머리핀은 다시 소중히 챙겨 넣었다. 꽉 묶여 있던 머리까지 느슨하게 풀어 헤쳐준 후, 혹시나 어디 빼놓은 것은 없는지 다시금 살폈다.

확인을 끝낸 카힐은 에니샤의 머리카락을 가만히 손으로 쓸었다. 그리고 작고 동그란 이마에 가벼이 입술을 눌렀다 떼며, 듣지 못할 고백을 속삭였다.

“얼른 자라나주십시오, 황녀님.”

3권에서 계속

막내 황녀님 2

초판 1쇄 발행 2020년 3월 5일
초판 3쇄 발행 2022년 4월 22일

지은이 사하
펴낸이 김문식 최민석
총괄 임승규
기획편집 이수민 박소호 김재원
이혜미 조연수 김지은
디자인 배현정
제작 제이오

펴낸곳 (주)해피북스투유
출판등록 2016년 12월 12일 제2016-000343호
주소 서울시 성북구 종암로 63, 5층 (종암동)
전화 02)336-1203
팩스 02)336-1209

ISBN 979-11-6479-065-4 (04810)
979-11-6479-063-0 (세트)